Юлиан Отступник

(Христос и Антихрист-1)

Yulian Otstupnik

Дмитрий Мережковский

Dmitry Merezhkovsky

Yulian Otstupnik

First Published in Great Britain in 2017 by JiaHu Books – part of Richardson-Prachai Solutions Ltd, 434 Whaddon Way, MK3 7LB
ISBN: 978-1-78435-212-7

A CIP catalogue record for this book is available from the British Library
Visit us at: jiahubooks.co.uk

ЧАСТЬ ПЕРВАЯ

I

В двадцати стадиях от Цезарей Каппадокийской, на лесистых отрогах Аргейской горы, при большой римской дороге, был источник теплой целебной воды. Каменная плита с грубо высеченными человеческими изваяниями и греческой надписью свидетельствовала, что некогда родник посвящен был братьям Диоскурам — Кастору и Поллуксу.

Изображения языческих богов, оставшись неприкосновенными, считались изображениями христианских святых, Косьмы и Дамиана.

На другой стороне дороги, против св. Источника, была построена небольшая таверна, крытая соломой лачуга, с грязным скотным двором и навесом для кур и гусей.

В кабачке можно было получить козий сыр, полубелый хлеб, мед, оливковое масло и довольно терпкое честное вино. Таверну содержал лукавый армянин — Сиракс.

Перегородка разделяла ее на две части: одна-для простого народа, другая-для более почетных гостей. Под потолком, почерневшим от едкого дыма, висели копченые окорока и пучки душистых горных трав: жена Сиракса, Фортуната, была добрая хозяйка.

Дом считался подозрительным. Ночью добрые люди в нем не останавливались; ходили слухи о темных делах, совершенных в этой лачуге. Но Сиракс был пронырлив, умел дать взятку, где нужно, и выходил сух из воды.

Перегородка состояла из двух тонких столбиков, на которые натянута была, вместо занавески, старая полинявшая хламида Фортунаты. Столбики эти составляли единственную роскошь кабачка и гордость Сиракса: некогда позолоченные, они давно уже растрескались и облупились; прежде ярко-лиловая, теперь пыльно-голубая ткань хламиды пестрела многими заплатами и следами завтраков, ужинов и обедов, напоминавшими добродетельной Фортунате десять лет семейной жизни.

В чистой половине, отделенной занавеской, на единственном ложе, узеньком и продранном, за столом с оловянным кратером и кубками вина, возлежал римский военный трибун шестнадцатого легиона девятой когорты Марк Скудило. Марк был провинциальный щеголь, с одним из тех лиц, при виде которых бойкие рабыни и дешевые гетеры городских предместий восклицают в простодушном восторге: «какой красивый мужчина!» В ногах его, на той же лектике, в почтительном и неудобном положении тела, сидел краснолицый толстяк, страдавший одышкой, с голым черепом и редкими седыми волосами, зачесанными от затылка на виски,— сотник восьмой центурии Публий Аквила. Поодаль, на полу, двенадцать римских легионеров играли в кости.

— Клянусь Геркулесом, — воскликнул Скудило, — лучше бы я согласился быть последним в Константинополе, чем первым в этой норе! Разве это жизнь, Публий? Ну, по чистой совести отвечай-разве это жизнь? Знать, что кроме учений да казармы, да лагерей ничего впереди.

Сгниешь в вонючем болоте и света не увидишь!

— Да, жизнь здесь, можно сказать, невеселая, — согласился Публий. — Ну, уж зато и спокойно.

Старого центуриона занимали кости; делая вид, что слушает болтовню начальника, поддакивая ему, исподтишка следил он за игрой солдат и думал: «если рыжий ловко метнет — пожалуй, выиграет». Только для приличия Публий спросил трибуна, как будто это занимало его:

— Из-за чего же, говоришь ты, сердит на тебя префект Гельвидий?

— Из-за женщины, Друг мой, все из-за женщины.

И в припадке болтливой откровенности, с таинственным видом, на ухо сообщил Марк центуриону, что префект, «этот старый козел Гельвидий», приревновал его к приезжей гетере лилибеянке; Скудило хочет сразу какойнибудь важной услугой возвратить себе милость Гельвидия. Недалеко от Цезарей, в крепости Мацеллуме, заключены Юлиан и Галл, двоюродные братья царствующего императора Констанция, племянники Константина Великого, последние отпрыски несчастного дома Флавиев.

При вступлении на престол, из боязни соперников, Констанций умертвил родного дядю, отца Юлиана и Галла, Юлия Констанция, брата Константина. Пало еще много жертв. Но Юлиана и Галла пощадили, сослав в уединенный замок

Мацеллум. Префект Цезарей, Гельвидий, был В большОм затруднении. Зная, что новый император ненавидит двух отроков, напоминавших ему о преступлении, Гельвидий и хотел, и боялся угадать волю Констанция.

Юлиан и Галл жили под вечным страхом смерти. Ловкий трибун Скудило, мечтавший о возможности придворной выслуги, понял из намеков начальника, что он не решается принять на себя ответственность и напуган сплетнями О замышляемом бегстве наследников Константина; тогда Марк решился отправиться с отрядом легионеров в Мацеллум и на свой страх схватить заключенных, чтобы отвести их в Цезарею, полагая, что нечего бояться двух несовершеннолетних, всеми брошенных, сирот, ненавистных императору. Этим подвигом надеялся он возвратить себе Милость префекта Гельвидия, утраченную из-за рыжеволосой лилибеянки.

Впрочем, Публию Марк сообщил только часть своих замыслов, и притом осторожно.

— Что же ты хочешь делать, Скудило? Разве получены предписания иЗ Константинополя?

— Никаких предписаний; никто ничего наверное не знает. Но слухи, видишь ли, — тысячи различных слухов и ожиданий, и намеки, и недомолвки, и угрозы, и тайны-о, тайнам нет конца! Всякий дурак сумеет исполнить то, что сказано. А ты угадай безмолвную волю владыки — вот за что благодарят. Посмотрим, попробуем, поищем. Главное — смелее, смелее, осенив себя кРеСтным знамением. Я на тебя полагаюсь, Публий. Может быть, мы с тобою скоро будем пить при дворе вино послаще этого...

В маленькое решетчатое окошко падал унылый свет ненастного вечера; однообразно шумел дождь.

Рядом, за тонкой глиняной стенкой со многими щелями, был хлев; оттуда пахло навозом, слышалось кудахтанье кур, писк цыплят, хрюканье свиней; молоко цедилось в звонкий сосуд: должно быть, хозяйка доила корову.

Солдаты, поссорившись из-за выигрыша, ругались шепотом. У самого пола, между ивовых прутьев, чуть прикрытых глиной, в щель выглянула нежная и розовая морда поросенка; он попал в западню, не мог вытащить головы назад и жалобно пищал.

Публий подумал:

«Ну, пока что, а мы теперь ближе к скотному, чем царскому двору».

Тревога его прошла. Трибуну, после неумеренной болтовни, тоже сделалось скучно. Он взглянул на серое дождливое небо в окошке, на глупую морду поросенка, на кислый осадок скверного вина в оловянном кубке, на грязных солдат — и злоба овладела им.

Он застучал кулаком по столу, качавшемуся на неровных ногах.

— Эй, ты, мошенник, христопродавец, Сиракс! Подика сюда. Что это за вино, негодяй?

Прибежал кабатчик. У него были четные, как смоль, волосы в мелких кудряшках, и борода такая же черная, с синеватым отливом, тоже в бесчисленных мелких завитках; в минуты супружеской нежности Фортуната говорила, что борода Сиракса подобна гроздьям сладкого винограда; глаза черные и необыкновенно сладкие; сладчайшая улыбка не сходила с румяных губ; он походил на карикатуру Диониса, бога вина: весь казался черным и сладким.

Кабатчик клялся и Моисеем, и Диндименой, и Христом, и Геркулесом, что вино превосходное; но трибун объявил, что знает, в чьем доме зарезан был памфилийский купец Глабрион, и что выведет когда-нибудь его, Сиракса, на чистую воду. Испуганный армянин бросился со всех ног в погреб и скоро с торжеством вынес бутылку необыкновенного вида — широкую, плоскую внизу, с тонким горлышком, всю покрытую благородною плесенью и мхом, как будто седую от старости. Сквозь плесень коегде виднелось стекло, но не прозрачное, а мутное, слегка радужное; на кипарисовой дощечке, привешенной к горлышку, можно было разобрать начальные буквы:

«Anthosmium» и дальше: «annorum centum»-"столетнее".

Но Сиракс уверял, что уже во времена императора Диоклетиана вину было больше ста лет.

— Черное? — с благоговением спросил Публий.

— Как деготь, и душистое, как амброзия. Эй, Фортуната, для этого вина нужны летние хрустальные чаши.

И дай-ка нам чистого, белого снега из ледника.

Фортуната принесла два кубка. Лицо у нее было здоровое, с приятной желтоватой белизной, как у жирных сливок; казалось, от нее пахнет деревенской свежестью, молоком и навозом.

Кабатчик взглянул на бутылку со вздохом умиления и поцеловал горлышко; потом осторожно снял восковую печать и откупорил. На дно хрустального кубка положили снегу. Вино полилось густою черною пахучею струею; снег таял от прикосновения огненного антосмия; хрустальные стенки сосуда помутились и запотели от лилидд. Тогда Скудило, получивший образование на медные гроши (он был способен смешать Гекубу с Гекатой), произнес с гордостью единственный стих Марциала, который помнил:

Candida nigrescant vetulo crystalla Falerno[1].

— Подожди. Будет еще вкуснее!

Сиракс опустил руку в глубокий карман, достал крошечную бутылочку из цельного оникса и с чувственной улыбкой осторожно подлил в вино каплю драгоценного аравийского киннамона; капля упала в черную антосмию, как мутно-белая жемчужина, и растаяла; в комнате повеял сладкий странный запах.

Пока трибун с восторгом медленно пил, Сиракс прищелкивал языком и приговаривал:

— Библосское, Маронейское, Лаценское, Икарийское — все перед этим дрянь!

Темнело. Скудило отдал приказ собираться в путь.

Легионеры надели панцири, шлемы, на правую ногу железные поножия, взяли щиты и копья.

Когда они вышли за перегородку, исаврские пастухи, похожие на разбойников, сидевшие у очага, почтительно встали перед римским трибуном. Он имел величественный вид; в голове шумело; в жилах был огонь благородного напитка.

На пороге приступил к нему человек в странном восточном одеянии, в белом плаще с красными поперечными полосами и с высоким головным убором из воловьей шерсти — персидской тиарой, похожей на башню. Скудило остановился. Лицо у перса было тонкое, длинное, исхудалое, желто-оливкового цвета; узкие проницательные глаза — с глубокою и хитрою мыслью; во всех движениях важное спокойствие. Это был один из тех бродячих астрологов, которые с гордостью называли себя халдеями, магами, пирэтами и

1 Светятся льдинки в бокалах с фалернским (лат.).

математиками. Тотчас объявил он трибуну, что имя его Ногодарес; он остановился у Сиракса проездом; держит путь из далекой Анадиабены к берегам Ионического моря, к знаменитому философу и теургу — Максиму Эфесскому. Маг попросил позволения показать свое искусство и погадать на счастие трибуна.

Закрыли ставни. Перс что-то приготовлял на полу; вдруг раздался легкий треск; все притихли. Красноватое пламя поднялось тонким длинным языком из белого дыма, наполнившего комнату. Ногодарес приложил к бескровным губам двуствольную тростниковую дудочку, заиграл, — и звук был томный, жалобный, напоминавший лидийские похоронные песни. Пламя, как будто от этого жалобного звука, пожелтело, померкло, засветилось грустнонежным, бледно-голубым сиянием. Маг подбросил в огонь сушеной травы; разлился крепкий, приятный запах; запах тоже казался грустным: так благоухают полузасохшие травы, в туманные вечера, над мертвыми пустынями Арахозии или Дрангианы. И, послушная жалобному звуку дудочки, огромная змея медленно выползла из черного ящика у ног волшебника, развивая с шелестом упругие кольца, блестевшие зеленоватым блеском. Тогда он запел протяжным, тихим голосом, так что казалось — песнь доносится издалека; и много раз повторял все он одно и то же слово: «Мара, мара, мара». Змея обвилась вокруг его худого стана и, ласкаясь, с нежным шипением, приблизила плоскую, зелено-чешуйчатую голову с глазами, сверкавшими подобно карбункулам, к самому уху волшебника: длинное раздвоенное жало мелькнуло со свистом, как будто она что-то сказала ему на ухо. Волшебник бросил на землю дудочку. Пламя опять наполнило комнату мутно-белым дымом, но на этот раз с тяжелым, одуряющим, словно могильным, запахом, — и сразу потухло. Сделалось темно и страшно. Все были в смятении. Но, когда открыли ставни, и упал свинцовый свет дождливых сумерек — от змеи и от ее черного ящика не было ни следа. Лица казались мертвенно-бледными.

Ногодарес подошел к трибуну:

— Радуйся! Тебя ожидает великая и скорая милость блаженного Августа, императора Констанция.

Несколько мгновений он пытливо смотрел на руку Скудило, на очертания ладони; потом, быстро наклонившись к уху его, так что никто не мог слышать, сказал шепотом:

— Кровь, кровь великого цезаря на этой руке!

Скудило испугался.

— Как ты смеешь, проклятая халдейская собака?

Я верный раб…

Но тот почти насмешливо заглянул ему в лицо хитрыми глазами и прошептал:

— Чего ты боишься?.. Через много лет… И разве без крови бывает слава?..

Когда солдаты вышли из таверны, гордость и радость наполняли сердце Скудило. Он подошел к св. Источнику, набожно перекрестился, выпил целебной воды, призывая с усердною мольбою Косьму и Дамиана. втайне надеясь; что предсказание Ногодареса не окажется тщетным; потом вскочил на великолепного каппадокийского жеребца и дал знак, чтобы легионеры выступали в путь. Знаменосец,

«драконарий», поднял знамя в виде дракона из пурпуровой ткани. Трибуну хотелось похвастать перед толпою, высыпавшей из кабака. Он знал, что это опасно, но не мог удержаться, опьяненный вином и гордостью; протянув меч по направлению к ущелью, покрытому туманом, он громко сказал:

— В Мацеллум!

Пронесся шепот удивления; произнесены были имена Юлиана и Галла.

Трубач, стоявший впереди, затрубил в медную «букцину», загнутую кверху в несколько завитков, подобно рогу барана.

Протяжный звук римской трубы разнесся далеко по ущельям, и горное эхо повторило его.

II

В огромной спальне Мацеллума, бывшего дворца каппадокийских царей, было темно.

Постель десятилетнего Юлиана была жесткая: голое дерево, прикрытое барсовой шкурой; мальчик сам так хотел; недаром старый учитель, Мардоний, воспитывал его в строгих началах стоической мудрости.

Юлиану не спалось. Ветер подымался изредка, порывами, и жалобно, как пойманный зверь, завывал в щелях; потом вдруг становилось тихо; и в странной тишине слышно было, как нечастые крупные капли дождя падали, должно быть, с большой высоты, на звонкие каменные плиты.

Юлиану казалось иногда, что в черном мраке сводов слышится быстрое шуршание летучей мыши. Он различал сонное дыхание брата, спавшего — то был изнеженный и прихотливый мальчик — на мягком ложе, под старинным запыленным пологом, последним остатком роскоши каппадокийских царей. Из соседнего покоя раздавался тяжелый храп педагога Мардония.

Вдруг маленькая кованая дверца потайной лестницы в стене тихонько скрипнула, отворилась, и луч света ослепил глаза Юлиана. Вошла старая рабыня Лабда; она держала в руке медную лампаду.

— Няня, мне страшно; не уноси огня.

Старуха поставила лампаду в полукруглое каменное углубление над изголовьем Юлиана.

— Не спится? не болит ли головка? Хочешь поесть?

Кормит вас впроголодь старый грешник Мардоний. Медовых лепешек принесла. Вкусные. Отведай.

Кормить Юлиана было любимым занятием Лабды; но днем не позволял ей Мардоний, и она приносила лакомства ночью тайком.

Полуслепая старуха, едва таскавшая ноги, ходила всегда в черном монашеском платье; ее считали ведьмой; но она была набожной христианкой; самые Мрачные, древние и новые, суеверия слились в ее голове в странную религию, похожую на безумие: молитвы смешивала она с заклинаниями, олимпийских богов с христианскими бесами, церковные обряды с волшебством; вся была увешана крестиками, кощунственными амулетами из мертвых костей и ладанками с мощами святых.

Старуха любила Юлиана благоговейной любовью, считая его единственным законным наследником императора Константина, а Констанция — убийцей и вором престола.

Лабда знала, как никто, все родословное древо, все вековечные семейные предания дома Флавиев; помнила Юлианова деда, Констанция Хлора; кровавые придворные тайны хранились в ее памяти. По ночам старуха рассказывала все Юлиану без разбора. И перед многим, чего детский ум его еще не мог понять, сердце уже замирало от смутного ужаса. С тусклым взором, равнодушным и однообразным голосом рассказывала она эти страшные бесконечные повести, как рассказывают древние сказки.

Поставив лампаду, Лабда перекрестила Юлиана, посмотрела, цел ли на груди его янтарный амулет, и, проговорив несколько заклинаний, чтобы отогнать злых духов, скрылась.

Юлиан забылся тяжелым полусном; ему было жарко; редкие, тяжкие капли дождя, падавшие в тишине, с высоты, как будто в звонкий сосуд, мучили его.

И он не мог различить, спит ли он или не спит, ночной ли ветер шумит, или дряхлая Лабда, похожая на парку, лепечет и шепчет ему на ухо страшные семейные предания. То, что он слышал от нее и что сам видел в детстве, смешивалось в один тяжелый бред.

Он видел труп великого императора на погребальном ложе. Мертвец нарумянен и набелен; хитрая многоэтажная прическа из поддельных волос сделана искуснейшими парикмахерами. Маленького Юлиана подводят, чтобы в последний раз поцеловал он руку дяди. Ребенку страшно; он ослеплен пурпуром, диадемой на поддельных кудрях и великолепием драгоценных камней, блестящих при похоронных свечах. Сквозь тяжелые аравийские благовония первый раз в жизни слышит он запах тления. Но придворные, епископы, евнухи, военачальники приветствуют императора, как живого; послы перед ним склоняются, благодарят его, соблюдая пышный чин; сановники провозглашают эдикты, законы, постановления сената; испрашивают соизволения мертвеца, как будто он может слышать; и льстивый шепот проносится над толпой: люди уверяют, будто бы он так велик, что, по особой милости Провидения, один только царствует и после смерти.

Юлиан знает, что Константин убил сына; вся вина молодого героя была в том, что народ слишком любил его; сын был оклеветан мачехой: она полюбила пасынка грешной любовью и отомстила ему, как Федра Ипполиту; потом оказалось, что жена кесаря в преступной связи с одним из рабов, состоявших при императорской конюшне, и ее задушили в раскаленной бане. Пришла очередь и благородного Лициния. Труп на трупе, жертва за жертвой.

Император, мучимый совестью, молил об очищении иерофантов языческих таинств; ему отказали. Тогда епископ уверил его, что у одной только веры Христовой есть таинства, способные очистить и от таких преступлений. И вот пышный «лабарум», знамя с именем Христа из драгоценных каменьев, сверкает над похоронным ложем сыноубийцы.

Юлиан хотел проснуться, открыть глаза и не мог.

Звонкие капли по-прежнему падали, как тяжелые, редкие слезы, и ветер шумел; но ему казалось, что не ветер шумит, а Лабда, старая парка, шепчет, лепечут ему на ухо страшные сказки о доме Флавиев.

Юлиану снится, что он — в холодной сырости, рядом с порфировыми гробами, наполненными прахом царей, в подземелье, родовой гробнице Констанция Хлора; Лабда укрывает его, прячет в самый темный угол, между гробами, и укрывает больного Галла, дрожащего от лихорадки. Вдруг наверху, во дворце, из покоя в покой, под каменными сводами гулких, пустынных палат, раздается предсмертный вопль. Юлиан узнает голос отца, хочет ответить криком, броситься к нему. Но Лабда удерживает мальчика костлявыми руками и шепчет: «Молчи, молчи, а то придут!» — и закрывает его с головой. Потом раздаются торопливые шаги по лестнице — все ближе, ближе. Лабда крестит детей, шепчет заклинания. Стук в дверь, и, при свете факелов, врываются воины кесаря: они переодеты монахами; их ведет епископ Евсевий Никомидийский; панцири сверкают под черными рясами. «Во имя Отца и Сына и Св. Духа! Отвечайте, кто здесь?» Лабда с детьми притаилась в углу. И опять: «Во имя Отца и Сына и Св. Духа,-кто здесь?» И еще в третий раз. Потом, с обнаженными мечами, убийцы шарят. Лабда кидается к ногам их, показывает больного Галла, беспомощного Юлиана: «Побойтесь Бога! Что может сделать императору пятилетний мальчик?» И воины всех троих заставляют целовать крест в руках Евсевия, присягнуть новому императору. Юлиан помнит большой кипарисовый крест с эмалью, изображающей Спасителя: внизу, на темном старом деревце, видны следы свежей крови — обагренной руки убийцы, державшего крест; может быть, это — кровь отца его или одного из шести двоюродных братьев — Далматия, Аннибалиана, Непотиана, Константина Младшего, или других: через семь трупов перешагнул братоубийца, чтобы вступить на престол, и все совершилось во имя Распятого.

Юлиан проснулся от тишины и ужаса. Звонкие, редкие капли перестали падать. Ветер стих. Лампада, не мерцая, горела в углублении неподвижным, тонким и длинным языком. Он вскочил на постели, прислушиваясь к ударам собственного сердца. Тишина была невыносимая.

Вдруг внизу раздались громкие голоса и шаги, из покоя в покой, под каменными сводами гулких пустынных палат-здесь, в Мацеллуме, как там, в гробнице Флавиев. Юлиан вздрогнул; ему показалось, что он все еще бредит. Но шаги приближались, голоса становились явственней. Тогда он закричал:

— Брат! Брат! Ты спишь? Мардоний? Разве вы не слышите?

Галл проснулся. Мардоний, босой, с растрепанными седыми волосами, в ночной коротенькой тунике — евнух с морщинистым, желтым и одутловатым лицом, похожий на старую бабу, — бросился к потайной двери.

— Солдаты префекта! Одевайтесь скорей! бежать!

Но было поздно. Послышался лязг железа. Маленькую кованую дверь запирали снаружи. На каменных столбах лестницы мелькнул свет факелов и в нем пурпурное знамя драконария и блестящий крест с монограммой Христа на шлеме одного из воинов.

— Именем правоверного, блаженного августа, императора Констанция — я, Марк Скудило, трибун легиона Фретензис, беру под стражу Юлиана и Галла, сыновей патриарха!

Мардоний, преграждая путь солдатам, стоял перед закрытой дверью спальни, с воинственной осанкой, с мечом в руках; меч был тупой, никуда не годный: он служил старому педагогу только для того, чтобы во время уроков Илиады показывать ученикам, на живом примере, в условных телодвижениях, как сражался Гектор с Ахиллом; школьный Ахилл едва ли бы сумел зарезать и курицу. Теперь он размахивал этим мечом перед носом Публия по всем правилам военного искусства времен Гомера. Публия, который был пьян, это взбесило:

— Прочь с дороги, пузырь, старая падаль, раздувальный мех! Прочь, если не хочешь, чтобы я проткнул и выпустил из тебя воздух!

Он схватил за горло Мардония и отбросил его далеко, так, что тот ударился о стену и едва не упал. Скудило подбежал к дверям спальни и раскрыл их настежь.

Неподвижное пламя лампады всколыхнулось и побледнело в красном свете факелов. И трибун первый раз в жизни увидел двух последних потомков Констанция Хлора.

Галл казался высоким и крепким; но кожа у него была тонкая, белая и матовая, как у молодой девушки; глаза светло-голубые, ленивые и равнодушные; белокурые, как лен (общий знак Константинова рода), вьющиеся волосы покрывали мелкими кудрями толстую, почти жирную шею. Несмотря на возмужалость тела и на легкий пух начинающейся бороды, восемнадцатилетний Галл теперь казался мальчиком: такое детское недоумение и ужас были на лице его; губы дрожали, как у маленьких детей, когда они готовы заплакать; он мигал беспомощно веками, розовыми, опухшими от сна, с очень светлыми ресницами, и, торопливо крестясь, шептал: «Господи, помилуй, Господи, помилуй!» Юлиан был ребенок тощий, худенький, бледный; лицо некрасивое и неправильное; волосы жесткие, гладкие и черные, нос слишком большой; нижняя губа выдающаяся. Но поразительны были глаза его, делавшие лицо одним из тех, которых, раз увидев, нельзя забыть,-большие, странные, изменчивые, с недетским, напряженным и болезненно ярким блеском, который иногда казался сумасшедшим.

Публий, много раз видевший в молодости Константина Великого, подумал;

«Этот мальчик будет похож на дядю».

Страх Юлиана перед солдатами исчез: он чувствовал злобу. Крепко стиснув зубы, перекинув через плечо барсовую шкуру с постели, он смотрел на Скудило пристально, исподлобья, и нижняя выдающаяся губа его дрожала; в правой руке, под барсовой шкурой, сжимал он рукоятку тонкого персидского кинжала, тайно подаренного Лабдой; острие было отравлено.

— Волчонок! — молвил один из легионеров, указывая на Юлиана, своему товарищу.

Скудило хотел уже переступить порог спальни, когда у Мардония явилась новая мысль. Он отбросил бесполезный меч, уцепился за платье трибуна и вдруг завопил пронзительным, неожиданно тонким бабьим голосом:

— Что вы делаете, негодяи? Как смеете оскорблять посланного императором Констанцием? Мне поручено отвезти ко двору этих царственных отроков. Август возвратил им свою милость. Вот приказ.

— Что он говорит? Какой приказ?

Скудило взглянул на Мардония: морщинистое, старушечье

лицо свидетельствовало о том, что он, в самом деле, евнух. Трибун никогда раньше не видел Мардония, но хорошо знал, в какой милости евнухи при дворе императора.

Мардоний поспешно вынул из книгохранилищного ящика, с пергаментными свитками Гесиода и Гомера, сверток и подал его трибуну.

Скудило, развернув, побледнел: он прочел только первые слова, увидел имя императора, называвшего себя в эдикте «наша вечность», и не разобрал ни года, ни месяца; когда трибун заметил при свертке огромную, хорошо ему знакомую, государственную печать из темно-зеленого воска на позолоченных тесьмах, — в глазах у него помутилось, колени подогнулись.

— Прости! Это ошибка...

— Ах, вы бездельники! Прочь отсюда! Чтоб духу вашего здесь не было! Еще пьяные! Все будет известно императору!

Мардоний вырвал из дрожащих рук Скудило бумагу.

— Не губи меня! Все мы — братья, все мы — грешные люди. Умоляю тебя именем Христа!

— Знаю, знаю, что вы делаете именем Христа, негодяи! Прочь отсюда!

Бедный трибун подал знак отступления. Тогда Мардоний снова поднял тупой меч и, размахивая им, сделался похожим на воина из Илиады. Один только пьяный центурион рвался к нему и кричал:

— Пустите, пустите! Я проткну этот старый пузырь и посмотрю, как он лопнет!

Пьяного увели под руки.

Когда шаги умолкли и Мардоний убедился, что опасность миновала, он громко захохотал; все дряблое, женоподобное тело скопца колыхалось от смеха; он забыл важность, приличную педагогу, и подпрыгивал на своих слабых голых ногах, в ночной тунике, крича от восторга:

— Дети мои, дети! Хвала Гермесу! Ловко мы их провели! Эдикт уже три года как отменен. Дураки, дураки!..

Перед солнечным восходом Юлиан уснул крепким, спокойным сном. Он проснулся поздно, бодрый и веселый, когда голубое небо сияло в решетчатом высоком окне спальни.

III

Утром был урок катехизиса. Богословие преподавал другой учитель, арианский пресвитер, с руками мокрыми, холодными и костлявыми, с уныло-светлыми, лягушачьими глазами, сгорбленный и высокий как шест, худой как щепка, монах Евтропий. У него была неприятная привычка, тихонько лизнув ладонь руки, быстро приглаживать ею облезлые, седенькие височки и непременно, тотчас же после того, вкладывая пальцы в пальцы, слегка пощелкивать суставами. Юлиан знал, что за одним движением неминуемо последует другое, и это раздражало его. Евтропий носил черную рясу, заплатанную, со многими пятнами, уверяя, что носит плохую одежу из смирения; на самом деле он был скряга.

Евсевий Никомидийский, духовный опекун Юлиана, избрал этого наставника.

Монах подозревал в своем питомце «тайную строптивость ума», которая, по мнению учителя, грозила Юлиану вечною погибелью, ежели он не исправится. Евтропий неутомимо говорил о тех чувствах, которые ребенок обязан питать к своему благодетелю, императору Констанцию.

Объяснял ли он Новый Завет, или арианский догмат, или пророческое знаменье, — все сводилось к этой цели, к этому «корню святого послушания и сыновней покорности». Казалось, подвиги смирения и любви, мученические жертвы-только ряд ступеней, по которым триумфатор Констанций восходит на престол. Но иногда, в то время, как арианский монах говорил о благодеяниях императора, оказанных ему, Юлиану, мальчик смотрел молча прямо в глаза учителю глубоким взором; он знал, что в это мгновение думает монах, так же, как тот знал, что думает ученик; и они об этом не говорили.

Но после того, если Юлиан останавливался, забыв перечисление имен ветхозаветных патриархов, или плохо выученную молитву, Евтропий, так же молча, с наслаждением, смотрел на него лягушачьими глазами и тихонько брал его за ухо двумя пальцами, как будто лаская; ребенок чувствовал, как медленно впивались в ухо его два острых, жестких ногтя.

Евтропий, несмотря на видимую угрюмость, обладал насмешливым и по-своему веселым нравом; он давал ученику самые нежные названия: «дражайший мой», «первенец души моей», «возлюбленный сын мой», и посмеивался над его царственным происхождением; каждый раз, ущипнув его за ухо, когда Юлиан бледнел не от боли, а от злости, монах произносил подобострастно:

— Не изволит ли гневаться твое величество на смиренного и худоумного раба Евтропия?

И лизнув ладонь, приглаживал височки, и слегка потрескивал пальцами, прибавляя, что злых и ленивых мальчиков очень бы хорошо поучить иногда лозою, что об этом упоминается и в Священном Писании: лоза темный и строптивый ум просвещает. Говорил он это только для того, чтобы смирить «бесовский дух гордыни» в Юлиане: мальчик знал, что Евтропий не посмеет исполнить угрозу; да и монах сам был втайне убежден, что ребенок скорее умрет, чем позволит себя высечь; и все-таки учитель почасту и подолгу говорил об этом.

В конце урока, при объяснении какого-то места из Священного Писания, Юлиану случилось заикнуться об антиподах, о которых слышал он от Мардония. Может быть, он сделал это нарочно, чтобы взбесить монаха; но тот залился тонким смехом, закрывая рот ладонью.

— И от кого ты слышал, дражайший, об антиподах?

Ну, насмешил ты меня, грешного, насмешил! Знаю, знаю, у старого глупца Платона кое-что о них говорится. А ты и поверил, что люди вверх ногами ходят?

Евтропий стал обличать безбожную ересь философов: не постыдно ли думать, что люди, созданные по образу и подобию Божию, ходят на головах, издеваясь, так сказать, над твердью небесной? Когда же Юлиан, обиженный за любимых мудрецов, упомянул о круглости земли, Евтропий вдруг перестал смеяться и пришел в такую ярость, что, весь побагровев, затопал ногами.

— От Мардония-язычника наслушался ты этой лжи богопротивной!

Когда он сердился, то говорил, запинаясь, брызгая слюною; слюна эта казалась Юлиану ядовитой. Монах с ожесточением напал на всех мудрецов Эллады; он забыл, что перед ним ребенок, и произносил уже искренно целую проповедь, задетый Юлианом за больное место: старика Пифагора, «выжившего из ума», обвинял в бесстыдной дерзости; о бреднях Платона, казалось ему, и говорить не стоит; он просто называл их «омерзительными»; учение Сократа — «безрассудным».

— Почитай-ка о Сократе у Диогена Лаэрция,-сообщал он Юлиану злорадно, — найдешь, что он был ростовщиком; кроме того, запятнал себя гнуснейшими пороками, о коих и говорить непристойно.

Но особенную ненависть возбуждал в нем Эпикур:

— Я не считаю сего и стоющим ответа: зверство, с каким погружался он во все роды похотей, и низость, с какою он делался рабом чувственных удовольствий, довольно показывают, что он был не человек, а скот.

Успокоившись немного, принялся объяснять неуловимый оттенок арианского догмата, с такой же яростью нападая на православную церковь, которую называл еретической.

В окно, из сада, веяло свежестью. Юлиан делал вид, что внимательно слушает Евтропия; на самже деле думал он о другом-о своем любимом учителе Мардонии; вспоминал его мудрые беседы, чтения Гомера и Гесиода: как они были непохожи на уроки монаха!

Мардонии не читал, а пел Гомера, по обычаю древних рапсодов; Лабда смеялась, что он «воет, как пес на луну». И в самом деле, непривычным людям было смешно: старый евнух делал ударения на каждой стопе гекзаметра, размахивая в лад руками; и важность была на желтом, морщинистом лице его. Но тоненький бабий голосок становился все громче и громче. Юлиан не замечал уродства старика; холод наслаждения пробегал по телу мальчика; божественные гекзаметры переливались и шумели, как волны: он видел прощание Андромахи с Гектором, Одиссея, тоскующего по своей Итаке, на острове Калипсо, пред унылым пустынным морем. И сердце Юлиана щемила сладкая боль, тоска по Элладе — родине богов, родине всех, кто любит красоту. Слезы дрожали в голосе учителя, слезы текли по желтым щекам его.

Иногда Мардоний говорил ему о мудрости, о суровой добродетели, о смерти героев за свободу. О, как и эти речи были не похожи на речи Евтропия! Он рассказывал ему жизнь Сократа; когда доходил до Апологии перед афинским народом, то вскакивал и читал наизусть речь философа; лицо его делалось спокойным и немного презрительным: казалось-говорит не подсудимый, а судья народа; Сократ не просит милости; вся власть, все законы государства-ничто перед свободой духа человеческого; афиняне могут умертвить его, но не отнимут свободы и счастья у бессмертной души его. И когда этот скиф, варвар, купленный раб с берегов Борисфена, восклицал: «свобода!»-Юлиану казалось, что в слове этом такая красота, что перед ней бледнеют образы Гомера. И смотря широко открытыми, почти безумными глазами на учителя, весь дрожал он и холодел от восторга.

Мальчик проснулся от грез, почувствовав прикосновение к уху костлявых холодных пальцев. Урок катехизиса кончился. Став на колени, он прочел благодарственную молитву. Потом, вырвавшись от Евтропия, побежал к себе в келью, взял книгу и направился в любимый уголок сада, чтобы читать на свободе. Книга была запретная, Симпозион. богохульного и нечестивого Платона. На лестнице Юлиан нечаянно столкнулся с уходившим Евтропием.

— Погоди, погоди-ка, дражайший. Что это за книжечка у твоего величества?

Юлиан взглянул на него спокойно и подал книгу.

На пергаментном переплете прочел монах заглавие большими буквами: «Послания Апостола Павла». Он отдал не развернув.

— Ну, то-то же. Помни: я за твою душу отвечаю перед Богом и перед великим государем. Не читай еретических книг, в особенности же тех философов, суетную мудрость коих я довольно обличил сегодня.

Это была обычная хитрость мальчика: он завертывал запрещенные книги в переплеты с невинными заглавиями.

Юлиан научился лицемерить с детства с недетским совершенством. Обманывал с наслаждением, в особенности Евтропия. Иногда притворялся, хитрил и лицемерил без нужды, по привычке, с чувством злобной и мстительной радости; обманывал всех, кроме Мардония.

В Мацеллуме, между бесчисленными праздными слугами и служанками, не было конца проискам, клеветам, сплетням, подозрениям, доносам. Придворная челядь, на деясь выслужиться, днем и ночью следила за царственными братьями, попавшими в немилость.

С тех пор, как Юлиан себя помнил, он ждал смерти со дня на день, и мало-помалу почти привык к страху, знал, что ни в доме, ни в саду не может сделать шага, который ускользнул бы от тысячи глаз. Ребенок многое слышал и понимал, но поневоле должен был делать вид, что не слышит и не понимает. Однажды донеслось к нему несколько слов из беседы Евтропия с подосланным от Констанция соглядатаем, в которой монах называл Юлиана и Галла «царственными щенятами». В другой раз, в крытом ходу, под окнами кухни, мальчик нечаянно подслушал, как старый пьяница-повар, раздраженный какойто дерзостью Галла, говорил своей любовнице, рабыне, перемывавшей посуду: «Господь да сохранит мою душу, Присцилла, — удивляюсь я, как это их еще до сей поры не придушили!» Когда Юлиан, после урока катехизиса, выбежал из дома и увидел зелень деревьев, он вздохнул свободнее.

Вечные снега двуглавой вершины Аргея белели на голубом небе. От близких ледников веяло прохладой. Просеки уходили вдаль непроницаемыми сводами южных дубов, с мелкими блестящими черно-зелеными листьями; коегде прорывался луч и трепетал на зелени платанов. Только с одной стороны сада не было стен: там кончался он обрывом. Внизу тянулась пустыня до самого края неба, до Антитавра. Она дышала зноем. А в саду шумели студеные воды, низвергались с грохотом, били фонтанами, лепетали струйками под кущами олеандров. Мацеллум, столетья тому назад, был любимым приютом роскошного и полубезумного царя Каппадокии Ариарафа.

Юлиан, с книгой Платона, направился в уединенную пещеру, недалеко от обрыва. Там стоял козлоногий Пан, игравший на свирели, и маленький жертвенник. В каменную раковину струилась вода из львиной пасти. Вход был заткан желтыми розами; между ними виднелись холмы пустыни, туманно-голубые, волнообразные, как море; запах чайных роз наполнял пещеру. В ней было бы душно, если бы не ледяная струйка. Ветер приносил желто-белые лепестки, усыпал ими землю и воду. Слышно было жужжание пчел в темном теплом воздухе.

Юлиан, лежа на мху, читал «Пир»; многого не понимал; но прелесть книги была в том, что она запретная.

Отложив Платона. он опять завернул его в переплет Посланий Апостола Павла, тихонько подошел к жертвеннику Пана, взглянул на веселого бога как на старого сообщника и, разрыв груду сухих листьев, достал из внутренности жертвенника, проломанного и прикрытого дощечкой, предмет, старательно обернутый тканью. Осторожно развернув, мальчик поставил его перед собой. Это было его создание, великолепный игрушечный корабль, «либурнская трирема». Он подошел к чаше водомета и опустил корабль в воду. Трирема закачалась на маленьких волнах. Все готово — три мачты, снасти, весла; нос позолочен; паруса-из шелковой тряпочки, подаренной Лабдой. Оставалось приделать руль. И мальчик принялся за работу. Стругая дощечку, изредка посматривал на даль, сквозившую между розами, на волнообразные холмы.

И над игрушечным кораблем своим скоро забыл все обиды, всю свою ненависть и вечный страх смерти. Воображал себя затерянным среди волн, в пустынной пещере, высоко над морем, хитроумным Одиссеем, строящим корабль, чтобы вернуться в милую отчизну. Но там, среди холмов, где белели крыши Цезарей, как пена на морских волнах, — крест, маленький блестящий крест над базиликой, мешал ему. Этот вечный крест! Он старался не видеть его, утешаясь триремой.

— Юлиан! Юлиан! Да где же он? В церковь пора.

Евтропий зовет тебя в церковь!

Мальчик вздрогнул и поспешно спрятал трирему в отверстие жертвенника; потом поправил волосы, одежду; и когда он выходил из пещеры, лицо его приняло снова непроницаемое, недетское выражение глубокого лицемерия — словно жизнь от него отлетела.

Держа Юлиана за руку своей холодной костлявой рукой, Евтропий повел его в церковь.

IV

Арианская базилика св. Маврикия построена была почти целиком из камней разрушенного храма Аполлона.

Священный двор, «атриум», окружали с четырех сторон ряды столбов. Посредине журчал фонтан для омовения молящихся. В одном из боковых притворов была древняя гробница из резного потемневшего дуба; в ней покоились чудотворные мощи святого Мамы. Евтропий заставлял Юлиана и Галла строить каменную раку над мощами.

Работа Галла, который считал ее приятным телесным упражнением, подвигалась; но стенка Юлиана то и дело рушилась. Евтропий объяснил это тем, что св. Мама отвергает дар отрока, одержимого духом бесовской гордыни.

Около гробницы толпились больные, ждавшие исцеления. Юлиан знал, зачем они приходят: у одного арианского монаха были в руках весы; богомольцы-многие из далеких селений, отстоявших на несколько парасангов — тщательно взвешивали куски льняной, шелковой или шерстяной ткани, и положив их на гроб св. Мамы, молились подолгу — иногда целую ночь до утра; потом ту же ткань снова взвешивали, чтобы сравнить с прежним весом; если ткань была тяжелее, значит, молитва исполнена: благодать святого вошла, подобно ночной росе, — впиталась в шелк, лен или шерсть, и теперь ткань могла исцелять недуги. Но часто молитва оставалась неуслышанной, ткань не тяжелела, и богомольцы проводили у гроба дни, недели, месяцы. Здесь была одна бедная женщина, старица Феодула: одни считали ее полоумной, другие святой; уже целые годы не отходила она от гробницы Мамы; больная дочь, для которой старица сначала просила исцеления, давно умерла, а Феодула по-прежнему молилась о кусочке полинявшей, истрепанной ткани.

Три двери из атриума вели в арианскую базилику: одна — в мужское отделение, другая — в женское, третья — в отделение для монахов и клира.

Вместе с Галлом и Евтропием, Юлиан вошел в среднюю дверь. Он был анагностом — церковным чтецом у св. Маврикия. Его облекала длинная черная одежда с широкими рукавами; волосы, умащенные елеем, придерживались тонкой тесьмой, для того чтобы при чтении не падали на глаза.

Он прошел среди народа, скромно потупившись. Бледное лицо почти непроизвольно принимало выражение лицемерного, необходимого, давно привычного смирения.

Он взошел на высокий арианский амвон.

Живопись на одной из стен изображала мученический подвиг св. Евфимии: палач схватил голову страдалицы и держал ее откинутой назад, неподвижно; другой, открыв ей рот щипцами, приближал к нему чашу, должно быть, с расплавленным свинцом. Рядом изображено было другое мучение: та же Евфимия привешена к дереву за руки, и палач стругает орудием пытки ее окровавленные, девственные, почти детские члены. Внизу была надпись: «Кровью мучеников. Господи, церковь Твоя украшается, как багряницей и виссоном». ки, горящие в аду, над ними рай со святыми угодниками; один из них срывал румяный плод с дерева, другой пел, играя на гуслях, а третий наклонился, облокотившись на облако, и смотрел на адские муки, с тихой усмешкой. Внизу надпись: «там будет плач и скрежет зубов».

Больные от гроба св. Мамы вошли в церковь; это были хромые, слепые, калеки, расслабленные, дети на костылях, похожие на стариков, бесноватые, юродивые, — бледные лица с воспаленными веками, с выражением тупой, безнадежной покорности. Когда хор умолкал, в тишине слышались сокрушенные воздыхания церковных вдов — калугрий, в темных одеждах, или позвякивание вериг старца Памфила: в продолжение многих лет Памфил ни с одним человеком не молвил слова и только повторял;

«Господи) Господи! дай мне слезы, дай мне умиление, дай мне память смертную».

Воздух был теплый, душный, как в подземелье-тяжелый, пропитанный ладаном, запахом воска, гарью лампад, дыханием больных.

В тот день Юлиан должен был читать Апокалипсис.

Проносились страшные образы Откровения: бледный конь в облаках, имя которому Смерть; племена земные тоскуют, предчувствуя кончину мира; солнце мрачно, как власяница, луна сделалась как кровь; люди говорят горам и камням: падитс на нас и сокройте нас от лица Сидящего на престоле и от гнева Агнца, ибо пришел великий день гнева Его, и кто может устоять? Повторялись пророчества: «Люди будут искать смерти и не найдут ее; пожелают умереть и смерть убежит от них». Раздавался вопль: «блаженны мертвые!»-Это было кровавое избиение народов; виноград брошен в великое точило гнева Божия, и ягоды истоптаны, и потекла кровь из точила даже до узд конских, на тысячу шестьсот стадий. «И люди проклинали Бога небесного от страданий своих; и не раскаялись в делах своих. И Ангел возопил: кто поклоняется Зверю и образу его, тот будет пить вино ярости Божией, вино цельное, приготовленное в чаше гнева Его, и будет мучим в огне и сере, перед святыми Ангелами и Агнцем. И дым мучений их будет восходить во веки веков, и не будет иметь покоя ни днем, ни ночью поклоняющийся Зверю и образу его».

Юлиан умолк; в церкви была тишина; в испуганной толпе

слышались только тяжелые вздохи, удары головой о плиты и звяканья цепей юродивого: «Господи! Господи! Дай мне слезы, дай мне умиление, дай мне память смертную!» Мальчик взглянул вверх, на огромный полукруг мозаики между столбами свода: это был арианский образ Христа — грозный, темный, исхудалый лик в золотом сиянии и диадеме, похожей на диадему византийских императоров, почти старческий, с длинным тонким носом и строго сжатыми губами; десницей благословлял он мир; в левой руке держал книгу; в книге было написано: «Мир вам. Я свет мира». Он сидел на великолепном престоле, и римский император — Юлиану казалось, что это Констанций, — целовал Ему ноги.

А между тем, там, внизу, в полумраке, где теплилась одна лишь лампада, виднелся мраморный барельеф на гробнице первых времен христианства. Там были изваяны маленькие нежные Нереиды, пантеры, веселые тритоны; и рядом — Моисей, Иона с китом, Орфей, укрощающий звуками лиры хищных зверей, ветка оливы, голубь и рыба — простодушные символы детской веры; среди них — Пастырь Добрый, несущий Овцу на плечах, заблудшую и найденную Овцу — душу грешника.. Он был радостен и прост, этот босоногий юноша, с лицом безбородым, смиренным и кротким, как лица бедных поселян; у него была улыбка тихого веселия. Юлиану казалось, что никто уже не знает и не видит Доброго Пастыря; и с этим маленьким изображением иных времен для него связан был какой-то далекий, детский сон, который иногда хотел он вспомнить и не мог. Отрок с овцой на плечах смотрел на него, на него одного, с таинственным вопросом. И Юлиан шептал слово, слышанное от Мардония: «Галилеянин!» И В это мгновение, упав из окна, косые лучи солнца задрожали столбом в облаке ладана; и тихо колеблясь, как будто подняло оно вспыхнувший золотым сиянием грозный, темный лик Христа. Хор торжественно грянул:

"Да молчит всякая плоть человеча и да стоит со страхом и трепетом, и ничто же земное в себе да помышляет.

Царь бо царствующих и Господь господствующих приходит заклатися и датися в снедь серным. Предходят же Сему лицы Ангельский, со всяким началом и властию, многоочитии херувими и шестокрилатии серафими закрывающе и вопиюще песнь: Аллилуиа! Аллилуйи!

Аллилуиа!" И песнь, как буря, проносилась над склоненными

головами молящихся.

Образ босоногого юноши. Доброго Пастыря, уходил в неизмеримую даль, но все еще смотрел на Юлиана с вопросом. И сердце мальчика сжималось не от благоговения, а от ужаса перед этой тайной, которую во всю жизнь не суждено ему было разгадать.

V

Из базилики вернулся он в Мацеллум, захватил с собой готовую, тщательно завернутую трирему, и никем не замеченный (Евтропий уехал на несколько дней) выскользнул из ворот крепости и побежал мимо церкви св.

Маврикия к соседнему храму Афродиты.

Роща богини соприкасалась с кладбищем христианской церкви. Вражда и споры, даже тяжбы между двумя храмами, никогда не прекращались. Христиане требовали разрушения капища. Жрец Олимпиодор жаловался на церковных сторожей: по ночам они тайно вырубали вековые кипарисы заповедной рощи и рыли могилы для христианских покойников в земле Афродиты.

Юлиан вступил в рощу. Теплый воздух охватил его.

Полуденный зной выжал из серой волокнистой коры кипарисов капли смолы. Юлиану казалось, что в полумраке веет дыхание Афродиты.

Между деревьями белели изваяния. Здесь был Эрос, натягивающий лук; должно быть, церковный сторож, издеваясь над идолом, отбил мраморный лук: вместе с двумя руками бога, оружие любви покоилось в траве, у подножия статуи; но безрукий мальчик по-прежнему, выставив одну пухлую ножку вперед, целился с резвой улыбкой.

Юлиан вошел в домик жреца Олимпиодора. Комнаты были маленькие, тесные, почти игрушечные, но уютные; никакой роскоши, скорее бедность; ни ковров, ни серебра; простые каменные полы, деревянные скамьи и стулья, дешевые амфоры из обожженной глины. Но в каждой мелочи было изящество. Ручка простой кухонной лампады изображала Посейдона с трезубцем: это была древняя искусная работа. Иногда Юлиан подолгу любовался на стройные очертания простой глиняной амфоры с дешевым оливковым маслом. Всюду на стенах виднелась легкая живопись: то Нереида, сидящая верхом на водяном чешуйчатом коне; то пляшущая молодая богиня в длинном пеплуме с вьющимися складками.

Все смеялось в домике, облитом солнечным светом: смеялись Нереиды на стенах, пляшущие богини, тритоны, даже морские чешуйчатые кони; смеялся медный Посейдон на ручке лампады; тот же смех был и на лицах обитателей дома; они родились веселыми; им довольно было двух дюжин вкусных олив, белого пшеничного хлеба, кисти винограда, нескольких кубков вина, смешанного с водою, чтобы счесть это за целый пир, и чтобы жена Олимпиодора, Диофана, в знак торжества, повесила на двери лавровый венок.

Юлиан вошел в садик атриума. Под открытым небом бил фонтан. Рядом, среди нарциссов, аканфов, тюльпанов и мирт стояло небольшое бронзовое изваяние Гермеса, крылатого, смеющегося, как все в доме, готового вспорхнуть и улететь. Над цветником на солнце вились пчелы и бабочки.

Под легкой тенью портика на дворе Олимпиодор и его семнадцатилетняя дочь Амариллис играли в изящную аттическую игру — коттабу: на столбике, вбитом в землю, поперечная перекладина качалась, подобно коромыслу весов; к обоим концам ее привешены небольшие чашечки; под каждой подставлен сосуд с водой и с маленьким медным изваянием; надо было, с некоторого расстояния, плеснуть из кубка вином так, чтобы попасть в одну из чашек, и чтобы, опустившись, ударилась она об изваяние.

— Играй, играй же. За тобой очередь! -кричала Амариллис.

— Раз, два, три!

Олимпиодор плеснул и не попал; он смеялся детским смехом; странно было видеть высокого человека с проседью в волосах, увлеченного игрою, подобно ребенку.

Девушка красивым движением голой руки, откинув лиловую тунику, плеснула вином — и чашечка коттабы зазвенела, ударившись.

Амариллис захлопала в ладоши и захохотала.

Вдруг в дверях увидели Юлиана.

Все начали целовать его и обнимать. Амариллис кричала:

— Диофана! Где же ты? Посмотри, какой гость! Скорее! Скорее!

Диофана прибежала из кухни.

— Юлиан, мальчик мой милый! Что ты, будто похудел? Давно мы тебя не видали...

И она прибавила, сияющая от веселья:

— Радуйтесь, дети мои. Сегодня будет у нас пир.

Я приготовлю венки из роз, зажарю три окуня и сготовлю сладкие инбирные печенья...

В эту минуту молодая рабыня подошла и шепнула Олимпиодору, что богатая патрицианка из Цезарей желает его видеть, имея дело к жрецу Афродиты. Он вышел.

Юлиан и Амариллис стали играть в коттабу.

Тогда неслышно на пороге появилась десятилетняя тонкая, бледная и белокурая девочка, младшая дочь Олимпиодора, Психея. У нее были голубые, огромные и печальные глаза. Одна во всем доме казалась она не посвященной Афродите, чуждой общему веселью. Она жила отдельной жизнью, оставаясь задумчивой, когда все смеялись, и никто не знал, о чем она скорбит, чему радуется. Отец считал ее жалким существом, неисцелимо больной, испорченной недобрым глазом, чарами вечных врагов своих, галилеян: они из мести отняли у него ребенка; чернокудрая Амариллис была любимой дочерью Олимпиодора; но мать тайком баловала Психею и с ревнивой страстностью любила больного ребенка, не понимая внутренней жизни его.

Психея, скрываясь от отца, ходила в базилику св.

Маврикия. Не помогали ни ласки матери, ни мольбы, ни угрозы. Жрец в отчаянии отступился от Психеи. Когда говорили о ней, лицо его омрачалось и принимало недоброе выражение. Он уверил, будто бы за нечестие ребенка виноградник, прежде благословляемый Афродитой, стал приносить меньше плодов, ибо довольно было маленького золотого крестика, который девочка носила на груди,для того чтобы осквернить храм.

— Зачем ты ходишь в церковь? — спросил ее однажды Юлиан.

— Не знаю. Там хорошо. Ты видел Доброго Пастыря?

— Да, видел. Галилеянин! Откуда ты про Него знаешь?

— Мне старушка Феодула сказывала. С тех пор я хожу в церковь. И отчего это, скажи мне, Юлиан, отчего они все так не любят Его?

Олимпиодор вернулся, торжествующий, и рассказал о своей беседе с патрицианкой: это была молодая, знатная девушка; жених разлюбил ее; она думала, что он околдован чарами соперницы; много раз ходила она в христианскую церковь, усердно молилась На гробнице св. Мамы.

Ни посты, ни бдения, ни молитвы не помогли. «Разве христиане могут помочь}» — заключил Олимпиодор с презрением и взглянул исподлобья на Психею, которая внимательно слушала.

— И вот христианка пришла ко мне: Афродита исцелит ее!

Он показал с торжеством двух связанных белых голубков: христианка просила принести их в жертву богине.

Амариллис, взяв голубков в руки, целовала нежные розовые клювы и уверяла, что их жалко убивать.

— Отец, знаешь что? Мы принесем их в жертву, не убивая.

— Как? Разве может быть жертва без крови?

— А вот как. Пустим на свободу. Они улетят прямо в небо, к престолу Афродиты. Не правда ли? Богиня там, в небе. Она примет их. Позволь, пожалуйста, милый!

Амариллис так нежно целовала его, что он не имел духа отказать.

Тогда девушка развязала и пустила голубей. Они затрепетали белыми крыльями с радостным шелестом и полетели в небо — к престолу Афродиты. Заслоняя глаза рукой, жрец смотрел, как исчезает в небе жертва христианки. И Амариллис прыгала от восторга, хлопая в ладоши:

— Афродита! Афродита! Прими бескровную жертву!

Олимпиадор ушел. Юлиан торжественно и робко приступил к Амариллис. Голос его дрогнул, щеки вспыхнули, когда тихо произнес он имя девушки.

— Амариллис! Я принес тебе...

— Да, я уже давно хотела спросить, что это у тебя?

— Трирема...

— Трирема? Какая? Для чего? Что ты говоришь?

— Настоящая, либурнская...

Он стал быстро развертывать подарок, но вдруг почувствовал неодолимый стыд.

Амариллис смотрела в недоумении.

Он совсем смутился и взглянул на нее с мольбою, опуская игрушечный корабль в маленькие волны фонтана.

— Ты не думай, Амариллис,-трирема настоящая.

С парусами. Видишь, плавает и руль есть...

Но Амариллис громко хохотала над подарком;

— На что мне трирема? Недалеко с ней уплывешь.

Это корабль для мышей или цикад. Подари лучше Психее:

она будет рада. Видишь, как смотрит.

Юлиан был оскорблен. Он старался принять равнодушный вид, но чувствовал, что слезы сжимают горло его, концы губ дрожат и спускаются. Он сделал отчаянное усилие, удержался от слез и сказал:

— Я вижу, что ты ничего не понимаешь...

Подумал и прибавил:

— Ничего не понимаешь в искусстве!

Но Амариллис еще громче засмеялась.

К довершению обиды позвали ее к жениху. Это был богатый самосский купец. Он слишком сильно душился, одевался безвкусно и в разговоре делал грамматические ошибки. Юлиан его ненавидел. Весь дом омрачился, и радость исчезла, когда он узнал, что пришел самосец.

Из соседней комнаты доносилось радостное щебетание Амариллис и голос жениха.

Юлиан схватил свою дорогую, настоящую, либургскую трирему, стоившую ему столько трудов, сломал мачту, сорвал паруса, перепутал снасти, растоптал, изуродовал корабль, не говоря ни слова, с тихою яростью, к ужасу Психеи.

Амариллис вернулась. На лице ее были следы чужого счастья — тот избыток жизни, чрезмерная радость любви, когда молодым девушкам все равно, кого обнимать и целовать.

— Юлиан, прости меня; я обидела тебя. Ну, прости же, дорогой мой! Видишь, как я тебя люблю... люблю...

И прежде чем он успел опомниться, Амариллис, откинув тунику, обвила его шею голыми, свежими руками.

Сердце его упало от сладкого страха: он увидел так близко от себя, как никогда еще, большие, влажно-черные глаза; от нее пахло сильно, как от цветов. Голова мальчика закружилась. Она прижимала тело его к своей груди. Он закрыл глаза и почувствовал на губах поцелуй.

— Амариллис! Амариллис! Где же ты?

Это был голос самосца. Юлиан изо всей силы оттолкнул девушку. Сердце его сжалось от боли и ненависти.

Он закричал: «Оставь, оставь меня!»-вырвался и убежал.

— Юлиан! Юлиан!

Не слушая, бежал он прочь из дома, через виноградник, через кипарисовую рощу и остановился только у храма Афродиты.

Он слышал, как его звали; слышал веселый голос Диофаны,

возвещавшей, что инбирное печенье готово, и не отвечал. Его искали. Он спрятался в лавровых кустах у подножья Эроса и переждал. Подумали, что он убежал в Мацеллум: в доме привыкли к его угрюмым странностям.

Когда все утихло, он вышел из засады и взглянул на храм богини любви.

Храм стоял на холме, открытый со всех сторон. Белый мрамор ионических колонн, облитый солнцем, с негой купался в лазури; и темная теплая лазурь радовалась, обнимая этот мрамор, холодный и белый, как снег; по обоим углам фронтон увенчан был двумя акротэрами в виде грифонов: с поднятою когтистою лапою, с открытыми орлиными клювами, с круглыми женскими сосцами вырезывались они гордыми, строгими очертаниями на голубых небесах.

Юлиан по ступеням вошел в портик, тихонько отворил незапертую медную дверь и вступил во внутренность храма, в священный Хаос.

На него повеяло тишиной и прохладой.

Склонившееся солнце еще озаряло верхний ряд капителей с тонкими завитками, похожими на кудри; а внизу был уже сумрак. С треножника пахло пепелом сожженной мирры.

Юлиан робко поднял глаза, прислонившись к стене, притаив дыхание, — и замер.

Это была она. Под открытым небом стояла посредине храма только что из пены рожденная, холодная, белая Афродита-Анадиомена, во всей своей нестыдящейся наготе. Богиня как будто с улыбкой смотрела на небо и море, удивляясь прелести мира, еще не зная, что это — ее собственная прелесть, отраженная в небе и море, как в вечных зеркалах. Прикосновение одежд не оскверняло ее.

Такой стояла она там, вся целомудренная и вся нагая, как это безоблачное, почти черно-синее небо над ее головой.

Юлиан смотрел ненасытно. Время остановилось. Вдруг он почувствовал, что трепет благоговения пробежал по телу его. И мальчик в темных монашеских одеждах опустился на колени перед Афродитой, подняв лицо, прижав руки к сердцу.

Потом все так же вдали, все так же робко, сел на подножие колонны, не отводя от нее глаз; щека прислонилась к холодному мрамору. Тишина сходила в душу. Он задремал; но и сквозь сон чувствовал ее присутствие: она опускалась к нему ближе и ближе; тонкие, белые руки обвились вокруг его шеи. Ребенок отдавался с бесстрастной улыбкой бесстрастным объятиям. До глубины сердца проникал холод белого мрамора. Эти святые объятия не походили на болезненно страстные, тяжкие, знойные объятия Амариллис. Душа его освобождалась от земной любви.

То был последний покой, подобный амброзийной ночи Гомера, подобный сладкому отдыху смерти...

Когда он проснулся, было темно. В четырехугольнике открытого неба сверкали звезды. Серп луны кидал сияние на голову Афродиты.

Юлиан встал. Должно быть, Олимпиодор приходил, но не заметил или не хотел разбудить мальчика, угадав его горе. Теперь на бронзовом треножнике рдели угли, и струйки благовонного дыма подымались к лицу богини.

Юлиан подошел, взял из хризолитовой чаши между ногами треножника несколько зерен душистой смолы и бросил на угли алтаря. Дым заклубился обильнее. И розовый отблеск огня вспыхнул, как легкий румянец жизни на лице богини, сливаясь с блеском новорожденного месяца. Чистая Афродита-Урания как будто сходила от звезд на землю.

Юлиан наклонился и поцеловал ноги изваяния.

Он молился ей:

— Афродита! Афродита! Я буду любить тебя вечно.

И слезы падали на мраморные ноги изваяния.

VI

На берегу Средиземного моря, в одном из грязных и бедных предместий Селевки Сирийской, торговой гавани Великой Антиохии, кривые, узкие улицы выходили на площадь у набережной; моря не было видно из-за леса мачт и снастей.

Дома состояли из беспорядочно нагроможденных клетушек, обмазанных глиной. С улицы прикрывались они иногда истрепанным ковром, похожим на грязное лохмотье, или циновкой. Во всех этих углах, клетушках, переулочках, с тяжелым запахом помоев, прачешень и бань для рабочих, копошился пестрый, нищий, голодный сброд.

Солнце, сжигавшее засухой, землю, закатилось. Наступали сумерки. Зной, пыль, мгла еще тягостней повисли над городом. С рынка веял удушливый запах мяса и овощей, пролежавших весь день на жаре. Полуголые рабы с кораблей носили по сходням тюки на плечах; одна сторона головы была у них выбрита; сквозь лохмотья виднелись рубцы от ударов; у многих чернели во все лицо клейма, выжженные каленым железом: две латинские буквы с и F, что значило — Cave FureM, Берегись Вора.

Зажигались огни. Несмотря на приближение ночи, суетня и говор в тесных переулках не утихали. Из соседней кузницы слышались раздирающие уши удары молота по железным листам; вспыхивало зарево горна; клубилась копоть. Рядом рабы-хлебопеки, голые, покрытые с головы до ног белою мучною пылью, с красными воспаленными от жара веками, сажали хлебы в печи. Сапожник в открытой лавчонке, откуда пахло клеем и кожей, тачал сапоги при свете лампадки, сидя на корточках и во все горло распевая песни на языке варваров. Из клетушки в клетушку, через переулок, две старухи, настоящие ведьмы, с растрепанными седыми волосами, кричали и бранились, протягивая руки, чтобы сцепиться, из-за веревки, на которую вешали сушиться тряпье. А внизу торговец, спеша издалека по утру на рынок, на костлявой ободранной кляче, в ивовых корзинах вез целую гору несвежей рыбы; прохожие от невыносимого смрада отворачивались и ругались. Толстощекий жиденок с красными кудрями, наслаждаясь оглушительным громом, колотил в огромный медный таз. Другие дети — крохотные, бесчисленные, рождавшиеся и умиравшие каждый день сотнями в этой нищете, — валялись, визжа как поросята, вокруг луж с апельсинными корками" с яичными скорлупами В еще более темных и подозрительных переулках, где жили мелкие воришки, где из кабачков пахло сыростью и кислым вином, корабельщики со всех концов света ходили обнявшись и орали пьяные песни. Над воротами лупанара повешен был фонарь с бесстыдным изображением, посвященным богу Приапу, и когда на дверях приподымали покров — центону, внутри виднелся тесный ряд коморочек, похожих на стойла; над каждой была надпись с ценою; в душной темноте белели голые тела женщин.

И надо всем этим шумом и гамом, надо всей этой человеческой грязью и бедностью, слышались далекие вздохи прибоя, ропот невидимого моря.

У самых окон подвальной кухни финикийского купца

оборванцы играли в кости и болтали. Из кухни долетал теплыми клубами чад кипящего жира, запах пряностей и жареной дичи. Голодные вдыхали его, закрывая глаза от наслаждения.

Христианин, красильщик пурпура, выгнанный с богатой тирской фабрики за воровство, говорил, с жадностью обсасывая лист мальвы, выброшенный Поваром:

— Что в Антиохии, добрые люди, делается, об этом и говорить-то на ночь страшно. Намедни голодный народ растерзал префекта Феофила. А за что. Бог весть. Когда дело сделали, вспомнили, что бедняга был добрый и благочестивый человек. Говорят, цезарь на него указал народу...

Дряхлый старичок, очень искусный карманный воришка, произнес:

— Я видел однажды цезаря. Не знаю. Мне понравился. Молоденький; волоски светлые, как лен; личико сытое, но добренькое. А сколько убийств, Господи, сколько убийств! Разбой. По улицам ходить страшно.

— Все это — не от цезаря, а от жены его, от Константины. Ведьма?

Странной наружности люди подошли к разговаривавшим и наклонились, как будто желая принять участие в беседе. Если бы свет от кухонной печи был сильнее, можно было бы рассмотреть, что лица их подмалеваны, одежды замараны и изорваны неестественно, как у нищих в театре. Несмотря на лохмотья, руки у самого грязного были белые, тонкие, с розовыми, обточенными ногтями.

Один из них сказал товарищу тихонько на ухо:

— Слушай, Агамемнон: здесь тоже говорят о цезаре.

Тот, кого звали Агамемноном, казался пьяным; он пошатывался; борода, неестественно густая и длинная, делала его похожим на сказочного разбойника; но глаза были добрые, ясно-голубые, с детским выражением. Товарищи испуганным шепотом удерживали его:

— Осторожнее!

Карманный воришка заговорил жалобным голосом, точно запел:

— Нет, вы только скажите мне, мужи-братья,. разве это хорошо? Хлеб дорожает каждый день; люди мрут, как мухи. И вдруг... нет, вы только рассудите, пристойно ли это? Намедни из Египта приезжает огромнейший трехмачтовый корабль; обрадовались, думаем — хлеб. Цезарь, говорят, выписал, чтобы накормить народ. И что же, что бы это было, добрые люди — ну, как вы думаете, что? — Пыль из Александрии, особенная, розовая, ливийская, для натирания атлетов, пыль — для собственных придворных гладиаторов цезаря, пыль вместо хлеба? Разве это хорошо?-заключил он, делая негодующие знаки ловкими воровскими пальцами.

Агамемнон подталкивал товарища:

— Спроси имя. Имя!

— Тише... нельзя! Потом...

Чесальщик шерсти заметил:

— У нас, в Селевкии, еще спокойно. А в Антиохии — предательства, доносы, розыски...

Красильщик, который в последний раз лизнул мальву и отбросил ее, убедившись, что она потеряла вкус, проворчал себе под нос мрачно:

— А вот, даст Бог, человеческое мясо и кровь будут скоро дешевле хлеба и вина...

Чесальщик шерсти, горький пьяница и философ, тяжело вздыхал:

— Ох-ох-ох! Бедные мы людишки! Блаженные олимпийцы играют нами, как мячиками — то вправо, то влево, то вверх, то вниз: люди плачут, а боги смеются.

Товарищ Агамемнона успел вмешаться в разговор.

Ловко, как будто небрежно, выспросил имена; подслушал даже то, что странствующий сапожник сообщил на ухо чесальщику о предполагаемом заговоре среди солдат претории. Потом, отойдя, записал имена разговаривавших изящным стилосом на восковые дощечки, где хранилось много имен.

В это время с рыночной площади донеслись хриплые, глухие, подобные реву какого-то подземного чудовища, не то смеющиеся, не то плачущие звуки водяного органа: слепой раб-христианин за четыре обола в день, у входа в балаган, накачивал воду, производившую в машине эти смешные и плачевные звуки.

Агамемнон потащил спутников в балаган, обтянутый, наподобие палатки, голубою тканью с серебряными звездами.

Фонарь озарял черную доску-объявление о предстоящем зрелище, написанное мелом по-сирийски и по-гречески.

Внутри было душно. Пахло чесноком и копотью масляных плошек. В дополнение органа, пищали две пронзительные флейты, и черный эфиоп, вращая белками, ударял в бубны.

Плясун прыгал и кувыркался на канате, хлопая в лад руками. Он пел модную песенку:

Hue, hue convenite nunc
Spatolocinaedi!
Pedem tendite,
Cursum addite.
Эй, вы! Соберем мальчиколюбцев изощренных!
Все мчитесь сюда быстрой ногой, пятою легкой…

Этот худой курносый плясун был стар, отвратителен и весел. С бритого лба его струились капли пота, смешанного с румянами; морщины, залепленные белилами, походили на трещины стен, у которой известка тает под дождем.

Когда он удалился, орган и флейта умолкли. На подмостки выбежала пятнадцатилетняя девочка, чтобы исполнить знаменитую, до безумия любимую народом, пляску -кордакс. Отцы церкви громили ее, римские законы запрещали— ничто не помогало: кордакс плясали всюду, бедные и богатые, жены сенаторов и уличные плясуньи.

Агамемнон проговорил с восторгом:

— Что за девочка!

Благодаря кулакам спутников, он пробился в первый ряд.

Худенькое, смуглое тело нубиянки обвивала, только вокруг бедер, почти воздушная, бесцветная ткань; волосы подымались над головой мелкими, пушисто-черными кудрями, как у женщин Эфиопии; лицо чистого египетского облика напоминало лица сфинксов.

Кроталистрия начала плясать, как будто скучая, лениво и небрежно. Над головой, в тонких руках, медные бубны — кроталии чуть слышно бряцали.

Потом движения ускорились. И вдруг, из-под длинных ресниц, сверкнули желтые глаза, прозрачные, веселые, как у хищных зверей. Она выпрямилась, и медные кроталии зазвенели пронзительно, с таким вызовом, что вся толпа дрогнула.

Тогда девочка закружилась, быстрая, тонкая, гибкая, как змейка. Ноздри ее расширились. Из горла вырвался странный крик. При каждом порывистом движении две маленькие, темные груди, как два спелых плода под ветром, трепетали, стянутые зеленой шелковой сеткой, и острые, сильно нарумяненные концы их алели, выступая из-под сетки.

Толпа ревела от восторга. Агамемнон безумствовал, товарищи держали его за руки.

Вдруг девочка остановилась, как будто в изнеможении.

Легкая дрожь пробегала с головы до ног по смуглым членам. Наступила тишина. Над закинутой головой нубиянки, с почти неуловимым, замирающим звоном, быстро и нежно, как два крыла пойманной бабочки, трепетали бубны. Глаза потухли; но в самой глубине их мерцали две искры. Лицо было строгое, грозное. А на слишком толстых, красных губах, на губах сфинкса, дрожала слабая улыбка. И в тишине медные кроталии замерли.

Толпа так закричала, захлопала, что голубая ткань с блестками всколебалась, как парус под бурей, и хозяин думал, что балаган рухнет.

Спутники не могли удержать Агамемнона. Он бросился, приподняв занавес, на сцену, через подмостки, в коморку для танцовщиц и мимов.

Товарищи шептали ему на ухо:

— Подожди! Завтра все будет сделано. А теперь могут...

Агамемнон перебил:

— Нет, сейчас!

Он подошел к хозяину, хитрому седому греку Мирмексу, и сразу, почти без объяснений, высыпал ему в полу туники пригоршню золотых монет.

— Кроталистрия-твоя?

— Да. Что угодно моему господину?

Мирмекс с изумлением смотрел то на разорванную одежду Агамемнона, то на золото.

— Как тебя зовут, девочка?

— Филлис.

Он и ей дал денег, не считая. Грек что-то шепнул на ухо Филлис. Она высоко подбросила звонкие монеты, поймала их на ладонь, и, засмеявшись, сверкнула на Агамемнона своими желтыми глазами. Он сказал:

— Пойдем со мною.

Филлис накинула на голые смуглые плечи темную хламиду и выскользнула вместе с ним на улицу.

Она спросила:

— Куда?

— Не знаю.

— К тебе?

— Нельзя. Я живу в Антиохии.

— А я только сегодня на корабле приехала и ничего не знаю.

— Что же делать?

— Подожди, я видела давеча в соседнем переулке незапертый храм Приапа. Пойдем туда.

Филлис потащила его, смеясь. Товарищи хотели следовать. Он сказал:

— Не надо! Оставайтесь здесь.

— Берегись! Возьми по крайней мере оружие. В этом предместье ночью опасно.

И вынув из-под одежды короткий меч, вроде кинжала, с драгоценной рукояткой, один из спутников подал его почтительно.

Спотыкаясь во мраке, Агамемнон и Филлис вошли в глубокий темный переулок, недалеко от рынка.

— Здесь, здесь! Не бойся. Входи.

Они вступили в преддверье маленького пустынного храма; лампада на цепочках, готовая потухнуть, слабо освещала грубые, старые столбы.

— Притвори дверь.

И Филлис неслышно сбросила на каменный пол мягкую, темную хламиду. Она беззвучно хохотала. Когда Агамемнон сжал ее в объятьях, ему показалось, что вокруг тела его обвилась страшная, жаркая змея. Желтые хищные глаза сделались огромными.

Но в это мгновение из внутренности храма раздалось пронзительное гоготание и хлопание белых крыльев, поднявших такой ветер, что лампада едва не потухла.

Агамемнон выпустил из рук Филлис и пролепетал:

— Что это?..

В темноте мелькнули белые призраки. Струсивший Агамемнон перекрестился.

Вдруг что-то сильно ущипнуло его за ногу. Он закричал от боли и страха; схватил одного неизвестного врага за горло, другого пронзил мечом. Поднялся оглушительный крик, визг, гоготание и хлопание. Лампада в последний раз перед тем, чтобы угаснуть, вспыхнула — и Филлис закричала, смеясь:

— Да это гуси, священные гуси Приапа! Что ты наделал!..

Дрожащий и бледный победитель стоял, держа в одной руке окровавленный меч, в другой — убитого гуся.

С улицы послышались громкие голоса, и целая толпа с факелами ворвалась в храм. Впереди была старая жрица Приапа-Скабра. Она мирно, по своему обыкновению, распивала вино в соседнем кабачке, когда услышала крики священных гусей и поспешила на помощь, с толпою бродяг. Крючковатый красный нос, седые растрепанные волосы, глаза с острым блеском, как два стальных клинка, делали ее похожей на фурию. Она вопила:

— Помогите! Помогите! Храм осквернен! Священные гуси Приапа убиты! Видите, это-христиане-безбожники.

Держите их!

Филлис, закрывшись с головой плащом, убежала. Толпа влекла на рыночную площадь Агамемнона, который так растерялся, что не выпускал из рук мертвого гуся. Скабра звала агорономов — рыночных стражей.

С каждым мгновением толпа увеличивалась.

Товарищи Агамемнона прибежали на помощь. Но было поздно: из притонов, из кабаков, из лавок, из глухих переулков мчались люди, привлеченные шумом. На лицах было то выражение радостного любопытства, которое всегда является при уличном происшествии. Бежал кузнец с молотом в руках, соседки-старухи, булочник, обмазанный тестом, сапожник мчался, прихрамывая; и за всеми рыжеволосый крохотный жиденок летел, с визгом и хохотом, ударяя в оглушительный медный таз, как будто звоня в набат.

Скабра вопила, вцепившись когтями в одежду Агамемнона:

— Подожди! Доберусь я до твоей гнусной бороды!

Клочка не оставлю! Ах ты, падаль, снедь воронья! Да ты и веревки не стоишь, на которой тебя повесят!

Явились, наконец, заспанные агорономы, более похожие на воров, чем на блюстителей порядка.

В толпе был такой крик, смех, брань, что никто ничего не понимал. Кто-то вопил: «убийцы!», другие: «ограбили!», третьи: «пожар!» И в это мгновение, побеждая все, раздался громоподобный голос полуголого рыжего великана с лицом, покрытым веснушками, по ремеслу — банщика, по призванию — рыночного оратора:

— Граждане! Давно уже слежу я за этим мерзавцем и его

спутниками. Они записывают имена. Это соглядатаи, соглядатаи цезаря!

Скабра, исполняя давнее намерение, вцепилась одной рукой в бороду, другой-в волосы Агамемнона. Он хотел оттолкнуть ее, но она рванула изо всей силы — и длинная черная борода и густые волосы остались у нее в руках; старуха грохнулась навзничь. Перед народом, вместо Агамемнона, стоял красивый юноша с вьющимися мягкими светлыми, как лен, волосами и маленькой бородкой.

Толпа умолкла в изумлении. Потом опять загудел голос банщика:

— Видите, граждане, это — переодетые доносчики!

Кто-то крикнул:

— Бей! бей!

Толпа всколыхнулась. Полетели камни. Товарищи обступили Агамемнона и обнажили мечи. Чесальщик шерсти сброшен был первым ударом; он упал, обливаясь кровью.

Жиденка с медным тазом растоптали. Лица сделались зверскими.

В это мгновение десять огромных рабов-пафлагонцев, с пурпурными носилками на плечах, раскинули толпу.

— Спасены! — воскликнул белокурый юноша и бросился с одним из спутников в носилки.

Пафлагонцы подняли их на плечи и побежали.

Разъяренная толпа остановила бы и растерзала их, если бы не крикнул кто-то:

— Разве вы не видите, граждане? Это цезарь, сам цезарь Галл!

Народ остолбенел от ужаса.

Пурпурные носилки, покачиваясь на спинах рабов, как лодка на волнах, исчезали в глубине неосвещенной улицы.

Шесть лет прошло с того дня, как Юлиан и Галл были заключены в каппадокийскую крепость Мацеллум. Император Констанций возвратил им свою милость. Девятнадцатилетнего Юлиана вызвали в Константинополь и потом позволили ему странствовать по городам Малой Азии;

Галла император сделал своим соправителем, цезарем и отдал ему в управление Восток. Впрочем, неожиданная милость не предвещала ничего доброго. Констанций любил поражать врагов, усыпив их ласками.

— Ну, Гликон, как бы теперь ни убеждала меня Константина,

не выйду я больше на улицу с поддельными волосами. Кончено!

— Мы предупреждали твое величество...

Но цезарь, лежа на мягких подушках носилок, уже забыл недавний страх. Он смеялся:

— Гликон! Гликон! Видел ты, как проклятая старуха покатилась навзничь с бородой в руках? Смотрю — а уж она лежит!

Когда они вошли во дворец, цезарь приказал:

— Скорее ванну и ужинать! Проголодался.

Придворный подошел с письмом.

— Что это? Нет, нет, дела до завтрашнего утра...

— Милостивый цезарь, важное письмо — прямо из лагеря императора Констанция.

— От Констанция! Что такое? Подай...

Он распечатал, прочел и побледнел; колени его подкосились; если бы придворные не поддержали Галла, он упал бы.

Император в изысканных, даже льстивых выражениях приглашал своего «нежно любимого» двоюродного брата в Медиолан; вместе с тем повелевал, чтоб два легиона, стоявшие в Антиохии, — единственная защита Галла,немедленно высланы были ему, Констанцию. Он, видимо, хотел обезоружить и заманить врага.

Когда цезарь пришел в себя, он произнес слабым голосом:

— Позовите жену...

— Супруга милостивого государя только что изволила уехать в Антиохию.

— Как? И ничего не знает?

— Не знает.

— Господи! Господи! Да что же это такое? Без нее!

Скажите посланному от императора... Да нет, не говорите ничего. Я не знаю. Разве я могу без нее? Пошлите гонца.

Скажите, что цезарь умоляет вернуться... Господи, что же делать?

Он ходил, растерянный, хватаясь за голову, крутил дрожащими пальцами мягкую светлую бородку и повторял беспомощно:

— Нет, нет, ни за что не поеду. Лучше смерть... О, я знаю Констанция!

Подошел другой придворный с бумагой:

— От супруги цезаря. Уезжая, просила, чтобы ты подписал.

— Что? Опять смертный приговор? Клемаций Александрийский! Нет, нет, это чересчур. Так нельзя. По три в день!

— Супруга твоя изволила...

— Ах, все равно! Давайте перо! Теперь все равно...

Только зачем уехала? Разве я могу один...

И подписав приговор, он взглянул своими голубыми детскими и добрыми глазами.

— Ванна готова; ужин сейчас подают.

— Ужин? Не надо... Впрочем, что такое?

— Есть трюфели.

— Свежие?

— Только что с корабля из Африки.

— Не подкрепиться ли? А? Как вы думаете, друзья мои? Я так ослабел... Трюфели? Я еще утром думал...

На растерянном лице его промелькнула беззаботная улыбка.

Перед тем, чтобы войти в прохладную воду, мутно-белую, опаловую от благовоний, цезарь проговорил, махнув рукой:

— Не надо думать...

Господи,

— Все равно, все равно... Не надо думать"... — помилуй нас грешных!.. Может быть, Константина какнибудь и устроит?

Откормленное, розовое лицо его совсем повеселело, когда с привычным наслаждением погрузился он в душистую купальню.

— Скажите повару, чтоб кислый красный соус к трюфелям!

VII

В городах Малой Азии — Никомидии, Пергаме, Смирне — девятнадцатилетний Юлиан, искавший эллинской мудрости, слышал о знаменитом теурге и софисте, Ямалике из Халкиды, ученике Порфирия неоплатоника, о божественном Ямвлике, как все его называли.

Он поехал к нему в город Эфес.

Ямвлик был старичок, маленький, худенький, сморщенный. Он любил жаловаться на свои недуги — подагру, ломоту, головную боль; бранил врачей, но усердно лечилс наслаждением говорил о припарках, настойках, лекарствах, пластырях; ходил в мягкой и теплой двойной тунике, даже летом, и никак не мог согреться; солнце любил, как ящерица.

С ранней юности Ямвлик отвык от мясной пищи и чувствовал к ней отвращение; не понимал, как люди могут есть живое. Служанка приготовляла ему особую ячменную кашу, немного теплого вина и меду; даже хлеба старик не мог разжевать беззубыми челюстями.

Множество учеников, почтительных, благоговейных — из Рима, Антиохии, Карфагена, Египта, Месопотамии, Персии — теснилось вокруг него; все верили, что Ямвлик творит чудеса. Он обращался с ними, как отец, которому надоело, что у него так много маленьких беспомощных детей. Когда они начинали спорить или ссориться, учитель махал руками, сморщив лицо, как будто от боли. Он говорил тихим голосом, и чем громче становился крик спорящих, тем Ямвлик говорил тише; не выносил шума, ненавидел громкие голоса, скрипучие сандалии.

Юлиан смотрел с разочарованием на прихотливого, зябкого, больного старичка, не понимая, какая власть притягивает к нему людей.

Он припоминал рассказ о том, как ученики однажды ночью видели Божественного, поднятого во время молитвы чудесною силою над землею на десять локтей и окруженного золотым сиянием; другой рассказ о том, как Учитель, в сирийском городе Гадара, из двух горячих источников вызвал Эроса и Антэроса — одного радостного светлокудрого, другого скорбного темного гения любви; оба ласкались к Ямвлику, как дети, и по его мановению исчезли.

Юлиан прислушивался к тому, что говорил учитель, и не мог найти власти в словах его. Метафизика школы Порфирия показалась Юлиану мертвой, сухой и мучительно сложной. Ямвлик как будто играл, побеждая в спорах диалектические трудности. В его учении о Боге, о мире, об Идеях, о Плотиновой Триаде было глубокое книжное знание — но ни искры жизни. Юлиан ждал не того.

И все-таки ждал.

У Ямвлика были странные зеленые глаза, которые еще более резко выделялись на потемневшей сморщенной коже лица: такого зеленоватого цвета бывает иногда вечернее небо, между темными тучами, перед грозой. Юлиану казалось, что в этих глазах, как будто нечеловеческих, но еще менее божественных, сверкает та сокровенная змеиная мудрость, о которой Ямвлик ни слова не говорил ученикам. Но вдруг, усталым тихим голосом. Божественный спрашивал, почему не готова ячменная каша или припарки, жаловался на ломоту в членах — и обаяние исчезало.

Однажды гулял он с Юлианом за городом, по берегу моря. Был нежный и грустный вечер. Вдали, над гаванью Панормос, белели уступы и лестницы храма Артемиды Эфесской, увенчанные изваяниями. На песчаном берегу Каистра (здесь, по преданию, Латона родила Артемиду и Аполлона) тонкий темный тростник не шевелился. Дым многочисленных жертвенников, из священной рощи Ортигии, подымался к небу прямыми столбами. К югу синели горы Самоса. Прибой был тих, как дыхание спящего ребенка; прозрачные волны набегали на укатанный, черный педок; пахло разогретой дневными лучами соленой водой и морскими травами. Заходящее солнце скрылось за тучи и позлатило их громады.

Ямвлик сел на камень; Юлиан у ног его. Учитель гладил его жесткие черные волосы.

— Грустно тебе?

— Да.

— Знаю. Ты ищешь и не находишь. Не имеешь силы сказать: Он есть, и не смеешь сказать: Его нет.

— Как ты угадал, учитель?..

— Бедный мальчик! Вот уже пятьдесят лет, как я страдаю той же болезнью. И буду страдать до смерти. Разве я больше знаю Его, чем ты? Разве я нашел? Это — вечные муки деторождения. Перед ними все остальные муки — ничто. Люди думают, что страдают от голода, от жажды, от боли, от бедности: на самом деле, страдают они только от мысли, что, может быть. Его нет. Это — единственная скорбь мира. Кто дерзнет сказать: Его нет, и кто знает, какую надо иметь силу, чтобы сказать: Он есть.

— И ты, даже ты никогда к Нему не приближался?

— Три раза в жизни испытал я восторг — полное слияние с Ним. Плотин четыре раза. Порфирий пять. У меня были три мгновения в жизни, из-за которых стоило жить.

— Я спрашивал об этом твоих учеников: они не знают...

— Разве они смеют знать? С них довольно и шелухи мудрости: ядро почти для всех смертельно.

— Пусть же я умру, учитель, — дай мне его!

— Посмеешь ли ты взять?

— Говори, говори же!

— Что я могу сказать! Я не умею... И хорошо ли говорить об этом? Прислушайся к вечерней тишине: она лучше всяких слов говорит.

По-прежнему гладил он Юлиана по голове, как ребенка. Ученик подумал: «вот оно-вот, чего я ждал!». Он обнял колени Ямвликаи, подняв к нему глаза с мольбою, произнес:

— Учитель, сжалься! Открой мне все. Не покидай меня...

Ямвлик заговорил тихо, про себя, как будто не слыша и не видя его, устремив странно неподвижные зеленые глаза свои на тучи, изнутри позлащенные солнцем:

— Да, да... Мы все забыли Голос Отчий. Как дети, разлученные с Отцом от колыбели, мы и слышим, и не узнаем его. Надо, чтобы все умолкло в душе, все небесные и земные голоса. Тогда мы услышим Его... Пока сияет разум и как полуденное солнце озарят душу, мы остаемся сами в себе, не видим Бога. Но когда разум склоняется к закату, на душу нисходит восторг, как ночная роса...

Злые не могут чувствовать восторга; только мудрый делается лирой, которая вся дрожит и звучит под рукою Бога.

Откуда этот свет, озаряющий душу? — Не знаю. Он приходит внезапно, когда не ждешь; его нельзя искать. Бог недалеко от нас. Надо приготовиться; надо быть спокойным и ждать, как ждут глаза, чтобы солнце взошло — устремилось, по выражению поэта, из темного Океана.

Бог не приходит и не уходит. Он только является. Вот Он.

Он отрицание мира, отрицание всего, что есть. Онничто. Он — все.

Ямвлик встал с камня и медленно протянул исхудалые руки.

— Тише, тише, говорю я, — тише! Внимайте Ему все.

Вот-Он. Да умолкнет земля и море, и воздух, и даже небо. Внимайте! Это Он наполняет мир, проникает дыханием атомы, озаряет материю — Хаос, предмет ужаса для богов, — как вечернее солнце позлащает темную тучу...

Юлиан слушал, и ему казалось, что голос учителя, слабый и тихий, наполняет мир, достигает до самого неба, до последних пределов моря. Но скорбь Юлиана была так велика, что вырвалась из груди его стоном:

— Отец мой, прости, но если так, — зачем жизнь? зачем эта вечная смена рождения и смерти? зачем страдание? зачем зло? зачем тело? зачем сомнение? зачем тоска по невозможному?..

Ямвлик взглянул кротко и опять провел рукой по волосам его:

— Вот где тайна, сын мой. Зла нет, тела нет, мира нет, если есть Он. Или Он, или мир. Нам кажется, что есть зло, что есть тело, что есть мир. Это — призрак, обман жизни. Помни: у всех-одна душа, у всех людей и даже бессловесных тварей. Все мы вместе покоились некогда в лоне Отца, в свете немерцающем. Но взглянули однажды с высоты на темную мертвую материю, и каждый увидал в ней свой собственный образ, как в зеркале.

И душа сказала себе: "Я могу, я хочу быть свободной.

Я — как Он. Неужели я не дерзну отпасть от Него и быть всем?".-Душа, как Нарцисс в ручье, пленилась красотою собственного образа, отраженного в теле. И пала. Хотела Пасть до конца, отделиться от Бога навеки, но не могла: ноги смертного касаются земли, чело — выше горних небес. и вот, по вечной лестнице рождения и смерти, души всех существ восходят, нисходят к Нему и от Него. Пытаются уйти от Отца и не могут. Каждой душе хочется самой быть Богом, но напрасно: она скорбит по Отчему лону; на земле ей нет покоя; она жаждет вернуться к Единому. Мы должны вернуться к Нему, и тогда все будут Богом, и Бог будет во всех. Разве ты один тоскуешь о нем? Посмотри, какая небесная грусть в молчании природы. Прислушайся: разве ты не чувствуешь, что все грустит о нем?

Солнце закатилось. Золотые, как будто раскаленные края облаков потухали. Море сделалось бледным и воздушным, как небо, небо-глубоким и ясным, как море.

По дороге промчалась колесница. В ней были юноша и женщина, может быть, двое влюбленных. Женский голос запел грустную и знакомую песнь любви. Потом все опять затихло и сделалось еще грустнее. Быстрая южная ночь слетала с небес.

Юлиан прошептал:

— Сколько раз я думал: отчего такая грусть в природе? Чем она прекраснее, тем грустнее...

Ямвлик ответил с улыбкой:

— Да, да... Посмотри: она хотела бы сказать, о чем грустит,-и не может. Она немая. Спит и старается вспомнить Бога во сне, сквозь сон, но не может, отягощенная материей. Она созерцает Его смутно и дремотно. Все миры, все звезды, и море, и земля, и животные, и растения, и люди, все это-сны природы о Боге. То, что она созерцает,-рождается и умирает. Она создает одним созерцанием, как бывает во сне; создает легко, не зная ни усилия, ни преграды. Вот почему так прекрасны и вольны ее создания, так бесцельны и божественны. Игра сновидений природы — подобна игре облаков. Без начала, без конца.

Кроме созерцания, в мире нет ничего. Чем оно глубже, тем оно тише. Воля, борьба, действие — только ослабленное, недоконченное или помраченное созерцание Бога. Природа, в своем великом бездействии, создает формы, подобно геометру: существует то, что он видит; так и она роняет из своего материнского лона формы sa формами. Но ее безмолвное, смутное созерцание-только образ иного, яснейшего. Природа ищет слова и не находит. Природа — спящая мать Кибела, с вечно закрытыми веждами; только человек нашел слово, которого она искала и не нашла: душа человеческая — это природа, открывшая сонные вежды, проснувшаяся и готовая увидеть Бога уже не во сне, а въяве, лицом к лицу...

Первые звезды выступили на потемневшем и углубившемся небе, то совсем потухали, то вспыхивали, словно вращались, как привешенные к тверди крупные алмазы; затеплились новые и новые, неисчислимые. Ямвлик указал на них.

— Чему уподоблю мир, все эти солнца и звезды?

Сети уподоблю их, закинутой в море. Бог объемлет вселенную, как вода объемлет сеть; сеть движется, но не может остановить воду; мир хочет и не может уловить Бога.

Сеть движется, но Бог спокоен, как вода, в которую закинута сеть. Если бы мир не двигался, Бог не создавал бы ничего, не вышел бы из покоя, ибо зачем и куда ему стремиться? Там, в царстве вечных Матерей, в лоне Мировой Души, таятся семена, Идеи-Формы всего, что есть, и было, и будет: таится Лагос-зародыш и кузнечика, и былинки, и олимпийского бога...

Тогда Юлиан воскликнул громко, и голос его раздался в тишине ночи, подобно крику смертельной боли:

— Кто же Он? Кто Он? Зачем Он не отвечает, когда мы зовем? Как Его имя? Я хочу знать Его, слышать и видеть! Зачем Он бежит от моей мысли? Где Он?

— Дитя, что значит мысль перед Ним? Ему нет имени: Он

таков, что мы умеем сказать лишь то, чем Он не должен быть, а то, что Он есть, мы не знаем. Но разве ты можешь страдать и не хвалить Его? разве ты можешь любить и не хвалить Его? разве ты можешь проклинать и не хвалить Его? Создавший все, сам Он — ничто из всего, что создал. Когда ты говоришь: Его нет, ты воздаешь Ему не меньшую хвалу, чем если молвишь: Он есть.

О Нем ничего нельзя утверждать, ничего-ни бытия, ни сущности, ни жизни, ибо Он выше всякого бытия, выше всякой сущности, выше всякой жизни. Вот почему я сказал, что Он-отрицание мира, отрицание мысли твоей.

Отрекись от сущего, от всего, что есть — и там, в бездне бездн, в глубине несказанного мрака, подобного свету, ты найдешь Его. Отдай Ему и друзей, и родных, и отчизну, и небо, и землю, и себя самого, и свой разум. Тогда ты уже не увидишь света, ты сам будешь свет. Ты не скажешь: Он и Я; ты почувствуешь, что Он и Ты-одно.

И душа твоя посмеется над собственным телом, как над призраком. Тогда— молчание; тогда не будет слов. И если мир в это мгновение рушится, ты будешь рад, потому что зачем тебе мир, когда ты останешься с Ним? Душа твоя не будет желать, потому что Он не желает, она не будет жить, потому что Он выше жизни, она не будет мыслить, потому что Он выше мысли. Мысль есть искание света, а Он не ищет света, потому что сам Он — Свет. Он проникает всю душу и претворяет ее в Себя. И тогда, бесстрастная, одинокая, покоится она выше разума, выше добродетели, выше царства идей, выше красоты — в бездне, в лоне Отца Светов. Душа становится Богом, или, лучше сказать, только вспоминает, что во веки веков она была, и есть, и будет Богом...

Такова, сын мой, жизнь олимпийцев, такова жизнь людей богоподобных и мудрых: отречение от всего, что есть в мире, презрение к земным страстям, бегство души к Богу, которого она видит лицом к лицу.

Он умолк, и Юлиан упал к его ногам, не смел прикоснуться к ним, и только целовал землю, которой ноги святого касались. Потом ученик поднял лицо и заглянул в эти странные зеленые глаза, в которых сияла разоблаченная тайна «змеиной» мудрости; они казались спокойнее и глубже неба: как будто изливалась из них святая сила.

Юлиан прошептал:

— Учитель, ты можешь все. Верую! Прикажи горам — горы сдвинутся. Будь, как Он! Сделай чудо! Сотвори невозможное! Помилуй меня! Верую, верую!..

— Бедный сын мой, о чем ты просишь? То чудо, которое может совершиться в душе твоей, разве не больше всех чудес, какие я могу сотворить? Дитя мое, разве не страшное и не благодатное чудо — та власть, во имя которой ты смеешь сказать: Он есть, а если нет Его, все равно,-Он будет. И ты говоришь: Да будет Он-я так хочу!

VIII

Когда учитель и ученик, возвращаясь с прогулки, проходили Панормос, многолюдную гавань Эфеса, они заметили необычайное волнение.

Многие бежали по улицам, махали пылающими смоля— ными факелами и кричали: — Христиане разрушают храмы! Горе нам! Другие:

— Смерть олимпийским богам! Астарта побеждена Христом!

Ямвлик думал пройти пустынными переулками. Но бегущая толпа увлекла их по набережной Каистра, мимо капища Артемиды Эфесской. Великолепный храм, создание Динократа, стоял, как твердыня, суровые темный и незыб— лемый, выделяясь на звездном небе. Отблеск факелов дрожаЛ на исполинских столбах с маленькими кариатидами вместо подножий. Не только вся Римская империя, но и все народы земли чтили эту святыню. Кто-то в толпе закричал неуверенно: — Велика Артемида Эфесская! Ему ответили сотни голосов:

— Смерть олимпийским богам и твоей Артемиде! Над черным зданием городской оружейной палаты подымалось кровавое зарево.

Юлиан взглянул на божественного учителя и не узнал его. Ямвлик опять превратился в робкого, больного старика. Он жаловался на головную боль, высказывал страх, что ночью начнется ломота, что служанка забыла приготовить припарки. Юлиан отдал учителю верхний плащ. Но ему было все-таки холодно. С болезненным выражением лица затыкал он уши, чтобы не слышать уличного крика и хохота. Ямвлик больше всего в мире боялся толпы; говорил, что нет глупее и отвратительнее беса, чем дух народа.

Теперь указывал он ученику на лица пробегавших мимо людей:

— Посмотри, какое уродство, какая пошлость и какая уверенность в правоте своей! Разве не стыдно быть человеком-таким же телом, такою же грязью, как эти?..

Старушка-христианка причитала:

— И говорит мне больной внучек: свари мне, бабушка, мясной похлебки. — Хорошо, говорю, милый, вот ужо пойду на рынок, принесу мяса. — Сама думаю: мясо теперь, пожалуй, дешевле пшеничного хлеба. Купила на пять обо-лов; сварила похлебку. А соседка-то на дворе кричит: — Что ты варишь, или не знаешь, нынче мясо на рынке поганое?-Как, говорю, поганое? Что такое?-А так, говорит, что на поругание добрым христианам, ночью жрецы богини Деметры весь рынок, все лавки мясные жертвенною водою окропили. Никто в городе не ест поганого мяса. За то жрецов идольских побивают каменьями, а бесовское капище Деметры разрушат.-Я и выплеснула похлебку собаке. Шутка сказать — пять оболов! В целый день не наработаешь. А все-таки внучка не опоганила.

Другие сообщили, как в прошлом году один скупой христианин наелся жертвенного мяса, и вся утроба у него сгнила, и такой был смрад в доме, что родные убежали.

Пришли на площадь. Здесь был маленький храм Деметры-Изиды-Астарты — Трехликой Гекаты, таинственной богини земного плодородия, могучей и любвеобильной Кибелы, Матери богов. Храм со всех сторон облепили монахи, как большие черные мухи кусок медовых сот; монахи ползли по белым выступам, карабкались по лестницам с пением священных псалмов, разбивали изваяния. Столбы дрожали; летели осколки нежного мрамора; казалосьоН страдает, как живое тело. Пытались поджечь здание, но не могли: храм весь был из мрамора.

Вдруг раздался внутри оглушительный и вместе с тем певучий звон. К небу поднялся торжествующий вопль народа.

— Веревок, веревок! За руки, за ноги!

С пением молитв и радостным хохотом, из дверей храма толпа на веревках повлекла вниз по ступеням звеневшее, серебряное, бледное тело богини, Матери богов — творение Скопаса.

— В огонь, в огонь!

И ее потащили по грязной площади.

Монах-законовед провозглашал отрывок из недавнего закона императора Констана, брата Конст анция:

«Cesset superstitio, sacrificiorum aboleatur insania» — «Да прекратится суеверие, да будет уничтожено безумие жертвоприношений».

— Не бойтесь ничего! Бейте, грабьте все в бесовском капище!

Другой, при свете факелов, прочел в пергаментном свитке выдержку из книги Фирмика Матерна «De errore prof anarum religionum».

«О заблуждении религиозных невежд» (лат.).

«Святые Императоры! Придите на помощь к несчастным язычникам. Лучше спасти их насильно, чем дать погибнуть. Срывайте с храмов украшения: пусть сокровища их обогатят вашу казну. Тот, кто приносит жертву идолам, да будет исторгнут с корнем из земли. Убей его, побей камнями, хотя бы это был твой сын, твой брат, жена, спящая на груди твоей».

Над толпою проносился крик:

— Смерть, смерть олимпийским богам1 Огромный монах с растрепанными черными волосами, прилипшими к потному лбу, занес над богиней медный топор и выбирал место, чтобы ударить.

Кто-то посоветовал:

— В чрево, в бесстыжее чрево!

Серебряное тело гнулось, изуродованное. Удары звенели, оставляя рубцы на чреве Матери богов и людей, Деметры-Кормилицы.

Старый язычник закрыл лицо одеждой, чтобы не видеть кощунства; он плакал и думал, что теперь все кончено-мир погиб: Земля-Деметра не захочет родить людям колоса.

Отшельник, пришедший из пустыни Месопотамии, в овечьей шкуре, с посохом и выдолбленной тыквой вместо посуды, в грубых сандалиях, подкованных железными гвоздями, подбежал к богине.

— Сорок лет не мылся я, чтобы не видеть собственной наготы и не соблазниться. А как придешь, братья, в город, так всюду только и видишь голые тела богов окаянных. Долго ли терпеть бесовский соблазн? Всюду поганые идолы: в домах, на улицах, на крышах, в банях, под ногами, над головой. Тьфу, тьфу, тьфу! Не отплюешься!..

И с ненавистью старик ударил сандалией в грудь Кибелы. Он

топтал эту голую грудь, и она казалась ему живой; он хотел бы раздавить ее под острыми гвоздями тяжелых сандалий. Он шептал, задыхаясь от злости:

— Вот тебе, вот тебе, гнусная, голая! Вот тебе, сука!..

Под ногой его уста богини по-прежнему хранили спокойную улыбку.

Толпа подняла ее на руки, чтобы бросить в костер.

Пьяный ремесленник, с дыханием, пропитанным чесноком, плюнул ей прямо в лицо.

Костер был огромный; в него свалили все деревянные рыночные лавки, оскверненные жертвенной водой. Высоко над толпой тихие звезды мерцали сквозь дым.

Богиню бросили в костер, чтобы расплавить серебряное тело. И опять, с нежным, певучим звоном, ударилась она о пылающие головни.

— Слиток в пять талантов. Тридцать тысяч маленьких серебряных монет. Половину пошлем императору на жалование солдатам, другую — голодным. Кибела принесет, по крайней мере, пользу народу. Из богини-тридцать тысяч монет для солдат и для нищих.

— Дров! Дров!

Пламя вспыхнуло ярче, и всем стало веселее.

— Посмотрим, вылетит ли бес. Говорят, в каждом идоле по бесу, а в богинях — так по два и по три...

— Как начнет плавиться, сделается лукавому жарко,он и выпорхнет из поганого рта, в виде кровавого или огненного змия...

— Нет, надо было раньше перекрестить, а то, пожалуй, и в землю ужом уползет. В позапрошлом году разбивали капище Афродиты; кто-то и брызни святой водой.

И что же бы вы думали? Из-под одежды выскочили крохотные бесенята. Как же? Сам видел. Смрадные, черные, в белых-то складках, мохнатые. И запищали, как мыши.

А когда Афродите голову отбили, так из шеи главный выскочил, вот с какими рогами, а хвост облезный, голый, без шерсти, как у паршивого пса...

Кто-то недоверчиво заметил:

— Не спорю. Может быть, вы и видели бесов, только, когда разбивали намедни в Газе идола Зевса, то внутри и бесов не было, а такая пакость, что стыдно сказать.

С виду-важный, страшный: слоновая кость, золото, в руках

молнии. А внутри-паутина, крысы, пыль, ржавые перекладины, рычаги, гвозди, вонючий деготь и еще черт знает, какая дрянь. Вот вам и боги!

Ямвлик, бледный, как полотно, с потухшими глазами, взял за руку Юлиана и отвел его в сторону.

— Посмотри, видишь — двое? Это доносчики Констанция. Твоего брата Галла увезли уже в Константинополь под стражей. Берегись! Сегодня же пошлют донос…

— Что делать, учитель? Я привык. Знаю: они давно следят за мной…

— Давно?.. Зачем же ты мне не сказал?

И рука его дрогнула в руке Юлиана.

— Чего они шепчутся? Смотрите-уж не безбожники ли это? Эй, старикашка, пошевеливайся, дров неси! — закричал им оборванец, который чувствовал себя победителем.

Ямвлик шепнул Юлиану:

— Будем презирать и покоримся. Не все ли равно?

Богов не может оскорбить людская глупость.

Божественный взял полено из рук христианина и бросил в костер. Юлиан не верил глазам. Но доносчики смотрели на него с улыбкой, пытливо и пристально.

Тогда слабость, привычка— к лицемерию, презрение к себе и к людям, злорадство овладели душой Юлиана. Чувствуя за спиной своей взоры доносчиков, подошел он к связке дров, выбрал самое большое полено и после Ямвлика бросил его в костер, на котором уже таяло тело искалеченной богини. Он видел, как расплавленное серебро струилось по лицу ее, подобно каплям предсмертного пота; а на устах по-прежнему была непобедимая, спокойная улыбка.

IX

— Посмотри на людей в черных одеждах, Юлиан. Это вечерние тени, тени смерти. Скоро не будет ни одной белой одежды, ни одного куска мрамора, озаренного солнцем. Кончено!

Так говорил юный софист Антонин, сын египетской пророчицы Созипатры и неоплатоника Эдезия. Он стоял с Юлианом на большой высокой площади перед жертвенником Пергамским, залитой солнцем, окруженной голубым небом. На подножии храма была изваяна Гигантомахия, борьба титанов и богов: боги торжествовали; копыта крылатых коней попирали змеевидные ноги титанов.

Антонин указал Юлиану на изваяния.

— Олимпийцы победили древних богов; теперь олимпийцев победят новые боги. Храмы будут гробницами…

Антонин был стройный юноша; некоторые очертания тела и лица его напоминали Аполлона Пифийского; но уже много лет страдал он неизлечимым недугом; странно было видеть это чисто эллинское, прекрасное лицо желтым, исхудалым, с выражением тоски, новой болезни, чуждой лицам древних мужей.

— Об одном молю я богов, — продолжал Антонин,чтобы не видеть мне этой варварской ночи, чтобы раньше умереть. Риторы, софисты, ученые, поэты, художники, любители эллинской мудрости, все мы — лишние. Опоздали. Кончено!

— А если не кончено? — проговорил Юлиан тихо, как будто про себя.

— Нет, кончено! Мы больные, слишком слабые…

Лицо девятнадцатилетнего Юлиана казалось почти таким же худым и бледным, как лицо Антонина; выдающаяся нижняя губа придавала ему выражение угрюмой надменности; густые брови хмурились со злобным упрямством; около некрасивого, слишком большого носа выступали ранние морщины; глаза блестели сухим, лихорадочным блеском. Он был одет, как христианские послушники.

Днем, как прежде, посещал церкви, гробницы мучеников, читал с амвона Писание, готовился к пострижению в монахи. Иногда лицемерие это казалось ему тщетным: он знал, какая судьба постигла Галла; знал, что брату не миновать смерти. И сам, день за днем, месяц за месяцем, жил в постоянном ожидании смерти.

Ночи проводил в книгохранилище Пергамском, где изучал творения знаменитого врага христиан, ритора Либания; посещал уроки греческих софистов — Эдезия Пергамского, Хризанфия Сардийского, Приска из Феспротии, Евсевия из Минда, Проэрезия, Нимфидиана.

Они говорили ему о том, что он уже слышал от Ямвлика: о триединстве неоплатоников, о священном восторге.

— Нет, все это не то, — думал Юлиан, — главное скрывают они от меня.

Приск, подражавший Пифагору, пять лет провел в молчании; не ел ничего, имеющего жизнь; не употреблял ни шерстяной ткани, ни кожаных сандалий; ткань одежды его была растительной, так же как пища; он носил пифагорейскую хламиду из чистого белого льна, сандалии из пальмовых ветвей. «В наш век,— говорил он,— главное — уметь молчать и думать о том, чтобы погибнуть с достоинством». И Приск с достоинством, презирая всех, ждал того, что считал гибелью, — победы христиан над эллинами.

Хитрый и осторожный Хризанфий, когда речь заходила о богах, подымал глаза к небу, уверяя, что не смеет о них говорить, так как ничего не знает, а что прежде знал — забыл и другим советует забыть; с магии, о чудесах, о видениях и слышать не хотел, утверждая, что все это обманы, воспрещенные законами римской империи.

Юлиан плохо ел, мало спал; кровь его кипела от страстного нетерпения. Каждое утро, просыпаясь, он думал:

«не сегодня ли?» Бедным, запуганным теургам-философам надоел он своими расспросами о таинствах, о чудесах. Некоторые над ним подсмеивались-особенно Хризанфий; у него была хитрая лисья усмешка и привычка соглашаться с теми мнениями, которые считал он за величайшие нелепости.

Однажды Эдезий, старик умный, боязливый и добрый, сжалиЕШиеь над Юлианом, сказал:

— Дитя, я хочу умереть спокойно. Ты еще молод. Оставь меня; ступай к моим ученикам; они откроют тебе все.

Да, есть многое, о чем боимся мы говорить... Когда ты будешь посвящен в таинства, то, может быть, устыдишься, что родился только человеком, что до сей поры оставался им.

Евсевий из Минда, ученик Эдезия, был человек желчный и завистливый.

— Чудес больше нет,-объявил он Юлиану.-И не жди. Люди надоели богам. Магия — вздор. Глупы те, кто в нее верит. Но, если тебе наскучила мудрость, и ты непременно хочешь быть обманутым, ступай к Максиму. Он презирает нашу диалектику, а сам... Впрочем, о друзьях я не люблю говорить дурно. Лучше послушай, что случилось недавно в одном подземном храме Гекаты, куда нас привел Максим показывать свое искусство. Когда мы вошли и помолились богине, он сказал: «садитесь — вы увидите чудо». Мы сели. Он бросил на алтарь зерно фимиама, что-то пробормотал, должно быть, заклятие. И мы ясно увидели, как изваяние Гекаты улыбнулось. Максим сказал: «не бойтесь, сейчас вы увидите, как обе лампады в руках богини зажгутся. Смотрите!» Не успел он кончить, как лампады зажглись.

— Чудо совершилось! — воскликнул Юлиан.

— Да, да. Мы были в таком смущении, что упали ниц.

Но когда я вышел из храма, то подумал: "Что же это?

Достойно ли мудрости то, что делает Максим? Читай книги, читай Пифагора, Платона, Порфирия-вот где найдешь мудрость. Не прекраснее ли всяких чудес— очищение сердца божественной диалектикой?" Юлиан уже не слушал. Он взглянул горящими глазами на бледное желчное лицо Евсевия и сказал, уходя из школы:

— Оставайтесь вы с вашими книгами и диалектикой.

Я хочу жизни и веры. А разве может быть вера без чуда?

Благодарю тебя, Евсевий. Ты указал мне человека, которого я давно искал.

Софист взглянул с ядовитой усмешкой и произнес ему вслед:

— Ну, племянник Константина, недалеко же ты ушел от дяди. Сократу, чтобы верить, не надо было чудес.

X

Ровно в полночь, в преддверьи большой залы мистерий, Юлиан сложил одежду послушника, и мистатоги — жрецы, посвящающие в таинства, облекли его в хитон иерофантов из волокон чистого египетского папируса; в руки дали ему пальмовую ветвь; ноги остались босыми.

Он вошел в низкую длинную залу.

Двойной ряд столбов из орихалка — зеленоватой меди — поддерживал своды; каждый столб изображал двух перевившихся змей; от орихалка отделялся запах меди.

У колонн стояли курильницы на тонких высоких ножках; огненные языки трепетали, и клубы белого дыма наполняли залу.

В дальнем конце слабо мерцали два золотых крылатых ассирийских быка; они поддерживали великолепный престол; на нем восседал, подобный богу, в длинном черном одеянии, затканном золотом, облитом потоками смарагдов и карбункулов, сам великий иерофант — Максим Эфесский.

Протяжный голос иеродула возвестил начало таинств:

— Если есть в этом собрании безбожник, или христианин, или эпикуреец, — да изыдет!

Юлиана предупредили об ответах посвящаемого. Он произнес:

— Христиане — да изыдут!

Хор иеродулов, скрытый во мраке, подхватил унылым напевом:

— Двери! Двери! Христиане да изыдут! Да изыдут безбожники!

Тогда выступили из мрака двадцать четыре отрока; они были голы; у каждого в руках блестел серебряный полукруглый ситр, похожий на серп новой луны; только острые концы серпа соединялись в полную окружность, и в них были вставлены тонкие спицы, содрогавшиеся от малейшего прикосновения. Отроки, все сразу, подняли ситры над головою, ударили однообразным движением пальцев в эти продольные палочки, — и ситры зазвенели жалобно, томно.

Максим подал знак.

Кто-то приблизился к Юлиану сзади и, крепко завязав ему глаза платком, произнес:

— Иди! Не бойся ни воды, ни огня, ни духа, ни тела, ни жизни, ни смерти!

Его повели. С железным скрипом отворилась дверь, должно быть, заржавленная; его впустили в нее, спертый воздух пахнул ему в лицо; под ногами были скользкие крутые ступени.

Он начал спускаться по бесконечной лестнице. Тишина была мертвая. Пахло плесенью. Ему казалось, что он глубоко под землею.

Лестница кончилась. Теперь он шел по узкому ходу.

Руки могли ощупать стены.

Вдруг босыми ногами почувствовал он сырость; зажурчали струйки; вода покрыла ему ступни. Он продолжал идти. С каждым шагом уровень воды подымался, достиг Щиколотки, потом колена, наконец бедра. Зубы его стучали от холода. Он продолжал идти. Вода поднялась до груди. Он подумал: «Может быть, это — обман: не хочет ли Максим умертвить меня в угоду Констанцию?» Но он продолжал идти.

Вода уменьшилась.

Вдруг жар, как из кузницы, повеял в лицо; земля стала жечь

ноги; казалось — он приближается к раскаленной печи; кровь стучала в виски; иногда становилось так жарко, как будто к самому лицу подносили факел или расплавленное железо. Он продолжал идти.

Жар уменьшился. Но дыхание сперлось от тяжелого зловония; он споткнулся о что-то круглое, потом-еще и еще; он догадался по запаху, что это мертвые черепа и кости.

Ему казалось, что кто-то идет рядом-беззвучно, скользя, как тень. Холодная рука схватила его руку. Он вскрикнул. Потом уже две руки стали тихонько хватать его, цепляться за одежду. Он заметил, что сухая кожа на них шелушится, и сквозь нее выступают голые кости.

В том, как эти руки цеплялись за одежду, была игривая и отвратительная ласковость, как у развратных женщин.

Юлиан почувствовал на щеке своей дыхание; в нем был запах тления и могильная сырость. И вдруг над самым ухом — быстрый, быстрый, быстрый шепот, подобный шуршанию осенних листьев в полночь:

— Это — я, это — я, я. Разве ты не узнаешь меня?

Это — я.

— Кто ты? — молвил он и вспомнил, что нарушил обет молчания.

— Я, я. Хочешь, я сниму с глаз твоих повязку, и ты узнаешь все, ты увидишь меня?..

Костяные пальцы, с той же мерзкой, веселой торопливостью, закопошились на лице его, чтобы снять повязку.

Холод смерти проник до глубины сердца его, и невольно, привычным движением, перекрестился он трижды, как бывало в детстве, когда видел страшный сон.

Раздался удар грома, земля под ногами всколыхнулась; он почувствовал, что падает куда-то, и потерял сознание.

Когда Юлиан пришел в себя, повязки больше не было на глазах его; он лежал на мягких подушках в огромной, слабо освещенной пещере; ему давали нюхать ткань, пропитанную крепкими духами.

Против ложа Юлиана стоял голый исхудалый человек с темно-коричневой кожей; это был индийский гимнософист, помощник Максима. Он держал неподвижно над своей головой блестящий медный круг. Кто-то сказал Юлиану:

— Смотри!

И он устремил глаза на круг, сверкавший ослепительно, до

боли. Он смотрел долго. Очертания предметов слились в тумане. Он чувствовал приятную успокоительную слабость в теле; ему казалось, что светлый круг сияет уже не извне, а в нем; веки опускались, и на губах бродила усталая покорная улыбка; он отдавался обаянию света.

Кто-то несколько раз провел по голове его рукою и спросил:

— Спишь?

— Да.

— Смотри мне в глаза.

Юлиан с усилием поднял веки и увидел, что к нему наклоняется Максим.

Это был семидесятилетний старик; белая, как снег, борода падала почти до пояса; волосы до плеч были с легким золотистым оттенком сквозь седину; на щеках и на лбу темнели глубокие морщины, полные не страданием, а мудростью и волей; на тонких губах скользила двусмысленная улыбка: такая улыбка бывает у очень умных, лживых и обольстительных женщин; но больше всего Юлиану понравились глаза Максима: под седыми, нависшими бровями, маленькие, сверкающие, быстрые, они были проницательны, насмешливы и ласковы. Иерофант спросил:

— Хочешь видеть древнего Титана?

— Хочу,-ответил Юлиан.

— Смотри же.

И волшебник указал ему в глубину пещеры, где стоял орихалковый треножник. С него подымалась клубящейся громадой туча белого дыма. Раздался голос, подобный голосу бури, — вся пещера дрогнула.

— Геркулес, Геркулес, освободи меня!

Голубое небо блеснуло между разорванными тучами.

Юлиан лежал с неподвижным, бледным лицом, с полузакрытыми веками, смотрел на быстрые легкие образы, проносившиеся перед ним, и ему казалось, что не сам он их видит, а кто-то другой ему приказывает видеть.

Ему снились тучи, снежные горы; где-то внизу, должно быть, в бездне, шумело море. Он увидел огромное тело; ноги и руки были прикованы обручами к скале; коршун клевал печень Титана; капли черной крови струились по бедрам; цепи звенели; он метался от боли:

— Освободи меня. Геркулес!

И Титан поднял голову; глаза его встретились с глазами

Юлиана.

— Кто ты? Кого ты зовешь? — с тяжелым усилием спросил Юлиан, как человек, говорящий во сне.

— Тебя.

— Я — слабый смертный.

— Ты -мой брат: освободи меня.

— Кто заковал тебя снова?

— Смиренные, кроткие, прощающие врагам из трусости, рабы, рабы! Освободи меня!

— Чем я могу?..

— Будь, как я.

Тучи потемнели, заклубились; гром загудел вдали; сверкнула молния; коршун взвился с криком; капли крови падали с его клюва. Но сильнее грома звучал голос Титана:

— Освободи меня. Геркулес!

Потом все закрыли тучи дыма, поднявшиеся с треножника.

Юлиан на мгновение очнулся. Иерофант спросил:

— Хочешь видеть Отверженного?

— Хочу.

— Смотри.

Юлиан опять полузакрыл глаза и предался легкому очарованию сна.

В белом дыме появились слабые очертания головы и двух исполинских крыльев; перья висели поникшие, как ветви плакучей ивы, и голубоватый свет дрожал на них.

Кто-то позвал его далеким, слабым голосом, как умерший Друг:

— Юлиан! Юлиан! Отрекись во имя мое от Христа.

Юлиан молчал. Максим прошептал ему на ухо: «Если хочешь увидеть Великого Ангела, — отрекись».

Тогда Юлиан произнес:

— Отрекаюсь.

Над головой видения, сквозь туман, сверкнула утренняя звезда, звезда Денницы. И Ангел повторил:

— Юлиан, отрекись во имя мое от Христа.

— Отрекаюсь.

И в третий раз промолвил Ангел уже громким, близким и торжествующим голосом: «Отрекись!» — и в третий раз Юлиан повторил:

— Отрекаюсь.

И Ангел сказал;

— Я— Денница. Я— Звезда Утренняя. Приди ко мне.

— Кто ты?

— Я — Светоносный.

— Как ты прекрасен!

— Будь подобен мне.

— Какая печаль в глазах твоих!

— Я страдаю за всех живущих. Не надо рождения, не надо смерти. Придите ко мне. Я — тень, я — покой, я — свобода.

— Как зовут тебя люди?

— Злом.

— Ты — зло!

— Я восстал.

— На кого?

— На Того, Кому я равен. Он хотел быть один, но нас — двое.

— Дай мне быть, как ты.

— Восстань, как я. Я дам тебе силу.

Ангел исчез. Налетевший вихрь всколебал пламя треножника;-оно приникло к земле, расстилаясь по ней.

Потом треножник опрокинут был вихрем, и пламя потухло. Во мраке послышался топот, визг, стенанье, как будто невидимое, неисчислимое войско, бегущее от врага, летело по воздуху. Юлиан, объятый ужасом, пал лицом на землю, и длинная, черная одежда иерофанта билась над ним по ветру. «Бегите, бегите!»-вопили несметные голоса.-"Врата адовы разверзаются. Это Он, это Он, это Он-Победитель!" Ветер свистал в ушах Юлиана. И легионы за легионами мчались над ним. Вдруг, после подземного удара, сразу воцарилась тишина -и небесное дуновение промчалось в ней, как в середине кроткой летней ночи. Тогда чей-то голос произнес:

— Савл! Савл! Зачем ты гонишь Меня?

Юлиану казалось, что он уже слышал голос этот когдато в незапамятном детстве.

Потом снова, но тише, как будто издали:

— Савл! Савл! Зачем ты гонишь Меня?

И голос замер так далеко, что пронесся чуть слышным Дуновением:

— Савл! Савл! Зачем ты гонишь Меня?

Когда Юлиан, очнувшись, поднял лицо от земли, он увидел, что один из иеродулов зажигает лампаду. Голова его кружилась; но он помнил все, что было с ним, как помнят сновидения.

Ему опять завязали глаза и дали отведать пряного вина. Он почувствовал силу и бодрость в членах.

Его повели наверх, по лестнице. Теперь рука его была в руке Максима. Юлиану показалось, что невидимая сила подымает его, как бы на крыльях. Иерофант сказал:

— Спрашивай.

— Ты звал Его? — проговорил Юлиан.

— Нет. Но когда на лире дрожит струна — ей отвечает другая: противное отвечает противному.

— Зачем же такая власть в словах Его, если они ложь?

— Они — истина,

— Что ты говоришь? Значит слова Титана и Ангела — ложь?

— И они— истина.

— Две истины?

— Две.

— Ты соблазняешь...

— Не я, но полная истина соблазнительна и необычайна. Если боишься — молчи.

— Я не боюсь. Говори все. Галилеяне правы?

— Да.

— Зачем же я отрекся?

— Есть и другая правда.

— Высшая?

— Нет. Равная той, от которой ты отрекся.

— Но во что же верить? Где Бог?

— И там, и здесь. Служи Ариману, служи Ормузду,как хочешь, но помни: оба равны; царство Диавола равно царству Бога.

— Куда идти?

— Выбери один из двух путей — и не останавливайся.

— Какой?

— Если веришь в Него — возьми крест, иди за Ним, как Он велел. Будь смиренным, будь девственным, будь агнцем безгласным в руках палачей; беги в пустыню; отдай Ему плоть и дух; терпи, верь. — Это один из двух путей: великие страстотерпцы-галилеяне достигают такой же свободы, как Прометей и Люцифер.

— Я не хочу!

— Тогда избери другой путь: будь сильным и свободным; не жалей, не люби, не прощай; восстань и победи все; не верь и познай. И мир будет твой, и ты будешь, как Титан и Ангел Денницы.

— Не могу я забыть, что в словах Галилеянина есть тоже правда; не могу я вынести двух истин!..

— Если не можешь-будешь, как все. Лучше погибнуть. Но ты можешь. Дерзай.-Ты будешь кесарем.

— Я — кесарем?

— Ты будешь иметь во власти своей то, чего не имел герой Македонский.

Юлиан почувствовал, что они выходят из подземелья: их обвеял свежий, морской, должно быть утренний ветер; не видя, угадывал он вокруг себя бесконечность моря и неба.

Иерофант снял повязку с глаз его. Они стояли на высокой мраморной башне; то была астрономическая башня, подобие древнехалдейских башен, построенная на громадном отвесном обрыве над самым морем; внизу были роскошные сады и виллы Максима, дворцы, пропилеи, напоминавшие Персеполийские колоннады; дальше, в тумане— Артемизион и многоколонный Эфес; еще дальше на востоке— горы; там должно было взойти солнце; на западе, на юге, на севере расстилалось море, необъятное, туманное, темно-голубое, все трепещущее, все смеющееся В ожидании солнца. Они стояли на такой высоте, что голова у Юлиана закружилась; он должен был опереться на руку Максима.

Вдруг восходящее солнце блеснуло из-за гор; он зажмурил глаза с улыбкой — и солнце тронуло белую священную одежду Юлиана первым, сначала бледно-розовым, потом красным, кровавым лучом.

Иерофант обвел рукою горизонт, указывая на море и землю:

— Смотри, это все — твое.

— Разве я могу, учитель?.. Я каждый день жду смерти. Я — слабый и больной...

— Солнце-бог Митра венчает тебя своим пурпуром.

Это пурпур кесаря. Все-твое. Дерзай!

— Зачем мне все, если нет единой правды — Бога, которого ищу?

— Найди Его. Соедини, если можешь, правду Титана с правдой Галилеянина — и ты будешь больше всех рожденных женами на земле.

У Максима Эфесского были огромные книгохранилища, тихие, мраморные покои, уставленные научными приборами, обширные анатомические залы.

В одной из них молодой ученый Орибазий, врач

Александрийской школы, держа тонкий стальной нож в руках, производил вместе с теургом анатомическое рассечение редкого животного, присланного Максиму из Индии. Зала была круглая, без окон, с верхним светом, устроенная наподобие таких же зал в Александрийском музее; кругом стояли медные сосуды, жаровни, математические приборы Эолипила и Архимеда, так называемая огненная машина Ктезибия и Герона; в тишине соседнего книгохранилища звонко падали капли водяных часов, изобретенных Аполлонием; там виднелись глобусы, медные географические карты, изображения звездных сфер Гиппарха и Эратосфена. Друзья производили рассечение живого тела по способу великого анатома Герофила. Под ровным светом, падавшим из круглого отверстия в крыше, Максим, в простой одежде философа, смотрел с любопытством в еще теплые внутренности животного, лежавшие на широком мраморном столе. Маленькие и быстрые глаза его, из-под седых бровей, сверкали обычным проницательным и насмешливым блеском.

Орибазий говорил, наклоняясь над столом и рассматривая только что вынутую печень:

— Как может философ Максим верить в чудеса?

— И верю, и не верю, — ответил теург.-Разве природа, которую мы исследуем, не самое чудесное из чудес?

Разве не чудо и не тайна эти тонкие кровяные сосуды, нервы, совершенное устройство внутренних органов, которые мы рассматриваем, как авгуры?

— Ты знаешь, о чем я говорю, — возразил Орибазий. — Зачем ты обманываешь бедного мальчика?

— Юлиана?

— Да.

— Он сам хочет быть обманутым.

Упрямые тонкие брови молодого врача сдвинулись:

— Учитель, если ты любишь меня, скажи, кто ты? Как ты можешь терпеть эту ложь? Разве я не знаю, что такое магия? — Вы прикрепляете к потолку в темной комнате светящуюся рыбью чешую — и ученик, посвящаемый в таинства, верит, что это — звездное небо, сходящее к нему по слову иерофанта; вы лепите из кожи и воска мертвую голову, снизу приставляете к ней журавлиную шею, и спрятавшись в подполье, произносите в эту костяную трубку ваши пророчества-и ученик думает, что череп возвещает ему тайны смерти; а когда нужно, чтобы мертвая голова исчезла, вы приближаете к ней жаровню с углями-воск тает, и череп распадается; вы из фонаря бросаете отражения сквозь раскрашенные стекла на белый дым ароматов -и ученик воображает, будто бы перед ним видения богов; сквозь водоем, у которого каменные края и стеклянное дно, вы показываете ему живого Аполлона, переодетого раба, живую Афродиту, переодетую блудницу. И вы называете это священными таинствами!..

На тонких губах иерофанта появилась двусмысленная улыбка:

— Таинства наши глубже и прекраснее, чем ты думаешь, Орибазий. Человеку нужен восторг. Для того, кто верит, блудница воистину Афродита, и рыбья чешуя воистину звездное небо. Ты говоришь, что люди молятся и плачут от видений, рожденных масляной лампой с раскрашенными стеклами. Орибазий, Орибазий, но разве природа, которой удивляется мудрость твоя, — не такой же призрак, вызванный чувствами, обманчивыми, как фонарь персидского мага? Где истина? Где ложь? Ты веришь и знаешь -я не хочу верить, не могу знать...

— Неужели Юлиан был бы тебе благодарен, если бы знал, что ты его обманываешь?

— Юлиан видел то, что хотел и должен был видеть.

Я дал ему восторг; я дал ему веру и силу жизни. Ты говоришь — я обманул его? Если бы это было нужно, я, может быть, и обманул бы, и соблазнил бы его. — Я люблю его. Я не отойду от него до смерти. Я сделаю его великим и свободным.

И Максим взглянул на Орибазия своими непроницаемыми глазами.

Луч солнца упал на седую бороду и седые нависшие брови старика; они заблестели, как серебро; морщины на лбу стали еще глубже и темнее; а на тонких губах скользила двусмысленная улыбка, обольстительная, как у женщин.

XI

Юлиан посетил несчастного брата своего Галла, когда тот остановился проездом в Константинополе.

Он нашел его окруженным предательской стражей

сановников Констанция: здесь был хитрый, вежливый придворный щеголь, квестор Леонтий, который прославился искусством подслушивать у дверей, выспрашивать рабов; и трибун щитоносцев-скутариев, молчаливый варвар Байнобаудес, похожий на переодетого палача; и важный церемониймейстер императора, comes domesticorum, Луциллиан, и наконец тот самый Скудило, который был некогда военным трибуном в Цезарее Каппадокийской, а теперь, благодаря покровительству старых женщин, получил место при дворе.

Галл, здоровый, веселый и легкомысленный, как всегда, угостил Юлиана превосходным ужином; в особенности хвастал он жирным колхидским фазаном, начиненным фиванскими свежими финиками. Он смеялся, как ребенок, вспоминал Мацеллум.

Вдруг Юлиан нечаянно в разговоре спросил брата о жене его, Константине. Лицо Галла изменилось; он опустил пальцы с белым сочным куском фазана, который подносил ко рту; глаза его наполнились слезами.

— Разве ты не знаешь, Юлиан? — по пути к императору — она поехала к нему, чтобы оправдать меня — Константина умерла от лихорадки в Ценах Галликийских, городке Вифинии. Я проплакал две ночи, когда узнал о ее смерти...

Он тревожно оглянулся на дверь, наклонился к Юлиану и проговорил ему на ухо:

— С того дня я на все махнул рукой... Она одна могла бы еще спасти меня. Брат, это была удивительная женщина. Нет, ты не знаешь, Юлиан, что это была за женщина!

Без нее я погиб... Я не могу — я ничего не умею — руки опускаются. Они делают со мной, что хотят.

Он осушил одним глотком кубок цельного вина.

Юлиан вспомнил о Константине, уже немолодой вдове, сестре Констанция, которая была злым гением брата, о бесчисленных глупых преступлениях, которые она заставляла его совершать, иногда из-за дорогой безделушки. из-за обещанного ожерелья — и спросил, желая угадать, какая власть подчиняла его этой женщине:

— Она была красива?

— Да разве ты ее никогда не видал? — Нет, некрасива, даже совсем некрасива. Смуглая, рябая, маленького роста; скверные зубы; она, впрочем, избегала смеяться. Говорили, что она мне изменяет — по ночам, будто бы, переодетая, как Мессалина, бегает в конюшню ипподрома к молодым конюхам. А мне что за дело? Разве я не изменял ей? Она не мешала мне жить, и я ей не мешал. Говорят, она была жестокой. — Да, она умела царствовать, Юлиан. Она не любила сочинителей уличных стишков, в которых, бывало, мерзавцы упрекали ее за дурное воспитание, сравнивали с переодетой кухонной рабыней. Она умела мстить. Но какой ум, какой ум, Юлиан! Мне было за ней спокойно, как за каменной стеной. Ну, уж мы зато и пошалили, повеселились — всласть!..

Улыбаясв от приятных воспоминаний, он тихонько провел кончиком языка по губам, еще мокрым от вина.

— Да, можно сказать, пошалили1 — заключил он не без гордости.

Юлиан, когда шел на свидание, думал пробудить в брате раскаяние, приготовлял в уме речь, во вкусе Либания, о добродетелях и доблестях гражданских. Он ожидал увидеть человека, гонимого бичом Немезиды; а перед ним было спокойное лицо молодого атлета. Слова замерли на устах Юлиана. Без отвращения и без злобы смотрел он на этого «доброго зверя»— так мысленно называл он брата — и думал, что читать ему нравоучения так же бессмысленно, как откормленному жеребцу.

Он только спросил шепотом, оглянувшись в свою очередь на дверь:

— Зачем ты едешь в Медиолан? — Или не знаешь?..

— Не говори. Знаю все. Но вернуться нельзя... Поздно...

Он указал на свою белую шею.

— Мертвая петля — понимаешь? Он ее потихоньку стягивает. Он из-под земли меня выкопает, Юлиан. И говорить не стоит. Кончено! Пошалили — и кончено.

— У тебя осталось два легиона в Антиохии?

— Ни одного. Он отнял у меня лучших солдат, малопомалу, исподволь, для моего же, видишь ли, собственного блага — все для моего блага? Как он заботится, как тоскует обо мне, как жаждет моих советов... Юлиан, это Страшный человек! Ты еще не знаешь и не дай тебе Бог узнать, что это за человек. Он все видит, видит на пять локтей под землею. Он знает сокровеннейшие мысли мои-те, о которых изголовье постели моей не знает. Он видит и тебя насквозь. Я боюсь его, брат!..

— Бежать нельзя?

— Тише, тише!.. Что ты!..

Страх школьника выразился в ленивых чертах Галла.

— Нет, конечно! Я теперь, как рыба на удочке; он тащит потихоньку, так, чтобы леса не порвалась: ведь цезарь, какой ни на есть, все-таки довольно тяжел. Но знаю-с крючка не сорвись-рано или поздно вытащит!..

Вижу, как не видеть, что западня, и все-таки лезу в нее — сам лезу от страха. Все эти шесть лет, да и раньше, с тех пор, как помню себя, я жил в страхе. Довольно! Погулял, пошалил и довольно.-Брат, он зарежет меня, как повар куренка. Но раньше замучит хитростями, ласками. Уж лучше бы резал скорей!..

Вдруг глаза его вспыхнули.

— А ведь если бы она здесь была, сейчас, со мною,что ты думаешь, брат, ведь она спасла бы меня, наверное спасла бы! Вот почему говорю я — это была удивительная, необыкновенная женщина!..

Трибун Скудило, войдя в триклиниум, с подобострастным поклоном объявил, что завтра, в честь прибытия цезаря, в ипподроме Константинополя назначены скачки, в которых будет участвовать знаменитый наездник Коракс.

Галл обрадовался, как ребенок. Велел приготовить лавровый. венок, чтобы, в случае победы, собственноручно венчать перед народом любимца своего, Коракса. Начались рассказы о лошадях, о скачках, о ловкости наездников.

Галл много пил; от недавнего страха его не было следа; он смеялся откровенным и легкомысленным смехом, как смеются здоровые люди, у которых совесть покойна.

Только в последнюю минуту прощания крепко обнял Юлиана и заплакал; голубые глаза его беспомощно заморгали.

— Дай тебе Бог, дай тебе Бог!.. — бормотал он, впадая в чрезмерную чувствительность, может быть, от вина.Знаю, ты один меня любил — ты и Константина...

И шепнул Юлиану на ухо:

— Ты будешь счастливее, чем я: ты умеешь притворяться. Я всегда завидовал... Ну, дай тебе Бог!..

Юлиану стало жаль его. Он понимал, что брату уже «не сорваться с удочки» Констанция.

На следующий день, под тою же стражей, Галл выехал из

Константинополя.

Недалеко от городских ворот встретился ему вновь назначенный в Армению квестор Тавр. Тавр, придворный выскочка, нагло посмотрел на цезаря и не поклонился.

Между тем от императора приходили письма за письмами.

С Адрианополя Галлу оставили только десять повозок государственной почты: всю поклажу и прислугу, за исключением двух-трех постельных и кравчих, надо было покинуть.

Стояла глубокая осень. Дороги испортились от дождя, лившего целыми днями. Цезаря торопили; не давали ему ни отдохнуть, ни выспаться; уже две недели как он не купался. Одним из величайших страданий было для него это непривычное чувство грязи: всю жизнь дорожил он своим здоровым, выхоленным телом; теперь с такой же грустью смотрел на свои невычищенные, неотточенные ногти, как и на царственный пурпур хламиды, запачканной пылью и грязью больших дорог.

Скудило ни на минуту не покидал его. Галл имел причины бояться этого слишком внимательного спутника.

Трибун, только что приехав с поручением от императора к Антиохийскому двору, неосторожным выражением или намеком оскорбил жену цезаря, Константину; ею овладел неожиданно один из тех припадков слепой, почти сумасшедшей ярости, которым она была подвержена. Говорили, будто бы Константина велела посланного от императора наказать плетьми и бросить в темницу; иные, впрочем, отказывались верить, чтобы даже вспыльчивая супруга цезаря была способна на такое оскорбление величества в лице римского трибуна. Во всяком случае, Константина скоро одумалась и выпустила Скудило из темницы. Он явился опять ко двору цезаря, как ни в чем не бывало, пользуясь тем, что никто ничего наверное не знал; даже не написал доноса в Медиолан и молча проглотил обиду, по выражению своих завистников. Может быть, трибун боялся, что слухи о постыдном наказании повредят его придворной выслуге.

Во время путешествия Галла из Антиохии в Медиолан Скудило ехал в одной колеснице с цезарем, не отходил от него ни на шаг, ухаживал раболепно, заигрывал, не оставляя его ни минуты в покое, и обращался, как с упрямым, больным ребенком, которого он, Скудило, так любит, что не имеет силы покинуть.

При опасных переездах через реки, на трясучих гатях Иллирийских болот, с нежною заботливостью крепко обхватывал стан цезаря рукою; и ежели тот делал попытку освободиться-обхватывал еще крепче, еще нежнее, уверяя, что скорее согласится умереть, чем дозволить, чтобы такая драгоценная жизнь подверглась малейшей опасности.

У трибуна был особенный задумчивый взгляд, которым с молчаливой и долгой улыбкой смотрел он сзади на белую, как у молодой девушки, мягкую шею Галла; цезарь чувствовал на себе этот взгляд, ему становилось неловко, и он оборачивался. В эти мгновения хотелось ему дать пощечину ласковому трибуну; но бедный пленник скоро приходил в себя и только жалобным голосом просил остановиться, чтобы хоть немного перекусить; ел он и пил, несмотря ни на что, со своей обыкновенной жадностью.

В Норике встретили их еще два посланных от императора — комес Барбатион и Аподем, с когортой собственных солдат его величества.

Тогда личину сбросили: вокруг дворца Галла поставили стражу на ночь, как вокруг тюрьмы.

Вечером Барбатион, войдя к цезарю и не оказывая никаких знаков почтения, велел ему снять цезарскую хламиду, облечься в простую тунику и палудаментум; Скудило при этом выказал усердие: так поспешно начал снимать с Галла хламиду, что разорвал пурпур.

На следующее утро пленника усадили в почтовую деревянную повозку на двух колесах — карпенту, в которой ездили, по служебным надобностям, мелкие чиновники; у карпенты не было верха. Дул пронзительный ветер, падал мокрый снег. Скудило, по своему обыкновению, одной рукой обнял Галла, а другой начал трогать его новую одежду.

— Хорошая одежда, пушистая, теплая. По-моему, куда лучше пурпура. Пурпур не согреет. А у этой — подкладочка мягкая, шерстяная...

И, как будто для того, чтобы ощупать подкладку, запустил руку под одежду цезаря, потом в тунику и вдруг с тихим вежливым смехом вытащил лезвие кинжала, который Галлу удалось спрятать в складках.

— Нехорошо, нехорошо, — заговорил Скудило с ласковой

строгостью. — Можно как-нибудь порезаться нечаянно. Что за игрушки!

И бросил кинжал на дорогу.

Бесконечная истома и расслабление овладевали телом Галла. Он закрыл глаза и чувствовал, как Скудило обнимает его все с большей нежностью. Цезарю казалось, что он видит отвратительный сон.

Они остановились недалеко от крепости Пола, в Истрии, на берегу Адриатического моря. В этом самом городе, несколько лет назад, совершилось кровавое злодеяние — убийство молодого героя, сына Константина Великого, Криспа.

Город, населенный солдатами, казался унылым захолустьем. Бесконечные казармы выстроены были в казенном вкусе времен Диоклитиана. На крышах лежал снег; ветер завывал в пустых улицах; море шумело.

Галла отвезли в одну из казарм.

Посадили против окна, так что резкий зимний свет падал ему прямо в глаза. Самый опытный из сыщиков императора, Евсевий, маленький, сморщенный и любезный старичок, с тихим, вкрадчивым голосом, как у исповедника, то и дело потирая руки от холода, начал допрос. Галл чувствовал смертельную усталость; он говорил все, что

Евсевию было угодно; но при слове «государственная измена»-побледнел и вскочил:

— Не я, не я! — залепетал он глупо и беспомощно.Это Константина, все — Константина... Без нее ничего бы я не сделал. Она требовала казни Феофила, Домитиана, Клематия, Монтия и других. Видит Бог, не я... Она мне ничего не говорила. Я даже не знал...

Евсевий смотрел на него с тихой усмешкой:

— Хорошо,-проговорил он, — я так и донесу императору, что его собственная сестра Константина, супруга бывшего цезаря, виновата во всем. Допрос кончен. Уведите его, — приказал он легионерам.

Скоро получен был смертный приговор от императора Констанция, который счел за личную обиду обвинение покойной сестры своей во всех убийствах, совершенных в Антиохии.

Когда цезарю прочли приговор, он лишился чувств и упал на руки солдат. Несчастный до последней минуты надеялся на помилование. И теперь еще думал, что ему дадут, по крайней мере, несколько дней, несколько часов на приготовление к смерти. Но ходили слухи, что солдаты фиванского легиона волнуются и замышляют освобождение Галла. Его повели тотчас на казнь.

Было раннее утро. Ночью выпал снег и покрыл черную липкую грязь. Холодное, мертвое солнце озаряло снег; ослепительный отблеск падал на ярко-белые штукатуреные стены большой залы в казармах, куда привезли Галла.

Солдатам не доверяли: они почти все любили и жалели его. Палачом выбрали мясника, которому случалось на площади Пола казнить истрийских воров и разбойников.

Варвар не умел обращаться с римским мечом и принес широкий топор, вроде двуострой секиры, которым привык на бойне резать свиней и баранов. Лицо у мясника было тупое, красивое и заспанное; родом он был славянин. От него скрыли, что осужденный— цезарь, и палач думал, что ему придется казнить вора.

Галл перед смертью сделался кротким и спокойным. Он позволял с собою делать все, что угодно, с бессмысленной улыбкой; ему казалось, что он маленький ребенок: в детстве он тоже плакал и сопротивлялся, когда его насильно сажали в теплую ванну и мыли, а потом, покорившись, находил, что это приятно.

Но, увидев, как мясник, с тихим звоном водит широким лезвием топора, взад и вперед, по мокрому точильному камню, задрожал всеми членами.

Его отвели в соседнюю комнату; там цирюльник тщательно, до самой кожи, обрил его глягкие золотистые кудри, красу и гордость молодого цезаря. Возвращаясь из комнаты цирюльника, он остался на мгновение с глазу на глаз с трибуном Скудило. Цезарь неожиданно упал к ногам своего злейшего врага.

— Спаси меня, Скудило! Я знаю, ты можешь! Сегодня ночью я получил письмо от солдат фиванского легиона.

Дай мне сказать им слово: они освободят меня. В сокровищнице Мизийского храма лежат моих собственных тридцать талантов. Никто не знает. Я тебе дам. И, еще большее дам. Солдаты любят меня... Я сделаю тебя своим Другом, своим братом, соправителем, цезарем!..

Он обнял его колени, обезумев от надежды. И вдруг Скудило,

вздрогнув, почувствовал, как цезарь прикасается губами к его руке. Трибун ни слова не ответил, неторопливо отнял руку и посмотрел ему в лицо с улыбкой.

Галлу велели снять одежду. Он не хотел развязать сандалии: ноги были грязные. Когда он остался почти голым, мясник начал привязывать ему руки веревкой за спину, как он это привык делать ворам. Скудило бросился помогать. Но, когда Галл почувствовал прикосновение пальцев его, им овладело бешенство: он вырвался из рук палача, схватил трибуна за горло обеими руками и стал душить его; голый, высокий, он был похож на молодого, сильного и страшного зверя. К нему подбежали сзади, оттащили его от трибуна, связали ему руки и ноги.

В это время внизу, на дворе казарм, раздались крики солдат фиванского легиона: «Да здравствует цезарь Галл!» Убийцы торопились. Принесли большой деревянный обрубок или колоду, вроде плахи. Галла поставили на колени. Барбатион, Байнобаудес, Аподем держали его за руки, за ноги, за плечи. Голову пригнул к деревянной колоде Скудило. С улыбкой сладострастья на бледных губах, он сильно, обеими руками упирался в эту беспомощно сопротивлявшуюся голову, чувствовал пальцами, похолодевшими от наслаждения, гладкую, только что выбритую кожу, еще влажную от мыла цирюльника, смотрел с восторгом на белую, как у молодых девушек, жирную, мягкую шею.

Мясник был неискусный палач. Опустив топор, он едва коснулся шеи, но удар был не верен. Тогда он во второй раз поднял секиру, закричав Скудило:

— Не так! Правее! Держи правее голову!

Галл затрясся и завыл от ужаса протяжным, нечеловеческим голосом, как бык на бойне, которого не сумели убить с одного удара.

Все ближе и явственней раздавались крики солдат:

— Да здравствует цезарь Галл!

Мясник высоко поднял топор и ударил. Горячая кровь брызнула на руки Скудило. Голова упала и ударилась о каменный пол.

В это мгновение легионеры ворвались.

Барбатион, Аподем и трибун щитоносцев бросились к другому выходу.

Палач остался в недоумении. Но Скудило успел шепнуть ему,

чтобы он унес голову казненного цезаря: легионеры не узнают, кому принадлежит обезглавленный труп, а иначе они могут их всех растерзать.

— Так это не вор? — пробормотал удивленный палач.

Не за что было ухватить гладко выбритую голову.

Мясник сначала сунул ее под мышку. Но это показалось неудобным. Тогда воткнул он ей в рот палец, зацепил и так понес ту голову, чье мановение заставляло некогда склоняться столько человеческих голов.

Юлиан, узнав о смерти брата, подумал: «Теперь очередь за мною».

XII

В Афинах Юлиан должен был принять ангельский чин — постричься в монахи.

Было весеннее утро. Солнце еще не всходило. Он простоял в церкви заутреню и прямо от службы пошел за несколько стадий, по течению заросшего платанами и диким виноградом Иллиса.

Он любил это уединенное место вблизи Афин, на самом берегу потока, тихо шелестевшего, как шелк, по кремнистому дну. Отсюда видны были сквозь туман красноватые выжженные скалы Акрополя и очертания Парфенона, едва тронутого светом зари.

Юлиан, сняв обувь, босыми ногами вошел в мелкие воды Иллиса. Пахло распускающимися цветами винограда; в этом запахе уже было предвкусие вина — так в первых мечтах детства — предчувствие любви.

Он сел на корни платана, не вынимая ног из воды, открыл Федра и стал читать.

Сократ говорит Федру в диалоге:

"Повернем в ту сторону, пойдем по течению Иллиса.

Мы выберем уединенное место, чтобы сесть. Не кажется ли тебе, Федр, что здесь воздух особенно нежен и душист, и что в самом пении цикад есть что-то сладостное, напоминающее лето. Но что больше всего мне здесь нравится, это высокие травы".

Юлиан оглянулся: все было по-прежнему— как восемь веков назад; цикады начинали свои песни в траве.

«Этой земли касались ноги Сократа», — подумал он и,

спрятав голову в густые травы, поцеловал землю.

— Здравствуй, Юлиан! Ты выбрал славное место для чтения. Можно присесть?

— Садись. Я рад. Поэты не нарушают уединения.

Юлиан взглянул на худенького человека в непомерно длинном плаще, стихотворца Публия Оптатиана Порфирия и, невольно улыбнувшись, подумал: он так мал, бескровен и тощ, что можно поверить, будто бы скоро из человека превратится в цикаду, как рассказывается в мифе Платона о поэтах.

Публий умел, подобно цикадам, жить почти без пищи, но не получил от богов способности не чувствовать голода и жажды: лицо его, землистого цвета, давно уже не бритое, и бескровные губы сохраняли отпечаток голодного уныния.

— Отчего это, Публий, у тебя такой длинный плащ? — спросил Юлиан.

— Чужой, — ответил поэт с философским равнодушием,-то есть, пожалуй, и мой, да на время. Я, видишь ли, нанимаю комнату пополам с юношей Гефестионом, изучающим в Афинах красноречие: он будет когда-нибудь превосходным адвокатом; пока-беден, как я, беден, как лирический поэт — этим все сказано! Мы заложили платье, посуду, даже чернильницу. Остался один плащ на двоих.

Утром я выхожу, а Гефестион изучает Демосфена; вечером он одевает хламиду, а я дома сочиняю стихи. К сожалению, Гефестион высокого, я низенького роста. Но делать нечего: я хожу «длинноодеянный», подобно древним троянкам.

Публий Оптатиан рассмеялся, и землистое лицо его напомнило лицо развеселившегося похоронного плакальщика.

— Видишь ли, Юлиан, — продолжал поэт, — я надеюсь на смерть богатейшей вдовы римского откупщика: счастливые наследники закажут мне эпитафию и щедро заплатят. К сожалению, вдова упрямая и здоровая: несмотря на усилия докторов и наследников, не хочет умирать. А то я давно купил бы себе плащ. — Послушай, Юлиан, пойдем сейчас со мною.

— Куда?

— Доверься мне. Ты будешь благодарен...

— Что за тайны? ; — Не ленись, не спрашивай, вставай и пойдем. Поэт не сделает зла другу поэтов. Увидишь богиню...

— Какую богиню!

— Артемиду Охотницу.

— Картину? Статую?

— Лучше картины и статуи. Если любишь красоту, бери плащ и следуй за мной!

У стихотворца был такой забавно-таинственный вид, что Юлиан почувствовал любопытство, встал, оделся и пошел за ним.

— Условие — ничего не говорить, не удивляться. А то очарование исчезнет. Во имя Каллиопы и Эрато, доверься мне!.. Здесь два шага. Чтобы не было скучно по пути, я прочту начало эпитафии моей откупщице.

Они вышли на пыльную дорогу. В первых лучах солнца медный щит Афины Промахос сверкал над розовевшим Акрополем; конец ее тонкого копья теплился, как зажженная свеча, в небе.

Цикады вдоль каменных оград, за которыми журчали воды под кущами фиговых деревьев, пели пронзительно, как будто соперничая с охрипшим, но вдохновенным голосом поэта, читавшего стихи.

Публий Оптатиан Порфирий был человек, не лишенный дарования; но жизнь его сложилась очень странно.

Несколько лет назад имел он хорошенький домик, «настоящий храм Гермеса», в Константинополе, недалеко от Халкедонского предместья; отец торговал оливковым маслом ОН оставил ему небольшое состояние, которое поЗволило бы Оптатиану жить безбедно. Но кровь в Нем кипела. Поклонник древнего эллинства, он возмущался тем, что называл торжеством христианского рабства. Однажды написал он вольнолюбивое стихотворение, не понравившееся императору Констанцию. Констанций счел бы стихи за вздор; но в них был намек на особу императора; этого он простить не мог. Кара обрушилась на сочинителя: домик его и все имущество забрали в казну, самого сослали на дИкий островок Архипелага. На островке не было ничего, кроме скал, коз и лихорадок. Оптатиан не вынес испытания, проклял мечты о древней римской свободе и решился во что бы то ни стало загладить грех.

В бессонные ночи, томимый лихорадкой, написал он на своем острове поэму в прославление императора центонами из Виргилия: отдельные стихи древнего поэта соединялись так, что выходило новое произведение. Этот головоломный фокус понравился при дворе: Оптатиан угадал дух века.

Тогда приступил он к еще более удивительным фокусам: написал дифирамб Констанцию стихами различной длины, так что строки образовали целые фигуры, например многоствольную пастушью флейту, водяной орган, жертвенник, причем дым изображен был в виде нескольких неравных коротеньких строчек над алтарем. Чудом ловкости были четырехугольные поэмы, состоявшие из 20 или 40 гекзаметров; некоторые буквы выводились красными чернилами; при соединении, красные буквы, внутри четырехугольников, изображали то монограмму Христа, то цветок, то хитрый узор, причем выходили новые строки, с новыми поздравлениями; наконец, последние четыре гекзаметра в книге могли читаться на 18 различных ладов, с конца, с начала, с середины, сбоку, сверху, снизу и так далее: как ни читай — все выходила похвала императору.

Бедный сочинитель едва не сошел с ума от этой работы. Зато победа была полная. Констанций пришел в восторг; ему казалось, что Оптатиан затмил поэтов древности. Император собственноручно написал ему письмо, уверяя, что всегда готов покровительствовать Музам. «В наш век, — заключал он не без пышности, — за всяким, кто пишет стихи, мое благосклонное внимание следует, как тихое веяние зефиров». Впрочем, поэту не возвратили имущества, дали только немного денег, позволив уехать с проклятого острова и поселиться в Афинах.

Здесь он вел невеселую жизнь: помощник младшего конюха в цирке жил в сравнении с ним роскошно. Поэтому приходилось сторожить по целым дням в передних тщеславных вельмож, вместе с гробовщиками, торговцамиевреями и устроителями свадебных шествий, чтобы получить заказ на эпиталаму, эпитафию или любовное послание. Платили гроши. Но Порфирий не унывал, надеясь, что когда-нибудь поднесет императору такой фокус, что его простят окончательно.

Юлиан чувствовал, что, несмотря на все унижение Порфирия, любовь к Элладе не потухала в нем. Он был тонким ценителем древней поэзии. Юлиан охотно беседовал с ним.

Они свернули с большой дороги и подошли к высокой каменной стене палестры.

Кругом было пустынно. Два черных ягненка щипали траву. У запертых ворот, где из щелей крылечных ступеней росли маки и одуванчики, стояла колесница, запряженная двумя белыми конями; гривы у них были стриженые, как у лошадей на изваяниях.

За ними присматривал раб, старичок с яйцевидной лысой головой, едва подернутой седым пухом. Старичок оказался глухонемым, но любезным. Он узнал Оптатиана и ласково закивал ему головой, указывая на запертые ворота палестры.

— Дай кошелек на минуту, — сказал Оптатиан спутниКу.-Я возьму динарий или два на вино этому старому шуту.

Он бросил монету, и с раболепными ужимками и мычанием немой открыл перед ними дверь.

Они вошли в полутемный длинный перестиль.

Между колоннами виднелись ксисты — крытые ходы, предназначенные для упражнения атлетов; на ксистах не было песку: они поросли травой. Друзья вступили в широкий внутренний двор.

Любопытство Юлиана было возбуждено всей этой таинственностью. Оптатиан вел его за руку молча.

Во второй двор выходили двери экаэдр— крытых мраморных покоев, служивших некогда аудиториями для афинских мудрецов и ораторов. Полевые цикады стрекотали там, где раздавались речи славных мужей; над сочными, как будто могильными, травами реяли пчелы; было грустно и тихо. Вдруг откуда-то послышался женский голос, удар, должно быть, медного диска по мрамору, смех.

Подкравшись, как воры, спрятались они в полумраке между колоннами, в отделении элеофезион, где древние борцы, во время состязаний, умащались елеем.

Из-за колонн виднелась продолговатая четырехугольная площадь, под открытым небом, предназначавшаяся для игры в мяч и метания диска; она была усыпана, должно быть недавно, свежим ровным песком.

Юлиан взглянул и отступил.

В двадцати шагах стояла молодая девушка, совершенно голая. Она держала медный диск в руке.

Юлиан сделал быстрое движение, чтобы уйти, но в Лглазах Оптатиана, в его бледном лице бЫло столько благоговения, что Юлиан понял, зачем покЛОНник Эллады привел его сюда; почувствовал, что ни одной грешной мысли не могло родиться в душе поэта: восторг его был свят. Оптатиан прошептал на ухо спутнику, крепко схватив его за руку:

— Юлиан, мы теперь в древней Лаконии, девять веков назад. Ты помнишь стихи Пропорция LudiLaconum Спартанские игры (лат.).

И он зашептал ему чуть слышным вдохновенным шепотом:

Multa ttiae, Sparte, miramur jura palestrae.

Sed mage virginei tot bona gymnasii;

Quod non infames exerceret corpore ludos Inter luctantes nuda puella viros.

«Спарта, дивимся мы многим законам твоих гимнастических игр, но более всех -девственной палестре: ибо твои нагие девы, среди мужей-борцов, предаются не бесславным играм».

— Кто это? — спросил Юлиан.

— Не знаю, я не хотел узнавать...

— Хорошо. Молчи.

Теперь он смотрел прямо и жадно на метательницу диска, уже не стыдясь и чувствуя, что не должно, не мудро стыдиться.

Она отступила на несколько шагов, наклонилась и, выставив левую ногу, закинув правую руку с диском, сильным движением размахнулась и так высоко подбросила медный круг, что он засверкал на восходящем солнце и, падая, звонко ударился о подножие дальней колонны, Юлиану казалось, что перед ним — древний Фидиес мрамор.

— Лучший удар! — сказала двенадцатилетняя девочка в блестящей тунике, стоявшая у колонны.

— Мирра, дай диск, — проговорила метательница.Я могу выше, увидишь! Мероэ, отойди, а то я раню тебя, как Аполлон Гиацинта.

Мероэ, старая рабыня-египтянка, судя по пестрой одежде и смуглому лицу, приготовляла в алебастровых амфорах благовония для купальни. Юлиан понял, что немой раб и колесница с белыми конями принадлежат этим любительницам древних игр.

Кончив метание диска, взяла она от бледной черноокой Мирры изогнутый лук, колчан и вынула длинную оперенную стрелу. Девушка метила в черный круг, служивший целью на противоположном конце вфебэона. Тетива зазвенела; стрела порхнула со свистом и ударилась в цель; потом -вторая, третья.

— Артемида-Охотница! — прошептал Оптатиан.

Вдруг нежный розовый луч восходящего солнца, скользнув между колоннами, упал в лицо и на невысокую, почти отроческую грудь девушки.

Отбросив стрелы и лук, ослепленная, закрыла она лицо руками.

— Ласточки с криком проносились над палестрой и тонули в небе.

Она открыла лицо, закинув руки над головой. Волосы ее на концах были бледно-золотые, как желтый мед на солнце, с более темным рыжеватым оттенком у корней;

Губы полуоткрылись с улыбкой детской радости; солнце скользило по голому телу ниже и ниже. Она стояла, чистая, облеченная светом как самою стыдливой из одежд.

— Мирра,-задумчиво и медленно проговорила девушка, — посмотри, какое небо! Хотелось бы броситься в него и потонуть в нем с криком, как ласточки. Помнишь, мы говорили, что нельзя быть людям счастливыми, потому что у них нет крыльев? Когда смотришь на птиц, завидно... Надо быть легкой, совсем голой. Мирра,-вот, как я теперь, — и глубоко, глубоко в небе, и чувствовать, что это навсегда, что больше ничего не будет, не mojeT быть, кроме неба и солнца-вокруг легкого, голого тела!..

Вся выпрямившись, протягивая руки к небу, она вздохнула, как вздыхают о том, что навеки утрачено.

Солнце опускалось ниже и ниже; но достигло ее бедер уже пламеневшею лаской. Тогда девушка вздрогнула, и ей сделалось стыдно, словно кто-то живой и страстный увидел ее наготу: она заслонила одной рукой грудь, другой — чресла вечным, стыдливым движением, как Афродита Книдская.

— Мероэ, одежду, Мероэ! — вскрикнула она оглядываясь большими испуганными глазами.

Юлиан не помнил, как вышел из палестры; сердце его горело. Лицо у поэта было торжественное и грустное, как у человека, только что вышедшего из храма.

— Ты не сердишься? — спросил он Юлиана.

— О, нет! За что?

— Может быть, для христианина искушение?.

— Искушения не было.

— Да, да. Я так и думал. они вышли опять на пыльную, уже

знойную дорогу и направились к Афинам.

Оптатиан продолжал тихо, как будто про себя:

— О, какие мы теперь— стыдливые и уродливые! Мы боимся угрюмой и жалкой наготы своей, прячем ее, потому что чувствуем себя нечистыми. А прежде! -Ведь все это когда-то было, Юлиан! Спартанские девушки выходили на палестру голые, гордые, перед всем народом. И никто не боялся искушения. Чистые смотрели на чистых.

Они были, как дети, как боги. — И знать, что этого больше никогда не будет, не повторится на земле ата свобода и чистота, и радость жизни — никогда!

Он опустил голову на грудь и тяжело вздохнул. Они вышли на улицу Треножников. Недалеко от Акрополя друзья расстались молча.

Юлиан вошел в тень Пропилеи. Миновал Стоа Пойкилэ с картинами Парразия, изображавшими битвы Марафона и Саламина; потом мимо маленького храма Бескрылой Победы, приблизился к Парфенону.

Ему стоило только закрыть глаза, чтоб увидеть голое прекрасное тело Артемиды-Охотницы; а когда он открывал их, мрамор Парфенона под солнцем казался живым и золотистым, как тело богини.

И перед всеми, презирая смерть, хотелось ему обнять руками этот мрамор, согретый солнцем, и целовать его, как живое тело.

Недалеко от него стояли два молодых человека в темных одеждах, с бледными, строгими лицами, — Григорий из Назианза и Василий из Цезареи. Эллины боялись их, как самых сильных врагов; христиане надеялись, что два друга будут великими учителями церкви. Они смотрели на Юлиана.

— Что с ним сегодня? -сказал Григорий.-Разве это-монах? Какие движения! Как он закрывает глаза!

Какая улыбка! Неужели ты веришь в его благочестие, Василий?

— Я видел сам: он молился в церкви, плакал...

— Лицемерие!

— Зачем же он ходит к нам, ищет нашей Дружбы, толкует Писание?..

— Смеется или хочет соблазнить. Не верь ему! это Искуситель. Помни, брат мой. Римская империя питает в сем юноше великое зло. Это — Враг!

Друзья пошли рядом, опустив глаза. Их не пленяли ни строгие девы-кариатиды Эрехтейона, ни смеющийся в лазури белый храм Никэ Аптеры, ни Пропилеи, ни Парфенон. Лица их были угрюмы. Они желали одного — разрушить все зти капища демонов.

Солнце бросало от монахов — Григория Назианзинина и Василия Цезарейского две длинные черные тени на белый мрамор.

«Я хочу ее видеть,-думал Юлиан,-я должен знать, кто она!»

XIII

— Боги для того послали смертных в мир, чтобы они говорили красиво.

— Чудесно! Чудесно сказано, Мамертин! Повтори, пока не забыл: я запишу, — просил модного афинского адвоката Мамертина друг и благоговейный поклонник его, учитель красноречия Лампридий. Он вынул двустворчатые восковые дощечки из кармана и заостренную стальную палочку, приготовляясь писать.

— Я говорю, — начал опять Мамертин, с жеманной улыбкой оглядывая собеседников, возлежавших за ужином, — я говорю: люди посланы богами.

— Нет, нет, ты не так сказал, Мамертин, — перебил его Лампридий, — ты сказал гораздо лучше: боги послали смертных.

— Ну да, я сказал: боги послали смертных в мир только для того, чтобы они красиво говорили.

— Ты теперь прибавил «только», и вышло еще лучше: — «Только для того...» И Лампридий с благоговением записал слова адвоката, как изречение оракула.

Это был дружеский ужин, который давал недалеко от Пирея, на вилле своей молодой и богатой воспитанницы Арсинои, римский сенатор Гортензий.

Мамертин в тот самый день произнес знаменитую речь в защиту банкира Варнавы. Никто не сомневался, что жид Варнава -плут. Но, не говоря уже о красноречии адвоката, он обладал таким голосом, что одна из бесчисленных влюбленных в него поклонниц уверяла: «Я никогда не слушаю слов Мамертина; мне не нужно знать, что и кому он говорит; я упиваюсь только звуком голоса; особенно, когда он замирает на конце слов, — что-то невероятное; не голос человека, а божественный нектар, вздохи эоловой арфы!» Хотя простые грубые люди называли ростовщика Варнаву «кровопийцей, поедающим имения вдов и сирот», афинские судьи с восторгом оправдали мамертинова клиента. Адвокат получил от еврея пятьдесят тысяч сестерций и за маленьким праздником, который давался в честь его Гортензием, был в ударе. Но он имел привычку притворяться больным, требуя, чтобы его непрестанно лелеяли.

— Ах, я так устал сегодня, друзья мои, — проговорил он жалобным голосом.-Совсем болен. Где же Арсиноя?

— Сейчас придет. Арсиноя только что получила из музея Александрийского новый физический прибор: она им очень занята. Но я велю позвать, — предложил Гортензий.

— Нет, не надо, — проговорил адвокат небрежно.Не надо. Но какой вздор! Молодая девушка — и физика!

Что может быть общего? Еще Аристофан и Еврипид смеялись над учеными женщинами. И поделом! Прихотница — твоя Арсиноя, Гортензий! Если бы она не была так хороша, право, со своим ваянием и математикой, она казалась бы...

Он не докончил и оглянулся на открытое окно.

— Что же делать? -отвечал Гортензий. — Балованный ребенок. Сирота — ни отца, ни матери. Я ведь только опекун и не хочу стеснять ее ни в чем.

— Да, да...

Адвокат уже не слушал.

— Друзья мои, чувствую...

— Что такое? — проговорило несколько голосов озабоченно.

— Чувствую... мне кажется, сквозняк!..

— Хочешь, затворим ставни? — предложил хозяин.

— Нет, не надо. Будет душно. Но я так утомил свое горло. Послезавтра у меня опять защита. Дайте нагрудник и коврик под ноги. Я боюсь, что охрипну от ночной свежести.

Гефестион, молодой человек, тот самый, который жил с поэтом Оптатианом, ученик Лампридия и сам Лампридий бросились со всех ног, чтобы подать Мамертину нагрудник.

Это был красиво вышитый кусок пушистой белой шерсти, с которым адвокат никогда не разлучался, чтобы, при малейшей опасности простуды, обертывать им свое драгоценное горло.

Мамертин ухаживал за собою, как любовник за

избалованной женщиной. Все к этому привыкли. Он любил себя так простодушно и нежно, что и других людей заставлял любить себя.

— Нагрудник этот вышивала мне матрона Фабиола,-сообщил он с улыбкой.

— Жена сенатора? — спросил Гортензий.

— Да. Я расскажу вам про нее анекдот. Однажды написал я небольшое письмецо — правда, довольно изящное, но, конечно, пустяк, пять строк по-гречески-другой даме, тоже моей поклоннице, которая прислала мне корзину с вишнями: благодарил шутливо, подражая слогу Плиния.

Представьте же себе, друзья мои: Фабиоле так захотелось поскорее прочесть мое письмо и переписать в свое собрание знаменитых писем, что она отправила двух рабов на дорогу дорожить моего посланного. И вот нападают на него ночью в диком ущелье: он думает — разбойники, но ему не делают никакого зла, дают денег, отнимают письмо, — и Фабиола прочла таки первая и даже выучила его наизусть!

— Как же, знаю, знаю! О, это — замечательная женщина, — подхватил Лампридий. — Я видел сам, все твои письма лежат у нее в резной шкатулке из лимонного дерева, как настоящие драгоценности. Она учит их наизусть и уверяет, что они лучше всяких стихов. Фабиола рассуждает справедливо: «Если Александр Великий хранил поэмы Гомера в кедровом ящике, почему же я не могу хранить писем Мамертина в лимонной шкатулке?» — Друзья мои, эта гусиная печенка под шафранным соусом — чудо совершенства! Советую попробовать. Кто ее готовил. Гортензий?

— Старший повар, Дедал.

— Слава Дедалу! Твой повар-истинный поэт.

— Любезный Гаргилиан, можно ли назвать повара поэтом? — усомнился учитель красноречия. — Не оскорбляешь ли ты этим божественных Муз, наших покровительниц?

— Музы должны быть польщены, Лампридий. Я полагаю, что гастрономия такое же искусство, как всякое друfое. Пора оставить предрассудки!

Гаргилиан, римский чиновник из канцелярии префекта, был тучный, упитанный человек, с тройным кадыком, тщательно выбритым и надушенным, с коротко остриженными седыми волосами, сквозь которые просвечивали багровые складки жира, с умным лицом. Он считался уже много лет необходимым участником всех изящных собраний в Афинах. Гаргилиан любил в жизни только две вещи: хороший стол и хороший стиль. Гастрономия и поэзия сливались для него в одно наслаждение.

— Положим, я беру устрицу, — говорил он, поднося ко рту раковину своими жирными пальцами, покрытыми громадными аметистами и рубинами.

— Я беру устрицу и глотаю...

Он проглотил, зажмурив глаза, и слегка причмокнул верхней губой; у губы этой было особенное, лакомое выражение: выдающаяся вперед, заостренная, изогнутая, казалась она чем-то вроде маленького хоботка; оценивая звучный стих Анакреона или Мосха, шевелил он ею так же сладострастно, как за ужином, когда наслаждался соусом из соловьиных язычков.

— Глотаю и сейчас же чувствую, — продолжал Гаргилиан, не торопясь, глубокомысленно, — чувствую, устрица с берегов Британии, да, а отнюдь, друзья мои, не остийская и не тарентская. Хотите, я закрою глаза и сразу отличу, из какого именно моря устрица или рыба?

— При чем же тут поэзия? — несколько нетерпеливо перебил его Мамертин, которому не нравилось, когда в его присутствии слушали другого.

— Представьте же себе, друзья мои, — продолжал гастроном невозмутимо, — что я давно уже не был на берегу океана и люблю его, и скучаю по нем. Могу вас уверить, у хорошей устрицы есть такой соленый, свежий запах моря, что достаточно проглотить ее, чтобы вообразить себя на берегу океана; закрываю глаза и вижу волны, вижу скалы, чувствую веяние моря «туманного», по выражению Гомера. Нет, вы только скажите мне по совести, ну, какой стих из «Одиссеи» пробудит во мне с такою ясностью воспоминание о море, как запах свежей устрицы? Или, положим, разрезаю персик, пробую благовонный сок. Отчего, скажите мне, запах фиалки и розы лучше вкуса персика? Поэты описывают формы, цвета, звуки. Почему вкус не может быть так же прекрасен, как цвет, звук или форма? Предрассудок, друзья мои, предрассудок! Вкус-величайший и еще не понятый дар богов. Соединение вкусов образует высокую и утонченную гармонию, как соединение звуков. Я утверждаю, что есть десятая Муза —

Муза Гастрономии.

— Ну, персики, устрицы, куда ни шло, — возразил учитель красноречия. — Но какая может быть красота в гусиной печенке под шафранным соусом?

— А для тебя ведь есть красота, Лампридий, не только в идиллиях Феокрита, но и в комедиях Плавта, в самых грубых площадных шутках его рабов?

— Есть, пожалуй.

— Видишь, друг мой; ну, а для меня есть красота и в гусиной печенке: воистину, готов я венчать за нее повара Дедала лавровым венком так же, как Пиндара за олимпийскую оду!

В дверях появились два новых гостя: то был Юлиан и стихотворец Публий. Гортензий уступил Юлиану почетное место. Голодные глаза Публия загорелись при виде множества лакомых блюд. Поэт был в новой хламиде, которая приходилась ему впору. Должно быть, откупщица умерла и он получил деньги за эпитафию.

Беседа продолжалась.

Теперь учитель красноречия, Лампридий, рассказывал, как из любопытства зашел он однажды в Риме послушать христианского проповедника, говорившего «против языческих грамматиков». Грамматики, — уверял христианин, — почитают людей не за добродетель, а за хороший слог. Они думают, что менее преступно убить человека, чем произнести слово homo с неверным придыханием. Лампридий возмущался этими насмешками: он утверждал, что христианские проповедники так ненавидят хороший слог риторов, потому что знают, что у них самих слог варварский; они губят древнее красноречие, — смешивают невежество с добродетелью; для них подозрителен всякий, кто умеет говорить. По мнению Лампридия, в тот день, когда погибнет красноречие, — погибнет Эллада и Рим, люди превратятся в бессловесных животных. И христианские проповедники сделают все, чтобы довести людей до такого бедствия.

— Кто знает? — заметил Мамертин в раздумьи. — Может быть, хороший слог важнее добродетели. Добродетельными бывают и рабы, и варвары.

Гефестион объяснял соседу своему, Юнию Маврику, что именно значит совет Цицерона: causam mendaciunculis sperger.

— Mendaciunculis значит «маленькие лжи». Цицерон

дозволяет и даже советует усеивать речь выдумками, medaciunculis. Он допускает ложь, если она украшает слог.

Тогда начался спор о том, как следует оратору начинать свою речь, с анапеста или с дактиля.

Юлиану было скучно.

Все обратились к нему, спрашивая его мнения относительно дактилей и анапестов.

Он откровенно признался, что об этом никогда не думал и полагает, что оратору следует более заботиться о содержании речи, чем о таких мелочах.

Мамертин, Лампридий, Гефестион вознегодовали: по их мнению, содержание речи безразлично; оратору должно быть все равно, говорить за или против; не только смысл имеет мало значения, но даже сочетание слов — второстепенное дело, главное — звуки, музыка речи, новые сладкогласные сочетания букв; надо, чтобы и варвар, который ни слова не понимает по-гречески, чувствовал прелесть речи.

— Вот два стиха Проперция,-сказал Гаргилиан,-вы Увидите, что значат звуки в поэзии и как ничтожен смысл.

Слушайте:

Et Veneris dominae volucres, mea turba, columbae Tinguunt gorgoneo punica rostra lacu. венеры владычицы голуби, милая стая, Мочат в Горгонском ключе тут же свой пурпурный клюв.

Пропорций. Элегии, 3-я элегия.

Перевод с лат. А. А. Фета.

Какое очарование! Какое пение! Что мне за дело до смысла? Вся красота — в звуках, в подборе гласных и согласных. За эти звуки я отдал бы добродетель Ювенала, мудрость Лукреция. Нет, вы только обратите внимание, какая сладость, какое журчание:

Et Veneris dominae volucres, mea turba, columbae!

И он причмокнул верхней губой от удовольствия.

Все повторяли два стиха Пропервдя, не могли насытиться их прелестью. Глаза у них загорелись. Они друг друга возбуждали к словесной оргии.

— Вы только послушайте,-шептал Мамертин своим мягким, замирающим голосом, похожим на Эолову арфу:

Tinguunt Gorgoneo.

— Tinguunt Gorgoneo!-повторял чиновник префекта.-Клянусь Палладой, самому небу приятно: точно глотаешь струю густого, теплого вина, смешанного с аттическим медом:

Tinguunt Gorgoneo — — Заметьте, сколько подряд букв g, — это воркование горлицы. И дальше: punica rostra lacu — — Удивительно, неподражаемо! — шептал Ламлридий, закрывая глаза от наслаждения.

Юлиану было совестно и вместе с тем забавно смотреть на это сладострастное опьянение звуками.

— Надо, чтобы слова были слегка бессмысленны,-заключил Лампридий с важностью,-чтобы они текли, журчали, пели, не задевая ни слуха, ни сердца, — тогда только возможно полное наслаждение звуками.

В дверях, на которые все время смотрел Юлиан, словно ожидая кого-то, — неслышно, никем не замеченный, появился, как тень, белый и стройный человеческий облик.

Ставни были широко открыты; в комнату падал чистый лунный свет и смешивался с красным отблеском светильников на мозаике пола, блестевшего, как зеркало, на стенах с живописью, изображавшей сонного Эндимиона под лаской ЛунЫ.

Белое видение не двигалось, как изваяние; Древнеафиннский пеплум из мягкой серебристой шерсти падал длинными прямыми складками, удержанный под грудью тонким поясом; лунный свет озарял пеплум; лицо оставалось в полумраке. Вошедшая смотрела на Юлиана; Юлиан смотрел на нее. Они улыбались друг другу, зная, что эта улыбка не замечена никем. Она положила палец на губы и прислушивалась к тому, что говорили за столом.

Вдруг Мамертин, который оживленно рассуждал с Лампридием о грамматических отличиях первого и второго аориста, воскликнул:

— Арсиноя! Наконец-то! Ты решилась для нас покинуть физический прибор и статуи?

Она вошла и с простою улыбкой приветствовала всех.

Это была та самая метательница диска, которую, месяц назад, Юлиан видел в покинутой палестре. Стихотворец Публий Оптатиан, знавший все и всех в Афинах, познакомился с Гортензием и Арсиноей и ввел Юлиана в их дом.

Отец Арсинои, старый римский сенатор Гельвидий Приск умер в последние годы царствования Константина Великого. Двух дочерей от одной германской пленницы, Арсиною и Мирру, Гельвидий, умирая, оставил на попечение старому другу Квинту Гортензию, уважаемому им за любовь к древнему Риму и ненависть к христианству.

Дальний родственник Арсинои, обладатель огромных заводов пурпура в Сидоне, завещал ей несметные богатства.

Ее окружала толпа поклонников. По тому, как она одевалась, причесывалась, держала себя с безукоризненной простотой, можно было принять ее за настоящую гречанку, каких оставалось уже немного. Но в неправильных чертах ее лица видна была новая северная кровь.

Одно время Арсиноя увлекалась науками, работала в Александрийском музее у знаменитых ученых; ее пленяла физика Эпикура, Демокрита, Лукреция; ей нравилось это учение, освобождавшее душу «от страха богов». Потом с такой же почти болезненной и торопливой страстностью отдалась она ваянию. В Афины приехала, чтобы изучать лучшие древние образцы Фидия, Скопаса и Праксителя.

— А вы все о грамматике? — с усмешкой обратилась дочь Гельвидия Приска к собеседникам, входя в залу. — Не стесняйтесь, продолжайте. Я не буду спорить — хочу есть.

Целый день работала. Мальчик, налей вина!

— Друзья мои, — продолжала Арсиноя, — вы несчастные люди со всеми вашими цитатами Демосфена, правилами Квинтиллиана. Берегитесь: красноречие погубит вас.

Хотелось бы мне увидеть, наконец, человека, которому дела нет до Гомера и Цицерона, который говорит, не думая о придыханиях и аористах. Юлиан, пойдем после ужина к морю: я сегодня не могу слушать споров о дактилях и анапестах...

— Ты угадала мою мысль, Арсиноя,-пробормотал Гаргилиан, злоупотребивший гусиной печенкой под шафранным соусом: почти всегда к самому концу ужина вместе с тяжестью в желудке чувствовал он возмущение против словесности.

— Literrarum intemporantia laboramus, как выразился учитель Нерона, хитрый Сенека. Да,"да, вот наше горе!

Мы страдаем от словесной невоздержанности. Мы сами себя отравляем...

И впадая в задумчивость, он вынул зубочистку мастикового дерева. На жирном умном лице его выражались отвращение и скука.

XIV

Юлиан и Арсиноя спустились по кипарисовой аллее к морю.

Серебряный лунный путь уходил до края неба.

Слышался прибой о меловые глыбы прибрежья. Здесь была полукруглая скамья. Над нею Артемида-Охотница, в короткой тунике, с полумесяцем в кудрях, с луком и колчаном, с двумя остромордыми псами, казалась живой в лунном сиянии. Они сели.

Она указала ему на холм Акрополя, с едва белевшими столбами Парфенона, и возобновила разговор, который уже не раз бывал у них прежде:

— Посмотри, как хорошо! И ты хотел бы все это разрушить, Юлиан?

Не отвечая, он потупил взор.

— Я много думала о том, что ты мне говорил в прошлый раз, — о нашем смирении, — продолжала Арсиноя тихо, как будто про себя. — Был ли Александр, сын Филиппов, смиренным? А разве в нем нет добродетели?

Юлиан молчал.

— А Брут, Брут, убийца Юлия Цезаря? Если бы Брут подставлял левую щеку, когда его ударяли по правой,думаешь ли ты, он был бы прекраснее? Или считаете вы Брута злодеем, галилеяне?-Отчего мне кажется порою, что ты лицемеришь, Юлиан, что эта темная одежда не пристала тебе?..

Она вдруг обернула к нему свое лицо, озаренное луною, и посмотрела ему прямо в глаза пристальным взором.

— Чего ты хочешь, Арсиноя?-произнес он, бледнея.

— Хочу, чтобы ты был моим врагом! — воскликнула девушка страстно.-Ты не можешь так пройти, не сказав, кто ты. Знаешь, я иногда думаю: уж пусть бы лучше Афины и Рим лежали в развалинах; лучше сжечь труп, чем оставить непогребенным. А все эти друзья наши, грамматики, риторы, стихотворцы, сочинители панегириков императорам — тлеющий труп Эллады и Рима. Страшно с ними, как с мертвыми. О да, вы можете торжествовать, галилеяне! Скоро на земле ничего не останется, кроме мертвых костей и развалин. И ты, Юлиан... Нет, нет! Не может быть.

Я не верю, что ты с ними-против меня, против Эллады!..

Юлиан стоял перед нею, бледный и безмолвный. Он хотел уйти. Она схватила его за руку:

— Скажи, скажи, что ты мне враг! — проговорила она с вызовом и отчаянием в голосе.

— Арсиноя! Зачем?..

— Говори все! Я хочу знать. Разве ты не чувствуешь, как мы близки? Или ты боишься?..

— Через два дня я уезжаю из Афин, — прошептал Юлиан. — Прости...

— Из Афин? Зачем? Куда?

— Письмо от Констанция. Император вызывает меня ко двору, может быть, на смерть. Мне кажется, я вижу тебя в последний раз.

— Юлиан, ты не веришь в Него? — воскликнула Арсиноя, стараясь уловить взор монаха.

— Тише, тише! Что ты?..

Он встал со скамьи, отошел, ступая чуть слышно, оглянулся во все стороны, на дорожку, залитую лунным светом, на черные тени кустов, даже на море, как будто везде могли скрываться доносчики. Потом вернулся и присел, все еще не успокоенный. Опираясь рукой на мрамор, наклонился к самому уху ее, так что она почувствовала его горячее дыхание, и зашептал быстрым шепотом, как в бреду:

— Да, да, еще бы я верил в Него!.. Слушай, девушка, я говорю теперь то, чего и сам не смел сказать себе никогда. Я ненавижу Галилеянина! Но я лгал с тех пор, как помню себя. Ложь проникла в душу мою, прилипла к ней, как эта черная одежда к телу моему: помнишь, — отравленная одежда кентавра Нисса. Геракл срывал ее с кусками кожи И тела, но не сорвал и задохся. Так и я задохнусь во лжи галилейской!..

Он выговаривал каждое слово с усилием. Арсиноя взглянула на него: лицо, искаженное страданием и ненавистью, показалось ей чуждым, почти страшным.

— Успокойся, друг, — молвила она. — Скажи мне все: я пойму тебя, как никто из людей.

— Хочу сказать и не умею, — усмехнулся он злобно.Слишком долго молчал. Видишь ли, Арсиноя, кто раз попался им в лапы-кончено! — так изуродуют смиренномудрые, так приучат лгать и пресмыкаться, что уже не выпрямиться, не поднять ему головы никогда!..

Кровь бросилась в лицо его; на лбу выступили жилы; и, стиснув зубы в бессильной ярости, он прошептал:

— Подлость, подлость, воистину галилейская подлость — ненавидеть врага своего, как я ненавижу Констанция, — и прощать, пресмыкаться у ног его по змеиному, по смиренному христианскому обычаю, выпрашивая милости:

«еще годок, только один годок жизни худоумному рабу твоему, монаху Юлиану; потом-как тебе и скопцам, твоим советникам, угодно будет, боголюбивейший1» О, подлость!..

— Нет, Юлиан, — воскликнула Арсиноя, — если так,ты победишь!-Ложь-сила твоя. Помнишь, в басне Эзопа, осел в львиной шкуре? Здесь, наоборот, лев в шкуре осла, герой в одежде монаха!..

Она засмеялась:

— И как они испугаются, глупые, когда ты вдруг покажешь им свои львиные когти. Вот будет смех и ужас!..

Скажи, ты хочешь власти, Юлиан?

— Власти, — он всплеснул руками, упиваясь звуком этого слова, полной грудью вдыхая воздух:

— Власти! О, если бы один год, несколько месяцев, несколько дней власти, — научил бы я смиренных, ползучих и ядовитых тварей, именующих себя христианами, что значит мудрое слово их собственного Учителя: кесарево-кесарю. Да, клянусь богом Солнца, воздали бы они у меня кесарево кесарю!

Он поднял голову; глаза сверкнули злобою; лицо озарилось, точно помолодело. Арсиноя смотрела на него с улыбкой.

Но скоро голова Юлиана снова поникла. Пугливо озираясь, опустился он на скамью; невольным движением сложил руки крестообразно на груди, по обычаю монахов, и прошептал:

— Зачем обманывать себя? Никогда этого не будет.

Я погибну. Злоба задушит меня. Слушай: каждую ночь, после дня, проведенного на коленях в церкви, над гробами галилейских мертвецов, я возвращаюсь домой, разбитый, усталый, бросаюсь на постель, лицом в изголовье и рыдаю, рыдаю и грызу его, чтобы не кричать от боли и ярости.

О, ты не знаешь еще, Арсиноя, ужаса и смрада галилейского, в которых, вот уже двадцать лет, как я умираю и все не могу умереть, потому что, видишь ли, мы, христиане, живучи как змеи: рассекут надвое-срастаемся! Прежде я искал утешения в добродетели теургов и мудрецов.

Тщетно! Не добродетелен я и не мудр. Я — зол и хотел бы быть еще злее, быть сильным и страшным, как дьявол, единственный брат мой! -Но зачем, зачем я не могу забыть, что есть иное, что есть красота, зачем я увидел тебя!..

Внезапным движением, закинув прекрасные голые руки свои, Арсиноя обвила его шею, привлекла к себе так сильно, так близко, что он почувствовал сквозь одежды невинную свежесть тела ее, и прошептала:

— А что, если я пришла к тебе, юноша, как вещая сивилла, чтобы напророчить славу? Ты один живой среди мертвых. Ты силен. Какое мне дело, что у тебя не белые, лебединые, а страшные, черные крылья,-кривые, злые когти, как у хищных птиц? Я люблю всех отверженных, слышишь, Юлиан, я люблю одиноких и гордых орлов больше, чем белых лебедей. Только будь еще сильнее, еще злей!

Смей быть злым до конца. Лги, не стыдись: лучше лгать, чем смириться. Не бойся ненависти: это буйная сила крыльев твоих. Хочешь, заключим союз: ты дашь мне силу, я дам тебе красоту? Хочешь, Юлиан?..

Сквозь легкие складки древнего пеплума, теперь снова, как некогда в палестре, видел он стройные очертания голого тела Артемиды-Охотницы, и ему казалось, что все оно просвечивает, нежное и золотистое, сквозь тщедушную ткань.

Голова его закружилась. В лунном сумраке, окутавшем их, он заметил, что к его губам приближаются дерзкие, смеющиеся губы.

В последний раз подумал:

— Надо уйти. Она не любит меня и никогда не полюбит, хочет только власти. Это обман...

— Но тотчас же прибавил с бессильной улыбкой:

— Пусть, пусть обман!

И холод слишком чистого, неутоляющего поцелуя проник до глубины его сердца, как холод смерти.

Ему казалось, что сама девственная Артемида, в прозрачном сумраке месяца, спустилась и лобзает его обманчивым лобзанием, подобным холодному свету луны.

На следующее утро оба друга — Василий из Назианаа, Григорий из Цезареи — встретили Юлиана в одной афинской базилике.

Он стоял на коленях перед иконой и молился. Друзья смотрели с удивлением: никогда еще не видели они в чертах его такого смирения, такой ясности.

— Брат, — шепнул Василий на ухо другу, — мы согрешили: осудили в сердце своем праведного.

Григорий покачал головой.

— Да простит мне Господь, если я ошибся, — произнес он медленно, не спуская пытливого взора с Юлиана,вспомни только, брат Василий, сколь часто в образе светлейших ангелов являлся людям сам сатана, отец лжи.

XV

На подставки лампады, имевшей форму дельфина, положены были щипцы для подвивания волос. Пламя казалось бледным, потому что утренние лучи, ударявшие прямо в занавески, наполняли уборную густым, багрово-фиолетовым отблеском. Шелк занавесок был окрашен самым дорогим из всех родов пурпура — гиацинтовым, тирским, трижды крашенным.

— Ипостаси? Что такое божественные Ипостаси Троицы, — этого постигнуть не может никто из человеков. Я сегодня всю ночь не спал и думал, ибо имею к тому превеликую страсть. Но ничего не придумал, только голова заболела. Отрок, дай сюда утиральник и мыло.

Это говорил человек важного вида, с митрой на голове, похожий на верховного жреца или азиатского владыку,старший брадобрей священной особы императора Констанция. Бритва в искусных руках его летала с волшебною легкостью. Цирюльник как будто совершал таинственный обряд.

По обеим сторонам, кроме Евсевия, сановника августейшей опочивальни, самого могущественного человека в империи, кроме бесчисленных постельников — кубикулариев, с различными сосудами, притираниями, полотенцами и умывальниками, стояли два отрока-веероносца; во все время таинства брадобрития обвевали они императора широкими тонкими опахалами в виде серебряных шестикрылых серафимов, сделанных наподобие тех рипид, коими дьяконы отгоняют мух от Св. Даров во время литургии.

Цирюльник только что окончил правую щеку императора и принимался за левую, намылив ее тщательно мылом с аравийскими духами, называвшимися Афродитиной пеной. Он шептал, наклоняясь к самому уху Констанция, так, чтобы никто не мог слышать:

— О, боголюбивейший государь, твой всеобъемлющий ум один только может решить, что такое три Ипостаси — Отца, Сына и Духа Святого. Не слушай епископов. Не каК им, а как тебе угодно! Афанасия, патриарха александрийского, должно казнить, как строптивого и богохульного мятежника. Сам Бог и создатель наш откроет твоей святыне, во что и как именно должно веровать рабам твоим.

По моему мнению, Арий верно утверждает, что было время, когда Сына не было. Также и об Единосущии...

Но тут Констанций заглянул в огромное зеркало из отполированного серебра и, ощупав рукою только что выбритую шелковистую поверхность правой щеки, перебил цирюльника.

— Как будто бы не совсем гладко? А? Можно бы еще раз пройтись? Что ты там говорил об Единосущии?

Цирюльник, получивший талант золота от придворных епископов Урзакия и Валента за то, чтобы подготовить кесаря к новому исповеданию веры, быстро и вкрадчиво зашептал на ухо Констанция, водя бритвой, как будто лаская.

В эту минуту к императору подошел нотарий Павел, по прозванию Катена, то есть Цепь: называли его Цепью за то, что страшные доносы, как неразрывные звенья, опутывали избранную жертву. Лицо у Павла было женоподобное, безбородое, нежное; судя по наружности, можно было предположить в нем ангельскую кротость; глаза тусклые, черные, с поволокой; поступь неслышная, с кошачьей прелестью в мягких движениях. На верхнем плаще через плечо нотария была перекинута широкая темн" синяя лента, или перевязь,-особый знак императорской милости.

Павел Катена мягким, властным движением отстранил брадобрея и, наклонившись к уху Констанция, шепнул:

— Письмо Юлиана. Перехватил сегодня ночью. Угодно распечатать?

Констанций с жадностью вырвал письмо из рук Павла, открыл и стал читать. Но разочаровался.

— Пустяки,-проговорил он,-упражнение в красноречии. Посылает в подарок сто винных ягод ученому софисту, пишет похвалу винным ягодам и числу сто.

— Это хитрость, — заметил Катена.

— Неужели, — спросил Констанций, — неужели никаких доказательств?

— Никаких.

— Или он очень искусен, или же...

— Что хотела сказать твоя вечность?

— Или невинен.

— Как тебе будет угодно, — прошептал Павел.

— Как мне угодно? Я хочу быть справедливым, только

справедливым, разве ты не знаешь?.. Мне нужны доказательства.

— Подожди, будут.

Появился другой доносчик, молодой перс, по имени Меркурий, по должности придворный стольник, почти мальчик, желтолицый, черноглазый. Его боялись не менее, чем Павла Катены, и шутя называли «словником сонных видений»: если пророческий сон мог иметь дурное значение для священной особы кесаря, Меркурий, подслушав его, спешил донести. Уже многие поплатились за то, что имели неосторожность видеть во сне, чего не следовало видеть. Придворные стали уверять, что они страдают неизлечимой бессонницей, и завидовали жителям сказочной Атлантиды, которые спят, по уверению Платона, не видя снов.

Перс, отстранив двух эфиопских скопцов, завязывавших шнурки на вышитых золотыми орлами башмаках императора из ярко-зеленой кожи — цвет, присвоенный только августейшей обуви, — обнимал ноги повелителя, целовал их и смотрел в глаза, как собака, ласкаясь и виляя хвостом, смотрит в глаза господину.

— Да простит мне твоя вечность! — шептал маленький Меркурий с детской и простодушной преданностью.Я не мог утерпеть, скорее прибежал к тебе; Гауденций видел нехороший сон. Ты представился ему в разорванной одежде, в венке из пустых колосьев, обращенных долу.

— Что это значит?

— Пустые колосья предвещают голод, а разорванный пурпур... я не смею...

— Болезнь?

— Может быть, хуже. Жена Гауденция призналась мне, что он совещался с гадателями: Бог знает, что они сказали ему...

— Хорошо, потом поговорим. Приходи вечером.

— Нет, сейчас! Дозволь пытку, легкую, без огня.

Еще дело о скатертях...

— О каких скатертях?

— Разве забыл? На одном пиру в Аквитании стол накрыт был двумя скатертями, окаймленными пурпуром так широко, что они образовали как бы царскую хламиду.

— Шире двух пальцев? Я по закону допустил каймы в два пальца!

— О, гораздо шире! Настоящая, говорю, императорская

хламида. Подумай, на скатерти такое святотатственное украшение!..

Меркурий не успевал высказать всех накопившихся доносов:

— В Дафне родился урод,-бормотал он, спеша и запинаясь. — Четыре уха, четыре глаза, два клыка, весь в шерсти; прорицатели говорят, дурной знак — к разделению священной империи.

— Посмотрим. Напиши все, по порядку, и представь.

Император кончал утренний наряд. Он глянул еще раз в зеркало и тонкой кисточкой захватил немного румян из серебряного ковчежца филигранной работы, подобия маленькой раки для мощей, с крестиком на крышке: Констанций был набожен; бесчисленные финифтяные крестики и начальные буквы имени Христова виднелись во всех углах, на всех безделушках; особый род драгоценнейших румян, называвшихся «пурпуриссима», приготовляли из розовой пены, которую снимали с кипящего в котлах сока пурпурных раковин; кисточкой с этими румянами Констанций искусно провел по своим смуглым и сухим щекам. Из комнаты, называемой «порфирия», где, в особом пятибашенном шкафу, «пентапиргионе», хранились царские одежды, евнухи вынесли императорскую далматику, жесткую, почти не гнущуюся, тяжелую от драгоценных камней и золота, с вытканными по аметистовому пурпуру крылатыми львами и змеями.

В тот день в главной зале медиоланского дворца должен был происходить церковный собор.

Туда направился император по сквозному мраморному ходу. Дворцовые стражи — палатины стояли в два ряда, немые, как изваяния, с поднятыми копьями в четырнадцать локтей длины. Предносимая Сановником Августейших Щедрот — Comes Sacrarum Largitionum — золототканая Константинова хоругвь — Лабарум, с монограммой Христа, блистала и шелестела. Стражи — безмолвники, silentiarii, бежали впереди и мановением рук призывали всех к благоговейной тишине.

В галерее император встретился со своей супругой Евсевией Аврелией. Это была женщина уже не молодая, с бледным и усталым лицом, с тонкими и благородными чертами; иногда злая насмешка вспыхивала в ее проницательных глазах.

Императрица, сложив руки на омофоре, усыпанном рубинами и сапфирами, ограненными наподобие сердец, склонила голову и произнесла обычное утреннее приветствие:

— Я пришла насладиться твоим лицезрением, боголюбезнейший супруг мой. Как изволила почивать твоя святость?

Потом, по ее знаку, поддерживавшие ее под руки две придворные матроны, Ефросиния и Феофания, немного отошли, и она тихо сказала супругу:

— Сегодня должен представиться тебе Юлиан. Будь с ним милостив. Не верь доносчикам. Это несчастный и невинный отрок. Господь тебя наградит, если ты помилуешь его, государь!

— Ты просишь за него?

Жена и муж обменялись быстрыми взглядами.

— Я знаю, — молвила она, — ты веришь мне всегда: поверь и на этот раз. Юлиан-твой верный раб. Не откажи, будь с ним ласков...

И она подарила мужа одной из тех улыбок, которые все еще сохраняли власть над сердцем его.

В портике, отделенном от главной залы ковровой завесой, за которой император любил подслушивать то, что происходило на соборе, подошел к нему монах с крестообразным гуменцом на голове, в тунике с куколем, из грубой темной ткани. То был Юлиан.

Он склонил колени перед Констанцием, сотворил земное метание и, поцеловав край императорской далматики, сказал:

— Приветствую благодетеля моего, победоносного, великого, вечного кесаря августа Констанция. Да помилует меня твоя святость!

— Мы рады тебя видеть, сын наш.

Двоюродный брат Юлиана милостиво приблизил свою руку к самым губам его. Юлиан прикоснулся к этой руке, на которой была кровь его отца, брата — всех родных.

Монах встал, бледный, с горящими глазами, устремлены ными на врага. Он сжимал рукоять кинжала, скрытого под складками одежды.

Маленькие свинцово-серые глазки Констанция светились тщеславием, и только изредка хитрая осторожность вспыхивала в них. Он был невысокого роста, головой ниже Юлиана, широкоплеч, по-видимому, силен и крепок, но с ногами уродливо выгнутыми, как у старых наездников;

смуглая кожа на гладких висках и скулах неприятно лоснилась; тонкие губы были строго сжаты, как у людей, любящих, больше всего в жизни, порядок и точность: такое вЫражение бывает у старых школьных учителей.

Юлиану все это казалось ненавистным. Он чувствовал, как слепое животное бешенство овладевает им; не в силах произнести слова, потупил глаза и тяжело дышал.

Констанций усмехнулся, подумав, что юноша не вынес царственного взора его — смущен неземным величием римского кесаря. Он произнес напыщенно и милостиво:

— Не бойся, отрок! Иди с миром. Наше добротолюбие не причинит тебе зла и впредь не покинет твоего сиротства благодеяниями.

Юлиан вошел в залу церковного собора, а император стал около самого ковра, приложил к нему ухо и с хитрой усмешкой начал прислушиваться.

Он узнал голос главного начальника государственной почты, Гауденция, того самого, который видел дурной сон:

— Собор за собором! — жаловался Гауденций какомуто вельможе.-То в Сирмии, то в Сардике, то в Антиохии, то в Константинополе. Спорят и не могут согласиться об Единосущии. Но надо же и почтовых лошадей пожалеть! Епископы скачут, сломя голову, с казенными подорожными. То вперед, то назад, то с Востока, то с Запада.

А за ними целые тучи пресвитеров, дьяконов, церковных служителей, писцов. Разорение! На десять почтовых кляч едва ли и одна найдется, не заморенная епископами. Еще пять соборов, — и все мои лошади поколеют, а от государственных подвод колеса отвалятся. Право! И заметь, что епископы все-таки не придут к соглашению об Ипостасях и Единосущии!

— Зачем же, славнейший Гауденций, не составишь ты об этом донесения кесарю?

— Боюсь, не поверят и обвинят в безбожии, в неуважении к нуждам церкви.

В огромной круглой зале, с круглым сводом и столбами из зеленовато-жилистого фригийского мрамора, было душно. Косые лучи падали в окна, находившиеся под сводом.

Шум голосов напоминал жужжание пчелиного улья.

На возвышении приготовлен был трон императора — sella aurea со львиными лапами из слоновой кости, которые перекрещивались, как на складных курульных креслах древнеримских консулов.

Около трона пресвитер Пафнутий, с простодушным лицом, разгоревшимся от спора, утверждал:

— Я, Пафнутий, как приял от отцов, так и содержу в мыслях! По символу, иже во святых отца нашего Афанасия, патриарха Александрийского, должно воздавать поклонение Единице в Троице и Троице в Единице. ОтецБог, Сын — Бог, Дух Святой -Бог, впрочем, не три Бога, но един.

И точно сокрушая невидимого врага, со всего размаха ударил он огромным кулаком правой руки в левую ладонь и обвел всех торжествующим взглядом:

— Как приял, так и содержу в мыслях!

— А? Что? Что он такое говорят? -спрашивал Озий, столетний старец, современник великого Никейского собора.- Где мой рожок?

Беспомощное недоумение выражалось на лице его. Он был глух, почти слеп, с длинной, седой бородой. Дьякон приставил слуховой рожок к уху старика.

За стихарь Пафнутия с умоляющим видом цеплялся бледный и худенький монах-постник:

— Отче Пафнутий! -старался он перекричать его.Что же это такое? -Из-за одного, все из-за одного слова: подобносущный, или единосущный!

И, хватаясь за одежду Пафнутия, монах рассказал ему об ужасах, которые видел в Александрии и Константинополе.

Ариане тем, кто не хочет принимать св. Тайн в еретических церквах, открывают рот деревянными снарядами, состоящими из двух соединенных палок, наподобие рогатины, и насильно вкладывают Причастие; детей пытают; женам раздавливают в тисках или выжигают раскаленным железом сосцы; в церкви св. Апостолов произошла такая драка между арианами и православными, что кровь наполнила дождевую цистерну и со ступеней паперти лилась на площадь; в Александрии правитель Себастиан избил колючими пальмовыми ветвями православных девственниц, так что многие умерли, и непогребенные, обесчещенные тела лежали перед городскими воротами.-И все это даже не из-за одного слова, а из-за одной буквы, из-за одной йоты. отличающей греческое слово единосущный — oiAOOUO, или от подобносущный-o^OlOKCHOg.

— Отче Пафнутий, — твердил кроткий бледный монах, —

из-за одной йоты! И главное, в Священном-то Писании нет даже слова узия-сущность! Из-за чего же мы спорим и терзаем друг друга? Подумай, отче, как ужасно такое наше злонравие!..

— Так что же? — перебил его Пафнутий нетерпеливо. — Неужели примириться с окаянными богохульниками, псами, изблевавшими из еретического сердца, что было время, когда Сына не было?

— Един Пастырь, едино стадо, — робко защищался монах.- Уступим...

Но Пафнутий не слушал его. Он кричал так, что жилы напрягались на шее и висках его, покрытых каплями пота.

— Да умолкнут богоненавистники! Да не будет, да не будет сего! Арианскую гнусную ересь анафематствую! Как приял от отцов, так и содержу в мыслях!

Столетний Озий одобрительно и беспомощно кивал седой головой.

— Что ты как будто притих, авва Дорофей? Мало сегодня споришь. Или прискучило? — спрашивал желчного, юркого старичка высокий, бледный и красивый, с волнистыми, необыкновенно длинными, черными, как смоль, волосами, пресвитер Фива.

— Охрип, брат Фива. И хочу говорить, да голоса нет.

Натрудил себе горло намедни, как низлагали проклятых акакиян: второй день хриплю.

— Ты бы, отче, сырым яйцом горло пополоскал: весьма облегчает.

В другом конце залы спорил Аэтий, дьякон Антиохийский, самый крайний из учеников Ария; его называли безбожным, — афеем, за кощунственное учение о Св. Троице.

Лицо у него было веселое и насмешливое. Жизнь Аэтия отличалась разнообразием: он был поочередно рабом, медником, поденщиком, ритором, лекарем, учеником александрийских философов и, наконец, дьяконом.

— Бог Отец по сущности чужд Богу Сыну — проповедовал Аэтий, наслаждаясь ужасом слушателей.-Есть Троица. Но Ипостаси различествуют в славе. Бог неизречен для Сына, потому что несказанно то, что Он есть сам в Себе. Даже Сын не знает сущности Своей, ибо имеющему начало невозможно представить или объять умом Безначального.

— Не богохульствуй! — в негодовании воскликнул Феойа, епископ Мармарикский. — Доколе же прострется, братья мои, сатанинская дерзость еретиков?

— Сладкоречием своим,-добавил наставительно Софроний, епископ Помпеополиса, — не вводи в заблуждений простодушных.

— Укажите мне на какие-нибудь философские доводы — и я соглашусь. Но крики и ругательства доказывают только бессилие, — возразил Аэтий спокойно.

— В Писании сказано…-Начал было Софроний.

— Какое мне дело до Писания? Бог дал разум людям, чтобы познавать Его. Я верю в диалектику, а не в букву Писания. Рассуждайте со мной, придерживаясь категорий и силлогизмов Аристотеля.

И с презрительной улыбкой завернулся он в свой дьяконский стихарь, как Диоген в цинический плащ.

Некоторые епископы уже начали приходить к общему исповеданию, друг Другу уступая, как вдруг вмешался в разговор их арианин, Нарцисс из Нерониады, знаток всех соборных постановлений, символов и канонов, человек, которого не любили, обвиняли в прелюбодеянии, лихоимстве, но все-таки уважали за ученость:

— Ересь! — объявил он епископам кратко и невозмутимо.

— Как ересь? Почему ересь? — произнесло несколько голосов.

— Объявлено сие ересью еще на соборе в Ганграх Пафлагонских.

У Нарцисса были маленькие косые глаза, сверкавшие злобным блеском, такая же злобная и кривая улыбка на тонких губах; волосы, с проседью, жесткие, как щетина; казалось, все черты лица его перекосились от злобы.

— В Ганграх Пафлагонских! — повторили епископы в отчаянии.-А мы и забыли об этом соборе… Что же делать, братья?

Нарцисс, обводя всех косыми глазами, торжествовал.

— Господи, помилуй нас, грешных!-восклицал добрый и простодушный епископ Евзой.-Ничего не разумею.

Запутался. Голова кругом идет: o^oowlOg, o^olovalog, единосущный, неединосущный, подобья. Ипостаси — в ушах звенит от греческих слов. Хожу как в тумане и сам не знаю, во что верю, во что не верю, где ересь, где не ересь. Господи Иисусе Христе, помоги нам! Погибаем в сетях дьявольских!

В это мгновение шум и крики умолкли. На амвон взошел

один из придворных любимцев императора, епископ Урзакий Сингидонский; в руках держал он длинную пергаментную хартию. Два скорописца перед раскрытыми книгами приготовились записывать прения собора, очинив тонкие перья из египетского тростника — каламуса. Урзакий читал повеление императора, обращенное к епископам:

«Констанций Победитель Триумфатор, досточтимый и вечный Август— всем собравшимся в Медиолане епискепам».

Он требовал от собора низложения Афанасия, патриарха Александрийского, в грубых и непристойных словах; называл всеми чтимого, святого старца «негоднейшим из людей, изменником, сообщником буйного и гнусного Максенция».

Придворные льстецы — Валент, Евсевий, Аксентий стали подписывать хартию. Но в толпе послышался ропот:

— Окаянная прелесть, велемудрые ухищрения арианских христоборцев! Не дадим патриарха в обиду!

— Кесарь называет себя вечным. Никто не вечен кроме Бога. Кощунство!

Последние слова явственно услышал Кодстанций, стоявший за ковром.

Вдруг отдернул он завесу и вступил в залу собора.

Копьеносцы окружали его. Лицо императора было гневно.

Наступило молчание.

— Что это? Что это? -повторял слепой старец Озий; на лице его были недоумение и тревога.

— Отцы!-начал император, сдерживая гнев.-Позвольте мне, служителю Всеблагого, довести, под Промыслом Его, ревность мою до конца. Афанасий, мятежник, первый нарушитель вселенского мира...

Опять послышался ропот в толпе.

Констанций умолк и с удивлением обвел глазами епископов. Чей-то голос произнес:

— Гнусную арианскую ересь анафематствуем!

— Вера, на которую восстаете вы,-возразил император, — наша вера. Если она еретическая, — почему же Господь Вседержитель даровал нам победу над всеми нашими супостатами — Констаном, Ветранионом, Галлом, буйным и гнусным Максенцием? Почему сам Бог вложил в нашу священную десницу державу мира?

Отцы безмолвствовали. Тогда придворный льстец, Валент, епископ Мурзийский, наклонился с подобострастным смирением:

— Бог откроет истину мудрости твоей, боголюбезнейший владыка! То, во что ты веруешь, не может быть ересью. Недаром Кирилл Иерусалимский видел чудотворное знамение на небе в день твоей победы над Максенцием,крест, окруженный радугой.

— Я так хочу! — прервал его Констанций, подымаясь.- Афанасий будет низложен властью, данной нам от Бога. Молитесь, дабы прекратились наконец всякие распри и словопрения, уничтожена была злоименная и человекоубийственная ересь сабеллиан, приверженцев негоднейшего Афанасия, воссияла же в сердцах у всех истина...

Вдруг лицо его побледнело; слова замерли на губах.

— Что это? Как пустили?..

Констанций указывал на высокого старика, с лицом суровым и величественным: то был гонимый и низложенный за веру Пиктавийский епископ Иларий, один из злейших врагов императора-арианина. Он самовольно пришел на собор, может быть, думая найти мученическую смерть.

Старик поднял руку к небу, как будто призывая проклятие на голову императора, и громкий голос его раздался в тишине собора:

— Братья, се грядет Христос, ибо Антихрист уже победил. Антихрист-Констанций! Не по хребту ударяет нас, а ласкает по чреву; не в темницы бросает, а прельщает в царских чертогах. Кесарь, слушай: говорю тебе то, что сказал бы Нерону, Декию, Максимиану, явным гонителям церкви: ты — убийца не человеков, а самой Любви Божественной! Нерон, Декий, Максимиан более служили Богу, чем ты: при них мы побеждали дьявола; при них лилась кровь мучеников, очистившая землю, и мертвые кости творили чудеса. А ты, свирепейший, убиваешь, но не даешь нам славы смерти! Господи, пошли нам явного мучителя, нелицемерного врага, подобного Нерону и Декию, дабы благодатное и страшное орудие гнева Твоего воскресило церковь, растленную лобзаниями Иуды-Констанция!..

Император поднял руку в ярости:

— Схватить, схватить его-и мятежников!-проговорил он, задыхаясь и указывая на Илария.

Палатины и щитоносцы бросились на епископов. Произошло

смятение. Сверкнули мечи.

Илария, с грубыми оскорблениями, срывая омофор, епитрахиль и фелонь, потащили воины.

Многие в ужасе, устремляясь к дверям, падали, давили и топтали друг друга.

Один из юношей-скорописцев вскочил на окно, желая выпрыгнуть на двор, но воин уцепился за длинную одежду его и не пускал. Стол с чернильницами опрокинули, и красные чернила разлились по синему яшмовому полу. При виде этой багровой лужи стали кричать:

— Кровь! Кровь! Бегите!

Другие вопили:

— Смерть врагам благочестивейшего августа!

Пафнутий громовым голосом возглашал, увлекаемый двумя легионерами:

— Признаю собор Никейский, ересь арианскую анафематствую!

Многие продолжали кричать:

— Единосущный!

Другие:

— Да не будет сего! Подобносущный!

Третьи:

— Несходный, сиречь, аномэон, аномэон!-Умолкните, богоненавистники! -Анафема! — Да извергнется! — Собор в Никее! — Собор в Сардике! — В Гангрaх Пафлагонских! -Анафема!

Слепой Озий сидел неподвижно, всеми забытый, на своем почетном епископском кресле, и шептал чуть слышно:

— Иисусе Христе, Сыне Божий, помилуй нас! Что же это, братья?..

Но напрасно протягивал он свои слабые руки к мятущимся и обезумевшим людям; напрасно твердил: «Братья, братья, что же это?»-Никто не видел и не слышал старика. И слезы текли по его столетним морщинам.

Юлиан смотрел на собор с злорадной усмешкой и молча торжествовал.

В тот же день, поздним вечером, в пустынной тишине, среди зеленой равнины, к Востоку от Медиолана шли два монаха-отшельника из Месопотамии, посланные на собор дальними сирийскими епископами.

Едва спаслись они из рук придворной стражи и теперь с

радостью направляли путь к Равенне, чтобы поскорее сесть на корабль и вернуться в пустыню. Усталость и уныние выражались в их лицах. Эфраим, один из них, был старик; другой, Пимен — юноша. Эфраим сказал Пимену:

— Пора в пустыню, брат мой! Лучше слушать вой шакалов и львов, чем то, что сегодня мы слышали в царских чертогах. О, сладкое чадо мое! Блаженны безмолвные.

Блаженны оградившие себя стеною тишины пустынной, за которую не долетят к ним споры учителей церковных. Блаженны понявшие ничтожество слов. Блаженны не спорящие. Блажен, кто не испытывает Божьих тайн, но поет пред лицом твоим. Господи, как лира. Блажен, кто постиг, как трудно знать, как сладко любить Тебя, Господи!

Эфраим умолк, и Пимен произнес: «аминь!» Великая тишина ночи обняла их. И бодро, по звездам, направили они путь свой к Востоку, радуясь молчанию пустыни.

XVI

В солнечное утро по всем улицам Медиолана стремились толпы народа на главную площадь.

Раздался гул приветствий — и в триумфальной колеснице, запряженной стаей белых, как лебеди, коней, появился император.

Он стоял на такой высоте, что люди снизу должны были смотреть на него, закинув головы. Одежда, усыпанная драгоценными каменьями, горела ослепительно. В правой руке держал он скипетр, в левой — державу, увенчанную крестом.

Неподвижный, как изваяние, сильно нарумяненный и набеленный, он смотрел прямо перед собой, не поворачивая головы, как будто она была сжата в тисках. Во все продолжение пути, даже при толчках и сотрясениях колесницы, не сделал ни одного движения-не шевельнул пальцем, не кашлянул, не моргнул глазом. Эту окаменелую неподвижность приобрел Констанций многолетними усилиями, гордился ею и считал ее необходимым знаком божеского величия римских императоров. В такие минуты скорее согласился бы он умереть, чем, проявляя смертную природу, отереть пот с лица, чихнуть, высморкаться или плюнуть.

Кривоногий, маленького роста, самому себе казался исполином. Когда колесница въезжала под арку триумфальных ворот, недалеко от терм Максимиана Геркула, наклонил голову, как будто мог ею задеть за ворота, в которые свободно прошел бы Циклоп.

По обеим сторонам пути стояли палатины. У них были золотые шлемы, золотые панцири; на солнце два ряда почетной стражи сверкали, как две молнии.

Вокруг императорской колесницы развевались пышные знамена в виде драконов. Пурпурная ткань, раздутая ветром, врывавшимся в открытые пасти драконов, издавала пронзительный свист, подобный змеиному шипению, и длинные багровые хвосты чудовищ клубились по ветру.

На площади собраны были все легионы, стоявшие в Медиолане.

Гром приветствий встретил императора. Констанций был доволен: самый звук этих приветствий, не слишком слабый, не слишком сильный, установлен был заранее и подчинен строжайшему порядку; солдат и граждан учили искусству умеренно и благоговейно кричать от восторга.

Придавая каждому движению, каждому шагу своему напыщенную торжественность, император спустился с колесницы и взошел на помост, возвышавшийся над площадью, сверху донизу увешанный победоносными лохмотьями древних знамен и медными римскими орлами.

Опять раздался трубный звук, знак того, что полководец желает говорить с войском — и на площади воцарилась тишина.

— Optimi reipublicae defensores! - начал Констанций, превосходнейшие защитники республики!

Речь его была растянута и переполнена цветами школьного красноречия.

Юлиан, в придворной одежде, взошел по ступеням помоста, и братоубийца облек последнего потомка Констанция Хлора священною цезарскою порфирою. Сквозь легкий шелк проникли лучи солнца в то время, когда император подымал пурпур, чтобы возложить его на коленопреклоненного Юлиана, — и кровавый отблеск упал на лицо нового цезаря, покрытое смертной бледностью. Мысленно повторил он стих Илиады, казавшийся ему пророчеством:

«Очи смежила багровая смерть и могучая Мойра».

А между тем Констанций приветствовал его:

— Recepisti primaevus originis tuae splendidum florem, amatissime mihi omnium frater.

- Еще столь юный, ты уже приемлешь блистательный цвет твоего царственного рода, возлюбленнейший брат мой.

Тогда по всем легионам пролетел крик восторга, Констанций нахмурился: крик превзошел установленную меру: должно быть, лицо Юлиана понравилось воинам.

— Да здравствует цезарь Юлиан! — кричали они все громче и громче и не хотели умолкнуть.

Новый цезарь ответил им братской улыбкой.

Каждый из легионеров ударял медным щитом по колену, что было знаком радости.

Юлиану казалось, что над ним совершается воля не кесаря, а самих богов.

Каждый вечер Констанций имел обыкновение посвящать четверть часа отделке и обтачиванию ногтей; это была единственная забава, которую позволял он себе, неприхотливый, воздержанный и скорее грубый, чем изнеженный, во всех своих привычках.

Обтачивая ногти тонкими напидочками, гладя их щеточками, с веселым видом, спросил он в тот вечер любимого евнуха, сановника августейшей опочивальни, Евсевия:

— Как тебе кажется, скоро победит он галлов?

— Мне кажется, — отвечал Евсевий, — что мы скоро получим известие о поражениях и смерти Юлиана.

— Мне было бы очень жаль, — продолжал Констанций.-Я, впрочем, сделал все, что мог: ему теперь придется обвинять себя самого...

Он улыбнулся и, склонив голову набок, посмотрел на свои отточенные ногти.

— Ты победил Максенция, — прошептал евнух, — победил Ветраниона, Константа, Галла, победишь и Юлиана.

Тогда будет един пастырь, едино стадо. Бог — и ты!

— Да, да... Но кроме Юлиана, есть Афанасий. Я не успокоюсь, пока, живой или мертвый, не будет он в моих руках.

— Юлиан страшнее Афанасия, а ты сегодня облек его пурпуром смерти. — О, мудрость Божеского Промысла!

Как низвергает она путями неисповедимыми всех врагов твоей вечности. — Слава Отцу и Сыну и Святому Духу, и ныне, и присно, и во веки веков!

— Аминь, — заключил император, покончив с ногтями и бросив последнюю щеточку.

Он подошел к древней Константиновой Хоругви — Лабаруму, всегда стоявшему в опочивальне кесаря, опустился перед ним на колени и, смотря на монограмму Иисуса Христа, составленную из драгоценных каменьев, блиставшую при свете неугасимой лампады, начал молиться. Прочел уставные молитвы и сотворил назначенное число земных поклонов. К Богу обращался он с невозмутимой верой, как люди, никогда не сомневавшиеся в своей добродетели.

Когда обычные три четверти часа вечерней молитвы кончились, он встал с легким сердцем.

Евнухи раздели его. Он лег на величественное ложе, которое поддерживали серебряные херувимы распростертыми крыльями.

Император заснул с невинной улыбкой на устах.

В Афинах, в одном из многолюдных портиков, выставлено было изваяние Арсинои-Победитель Октавии с мертвою головою Брута. Афиняне приветствовали дочь сенатора Гельвидия Приска, как возобновительницу Древнего искусства.

Особые чиновники, обязанные тайно следить за настроением умов в империи, получившие откровенное имя испытующих, донесли куда следует, что изваяние это может пробудить в народе вольнолюбивые чувства: в мертвой голове Брута находили сходство с головой Юлиана, и видели в этом преступный намек на недавнюю казнь Галла; в Октавии старались найти сходство с Констанцием.

Дело разрослось в целое следствие об оскорблении величества и едва не попало в руки Павла Катены. К счастию, — из придворной канцелярии, от магистра оффиций, получен был строжайший приказ не только унести статую из портика, но и уничтожить ее в присутствии императорских чиновников.

Арсиноя хотела ее скрыть. Гортензий был в таком страхе, что грозил выдать воспитанницу доносчикам.

Ею овладело отвращение к человеческой низости: она позволила делать со своим произведением все, что Гортензию было угодно. Статую разбили каменщики.

Арсиноя поспешно уехала из Афин. Опекун убедил ее

сопровождать его в Рим, где друзья давно обещали ему выгодное место императорского квестора.

Они поселились недалеко от Палатинского холма. Дни проходили с бездействии. Художница поняла, что прежнего великого и свободного искусства уже быть не может.

Арсиноя помнила свой разговор с Юлианом в Афинах; это была единственная связь ее с жизнью. Ожидание в бездействии казалось ей невыносимым. В минуты отчаяния хотелось кончить сразу, покинуть все, немедленно ехать к Галлию, к молодому цезарю-с ним достигнуть власти, или погибнуть.

Но в это время она тяжело заболела. В долгие тихие дни выздоровления успокоивал и утешал ее самый изменчивый и верный из поклонников ее, центурион придворных щитоносцев, сын богатого родосского купца, Анатолий.

Он был римским центурионом, как сам выражался, только по недоразумению; на военную службу поступил, удовлетворяя тщеславной прихоти отца, который считал за верх благополучия видеть сына в золотых доспехах придворного щитоносца. Откупаясь от службы взятками, Анатолий проводил жизнь в изящной праздности, среди редких произведений искусства и книг, в пирах, в ленивых и роскошных путешествиях. Неглубокой ясности души, как у прежних эпикурейцев, у него уже не было. Он жаловался друзьям:

— Я болен смертельной болезнью.

Какой?-спрашивали они с улыбкой недоверия.

Тем, что вы называете моим остроумием, и что мне самому кажется порой плачевным и странным безумием.

В слишком мягких, женоподобных чертах его было выражение усталости и лени.

Иногда как будто просыпался: то предпринимал во время бури бесцельную опасную прогулку в открытом море с рыбаками, то уезжал в леса Калабрии охотиться на кабанов и медведей; мечтал об участии в заговоре на жизнь кесаря, или о военных подвигах; искал посвящения в таинства Митры и Адонаи. В такие минуты он способен был поразить даже людей, не знавших его обычной жизни, неутомимостью и отвагой.

Но скоро возбуждение проходило, и он возвращался к праздности, еще более вялый и сонный, еще более грустный и насмешливый.

— Ничего с тобой не поделаешь, Анатолий, — говорила ему Арсиноя с ласковой укоризной: — весь ты мягкий, точно без костей.

Но вместе с тем она чувствовала в природе этого последнего эпикурейца эллинскую зрелость; любила в у старых глазах его грустную насмешку надо всем в жизни и над самим собой, когда он говорил:

— Мудрец умеет находить долю сладости в самых печальных мыслях своих, подобно пчелам Гиметта, которые из самых горьких трав извлекают мед.

Тихие беседы его убаюкивали и утешали Арсиною.

Шутя, называла она его своим врачом.

Арсиноя выздоровела, но уже более не возвращалась в мастерскую; самый вид мрамора вызывал в ней тягостное чувство.

В это время Гортензий устраивал для народа, в честь своего прибытия в Рим, великолепные игры в амфитеатре Флавия. Он был в постоянных разъездах и хлопотах, получал каждый день из различных стран света-лошадей, львов, иберийских медведей, шотландских собак, нильских крокодилов, бесстрашных охотников, искусных наездников, мимов, отборных гладиаторов.

Приближался день праздника, а львов еще не привозили из Тарента, куда они прибыли морем. Медведи приехали, исхудалые, заморенные и смирные, как овцы. Гортензий не спал ночей от беспокойства.

За два дня саксонские пленники-гладиаторы, люди гордые и неустрашимые, за которых дал он огромные деньги, передушили друг друга в тюрьме, ночью, к великому негодованию сенатора, считая позором служить потехой римской черни. Гортензий, при этом неожиданном известии, едва не лишился чувств.

Теперь вся надежда была на крокодилов.

— Пробовал ли ты давать им рубленое поросячье мясо? — спрашивал он раба, приставленного к драгоценным крокодилам.

— Давал. Не едят.

— А сырой телятины?

— И телятины не едят.

— А пшеничного хлеба, моченного в сливках?

— И не нюхают. Отворачивают морды и спят. Должно быть, больные, или очень томные. Мы им уж пасти открывали шестами, насильно всовывали пищу — выплевывают.

— Клянусь Юпитером, уморят себя и меня эти подлые твари! Пустить их в первый же день на арену, а то еще подохнут с голоду, — простонал бедный Гортензий, падая в кресло.

Арсиноя смотрела на него с некоторой завистью: ему, по крайней мере, не было скучно.

Она прошла в уединенный покой, выходивший окнами в сад. Здесь, в тихом лунном сиянии, шестнадцатилетняя сестра ее Мирра, худенькая, стройная девочка, перебирала струны на лире. В тишине лунной ночи звуки падали, как слезы. Арсиноя, молча, обняла сестру. Мирра ответила ей улыбкой, не переставая играть.

За стеной сада послышался свист.

— Это он! — сказала Мирра, вставая и прислушиваясь.- Пойдем скорее.

Она крепко сжала руку Арсинои своей детской и сильной рукой.

Обе девушки накинули на себя темные плащи и вышли.

Ветер гнал облака; луна то выглядывала, то пряталась за них.

Арсиноя отперла небольшую калитку в садовой ограде.

Их встретил юноша, закутанный в шерстяную монашескую казулу.

— Не опоздали, Ювентин? — спросила Мирра.Я так боялась, что ты не придешь...

Они шли долго, сперва по узкому и темному переулку, потом по винограднику, и вышли наконец в голое поле, начало римской Кампании. Шелестел сухой бурьян. На светлой лунной дали виднелись пролеты кирпичного акведука времен Сервия Туллия.

Ювентин оглянулся и произнес:

— Кто-то идет.

Обе девушки также обернулись. Свет луны упал на их лица, и человек, следивший за ними, воскликнул радостно:

— Арсиноя! Мирра! Наконец-то я нашел вас! Куда вы?

— К христианам, — отвечала Арсиноя. — Пойдем с нами, Анатолий. Ты увидишь много любопытного.,

— К христианам? Не может быть... Ты всегда их так ненавидела? — удивился центурион.

— С летами, друг мой, становишься добрее и равнодушнее ко всему, — возразила девушка. — Это суеверие не лучше и не хуже других. И потом, — чего только не делаешь от скуки? — Я хожу к ним для Мирры. Ей нравится…

— Где же церковь? Мы в пустом поле? — спросил Анатолий, с недоумением оглядываясь.

— Церкви христиан осквернены или разрушены их же собственными братьями, арианами, которые иначе верят в Христа, чем они. При дворе ты должен был наслушаться об единосущии и подобносущии. Теперь противники ариан молятся тайно в тех же самых подземельях, как во времена первых гонений.

Мирра и Ювентин немного отстали, так что Анатолий и Арсиноя могли говорить наедине.

— Кто это? -произнес центурион, указывая на Ювентина.

— Потомок древнего патрицианского рода Фуриев,отвечала Арсиноя.-Мать хочет сделать из него консула, а он мечтает уйти, против ее воли, в пустыню, чтобы молиться Богу… Любит мать и скрывается от нее, как от врага.

— Потомки Фуриев-монахи. О, время!-вздохнул эпикуреец.

В это время подошли они к аренариям — древним копям рассыпчатого туфа, и спустились по узким ступеням на самое дно каменоломни. Луна озаряла глыбы красноватой вулканической земли. Ювентин взял из полукруглого углубления в стене маленькую глиняную лампаду с ручкой, выбил огонь и зажег. Длинное колеблющееся пламя вспыхнуло в остром горлышке, в котором плавала светильня. Они углубились в один из боковых ходов аренария.

Прорытый еще древними римлянами, очень широкий и просторный, спускался он в глубину по довольно крутому наклону. Его пересекали другие подземные ходы, служившие работникам для перевозки туфа.

Ювентин вел спутниц по лабиринту. Наконец, остановился перед колодцем и снял деревянную крышку. Пахнуло сыростью. Они спустились осторожно по крутым ступеням.

В самой глубине была небольшая дверь. Ювентин постучался.

Дверь отворилась, и седой монах-привратник впустил их в узкий и высокий подземный ход, прорытый уже не в рассыпчатом, а зернистом туфе, достаточно рыхлом для удобного прокапывания галерей.

Обе стены покрыты были от земли до потолка мраморными досками или тонкими плоскими черепицами, которыми заделывались бесчисленные гробницы.

Иногда встречались им люди с лампадами. При мерцающем свете Анатолий, остановившись на минуту, прочел надпись, вырезанную на одной из плит: «Дорофей, сын Феликса, покоится в месте прохладном, в месте светлом, в месте мирном»-requiscit in loco refrign, luminis, pacis"; на другой плите: «Братья, не тревожьте сладчайшего сна моего».

Смысл этих надписей был любовный и радостный.

«Софрония,-говорилось в одной,-милая, будь вечно живою в Боге» — «Sophronia dulcis, semper vivis Deo», — и немного дальше — «Sophronia, vivis» — «Софрония, ты жива»,-как будто писавший окончательно постиг, что смерти нет.

Нигде не говорилось: «он погребен», а только «положен сюда-depositus». Казалось, что тысячи и тысячи людей, поколения за поколениями, лежат здесь, не умершие, а уснувшие легким сном, полные таинственным ожиданием.

В углублениях стен стояли лампады, горевшие недвижным длинным пламенем в спертом воздухе, и красивые амфоры с благовониями. Только запах гнилых костей из щелей гробов напоминал о смерти.

Подземные ходы шли в несколько ярусов, спускаясь все ниже и ниже. Кое-где в потолке виднелось широкое отверстие отдушины — луминария, — выходившей в Кампанию.

Иногда слабый луч месяца, скользя в луминарий, озарял мраморную доску с надписью.

В конце одного хода увидели они могильщика за работою. С веселым лицом, напевая, ударял он железной киркой в зернистый туф, который округлялся и принимал вид свода над его головой.

Вокруг главного надзирателя могильщиков — фоссора, человека в роскошной одежде, с хитрым и жирным лицом, стояло несколько христиан. Фоссор, получив в наследство целую галерею катакомб, имел право за деньги уступать места, свободные для погребения, в принадлежавшем ему участке; участок был очень выгоден, потому что здесь покоились мощи св. Лаврентия. Могильщик нажил себе состояние. Теперь торговался он с богатым и скупым кожевником Симоном. Арсиноя на минуту остановилась, прислушиваясь.

— А далеко ли место от св. Лаврентия? — спрашивал Симон недоверчиво, думая об огромных деньгах, которые требовал фоссор.

— Не далеко: шесть локтей.

— Вверху или внизу?-не унимался покупщик.

— Одесную, одесную, так — наискосок. Говорю тебе, место отличное, лишнего не беру. Сколько бы ни нагрешил, все отпустится! Так прямо и войдешь со святыми в царствие небесное.

И фоссор привычной рукой стал снимать с него мерку для могилы, как портной для платья. Кожевник убедительно просил устроить ее попросторнее, чтобы лежать было не тесно.

В это время подошла к могильщику бедно одетая старушка:

— Что тебе, бабушка?

— Деньги принесла, добавочные.

— Какие добавочные?

— За прямую могилу.

— А, помню. Что же в кривой не хочешь?

— Не хочу, отец мой,-и без того уже ноют кости...

В катакомбах, особенно поближе к мощам святых, так дорожили каждым свободным уголком, что приходилось устраивать немного искривленные могилы там, где расположение стен не позволяло другого устройства; кривые могилы покупались только бедными.

— Бог весть, думаю, сколько времени лежать до Воскресения, — объяснила старушка. — В кривую попадешь — сначала-то оно, пожалуй, и ничего, а потом, как устанешь, плохо...

Анатолий слушал и восхищался.

— Это гораздо любопытнее, чем таинства Митры,уверял он Арсиною, с легкомысленной улыбкой.-Жаль, что я раньше не знал. Никогда не видывал я более веселого кладбища!

Они вступили в довольно просторную усыпальницу.

Здесь горели бесчисленные лампады. Пресвитер отправлял службу. Алтарем была верхняя плита гробницы мученика, которая находилась под дугообразным сводом.

Было много молящихся в белых длинным одеждах. Все лица казались радостными.

Мирра стала на колени. Она смотрела со слезами детской любви на изображение Пастыря Доброго на потолке усыпальницы.

Здесь, в катакомбах, возобновлен был давно уже оставленный церковью обычай первых времен христианства. по окончании службы братья и сестры приветствовали друг друга «лобзанием мира». Арсиноя, следуя общему примеру, поцеловала Анатолия.

Потом направились они все четверо из нижних ярусов в верхние, откуда был ход в тайное убежище Ювентина, покинутую языческую гробницу, колумбарий, в стороне от Аппиевой дороги.

Здесь, в ожидании корабля, который должен был увезти его в Египет, скрывался он от преследований матери, доносившей на него чиновникам префекта, и жил с богоугодным старцем Дидимом из нижней Фиваиды. Ювентин был в строгом послушании у старца.

Дидим, сидя на корточках в колумбарии, плел из ивовых прутьев корзину. Луч месяца, падая в узкую отдушину, озарял его седые, пушистые кудри и длинную бороду.

Сверху донизу в стенах гробницы были сделаны небольшие углубления, похожие на гнезда в голубятне; в каждом из этих гнезд стояла урна с пеплом усопшего.

Мирра, которую старик очень любил, благоговейно поцеловала его морщинистую руку и попросила, чтобы он рассказал что-нибудь об отцах-пустынниках.

Ничего ей так не нравилось, как эти странные и чудные рассказы. С нежной старческой улыбкой тихонько гладил он Мирру по волосам. Все расположились вокруг старца.

Он рассказывал им легенды о великих отшельниках Фиваиды, Нитрии, Месопотамии. Мирра смотрела на него горящими глазами, прижав к груди свои тонкие пальцы.

Улыбка слепого полна была детской нежности, и шелковистые, мягкие седины окружали голову его, как сияние.

Все молчали. Слышался немолчный гул Рима.

Вдруг во внутреннюю дверь колумбария, сообщавшуюся с катакомбами, раздался тихий стук. Ювентин встал, подошел к двери и спросил, не отпирая:

— Кто там?

Ему не ответили; но стук повторился еще более слабый, как будто молящий.

Он осторожно приотворил дверь, отступил-и высокая

женщина вошла в колумбарий. Длинная, белая одежда окутывала ее с головы до ног и опускалась на лицо. Она двигалась, как больная или очень старая. Все молча смотрели на вошедшую.

Одним движением руки откинула она длинные складки, свесившиеся на лицо — и Ювентин вскрикнул:

— Мать!

Женщина бросилась к ногам сына и обняла их.

Пряди седых волос, выбившись, падали на лицо, исхудалое, бледное, жалкое, но все еще гордое.

Ювентин обнял голову матери и целовал ее.

— Ювентин! — позвал старец.

Юноша не ответил.

Мать говорила ему быстрым, радостным шепотом, как будто они были одни:

— Я думала, что никогда не увижу тебя, сын мой! Хотела ехать в Александрию — о, я нашла бы тебя и там, в пустыне, но теперь, не правда ли, кончено? Скажи, что ты не уйдешь. Подожди, пока я умру. Потом, как хочешь...

Старец повторил:

— Ювентин, слышишь ли меня?

— Старик,-произнесла женщина, взглянув на слепого, — ты не отнимешь сына у матери! Слушай, — если надо, я отрекусь от веры отцов моих, уверую в Распятого, сделаюсь монахиней...

— Ты не разумеешь закона Христова, женщина! Мать не может быть монахиней, монахиня не может быть матерью.

— Я родила его в муках!..

— Ты любишь не душу, а тело его.

Женщина бросила на Дидима взгляд, полный бесконечной ненависти:

— Будьте же вы прокляты, с вашими хитрыми, лживыми словами! — воскликнула она. — Будьте прокляты, отнимающие детей у матери, соблазняющие невинных, люди в черных одеждах, боящиеся света небесного, слуги Распятого, ненавидящие жизнь, разрушители всего, что в мире есть святого и великого!..

Лицо ее исказилось. Еще крепче прижалась она всем телом своим к ногам сына и проговорила, задыхаясь:

— Я знаю, дитя мое... ты не уйдешь... ты не можешь...

Старец Дидим с посохом в руках стоял у открытой

внутренней двери колумбария, той, которая вела в катакомбы.

— Именем Бога живого, повелеваю тебе, сын мой, иди за мною, оставь ее! — произнес он громко и торжественно.

Тогда женщина сама выпустила сына из объятий своих и пролепетала чуть слышно:

— Ну, оставь... иди... если можешь...

Слезы Перестали струиться из глаз ее; руки беспомощно упали на колени.

Она ждала.

— Помоги мне, Господи! — прошептал Ювентин, бледный, подымая глаза к небу.

— «Если кто хочет идти за Мною и не возненавидит отца и мать свою, и жену, и детей, и братьев, и сестер, и самую жизнь свою, тот не может быть учеником Моим»,-произнес Дидим и, ощупью войдя в дверь, в последний раз обернулся к послушнику:

— Оставайся в мире, сын мой, и помни: ты отрекся от Христа.

— Отче! Я-с тобой... Господи, вот я!-воскликнул Ювентин и пошел за учителем.

Она не сделала ни одного движения, чтобы остановить его, ни одна черта в ее лице не дрогнула.

Но, когда шаги их умолкли, — без звука, без стона, упала, как подкошенная.

— Отворите! Именем благочестивого императора Констанция — отворите!

То были воины, посланные префектом по доносу Ювентиновой матери, чтобы отыскать мятежных сабеллиан, исповедников Единосущия, врагов императора.

Солдаты ударяли железным ломом в двери колумбария.

Здание дрожало. Стеклянные и серебряные урны с пеплом умерших звенели жалобно. Воины уже сорвали половину дверей.

Анатолий, Мирра и Арсиноя бросились во внутренние галереи катакомб. Христиане бегали по узким подземным ходам, как муравьи в разрытом муравейнике, устремляясь к потайным дверям и лестницам, сообщавшимся с каменоломней.

Арсиноя и Мирра не знали в точности расположения катакомб. Они заблудились и попали в самый нижний ярус, находившийся в глубине пятидесяти локтей под землей.

Здесь трудно было дышать. Под ногами выступала болотная вода. Изнеможенное пламя лампад тускнело. Зловоние отравляло воздух. Голова у Мирры закружилась; она потеряла сознание.

Анатолий взял ее на руки. Каждое мгновение опасались они натолкнуться на воинов. Была и другая опасность: выходы могли завалить, и они остались бы под землей заживо погребенными.

Наконец Ювентин окликнул их:

— Сюда! Сюда!

Согнувшись, нес он на плечах своих старца Дидима.

Через несколько минут они достигли тайного выхода в каменоломню и оттуда — в Кампанию.

Вернувшись домой, Арсиноя поспешно раздела и уложила в постель Мирру, все еще не приходившую в себя.

В слабом мерцании зари, стоя на коленях, старшая сестра долго целовала неподвижные, худые и желтые, как воск, руки девочки. Странное выражение было на лице спящей. Никогда еще не дышало оно такою непорочной прелестью. Все ее маленькое тело казалось прозрачным и хрупким, как слишком тонкие стенки алебастровой амфоры, изнутри озаренной огнем. Этот огонь должен был потухнуть только с жизнью Мирры.

XVIII

Поздно вечером, в болотистом дремучем лесу, недалеко от Рейна, между военным укреплением Tres Tabernae Три Таверны (лат.). и римским городом Аргенторатум, недавно завоеванным аламанами, пробирались два заблудившихся воина: один — неуклюжий исполин с волосами огненного цвета и ребячески простодушным лицом, сармат на римской службе, Арагарий, другой — худенький, сморщенный, загорелый сириец, Стромбик.

Среди стволов, покрытых мхом и грибными наростами, было темно; в теплом воздухе падал беззвучный дождь; пахло свежими листьями берез и мокрыми хвойными иглами; где-то вдали куковала кукушка. При каждом шелесте или треске сухих веток Стромбик в ужасе вздрагивал и хватался за руку спутника.

— Дядя, а дядя!

Арагария называл он дядей не по родству, а из дружбы: они были взяты в римское войско с двух противоположных концов мира; северный прожорливый и целомудренный варвар презирал сирийца, трусливого, сладострастного и умеренного в пище и питье, но, издеваясь, жалел его, как ребенка.

— Дядя!-захныкал Стромбик еще жалобнее.

— Чего скулишь? Отстань!

— Есть в этом лесу медведи? Как ты думаешь, дядя?

— Есть, — отвечал Арагарий угрюмо.

— А что ежели мы встретим? А?

— Убьем, сдерем кожу, продадим и пропьем.

— Ну, а если не мы — его, а он нас?

— Трусишка! Сейчас видно, что христианин.

— Почему же христианин непременно должен быть трусом? — обиделся Стромбик.

— Да ведь ты сам мне говорил, что в вашей книжке сказано: «ударят тебя в левую щеку — подставь правую».

— Сказано.

— Ну, вот видишь. А ежели так, то и воевать не надо: враг тебя в одну щеку, а ты ему другую. Трусы вы все — вот что!

— Цезарь Юлиан — христианин, а не трус, — защищался Стромбик.

— Знаю, племянничек,-продолжал Арагарий,-что вы умеете прощать врагам, когда дело дойдет до сражения.

Эх, мокрые курицы! У тебя и весь живот-то не больше моего кулака. Луковицу съешь — сыт на целый день. Оттого у тебя кровь, как болотная жижа.

— Ах, дядя, дядя, — промолвил Стромбик укоризненно, — зачем ты напомнил о еде! Опять засосало под ложечкой. Миленький, дай головку чесноку: я знаю, у тебя осталась в мешке.

— Если я тебе последнее отдам, завтра мы в этом лесу оба с голоду подохнем.

— Ой, тошно, тошно! Если сейчас не дашь, ослабею, упаду и тебе придется меня на плечах нести.

— Ну тебя к черту,-ешь!

— И хлебца, хлебца! — молил Стромбик.

Арагарий отдал другу последний кусок солдатского сухаря с проклятием. Сам он вчера вечером наелся, по крайней мере, на два дня, свиным салом и бобовою квашнею.

— Тише, — проговорил он, останавливаясь. — Труба!

Недалеко от лагеря. Надо держать к северу. Не медведей боюсь, — продолжал Арагарий, задумчиво, немного помолчав., — а центуриона.

Воины прозвали в шутку этого ненавистного центуриона Cedo Alteram — Давай-Новую, потому что он кричал с радостным видом каждый раз, когда в руках его лоза, которою он сек провинившегося солдата, ломалась: Cedo Alteram! Эти два слова сделались кличкою.

— Я уверен,-произнес варвар,-Подай-Новую сделает с моей спиной то же, что дубильщик с бычачьей кожей.

Скверно, племянничек, скверно!

Они отстали от войска, потому что Арагарий, по своему обыкновению, напился пьян до бесчувствия в ограбленном селении, а Стромбика избили: маленький сириец хотел насильно добиться благосклонности красивой франкской девушки; шестнадцатилетняя красавица, дочь убитого варвара, дала ему такие две пощечины, что он упал навзничь, — и потом истоптала его своими белыми могучими ногами. «Это не девка, а дьявол, — рассказывал Стромбик; — я только ущипнул ее, а она мне едва все ребра не переломала».

Звук трубы становился явственнее.

Арагарий нюхал ветер, как ищейка. Потянуло дымом: должно быть, близко были костры римского лагеря.

Сделалось так темно, что они едва различали дорогу; тропинка исчезла в болоте; они прыгали с кочки на кочку.

Подымался туман. Вдруг с огромной ели, у которой ветви увешены были мхом, похожим на пряди длинных седых волос, что-то вспорхнуло, с криком и шелестом. Стромбик присел от испуга. То был тетерев.

Они совсем заблудились.

Стромбик влез на дерево.

— Костры к северу. Недалеко. Там большая река.

— Рейн! Рейн! — воскликнул Арагарий. — Идем скорее!

Они начали пробираться между вековыми березами и елями.

— Дядя, тону!-захныкал Стромбик. — Кто-то меня за ноги тащит. Где ты?

Арагарий с большим трудом помог ему выйти из болота и, ругаясь, взял себе на плечи. Сармат ощупал ногами старые полусгнившие бревна гати, проложенной римлянами.

Гать привела их к большой дороге, недавно прорубленной в лесу войсками Севера, полководца Юлиана.

Варвары, чтобы пересечь дорогу, завалили ее, по своему обыкновению, срубленными стволами.

Пришлось перелезать через них; эти огромные беспорядочно наваленные деревья, иногда гнилые, только сверху покрытые мхом и рассыпавшиеся от прикосновения ноги, иногда твердые, вымокшие от дождя и скользкие, затрудняли каждый шаг. И по таким дорогам, под вечным страхом нападения, должно было двигаться тринадцатитысячное войско Юлиана, которого все полководцы императора, кроме Севера, изменнически покинули.

Стромбик хныкал, привередничал и проклинал товарища:

— Не пойду дальше, язычник! Лягу в болото и сдохну; по крайней мере лица твоего окаянного не увижу.

У, нехристь! Сейчас видно, что креста на тебе нет. Христианское ли дело,-шляться по таким дорогам ночью? И куда лезем? Прямо под розги богопротивному центуриону. Не пойду я дальше!..

Арагарий потащил его насильно и, как только дорога стала ровнее, опять ПОНЕС на плечах товарища, который сопротивлялся, ругал и щипал его.

Через некоторое время Стромбик уснул невинным сном на спине «язычника».

В полночь пришли они к воротам римского стана. Все было тихо. Подъемный мост через глубокий ров давно сняли.

Друзьям пришлось ночевать в лесу, у задних «декуманских» ворот.

На заре прозвучала труба. В туманном лесу, пахнувшем гарью, еще пел соловей; он умолк, испуганный воинственным звуком. Арагарий, проснувшись, почувствовал запах горячей солдатской похлебки и разбудил Стромбика.

Обоим так хотелось есть, что, несмотря на сучковатую лозу, которой успел вооружиться ненавистный центурион Подай-Новую, вошли они в лагерь и присели к общему котлу.

В главной палатке, у преторианских ворот, цезарь Юлиан бодрствовал.

С того дня, как он в Медиолане наречен был цезарем, благодаря покровительству императрицы Евсевии, с ревностью предавался он военным упражнениям; не только изучал, под руководством вождя Севера, военное искусство, но хотел знать в совершенстве и то, что составляло ремесло простых солдат: под звуки медной трубы, в унылых казармах, на марсовом поле, вместе с новобранцами, по целым дням учился ходить в строю правильным шагом, стрелять из лука и пращи, бегать под тяжестью полного вооружения, перепрыгивать плетни и рвы. Преодолевая монашеское лицемерие, пробуждалась в юноше кровь Константинова рода-целого ряда поколений суровых, упрямых воинов.

— Увы, божественный Ямвлик и Платон, если бы видели вы, что сталось с вашим питомцем!-восклицал он иногда, вытирая пот с лица; и, указывая на тяжелые медные доспехи, говорил учителю:

— Не правда ли. Север, оружие это так же мало пристало мне, мирному ученику философов, как седло корове?

Север, ничего не отвечая, лукаво усмехался: он знал, что эти вздохи и жалобы — притворство; на самом деле цезарь радовался своим быстрым успехам в военной науке.

За несколько месяцев так изменился он, вырос и возмужал, что многие с трудом узнавали в нем прежнего захудалого «маленького грека», как некогда, в насмешку, звали его при дворе Констанция: только глаза Юлиана горели все тем же странным, слишком острым, как будто лихорадочным, огнем, который делал их памятными для всякого, даже после мгновенной встречи.

Он чувствовал себя с каждым днем сильнее, не только телом, но и духом. Первый раз в жизни испытывал счастье простой любви простых людей. Легионерам сначала понравилось то, что настоящий цезарь, двоюродный брат Августа, учится военному ремеслу в казармах, не стыдясь грубой солдатской жизни. Суровые лица старых воинов озарялись нежной улыбкой, когда любовались они возрастающей ловкостью цезаря и, вспоминая собственную молодость, удивлялись быстрым успехам Юлиана. Он подходил, заговаривал с ними, выслушивал рассказы о старых походах, советы, как подвязывать панцирь, чтобы не терли ремни, как ставить ногу, чтобы не уставать при больших переходах. Распространялась молва о том, что император Констанций послал неопытного юношу в Галлию к варварам на смерть, «на убой», чтобы освободиться от соперника, — что полководцы, по наущению придворных евнухов, изменяют цезарю. Это еще усилило любовь солдат к Юлиану.

С осторожной вкрадчивостью, с умением заискивать, которым одарило его монашеское воспитание, делал он все, чтоб укрепить в войсках любовь к себе, вражду к императору. Говорил им о своем брате Констанции, с двусмысленным, лукавым смирением потупляя взоры, принимая вид жертвы.

Пленять, влюблять в себя воинов бесстрашием тем легче было цезарю, что смерть в бою казалась ему завидною, сравнительно с той бесславною казнью, которая постигла брата его, — которую, быть может, и ему готовил Август.

Юлиан устроил свою жизнь по образцу древних римских полководцев; стоическая мудрость евнуха Мардония помогла ему с раннего детства отучиться от роскоши.

Он спал меньше простого солдата, и то не на постели, а на жестком ковре с длинной шерстью — субурре. Первую часть ночи посвящал отдыху; делам военным и государственным; третью — музам.

Любимые книги не покидали его в походах,Он вдохновлялся то Марком Аврелием, то Плутархом, то Светонием, то Катоном Цензором. Днем старался исполнить то, о чем мечтал ночью над книгами.

В то памятное утро, перед Аргенторатским сражением, услышав зорю, Юлиан поспешно облекся в полное вооружение и велел привести коня.

Затем удалился в самое скрытое место палатки. Здесь было маленькое изваяние Меркурия с кадуцеем, бога движения, удачи и веселья,-окрыленного, летящего. Юлиан стал перед ним на колени и бросил на жертвенный треножник несколько зерен фимиама. По направлению дыма цезарь, гордившийся познаниями в искусстве прорицателей, старался угадать, счастливый или несчастный день предстоит. Ночью слышал он трижды крик ворона с правой стороны — зловещая примета.

Он был так убежден, что его неожиданные военные удачи в Галлии — дело рук не человеческих, что с каждым днем становился суевернее.

Выходя из шатра, споткнулся о деревянную перекладину, служившую порогом. Лицо его омрачилось. Все предзнаменования были неблагоприятные. Втайне он решил отложить сражение до следующего дня.

Войско выступило. Дорога через лес была трудная;

наваленные стволы преграждали ее.

День обещал быть жарким. Римляне сделали только половину пути, и до войска варваров, расположенного на левом берегу Рейна, на большой пустынной равнине близ города Аргенторатума, оставалось еще двадцать одна тысяча шагов, — когда наступил полдень.

Солдаты утомились.

Как только вышли они из лесу, цезарь собрал их и расположил кругами, как зрителей в амфитеатре, так что он сам находился в средоточии кругов, а центурии и когорты расходились от него, как лучи: это был обычный порядок, рассчитанный на то, чтобы наибольшее число людей могло слышать речь полководца.

В простых, кратких словах объяснил он им, что время дня уже позднее, и утомление может помешать успеху, что благоразумнее расположиться лагерем в том месте, которое они заняли, отдохнуть и на следующее утро, со свежими силами, вступить в сражение.

В войске поднялся ропот. Солдаты ударяли копьями в щиты, что было знаком нетерпения, — и требовали криками, чтобы он вел их немедленно в битву. Цезарь по выражению лиц понял, что не ДОлЖНО противиться. Он чувствовал в толпе тот, знакомый ему, грозный трепет, который необходим для побед и, при малейшей неосторожности, может превратиться в возмущение.

Он вскочил на коня и подал знак: войско снова выступило.

Когда послеполуденное солнце начало склоняться, достигли они равнины Аргенторатума. Между невысокими холмами светлел Рейн. К югу чернели покрытые лесом Вогезы. Стрижи носились над поверхностью величественной и пустынной германской реки; ивы наклоняли к ней бледные ветви.

Вдруг, на ближнем холме, появились три всадника: то были варвары.

Римляне остановились и начали строиться в боевой порядок. Юлиан, окруженный шестьюстами закованных в железо всадников — клибанариев, предводительствовал конницей на правом крыле; на левом — старый, опытный полководец Север, которого молодой цезарь слушался во всем, управлял пехотою. Против Юлиана варвары выставили конницу. Во главе был сам аламанский король Хнодомар. Против Севера— молодой Хнодомаров племянник, Атенарик, с пехотой.

Военные рога, медные трубы, загнутые букцины грянули; значки, с именами когорт, пурпурные драконы, римские мерные орлы во главе легионов сдвинулись; впереди, со спокойными и суровыми лицами, выступали мерными тяжелыми шагами, от которых земля дрожала и гудела, привыкшие к победам, секироносцы и примопиларии.

Вдруг пехота Севера на левом крыле остановилась. Варвары, спрятавшиеся во рву, неожиданно выскочили из засады и напали на римлян. Юлиан издали увидел смятение и бросился на помощь. Он старался успокоить солдат и обращался то к одной, то к другой когорте, подражая сжатому и сильному слогу Юлия Цезаря. Когда произносил он «exurgamus, viri fortes» «восстанем, храбрые мужи» (лат.). или «advenit, socii,]uslum pugnandi ;am tempus»,"настало, соратники, время боев справедливых" (лат.). эТОТ двадцатишестилетний юноша думал с гордостью: «теперь я похож на такого-то или такого древнего героя!» Он был мысленно, и в самом пылу сражения окружен книгами, радуясь, что все происходит именно так, как описывают Тит Ливий, Плутарх, Саллюстий.

Опытный Север умерял его пыл своим мудрым спокойствием и, давая цезарю некоторую свободу, не выпускал из рук своих главного управления войском.

Засвистели стрелы, варварские копья, бросаемые на длинных арканах, огромные камни из боевых метательных снарядов.

Римляне увидели, наконец, лицом к лицу этих страшных и таинственных людей севера, обитателей дремучих зарейнских лесов, о которых ходило столько невероятных слухов. Здесь были чудовищные вооружения; у некоторых громадные голые спины, вместо одежды, покрыты были медвежьими шкурами, а вместо шлема — над косматой головой возвышалась открытая пасть зверя с белыми клыКаМИ; у других над касками торчали рога оленей и быков.

Аламаны так презирали смерть, что кидались в битву, совершенно голые, только с мечом и копьем; рыжие волосы их связывались узлом на макушке и ниспадали сзади, на шею, огромным чубом или косою, похожей на гриву; белые усы, выделяясь на красных лицах, висели двумя длинными концами. Многие были так дики, что, не ведая употребления железа, сражались копьями с наконечниками из рыбьей кости, смоченными смертоносным ядом, который делал их опаснее железа: достаточно было одного укола этих страшных игл, чтобы человек умер медленной смертью в невыразимых муках; вместо лат покрыты они были с головы до ног тонкими роговыми слоями из лошадиных копыт, крепко пришитыми к льняной ткани; в таком уборе казались эти неведомые дикари странными чудовищами, покрытыми птичьими перьями и рыбьей чешуей. Тут был и сакс с бледно-голубыми глазами: его не устрашало никакое море, но он боялся земли, по которой ступал; и старый сикамбр: он обстриг себе волосы после поражения в знак горя и теперь снова их отращивал; и герул, с глазами мутно-зелеными, почти такого же цвета, как воды океана, на отдаленном заливе которого он обитал; и бургунд, и батав, и сармат; и еще-безыменные, полузвери, полулюди: ужасные лица их римляне видели только перед смертью.

Примопиларии, соединив щиты, образовали медную сплошную стену, несокрушимую ни для каких ударов, медленно двигавшуюся. Аламаны бросились на нее, с криками, подобными реву медведей. Начался рукопашный бой — грудь с грудью, щит со щитом. Пыль поднялась над равниной, заслоняя солнце.

В это мгновение, на правом крыле войска, железная конница клибанариев дрогнула и обратилась в бегство. Она могла растоптать задние легионы. Там, сквозь тучи стрел и копий, на пыльном солнце сверкала огненная головная повязка исполинского короля Хнодомара.

Юлиан прискакал туда вовремя. Он понял хитрость: пехотинцы варваров, нарочно поставленные между конями всадников, подползали под ноги римских коней и распарывали им животы короткими мечами; кони падали и увлекали за собой железных катафрактов, которые не могли подняться, удрученные тяжестью лат.

Юлиан стал поперек дороги, чтобы или остановить бежавшую конницу, или быть ею растоптанным. С конем цезаря столкнулся конь бежавшего трибуна клибанариев. Он узнал Юлиана и остановился, бледнея от стыда и страха.

Вся кровь бросилась в лицо Юлиану. Вдруг забыл он свои книжные правила, наклонился, схватил беглеца за горло и закричал голосом, который ему самому показался чужим и диким: «Трус!» И цезарь повернул его лицом к врагам.

Тогда все катафракты остановились, узнали разорванного в сражениях цезарского пурпурного дракона-и устыдились. В одно мгновение железная громада с грохотом отхлынула и устремилась назад, к варварам.

Все смешалось. Копье ударило Юлиана в грудь; его спас лишь панцирь; стрела просвистела над ухом, так что перьями задела ему щеку.

В это мгновение, на помощь слабевшей коннице, Север послал страшные легионы корнутов и браккатов, полудиких римских союзников. У них был обычай петь военный гимн — баррит, только в последнем смертном ужасе и опьянении битвы.

Корнуты и браккаты затянули песню глухо и жалобно: первые звуки были тихи, как ночной шелест листьев; но мало-помалу песня становилась громче, торжественнее и грознее; наконец, превратилась в неистовый рев, подобный реву разъяренных волн океана, разбивающихся об утесы. Этой песней они опьянили себя до исступления.

Юлиан перестал видеть и понимать: чувствовал только сильную жажду и боль от усталости в правой руке, державшей меч; время для него исчезло. Но Север, не теряя присутствия духа, управлял сражением с мудростью.

С недоумением и отчаянием заметил цезарь огненножелтую повязку тучного Хнодомара в самой середине, в сердце войска: варварская конница врезалась в него клином. Юлиан подумал: «Кончено -погибло все!» Вспомнил зловещие предзнаменования утра и обратился с последней молитвой к богам: «помогите,-ибо если не я, то кто же восстановит на земле вашу власть, олимпийцы^» В середине войска были старые воины легиона петулантов — «кипящих», названных так за отвагу; Север рассчитывал на них и не ошибся. Один из петулантов воскликнул:

— Viri fortissimi! Мужи храбрейшие! Не выдадим Рима и цезаря. Умрем за Юлиана — Да здравствует цезарь Юлиан! За Рим! За Рим!

И старики, поседевшие под знаменами, еще раз пошли на смерть, суровые и спокойные.

Юлиан со слезами восторга бросился к ним, чтобы умереть вместе с ними. И опять почувствовал он, как сила простой любви, сила народа подымает его.

Ужас пронесся над полчищами варваров: они дрогнули и побежали.

И медные орлы легионов с хищными клювами, с распростертыми крыльями, грозно сверкавшими на солнце сквозь пыль, полетели еще раз, возвещая бегущим племенам победу Вечного Города.

Аламаны и франки умирали, сражаясь до последнего вздоха.

Варвар, стоя одним коленом в луже крови, все еще подымал ослабелой рукой притупленный меч или обломок копья; в потухавших глазах не было ни страха, ни отчаяния, а только жажда мести.

Даже те, которых считали убитыми, вставили с земли, полурастоптанные, хватали зубами ноги врагов и впивались в них с такой силой, что римляне волочили их по земле.

Шесть тысяч северных мужей пало на поле сражения, или потонуло в Рейне.

В тот вечер, когда цезарь Юлиан стоял на холме, окруженный, как ореолом, лучами заходящего солнца, привели к нему пойманного на правом берегу короля Хнодомара; он тяжело дышал, тучный, потный и бледный; руки были связаны за спиной; он стал на колени перед своим победителем — и двадцатишестилетний римский цезарь положил свою маленькую руку на косматую рыжую гриву короляварвара.

XIX

Было время жатвы винограда. Целый день звучали песни богу Вакху по веселому побережью Партенопеи.

В любимом загородном месте римлян, Байях близ Неаполя, знаменитых своими целебными серными ваннами, Байях, о которых еще поэты времен Августа пели: «Nullus in orbe locus Bails praeeucet amoenis»,"С Байями место любое красой сравниться не может" (лат.). праздные люди наслаждались природой, такой же ленивой и сладострастной, как сами они.

Ни одна тень монашеского века не легла еще на залитое солнцем побережье между Везувием и Мизенским мысом; христианства не отрицали здесь, но отделывались от него шуткой; блудницы здесь не каялись, — скорее честные женщины стыдились добродетели своей, как устаревшего обычая. Когда долетали сюда слухи о пророчествах сивилл, грозивших кончиной мира, о ханжестве и злодействах Констанция, о персах, надвигавшихся с Востока, о тучах варваров, растущих с севера, о затворниках, потерявших образ человеческий в пустынях Фиваиды, — счастливые обитатели этих мест, закрыв глаза, вдыхали тонкий аромат фалернских гроздий и утешались эпиграммами, во вкусе Тибулла и Проперция, которые посылали друг другу в подарок:

Calet unda, friget aethra,
Sirnue innatet choreis
Amathusium renidens,
Salis arbitra et vaporis

Нагревается волна, мерзнут небеса,
Как только поплывут хороводы
В лучах Венеры,
Моря и туманов повелительница,
Цветок небесный, Диона (лат.).

Что-то старческое и, вместе с тем, ребяческое было на самых веселых лицах этих последних эпикурейцев. Ни свежая соленая вода морских волн, ни кипящие серные струи Байских источников не давали исцеления дряблым, зябким телам этих молодых людей, лысых, беззубых в двадцать лет, состарившихся от разврата своих предков, пресыщенных словесностью, мудростью, женщинами, древними подвигами и новыми пороками, остроумных и бессильных, у которых в жилах была бледная кровь запоздалых поколений.

В одном из самых уютных и цветущих уголков, между Байями и Путеоли, среди плоских черных вершин южных сосен, белели мраморные стены виллы.

У открытого окна, выходившего в море, так что из комнаты не было видно ничего, кроме неба и моря, лежала на постели Мирра.

Врачи не понимали ее болезни. Арсиноя, видя, как день ото дня сестра ее чахнет, увезла ее из Рима на берег моря.

Несмотря на болезнь, Мирра, подражая монахиням, соблюдая строгий пост, сама убирала комнату, носила воду, даже пробовала мыть белье и стряпать; долго не соглашалась лечь; проводила ночи в молитвах и бдении. Однажды Арсиноя узнала случайно, что больная носит на голом теле власяницу. Из маленькой спальни своей велела она вынести все, кроме ложа с простым деревянным крестом в изголовьи. Комната с голыми стенами сделалась похожей на келью. Невозможно было бороться с кротким упорством больной.

Скука исчезла из жизни Арсинои, от надежды переходила она к отчаянию, и хотя любила сестру не больше, чем прежде, но только теперь, казалось ей, под страхом вечной разлуки, поняла всю силу этой любви.

Иногда смотрела подолгу на тонкое, исхудалое лицо Мирры, дышавшее неземной прелестью, на маленькое тело ее, сгоравшее от внутреннего жара. Когда больная упорно отказывалась от лекарств и пищи, предписанных врачами, Арсиноя говорила с досадой:

— Разве я не вижу, Мирра? Ты хочешь умереть...

— Не все ли равно, жить или умереть? — отвечала девушка с такой ясностью, что Арсиноя не знала, что ответить,

— Ты не любишь меня!-упрекала она сестру, удерживая слезы обиды.

Но Мирра ласкалась к ней с бесконечной нежностью:

— Ты не знаешь, как я тебя люблю. О, если бы ты только могла!..

Она не договаривала и молча смотрела на нее долгим, пристальным взором, как будто хотела сказать ей что-то и не смела. Арсиноя чувствовала в этом взоре непреклонную мольбу и все-таки не говорила с ней о вере, не имела духа открыть ей свои сомнения, отнять у нее, может быть, безумную надежду.

Мирра ослабевала с каждым днем, таяла, как воск горящей свечи, но становилась, — чем слабее, тем радостнее.

Иногда их посещал Ювентин, который бежал из Рима, боясь преследований матери, и ждал вместе со старцем Дидимом в Неаполе отплытия корабля в Александрию.

Он читал Евангелие, рассказывал легенды об отцахпустынниках, — о трех женах, которые много лет, не видя лица человеческого, жили, голые, как в раю, под сенью зеленых ветвей, на дне оврага, на берегу студеного ключа; вечно радостные, днем и ночью славя Бога, питались они плодами, приносимыми птицами; зимой не боялись стужи, летомзноя; Господь покрывал и грел их Своею благодатью.

С детским весельем слушала Мирра сказание о преподобном

Герасиме, который жил во львином логове; лев так подружился с ним, что водил осла его на водопой, лизал ему руки, когда он гладил его по гриве; и после смерти Герасима, зверь долго блуждал, тоскуя, испуская жалобный рев; когда же привели его к могиле святого, обнюхал ее, лег и уже не вставал с нее, не принимая пищи, пока не издох.

Мирру трогало сказание и о другом отшельнике, исцелившем от слепоты щенят гиены, которых мать принесла в своей пасти к ногам его.

Как хотелось ей — туда, в темные, безмолвные пещеры, к этим святым людям! Пустыня казалась ей цветущей, как рай.

Иногда, в жару, томимая жаждою пустыни, следила она за белыми парусами, исчезавшими в море, и протягивала к ним свои руки. — О, если бы могла она полететь за ними, надышаться воздухом пустыни! — Иногда она пробовала встать с постели, уверяя, что ей лучше, что теперь она уже скоро выздоровеет, и втайне надеясь, что ее отпустят, вместе с Дидимом и Ювентином, когда придет Александрийский корабль.

В это время центурион Анатолий жил в Байях.

Он устраивал прогулки на вызолоченных лодках из Авернского озера в залив, с веселыми товарищами и красивыми женщинами; наслаждался видом остроконечных пурпурных парусов на зеркале спящего моря,-переливами вечерних красок на скалистой Капрее и туманной Исхии, похожих на прозрачные аметисты; радовался насмешкам Друзей над верою в богов, благоуханию вина, продажным и все-таки сладким лобзаниям блудниц.

Но каждый раз, вступая в монашескую келью Мирры, чувствовал, что и другая половина жизни доступна ему: целомудренная прелесть бледного лица ее трогала его; ему хотелось верить во все, во что она верит; он слушал рассказы Ювентина об отшельниках — и жизнь их казалась ему блаженною.

Однажды вечером уснула Мирра перед открытым окном. Проснувшись, сказала она Ювентину с улыбкой:

— Я видела сон.

— Какой?

— Не помню. Только счастливый. — Как ты думаешь, все ли спасутся?

— Все праведные.

— Праведные, грешные!.. Нет, я думаю, — отвечала Мирра все с той же радостной и задумчивой улыбкой, как будто стараясь припомнить сон, — Ювентин, знаешь, я думаю: все, все спасутся, все до единого-и не будет у Бога ни одного погибшего!

— Так учил Ориген: «Salvator meus laetari non potest donee edo in iniquitate permaneo». — «Спаситель мой не возрадуется, пока я пребуду в погибели». Но это — ересь.

— Да, да, так должно быть, — продолжала Мирра, не слушая. — Я теперь поняла: все спасутся, все до единого!

Бог не попустит, чтобы погибла какая-либо тварь.

— И мне иногда хочется думать так, — проговорил Ювентин. — Но я боюсь...

— Не надо бояться: если есть любовь, то нет страха.

Я не боюсь.

— А как же -он? — спросил Ювентин.

— Кто?

— Кого не должно называть-непокорный?

— И он, и он! — воскликнула Мирра с бесстрашной верой. — Пока останется хоть одна душа, не достигшая спасения, никакое создание не будет блаженно. Если нет предела любви, то может ли быть иначе? Когда соединится все в единой любви,-то все будет в Боге и Бог будет во всем. Милый мой, какая радость — жизнь! Мы этого пока еще не знаем. Но надо все благословить, понимаешь ли ты, брат мой, что значит — все благословить?

— А зло?

— Зла нет, если смерти нет.

В окно доносились веселые песни товарищей Анатолия с пиршественных лодок, блиставших пурпуром и остроконечными парусами на потемневшем вечернем заливе.

Мирра указала на них:

— И это хорошо, и это надо благословить, — молвила она тихо, как будто про себя.

— Языческие песни? — спросил Ювентин с робким недоумением.

Мирра наклонила голову:

— Да, да. Все. Все благо, все свято. Красота — свет Божий. Чего ты боишься, милый? О, какая нужна свобода, чтобы любить. Люби Его и не бойся! Люби все. Ты еще не знаешь, какое счастье — жизнь.

И глубоко вздохнув, как будто в ожидании великого отдыха, она прибавила:

— И какое счастье — смерть.

Это была их последняя беседа. Несколько дней лежала она молча, неподвижно, не открывая глаз; должно быть, очень страдала: тонкие брови иногда трепетно сжимались, но тотчас же выступала прежняя, слабая и кроткая улыбка-и ни один стон, ни одна жалоба не вылетали из уст ее. Раз, в середине ночи, едва слышно позвала она Арсиною, сидевшую рядом. Больная с трудом могла говорить.

— День? -спросила она, не открывая глаз.

— Еще ночь; но скоро утро,-отвечала Арсиноя.

— Я не слышу-кто ты?-проговорила Мирра еще тише.

— Я, Арсиноя.

Больная открыла вдруг глаза и пристально взглянула на сестру.

— А мне показалось, — произнесла она с усилием,что это не ты, что я — одна.

И медленно, с большим трудом, едва двигаясь, сложила Мирра свои тонкие, прозрачно-бледные руки, ладонь к ладони, с робкой мольбой; концы губ ее дрогнули; брови поднялись.

— Не покидай меня, Арсиноя! Когда умру, не думай, что меня нет...

Сестра наклонилась; но больная была слишком слаба, чтобы обнять ее шею, — попробовала и не могла. Тогда Арсиноя приблизила к ее глазам свою щеку, и та тихонько, пушистыми, длинными ресницами, стала прикасаться к ее лицу, опуская, подымая их, как будто гладила ее: это была обычная у них, еще в детстве придуманная Миррой, ласка; казалось, что на щеке бьется тонкими крыльями бабочка.

Последняя детская ласка эта вдруг напомнила Арсиное всю их жизнь вместе, всю их любовь. Она упала на колени и в первый раз, после многих лет, зарыдала вольно и сладостно; сердце ее, казалось ей, таяло, изливалось в этих слезах.

— Нет, нет, нет!-рыдала она все неудержимее.-Не покину тебя; буду с тобой — всегда, везде!..

Глаза умирающей блеснули радостью; она прошептала:

— Значит-ты?..

— Да, верю!.. Хочу и буду верить!-воскликнула Арсиноя и сама вдруг удивилась этим неожиданным словам: они показались ей чудом, но не обманом, и она уже не хотела взять их назад.

— Пойду в пустыню. Мирра, как ты, вместо тебя! — продолжала она с почти безумным порывом. — И если есть Бог, Он должен сделать так, чтобы смерти не было, чтобы мы были вместе— всегда!

Мирра, слушая сестру, с улыбкой бесконечного успокоения закрыла глаза.

— Теперь хорошо. Я усну, — прошептала она.

И с тех пор уже не открывала глаз, не говорила. Лицо ее было спокойно и строго, как у мертвых. Но она еще дышала несколько дней.

Когда к закрытым губам ее подносили чашу с вином, она глотала несколько капель.

Если же дыхание становилось неровным и тяжелым, Ювентин, наклонившись, вполголоса читал молитву или пел церковный гимн; и Мирра опять начинала дышать тише, ровнее, как будто убаюканная.

Однажды, в ясный вечер, когда солнце превратило Исхию и Капрею в прозрачные аметисты, — неподвижное море сливалось с небом, и первая звезда еще не мерцала, а только предчувствовалась в высоте недосягаемой,Ювентин запел вечерний гимн над умирающей:

Deus, creator omnium
Polique rector vestiens
Diem decore lurnitie,
Noctem sopora gratia...

Бог, Творец всего сущего,
Царь небес, одевающий
Дни лучами прекрасными,
Ночи сонною прелестью,

Чтоб возвратить утомленные
Члены труду, после отдыха,
Дух укрепить слабеющий,
Скорбь разрешить боязливую...

Под звуки этой песни Мирра испустила последний вздох. Никто не заметил, как она перестала дышать.

Жизнь и смерть были для нее одно и то же: жизнь слилась с вечностью, как теплота вечера — с ночною свежестью.

Арсиноя похоронила сестру в катакомбах и собственной рукой вывела на мраморной плите: «Mirra vivis — Мирра, ты жива».

Она почти не плакала; в душе ее было бесстрастие, презрение к миру и, подобная отчаянию, решимость, если не поверить в Бога, то, по крайней мере, сделать все, чтобы в Него поверить.

Она хотела, раздав имение, пойти в пустыню.

В тот самый день, как Арсиноя, к негодованию опекуна своего, Гортензия, сказала ему об этом, — получила она загадочное и краткое письмо из Галлии от цезаря Юлиана:

"Юлиан благороднейшей Арсиное — радоваться.

Помнишь ли, что говорили мы с тобой в Афинах, перед изваянием Артемиды-Охотницы? Помнишь ли союз наш? — Сильна моя ненависть, еще сильнее любовь. Может быть, скоро лев сбросит ослиную шкуру. А пока будем чисты, как голуби, мудры, как змеи, по слову Галилеянина".

XX

Придворные сочинители эпиграмм, называвшие некогда Юлиана «victorinus», «победительчик», теперь с удивлением получали известия о победах цезаря в Галлии. Смешное превращалось в страшное. Многие говорили о магии, о таинственных силах, помогающих другу Максима Эфесского.

Юлиан отвоевал и возвратил Империи — Аргенторатум, Брокомагум, Три Таверны, Сализон, Немэт, Вангион, Могунтиак.

Солдаты боготворили его. С каждым шагом все больше убеждался он, что боги Олимпа ему покровительствуют.

Но продолжал посещать церкви христианские, и в городе Виэнне, на реке Родане, участвовал нарочно в торжественном богослужении.

В середине декабря победоносный цезарь возвращался, после долгого похода, на зимние квартиры в излюбленный им маленький городок паризиев, на реке Сене, ЛютециюПариж.

Был вечер. Северное небо удивляло жителей юга странным бледно-зеленым отливом. Только что выпавший снег хрустел под ногами воинов.

Париж-Лютеция, расположенный посерздине реки на маленьком острове, со всех сторон окружен был водой.

Два деревянных моста соединяли город с берегами. Дома были особого галло-римского зодчества, со стеклянными обширными сеня1МИ, заменявшими открытые портики южных стран. Столбы дыма из множества труб подымались над городом. Деревья были увешены инеем. В садах, у стен, обращенных к полдню, как южные з, зябкие дети, жались редкие, привезенные сюда римлянами, фиговые деревья, тщательно обвитые соломой для предохранения от морозов. В тот год зима стояла суровая, несмотря на западные ветры с океана, приносящие оттепель. Огромные белые льдины, сталкиваясь и с треском ломаясь, плыли по Сене. Римские и греческие воины смотрели на них с удивлением. Юлиан, любуясь на прозрачные, не то голубые, не то зеленые глыбы, сравнивал их с плитами фригийского белого мрамора, слегка подернутого зелеными жилками.

Что-то было во всей печальной, таинственной прелести севера, что пленяло и трогало сердце его, как воспоминание о далекой родине.

Подъехали ко дворцу — огромному зданию, черневшему тяжелыми кирпичными дугами и башнями на вечернем светлом небе.

Юлиан вошел в книгохранилище. Здесь было сыро и холодно. Развели огонь в огромном очаге.

Ему подали несколько писем, полученных в Лютеции, во время его отсутствия; одно-из Малой Азии от Божественного Ямвлика.

Поднялась метель. Ветер выл в трубе очага. Казалось, что в закрытые ставни стучатся. Юлиан прочел письмо Ямвлика. На него пахнуло югом, Элладой; он закрыл глаза, и ему казалось, что мраморные Пропилеи, объятые тьмой, проносятся и тают перед ним, как видения, как золотые облака на небе.

Он вздрогнул и встал. Огонь потух. Мышь грызла пергаментный свиток. Ему захотелось увидеть живое лицо человеческое. Вдруг вспомнил о своей жене, и странная усмешка искривила губы его.

Это была родственница императрицы Евсевии, по имени Елена, которую император насильно выдал замуж за Юлиана, незадолго до его отъезда в Галлию. Он ее не любил; несмотря на то, что со дня их свадьбы прошло более года, почти не видел и не знал ее: она оставалась девственницей. С отроческих лет мечтала Елена сделаться «невестой Христовой»; мысль о браке внушала ей ужас; выйдя замуж, считала себя погибшей. Но потом, видя, что Юлиан не требует супружеских ласк, успокоилась и стала жить во дворце, как монахиня, всегда одинокая, бледная, тихая, закутанная с головы до ног в черные христианские одежды. В своих тайных молитвах дала она обет целомудрия.

Злое любопытство заставило его в ту ночь направиться по темным, пустынным проходам к башне дворца, где жила Елена.

Он открыл дверь, не постучавшись, и вошел в слабо освещенную келью. Девушка стояла на коленях, перед аналоем и большим крестом.

Он подошел к ней, закрывая рукою пламя лампады, и некоторое время смотрел молча. Она так погружена была в молитву, что не заметила его. Он произнес:

— Елена!

Она вскрикнула и обернула к нему бледное лицо.

Он устремил долгий, евангелие, аналой:

— Все молишься?

— Да, молюсь — и за тебя, боголюбивейший цезарь...

— И за меня? Вот как. Ты считаешь меня великим грешником, Елена?

Она потупила глаза, не отвечая. Он опять усмехнулся все той же странною, тихою усмешкою.

— Не бойся. Говори. Не думаешь ли ты, что я в чемнибудь особенно грешен?

Он подошел к ней и заглянул ей прямо в глаза. Она произнесла чуть слышно:

— Особенно? Да. Я думаю — не сердись на меня...

— Скажи, в чем. Я покаюсь.

— Не смейся, — промолвила она еще тише и строже, не подымая глаз. — Я дам ответ за душу твою перед Богом.

— Ты — за меня?

— Мы навеки связаны.

— Чем?

— Таинством.

— Церковным браком? Но ведь мы пока чужие, Елена?

— Я боюсь за душу твою, Юлиан,-повторила она, смотря

прямо в глаза его своими ясными, невинными глазами.

Положив руку на плечо ее, взглянул он с усмешкой на бескровное лицо монахини. Девственным холодом веяло от этого лица; только нежно-розовые губы очень красивого, маленького рта, полуоткрытого с выражением детского страха и вопроса, странно выделялись на нем.

Он вдруг наклонился и, прежде чем она успела опомниться, поцеловал ее в губы.

Она вскочила, бросилась в противоположный угол кельи и закрыла лицо руками; потом отвела их медленно и, взглянув на него глазами, обезумевшими от страха, вдруг начала торопливо крестить себя и его:

— Прочь, прочь, прочь, Окаянный! Место наше свято! Именем честного Креста заклинаю — сгинь, пропади!

Да воскреснет Бог и расточатся враги Его!..

Злость овладела им. Он подошел к двери, запер ее на ключ. Потом снова вернулся к жене:

— Успокойся, Елена. Ты приняла меня за другого, но я такой же человек, как ты. Дух плоти и костей не имеет, как видишь у меня. Я муж твой. Церковь Христова благословила наш союз.

Медленно провела она рукой по глазам.

— Прости... Мне почудилось. Ты вошел так внезапно.

Мне уже были видения. Он бродит здесь по ночам. Я его видела два раза; он говорил мне о тебе. С тех пор я боюсь. Он говорил, что на лице твоем... зачем ты так смотришь, Юлиан?

Как пойманная птица, дрожала она, прижимаясь к стене. Он подошел и обнял ее.

— Что ты, что ты?.. Оставь!..

Она пробовала закричать, позвать служанку:

— Елевферия! Елевферия!

— Глупая! Разве я не муж твой?..

Она вдруг тихо и беспомощно заплакала:

— Брат мой! этого не должно быть. Я дала обет Богу: я — невеста Христова. Я думала, что ты..

— Невеста римского цезаря не может быть невестой Христовой!

— Юлиан, если веришь в Него...

Он засмеялся.

С последним усилием пыталась она оттолкнуть его:

— Прочь, дьявол, дьявол!.. Зачем Ты покинул меня, Господи?..

Продолжая смеяться, он покрывал ее белую тонкую шею,

там, где начинались волосы, злыми, жадными поцелуями.

Ему казалось, что он совершает убийство. Она так ослабела, что едва сопротивлялась ему, но все еще шептала с бесконечной мольбой: «сжалься, сжалься, брат мой!» Кощунственными руками срывал он черные христианские одежды. Душа его была объята ужасом, но никогда в жизни не испытывал он такого упоения. Вдруг, сквозь разорванную ткань, сверкнула нагота. Тогда, с усмешкой и вызовом, римский цезарь посмотрел в противоположный угол кельи, где лампада мерцала на молитвенном аналое, перед черным Крестом.

XXI

Прошло более года со времени победы при Аргенторатуме. Юлиан освободил Галлию от варваров.

Ранней весной, еще на зимних квартирах, в Лютеции, получил он важное письмо от императора, привезенное трибуном нотариев, Деценцием.

Каждая победа в Галлии оскорбляла Констанция, была новым ударом его тщеславию: этот мальчишка, эта «болтливая сорока», «обезьяна в пурпуре», смешной «победительчик», к негодованию придворных шутников, превращался в настоящего грозного победителя.

Констанций завидовал Юлиану и в то же время сам терпел поражение за поражением, в азиатских провинциях, от персов.

Он худел, не спал, терял охоту к пище. Два раза делалось у него разлитие желчи. Придворные врачи были в тревоге.

Иногда, в бессонные ночи, с открытыми глазами лежал он на своем великолепном ложе под священной Константиновой Хоругвью, Лабарумом, и думал:

«Евсевия обманула меня. Если бы не она, я исполнил бы совет Павла и Меркурия, придушил бы этого мальчишку, змееныша из дома Флавиев. Глупец! Сам отогрел его на груди своей. И кто знает, может быть, Евсевия была его любовницей!..» Запоздалая ревность делала зависть его еще более жгучей: отомстить Евсевии он уже не мог-она умерла; вторая супруга его, Фаустина, была глупенькой красивой девочкой, которую он презирал.

Констанций хватался в темноте за жидкие волосы, так

тщательно подвиваемые каждое утро цирюльником, и плакал злыми слезами.

Он ли не защищал Церкви, не заботился об искоренении всех ересей? Он ли не строил и не украшал церквей, не творил каждое утро, каждый вечер установленных молитв и коленопреклонений? И что же? Какая награда?

Первый раз в жизни владыка земной возмущался против Владыки Небесного. Молитва замирала на устах его.

Чтобы утолить хоть немного свою зависть, решил он прибегнуть к чрезвычайному средству. По всем большим городам Империи разосланы были «триумфальные» письма, обвитые лаврами, возвещавшие о победах, дарованных Божьей милостью императору Констанцию; письма читались на площадях. Судя по этим письмам, можно было думать, что четыре раза переходил Рейн не Юлиан, а Констанций, который однако, в это же самое время, на другом краю света терпел поражения в бесславных битвах с персами; что не Юлиан был ранен при Аргенторатуме и взял в плен короля Хнодомара, а Констанций; не Юлиан проходил болота и дремучие леса, прорывал дороги, осаждал крепости, терпел голод, жажду, зной, уставал больше простых солдат, спал меньше их, а Констанций.

Не упоминалось даже имени Юлиана в этих лавровенчанных посланиях, как будто никакого цезаря вовсе не было.

Народ приветствовал победителя Галлии — Констанция, и во всех церквах пресвитеры, епископы, патриархи служили молебны, испрашивая долгоденствия и здравия императору, благодаря Бога за победы над варварами, дарованные Констанцию.

Но зависть, пожиравшая сердце императора, не утолилась.

Тогда задумал он отнять у Юлиана лучший цвет легионов, — незаметно, исподволь обессилить его, как некогда Галла, завлечь тихонько в сети свои и потом уже безоружному нанести последний удар.

С этой целью послан был в Лютецию опытный чиновник, трибун нотариев, Деценций, который должен был немедленно извлечь из цезаревых войск лучшие вспомогательные легионы-герулов, батавов, петулантов, кельтов-и направить их в Азию, к императору; кроме того, предоставлено ему было выбрать из каждого легиона по триста самых храбрых воинов; а трибун Синтула получил приказание, соединив отборных щитоносцев и гентилей, стать во главе их и также вести к императору.

Юлиан, предостерегая Деценция, указывал на опасность бунта среди легионов, состоявших из варваров, которые скорее согласились бы умереть, чем покинуть родину. Деценций не обратил внимания на эти предостережения, сохраняя невозмутимую чиновничью важность на бритом и желтом хитром лице.

Около одного из деревянных мостов, соединявших остров Лютецию с берегом, тянулось длинное здание главных казарм.

Волнение в войске распространялось с утра. Только строгий порядок, введенный Юлианом, еще сдерживал солдат.

Первые когорты петулантов и герулов выступили ночью. Братья их, кельты и батавы, также собирались в путь.

Синтула отдавал приказания уверенным голосом, когда вдруг послышался ропот. Одного непокорного солдата уже засекли розгами до полусмерти. Всюду шнырял Деценций с пером за ухом, с бумагами в руках.

На дворе и на дороге, под вечерним пасмурным небом, стояли крытые полотнами повозки с огромными колесами, для солдатских жен и детей. Женщины причитали, прощаясь с родиной. Иные протягивали руки к дремучим лесам и пустынным равнинам; иные падали на землю и с жалобным воем целовали ее, называли своей матерью, скорбели о том, что кости их сгниют в чужой земле; иные, в покорном и молчаливом горе, завязывали в тряпочку горсть родной земли на память. Тощая сука, с ребрами, выступавшими от худобы, лизала колесную ось, смазанную салом, Вдруг, отойдя в сторону и уткнув морду в пыль, она завыла. Все, обернувшись, вздрогнули. Легионер сердито ударил ее ногой. Поджав хвост, с визгом убежала она в поле, и там, остановившись, завыла еще жалобнее, еще громче. И страшен был в чуткой тишине пасмурного вечера этот протяжный вой.

Сармат Арагарий принадлежал к числу тех, которые должны были покинуть Север. Он прощался со своим верным другом Стромбиком.

— Дядюшка, миленький, на кого ты меня покидаешь!..- хныкал Стромбик, глотая солдатскую похлебку; ему уступил ее Арагарий, который от горя не мог есть; у Стромбика лились слезы в похлебку, но все-таки он ел ее с жадностью.

— Ну, ну, молчи, дурак, — утешал его Арагарий, по своему обыкновению, презрительной и в то же время ласковой руганью.-И без тебя довольно бабьего воя!.. Лучше скажи-ка мне толком — ведь ты из тамошних мест — что за лес в этих странах, дубовый больше, или березовый?

— Что ты, дядюшка? Бог с тобой! Какой там лес?

Песок да камень!

— Ну? Куда же от солнца прячутся люди?

— Некуда, дядюшка, и спрятаться. Одно слово — пустыня. Жарко — примерно сказать — как над плитою.

И воды нет.

— Как нет воды? Ну, а пиво есть?

— Какое пиво! И не слыхали о пиве.

— Врешь!

— Лопни глаза мои, дядюшка, если во всей Азии, Месопотамии, Сирии найдешь ты хоть один бочонок пива или меда!

— Ну, брат, плохо! Жарко, да еще ни воды, ни пива, ни меда. Гонят нас видно на край света, как быков на убой.

— К черту на рога, дядюшка, прямо к черту на рога.

И Стромбик захныкал еще жалобнее.

В это время послышался далекий шум и гул голосов.

Оба Друга выбежали из казарм.

На остров Лютецию через пловучий мост бежали толпы солдат. Крики приближались. Тревога охватила казармы. Воины выходили на дорогу, собирались и кричали, несмотря на приказания, угрозы, даже удары центурионов.

— Что случилось? — спрашивал ветеран, который нес в солдатскую поварню вязанку хвороста.

— Еще, говорят, двадцать человек засекли.

— Какой двадцать — сто!

— Всех по очереди сечь будут-такой приказ!

Вдруг в толпу вбежал солдат в разорванной одежде, с бледным, обезумевшим лицом, и закричал:

— Бегите, бегите во дворец! Юлиана зарезали!

Слова эти упали, как искра в сухую солому. Давно тлевшее пламя бунта вспыхнуло неудержимо. Лица сделались зверскими. Никто ничего не понимал, никто никого не слушал. Все вместе кричали:

— Где злодеи?

— Бейте мерзавцев!

— Кого?

— Посланных императора Констанция!

— Долой императора!

— Эх вы, трусы, — такого вождя предали!

Двух первых попавшихся, ни в чем неповинных центурионов повалили на землю, растоптали ногами, хотели разорвать на части. Брызнула кровь, и при виде ее солдаты рассвирепели еще больше.

Толпа, хлынувшая через мост, приближалась к зданию казарм. Вдруг сделался явственным оглушительный крик:

— Слава императору Юлиану, слава Августу Юлиану!

— Убили! Убили!

— Молчите, дураки! Август жив-сами только что видели!

— Цезарь жив?

— Не цезарь, — император!

— Кто же сказал, что убили?

— Где же негодяй?

— Хотели убить!

— Кто хотел?

— Констанций!

— Долой Констанция! Долой проклятых евнухов!

Кто-то на коне проскакал в сумерках так быстро, что едва успели его узнать.

— Деценций! Деценций! Ловите разбойника!

Канцелярское перо все еще торчало у него за ухом, походная чернильница болталась за поясом. Провожаемый хохотом и руганью, он исчез.

Толпа росла. В темноте вечера бунтующее войско грозно волновалось и гудело. Ярость сменилась ребяческим восторгом, когда увидели, что легиоЗы герулов и петулантов, отправленных утром, повернули назад, тоже возмутившись. Многие обнимали земляков, жен и детей, как после долгой разлуки. Иные плакали от радости. Другие, с Криком, ударяли мечами в звонкие щиты. Разложили костры.

Явились ораторы. Стромбик, бывший в молодости балаганным шутом в Антиохии, почувствовал прилив вдохновения. Товарищи подняли его на руки, и, делая театральные движения руками, он начал: «Nos quidem ad orbis terrarum extrema ut noxii pellimur et damnati, — нас отсылают на край света, как осужденных, как злодеев; семьи наши, которые ценою крови мы выкупили из рабства, снова подпадут под иго аламанов».

Не успел он кончить, как из казарм послышались пронзительные вопли, как будто резали поросенка, и вместе с ними хорошо знакомые солдатам удары лозы по голому телу: воины секли ненавистного центуриона Cedo Alteram. Солдат, бивший своего начальника, отбросил окровавленную лозу и, при всеобщем хохоте, закричал, подражая веселому голосу центуриона: «Давай новую!»Cedo Alteram!" — Во дворец! Во дворец!-загудела толпа.-Провозгласим Юлиана августом, венчаем диадемой!

Все устремились, бросив на дворе полумертвого центуриона, лежавшего в луже крови. — Редкие звезды мерцали сквозь тучи. Сухой, порывистый ветер подымал пыль.

Ворота, двери, ставни дворца были наглухо заперты: здание казалось необитаемым.

Предчувствуя бунт, Юлиан никуда не выходил, почти не показывался солдатам и был занят гаданиями. Два дня, две ночи ждал чудес и явлений.

В длинной, белой одежде пифагорейцев, с лампадой в руках, он подымался по узкой лестнице на самую высокую башню дворца. Там уже стоял, наблюдая звезды, в остроконечной, войлочной тиаре, персидский маг, помощник Максима Эфесского, посланный им Юлиану, тот самый Ногодарес, который некогда, в кабачке Сиракса, у подошвы Аргейской горы, предсказал трибуну Скудило его судьбу.

— Ну, что?-спросил Юлиан с тревогою, обозревая темный свод неба.

— Не видно, — отвечал Ногодарес, — облака мешают.

Юлиан сделал рукою нетерпеливое движение:

— Ни одного знамения! Точно небо и земля сговорились...

Промелькнула летучая мышь.

— Смотри, смотри, — может быть, по ее полету ты что-нибудь предскажешь.

Она почти коснулась лица Юлиана холодным, таинственным крылом и скрылась.

— Душа, тебе родная, — прошептал Ногодарес, — помни: сегодня ночью должно совершиться великое...

Послышались крики войска, неясные, — ветер заглушал их.

— Если что-нибудь узнаешь, приходи, — сказал Юлиан и спустился в книгохранилище.

Он начал ходить по огромной зале, из угла в угол, быстрыми

неровными шагами. Иногда останавливался, насторожившись. Ему казалось, что кто-то следует за ним, и странный сверхъестественный холод в темноте веял ему в затылок. Он быстро оборачивался — никого не было; только тяжело и смутно волновавшаяся кровь стучала в виски. Опять начинал ходить — и опять казалось ему, что кто-то быстро, быстро шепчет ему на ухо слова, которые не успевает он разобрать.

Вошел слуга с известием, что старик, приехавший из Афин по очень важному делу, желает видеть его. Юлиан, вскрикнув от радости, бросился навстречу. Он думал, что это-Максим, но ошибся: то был великий иерофант Елевсинских таинств, которого он также с нетерпением ждал.

— Отец, — воскликнул цезарь, — спаси меня! Я должен знать волю богов. Пойдем скорее — все готово.

В это мгновение вокруг дворца раздались уже близкие, подобно раскату грома, оглушительные крики войска; старые кирпичные стены дрогнули.

Вбежал трибун придворных щитоносцев, бледный от ужаса:

— Бунт! Солдаты ломают ворота!

Юлиан сделал повелительный знак рукою.

— Не бойтесь! Потом, потом! Не впускать сюда никого!..

И, схватив иерофанта за руку, повлек его по крутой лестнице в темный погреб и запер за собой тяжелую кованую дверь.

В погребе готово было все: светочи, пламя которых отражалось в серебряном изваянии Гелиоса-Митры, бога Солнца; курильницы, священные сосуды с водою, вином и медом для возлияния, с мукою и солью для посыпания жертв; в клетках-различные птицы для гадания: утки, голуби, куры, гуси, орел; белый ягненок, связанный, жалобно блеявший.

— Скорее! Скорее! Я должен знать волю богов, — торопил Юлиан иерофанта, подавая остро отточенный нож.

Запыхавшийся старик совершил наскоро молитвы и возлияния. Заколол ягненка; часть мяса и жира положил на угли жертвенника и с таинственными заклинаниями начал осматривать внутренности; привычными руками вынимал окровавленную печень, сердце, легкие, исследуя их со всех сторон.

— Сильный будет низвержен,-проговорил иерофант, указывая на сердце ягненка, еще теплое.-Страшная смерть…

— Кто?-спрашивал Юлиан.-Я или он?

— Не знаю.

— И ты не знаешь?..

— Цезарь, — произнес старик, — не торопись. Сегодня ночью не решайся ни на что. Подожди до утра: предназнаменования сомнительны — и даже...

Не договорив, принялся он за другую жертву-за гуся, потом за орла. Сверху доносился шум толпы, подобный шуму наводнения. Раздавались удары лома по железным воротам. Юлиан ничего не слышал и с жадным любопытством рассматривал окровавленные внутренности: в почках зарезанной курицы надеялся увидеть тайны богов.

Старый жрец, качая головой, повторил:

— Ни на что не решайся: боги молчат.

— Что это значит? — воскликнул цезарь с негодованием. — Нашли время молчать!..

Вошел Ногодарес, с торжествующим видом:

— Юлиан, радуйся! Эта ночь решит судьбу твою. Спеши, дерзай — иначе будет поздно...

Маг взглянул на иерофанта, иерофант на мага.

— Берегись!-проговорил елевсинский жрец, нахмурившись.

— Дерзай! — молвил Ногодарес.

Юлиан, стоя между ними, смотрел то на того, то на другого в недоумении. Лица обоих авгуров были непроницаемы; они ревновали его друг к другу.

— Что же делать? Что же делать?-прошептал Юлиан.

Вдруг о чем-то вспомнил и обрадовался:

— Подождите, у меня есть древняя сибиллова книга — О противоречии в ауспициях. Справимся!

Он побежал наверх в книгохранилище. В одном из проходов встретился ему епископ Дорофей в облачении, с крестом и Св. Дарами.

— Что это? — спросил Юлиан, невольно отступая.

— Св. Тайны умирающей жене твоей, цезарь.

Дорофей пристально взглянул на пифагорейскую одежду Юлиана, на бледное лицо его с горящими глазами и окровавленные руки.

— Твоя супруга, — продолжал епископ, — желала бы видеть тебя перед смертью.

— Хорошо, хорошо — только не сейчас — потом...

О, боги! Еще дурное знамение. И в такую минуту. Все, что делает она, — некстати!..

Он вбежал в книгохранилище, начал шарить в пыльных свитках. Вдруг послышалось ему, что чей-то голос явственно прошелестел ему в ухо: «дерзай! дерзай! дерзай!» — Максим! Ты?-вскрикнул Юлиан и обернулся.

В темной комнате не было никого. Сердце его так сильно билось, что он приложил к нему руку; холодный пот выступил на лбу.

— Вот чего я ждал, — проговорил Юлиан. — Это был голос его. Теперь иду. Все кончено. Жребий брошен!

Железные ворота рухнули с оглушающим грохотом.

Солдаты ворвались в атриум. Слышался рев толпы, подобный реву зверя, и топот бесчисленных ног. Багровый свет факелов блеснул сквозь щели ставней, как зарево. Нельзя было медлить. Юлиан сбросил белую пифагорейскую одежду, облекся в броню, в цезарский палудаментум, шлем, подвязал меч, побежал по главной лестнице к выходным дверям, открыл их и вдруг явился перед войском с торжественно ясным лицом.

Все сомнения исчезли: в действии воля его окрепла; никогда еще в жизни не испытывал он такой внутренней силы, ясности духа и трезвости. Толпа это сразу почувствовала. Бледное лицо его казалось царственным и страшным. Он подал знак рукою — все притихли.

Он говорил: убеждал солдат успокоиться, уверял, что не покинет их, не позволит увести на чужбину, умолит своего «достолюбезного брата», императора Констанция.

— Долой Констанция!-перебили солдаты дружным криком.- Долой братоубийцу! Ты-император, не хотим Другого. Слава Юлиану-Августу-Непобедимому!

Он искусно разыграл роль человека, изумленного, даже испуганного: потупил глаза, отвернул лицо в сторону и выставил руки вперед, подняв ладони, как будто отталкивая преступный дар и защищаясь от него. Крики усилились.

— Что вы делаете? — воскликнул Юлиан, с притворным ужасом. — Не губите себя и меня! Неужели думаете, что я могу изменить Благочестивому?..

— Убийца твоего отца, убийца Галла! — кричали солдаты.

— Молчите, молчите! — замахал он руками и вдруг по ступеням лестницы бросился в толпу. — Или вы не знаете? Пред лицом самого Бога клялись мы...

Каждое движение Юлиана было хитрым, глубоким

притворством. Солдаты окружили его. Он вырвал меч из ножен, поднял его и направил против собственной груди:

— Мужи храбрейшие! Цезарь умрет скорее, чем изменит...

Они схватили его за руки, насильно отняли меч. Многие падали к ногам его, обнимали их со слезами и прикасались к своей груди обнаженным острием меча.

— Умрем, — кричали они, — умрем за тебя!

Другие протягивали к нему руки, с жалобным воплем:

— Помилуй нас, помилуй нас, отец!

Седые ветераны становились на колени и, хватая руки вождя, как будто желая поцеловать их, вкладывали его пальцы в свой рот, заставляли щупать беззубые десны; они говорили о несказанной усталости, о непосильных трудах, перенесенных за долгую службу; многие снимали платье и показывали ему голое старческое тело, раны, полученные в сражениях, спины с ужасными рубцами от розог.

— Сжалься! Сжалься! Будь нашим августом!

На глазах Юлиана навернулись искренние слезы: он любил эти грубые лица, этот знакомый казарменный воздух, этот необузданный восторг, в котором чувствовал свою силу. Что бунт опасный — заметил он по особому признаку: солдаты не перебивали Друг друга, а кричали все сразу, вместе, как будто сговорившись, и так же сразу умолкали: то раздавался дружный крик, то наступала внезапная тишина.

Наконец, как будто неохотно, побежденный насилием, произнес он тихо:

— Братья возлюбленные! Дети мои! Видите-я ваш на жизнь и смерть; не могу ни в чем отказать...

— Венчать его, венчать диадемой!-закричали они, торжествуя.

Но диадемы не было. Находчивый Стромбик предложил:

— Пусть август велит принести одно из жемчужных ожерелий супруги своей.

Юлиан возразил, что женское украшение непристойно и было бы дурным знаком для начала нового правления.

Солдаты не унимались: им непременно нужно было видеть блестящее украшение на голове избранника, чтобы поверить, что он — император.

Тогда грубый легионер сорвал с боевого коня нагрудник из медных блях-фалеру, и предложил венчать августа ею.

Это не понравилось: от кожи нагрудника пахло потом

лошадиным.

Все стали нетерпеливо искать другого украшения. Знаменосец легиона петулантов, сармат Арагарий, снял с шеи медную чешуйчатую цепь, присвоенную званию его.

Юлиан два раза обернул ее вокруг головы: эта цепь сделала его римским августом.

— На щит, на щит! — кричали солдаты.

Арагарий подставил ему круглый щит, и сотни рук подняли императора. Он увидел море голов в медных шлемах, услышал подобный буре торжественный крик:

— Да здравствует август Юлиан, август Божественный! Divus Augustus!

Ему казалось, что совершается воля рока.

Факелы померкли. На востоке появились бледные полосы. Неуклюжие кирпичные башни дворца чернели угрюмо. Только в одном окне краснел огонь. Юлиан догадался, что это окно тех покоев, где умирала жена его, Елена.

Когда на рассвете утомленное войско утихло, он пошел к ней.

Было поздно. Усопшая лежала на узкой девичьей постели. Все стояли на коленях. Губы ее были строго сжаты.

От высохшего монашеского тела веяло целомудренным холодом. Юлиан, без угрызения, но с тяжелым любопытством, посмотрел на бледное, успокоенное лицо жены своей и подумал: «Зачем желала она видеть меня перед смертью? Что хотела, что могла она сказать мне?»

XXII

Император Констанций проводил печальные дни в Антиохии. Все ждали недоброго.

По ночам видел он страшные сны: в опочивальне до зари горели пять или шесть ярких лампад, — и все-таки боялся он мрака. Долгие часы просиживал один, в неподвижной задумчивости, оборачиваясь и вздрагивая от всякого шороха.

Однажды приснился ему отец его, Константин Великий, державший на руках дитя, злое и сильное; Констанций, будто бы, взяв от него ребенка, посадил его на правую руку свою, в левой стараясь удержать огромный стеклянный шар; но злое дитя столкнуло шар-он упал, разбился, и колючие иглы стекла, с невыносимой болью, стали впиваться в тело

Констанция — в глаза, в сердце, в мозг-сверкали, звенели, трескались, жгли.

Император проснулся в ужасе, обливаясь холодным потом.

Он стал советоваться с прорицателями, знаменитыми волшебниками, угадчиками снов.

В Антиохию собраны были войска, и делались приготовления к походу против Юлиана. Иногда императором, после долгой неподвижности, овладевала жажда действия. Многие при дворе находили поспешность его неразумной; шепотом поверяли друг другу слухи о новых подозрительных странностях и причудах Кесаря.

Была поздняя осень, когда он выступил из Антиохии.

В полдень, на дороге, в трех тысячах шагах от города, близ деревни, называвшейся Гиппокефаль, увидел император обезглавленный труп неизвестного человека; тело, обращенное к западу, оказалось лежащим по правую руку от Констанция, ехавшего на коне; голова отделена была от туловища. Кесарь побледнел и отвернулся. Никто из приближенных не сказал ни слова, но все подумали, что это дурная примета.

В городе Тарсе Киликийском он почувствовал легкий озноб и слабость, но не обратил на них внимания и даже с врачами не посоветовался, надеясь, что верховая езда по трудным горным дорогам на солнечном припеке вызовет испарину.

Он направился к небольшому городу, Мопсукренам, расположенному у подножия Тавра,-последней стоянке при выезде из Киликии.

Несколько раз, во время дороги, делалось у него сильное головокружение. Наконец, он должен был сойти с коня и сесть в носилки. Впоследствии евнух Евсевий рассказывал, что, лежа в носилках, император вынимал из-под одежды драгоценный камень с вырезанным на нем изображением покойной императрицы, Евсевий Аврелии, и целовал его с нежностью.

На одном из перекрестков он спросил, куда ведет другой путь; ему отвечали, что это дорога в покинутый дворец каппадокийских царей — Мацеллум.

При этом имени Констанций нахмурился.

В Мопсукрены приехали ввечеру. Он был утомлен и пасмурен.

Только что вошел в приготовленный дом, как один из

придворных, по неосторожности, несмотря на запрет Евсевия, сообщил императору, что его ожидают два вестника из западных провинций.

Констанций велел их привести.

Евсевий умолял отложить дело до утра. Но император возразил, что ему лучше,-озноб прошел, и он чувствует теперь только легкую боль в затылке.

Впустили первого вестника, дрожащего и бледного.

— Говори сразу!-воскликнул Констанций, испуганный выражением лица его.

Вестник рассказал о неслыханной дерзости Юлиана: цезарь перед войсками разорвал августейшее письмо; Галлия, Паннония, Аквитания передались ему; изменники выступили против Констанция со всеми легионами, расположенными в этих странах.

Император вскочил, с лицом, искаженным яростью, бросился на вестника, повалил его и схватил за горло:

— Лжешь, лжешь, лжешь, мерзавец! Есть еще Бог, Царь Небесный, покровитель земных царей. Он не допустит, — слышите вы все, изменники, — не допустит Он...

Вдруг ослабел и закрыл глаза рукою. Вестник, ни живой, ни мертвый, успел юркнуть в дверь.

— Завтра, — бормотал Констанций глухо и растерянно,-завтра в путь... прямо, через горы... ускоренным ходом, в Константинополь!..

Евсевий, подойдя к нему, склонился раболепно:

— Блаженный Август, Господь даровал тебе, Своему помазаннику, одоление над всеми врагами и супостатами: ты победил буйного Максенция, Констана, Ветраниона, Галла. Ты победишь и богопротивного...

Но Констанций, не слушая, прошептал, качая головой, с бессмысленной улыбкой:

— Значит, нет Бога. Если только все это правда, значит, Бога нет; я — один. Пусть кто-нибудь осмелится сказать, что Он есть, когда творятся такие дела на земле.

Я уже давно об этом думал...

Вопросительно обвел он всех мутными глазами и прибавил бессвязно:

— Позвать другого.

К нему приступил врач, придворный щеголь с бритым розовым наглым лицом, с бегающими рысьими глазками, еврей, притворявшийся римским патрицием. Подобострастно заметил он императору, что чрезмерное волнение может быть ему вредно, что необходим отдых. Констанций только отмахнулся от него, как от надоедливой мухи.

Ввели другого вестника. Это был трибун цезарских конюшен, Синтула, бежавший из Лютеции. Он сообщил еще более страшную весть: ворота города Сирмиум открылись перед Юлианом, и жители приняли его радостно, как спасителя отечества; через два дня он должен выйти на большую римскую дорогу в Константинополь.

Последних слов вестника император как будто не расслышал или не понял. Лицо его сделалось странно неподвижным. Он подал знак, чтобы все удалились. Остался Евсевий, с которым хотел он заняться делами.

Через некоторое время, почувствовав утомление, приказал, чтобы отвели его в спальню, и сделал несколько шагов. Но вдруг тихо простонал, поднес обе руки к затылку, как будто почувствовал сильную мгновенную боль, и пошатнулся. Придворные едва успели его поддержать.

Он не потерял сознания: по лицу, по всем движениям, по жилам, напрягавшимся на лбу, заметно было, что он делает неимоверные усилия, чтобы говорить; наконец, произнес медленно, выговаривая каждое слово шепотом, как будто сдавили ему горло:

— Хочу говорить… и не… могу…

То были последние слова его: он лишился языка; удар поразил всю правую сторону тела; правая рука и нога безжизненно повисли.

Его перенесли на постель.

В глазах была тревога и напряженная, непотухавшая мысль. Он усиливался сказать что-то, отдать, может быть, важное приказание, но из губ вырывались неясные звуки, походившие на слабое непрерывное мычание. Никто не мог понять, что он хочет, и больной поочередно обводил всех ясными глазами. Евнухи, придворные, военачальники, рабы толпились вокруг умирающего, хотели и не знали, чем услужить ему в последний раз.

Порою злоба вспыхивала в разумном пристальном взоре; тогда мычание казалось сердитым.

Наконец, Евсевий догадался и принес навощенные дощечки. Радость блеснула в глазах императора. Крепко и неуклюже, как маленькие дети, левою рукой ухватился он за медный стилос. После долгих усилий удалось ему вывести на мягком слое желтого воска несколько каракуль.

Придворные с трудом разобрали слово: «креститься».

Он устремил на Евсевия неподвижный взор. Все удивились, что раньше не поняли: императору угодно было креститься перед смертью, так как, по примеру отца своего Константина Равноапостольного, откладывал он великое таинство до последней минуты, веря, что оно может сразу очистить душу от всех грехов — «обелить ее паче снега».

Бросились отыскивать епископа. Оказалось, что в Мопсукренах епископа нет. Позвали арианского пресвитера бедной городской базилики. Это был робкий, забитый человек, с птичьим лицом, острым красным носом, похожим на клюв, и острой бородкой. Когда пришли за ним, отец Нимфидиан — так звали его — приступал к десятому кубку дешевого красного вина и казался слишком веселым.

Никак не могли ему втолковать в чем дело; он думал, что над ним смеются. Но когда убедили его, что предстоит крестить императора, он едва не лишился рассудка.

Пресвитер вошел в комнату больного. Император взглянул на бледного, растерянного и дрожащего отца Нимфидиана таким радостным, смиренным взором, каким еще не смотрел ни на одного человека во всю свою жизнь. Поняли, что он боится умереть и торопит совершение таинства.

По городу искали золотой или, по крайней мере, серебряной купели, но не нашли; правда, был роскошный сосуд, с драгоценными каменьями, но весьма подозрительного употребления: предполагали, что он служил для вакхических таинств бога Диониса. Предпочли все-таки несомненную христианскую купель, хотя старую, медную, с грубо вдавленными краями.

Купель приставили к ложу; влили теплой воды, причем врач-еврей хотел попробовать ее рукою; император сделал яростное движение и замычал: должно быть, боялся он, что еврей опоганит воду.

С умирающего сняли нижнюю тунику. Сильные молодые щитоносцы легко, как ребенка, подняли его на руки и погрузили в воду.

Теперь он, без всякого умиления, с осунувшимся, безжизненным лицом, смотрел широко открытыми неподвижными глазами на ярко блестевший крест из драгоценных камней над золотой Константиновой хоругвью, Лабарумом; взор был пристальный, бессмысленный, как у грудных детей, когда они смотрят на блестящий предмет и не могут оторвать глаз.

Обряд, по-видимому, не успокоил больного; он как будто забыл о нем. В последний раз воля вспыхнула в глазах его, когда Евсевий опять подал ему дощечки и стилос. Констанций не мог писать — он только вывел первые буквы имени «Юлиан».

Что это значило? Хотел ли он простить врага, или завещал месть?

Он мучился в продолжение трех дней. Придворные шепотом говорили друг другу, что он хочет и не может помереть, что это — особое наказание Божие. Впрочем, все еще, по старой привычке, называли они умирающего «блаженным Августом», «Святостью», «Вечностью».

Должно быть, он страдал. Мычание превратилось в долгий, ни днем, ни ночью не прекращавшийся, хрип.

Звуки эти были такие ровные, непрерывные, что, казалось, не могли вылетать из человеческой груди.

Придворные приходили и уходили, ожидая конца.

Только евнух Евсевий ни днем, ни ночью не покидал умирающего.

Сановник августейшей опочивальни лицом и нравом походил на старую, сварливую, злую и хитрую бабу; на совести его было много злодейств: все запутанные нити доносов, предательств, церковных распрей и придворных происков сходились в руках его; -но, может быть, он один во всем дворце любил своего повелителя, как верный раб.

По ночам, когда все засыпали или расходились, утомленные видом слишком долгих страданий, Евсевий не отходил от ложа; поправлял подушку, смачивал засыхавшие губы больного ледяным напитком; порой становился на колени в ногах императора и, должно быть, молился. Когда никто не видел, Евсевий, тихонько отворачивая край пурпурного одеяла, со слезами целовал жалкие, бледные, окоченелые ноги умирающего Кесаря.

Раз показалось ему, что Констанций заметил эту ласку и отвечал на нее взором: что-то братское и нежное пронеслось между этими людьми — злыми,.несчастными и одинокими.

Евсевий закрыл глаза императору и увидал, как на лице его, на котором столько лет было мнимое величие власти, воцарилось истинное величие смерти.

Над Констанцием должны были прозвучать слова, которые, по обычаю. Церковь возглашала перед опусканием в могилу останков римских императоров:

«Восстань, о, царь земли-гряди на зов Царя царей, да судит Он тебя».

XXIII

Недалеко от горных теснин Суккос, на границе между Иллирией и Фракией, в буковом лесу, по узкой дороге, ночью, шли два человека. То были император Юлиан и волшебник Максим.

Полная луна сияла в ясном небе и странным светом озаряла осеннее золото и пурпур листьев. Изредка, с шелестом, падал желтый лист. Веяло особенной сыростью, запахом поздней осени, невыразимо сладостным, свежим и, вместе с тем, унылым, напоминающим с ерть. Мягкие сухие листья шуршали под ногами путников. Кругом в тихом лесу царило пышное похоронное великолепие.

— Учитель, — проговорил Юлиан, — отчего нет у меня божественной легкости жизни — этого веселья, которое делает такими прекрасными мужей Эллады?

— Ты не эллин!

Юлиан вздохнул.

— Увы! Предки наши — дикие варвары, мидийцы.

В жилах моих тяжелая, северная кровь. Я не сын Эллады...

— Друг, Эллады никогда не было, — промолвил Максим, со своей обычной, двусмысленной улыбкой.

— Что это значит?

— Не было той Эллады, которую ты любишь.

— Вера моя тщетна?

— Верить, — отвечал Максим, — можно только в то, чего нет, но что будет. Твоя Эллада будет, будет царство богоподобных людей.

— Учитель, ты обладаешь могучими чарами — освободи мою душу от страха!

— Перед чем?

— Не знаю... Я с детства боюсь, боюсь всего: жизни, смерти,

самого себя, тайны, которая везде, — мрака. У меня была старая няня Лабда, похожая на Парку; она мне рассказывала страшные предания о доме Флавиев: она запугала меня. Глупые бабьи сказки все звучат с тех пор в ушах моих по ночам, когда я один; глупые, страшные сказки погубят меня… Я хочу быть радостным, как древние мужи Эллады, — и не могу! Мне кажется иногда, что я трус. — Учитель! Учитель! спаси меня. Освободи меня от этого вечного мрака и ужаса!

— Пойдем. Я знаю, что тебе нужно, — произнес Максим торжественно. — Я очищу тебя от галилейского тлена, от тени Голгофы лучезарным сиянием Митры; я согрею тебя от воды Крещения горячею кровью Бога-Солнца. О, сын мой, радуйся, — я дам тебе великую свободу и веселье, каких еще ни один человек не имел на земле.

Они вышли из лесу и вступили на узкую каменистую тропинку, высеченную в скале, над пропастью. Внизу шумел поток. Камень иногда срывался из-под ноги и, пробуждая грозное, сонное эхо, падал в бездну. Снега белели на вершине Родопа.

Юлиан и Максим вошли в пещеру. Это был храм Митры, где совершались таинства, воспрещенные римскими законами. Здесь не было роскоши, только в голых каменных стенах изваяны были таинственные знаки Зороастровой мудрости — треугольники, созвездья, крылатые чудовища, переплетающиеся круги. Факелы горели тускло, и жрецы-иерофанты в длинных странных одеждах двигались, как тени.

Юлиана также облекли в олимпийскую столу — одежду с вышитыми индейскими драконами, звездами, солнцами и гиперборейскими грифонами; в правую руку дали ему факел.

Максим предупредил его об установленных обрядных словах, которыми посвящаемый должен отвечать на вопросы иерофанта. Юлиан, приготовляясь к мистерии, выучил ответы наизусть, хотя значение их должно было открыться ему только во время самого таинства, По ступеням, вырытым в земле, спустились в глубокую и узкую, продолговатую яму; в ней было душно и сыро; сверху прикрывалась она крепким деревянным помостом, со многими отверстиями, как в решете.

Раздался стук копыт по дереву: жрецы поставили на помост трех черных, трех белых тельцов и одного огненнорыжего, с позолоченными рогами и копытами. Иерофанты запели гимн.

К нему присоединилось жалобное мычание животных, поражаемых двуострыми секирами. Они падали на колени, издыхали, и помост дрожал под их тяжестью.

Своды пещеры гудели от рева огнецветного быка, которого жрецы называли богом Митрой.

Кровь, просачиваясь в скважины деревянного решета, падала на Юлиана алой теплой росой.

Это было величайшее из языческих таинств — Тавроболия, заклание быков, посвященных Солнцу.

Юлиан сбросил верхнюю одежду и подставил нижнюю белую тунику, голову, руки, лицо, грудь, все члены под струившуюся кровь, под капли живого страшного дождя.

Тогда Максим, верховный жрец, потрясая факелом, произнес:

— Душа твоя омывается искупительной кровью БогаСолнца, чистейшею кровью вечно-радостного сердца БогаСолнца, вечерним и утренним сиянием Бога-Солнца. — Боишься ли ты чего-нибудь, смертный?

— Боюсь жизни, — ответил Юлиан.

— Душа твоя освобождается,— продолжал Максим,от всякой тени, от всякого ужаса, от всякого рабства вином божественных веселий, красным вином буйных веселий Митры-Диониса.-Боишься ли ты чего-нибудь, смертный?

— Боюсь смерти.

— Душа твоя становится частью Бога-Солнца, — воскликнул иерофант. — Митра неизреченный, неуловимый, усыновляет тебя — кровь от крови, плоть от плоти, дух от духа, свет от света. — Боишься ли ты чего-нибудь, смертный?

— Я ничего не боюсь, — отвечал Юлиан, с ног до головы окровавленный. — Я — как Он.

— Прими же радостный венец,-и Максим бросил ему острием меча на голову аканфовый венок.

— Только Солнце-мой венец!

Растоптал его ногами и, в третий раз, подымая руки к небу, воскликнул:

— Отныне и до смерти, только Солнце — мой венец!

Таинство было кончено. Максим обнял посвященного.

На губах старика скользила все та же двусмысленная, неверная улыбка.

Когда они возвращались по лесной дороге, император обратился к волшебнику:

— Максим, мне кажется иногда, что о самом главном ты

молчишь...

И он обернул свое лицо, бледное, с красными пятнами таинственной крови, которую, по обычаю, нельзя было стирать.

— Что ты хочешь знать, Юлиан?

— Что будет со мною?

— Ты победишь.

— А Констанций?

— Констанция нет.

— Что ты говоришь?..

— Подожди. Солнце озарит твою славу.

Юлиан не посмел расспрашивать. Они молча вернулись в лагерь.

В палатке Юлиана ожидал вестник из Малой Азии.

То был трибун Синтула.

Он стал на колени и поцеловал край императорского полудаментума.

— Слава блаженному августу Юлиану!

— Ты от Констанция, Синтула?

— Констанция нет.

— Как?

Юлиан вздрогнул и взглянул на Максима, сохранявшего невозмутимое спокойствие.

— Изволением Божьего Промысла, — продолжал Синтула, — твой враг скончался в городе Мопсукренах, недалеко от Мацеллума.

На следующий день вечером собраны были войска.

Они уже знали о смерти Констанция.

Август Клавдий Флавий Юлиан взошел на обрыв, так что все войска могли его видеть, — без венца, без меча и брони, облеченный только в пурпур с головы до ног; чтобы скрыть следы крови, которую не должно было смывать, пурпур натянут был на голову, падал на лицо.

В этой странной одежде походил он скорее на первосвященника, чем на императора.

За ним, по склону Гама, начинаясь с того обрыва, где он стоял, краснел увядающий лес; над самой головой императора пожелтевший клен в голубых небесах шелестел и блестел, как золотая хоругвь.

До самого края неба распростиралась равнина Фракийская; по ней шла древняя римская дорога, выложенная широкими плитами белого мрамора, — ровная, залитая солнцем, как будто триумфальная, бежала она до самых волн Пропонтиды, до Константинополя, второго Рима.

Юлиан смотрел на войско. Когда легионы двигались, по медным шлемам, броням и орлам, от заходящего солнца, вспыхивали багровые молнии, концы копий над когортами теплились, как свечи.

Рядом с императором стоял Максим. Наклонившись к уху Юлиана, шепнул ему:

— Смотри, какая слава! Твой час пришел. Не медли!

Он указал на христианское знамя, Лабарум, Священную хоругвь, сделанную для римского воинства по образу того огненного знамени, с надписью Сим победиши, которое Константин Равноапостольный видел на небе.

Трубы умолкли. Юлиан произнес громким голосом:

— Дети мои! Труды наши кончены. Благодарите олимпийцев, даровавших нам победу.

Слова эти расслышали только первые ряды войска, где было много христиан; среди них произошло смятение.

— Слышали? Не Господа благодарит, а богов олимпийских, — говорил один солдат.

— Видишь-старик с белой бородой?-указывал другой товарищу.

— Кто это?

— Сам дьявол в образе Максима-волхва: он-то и соблазнил императора.

Но отдельные голоса христианских воинов были только шепотом. Из дальних когорт, стоявших сзади, не расслышавших слов Юлиана, подымался восторженный крик:

— Слава божественному августу, слава, слава!

И все громче и громче, с четырех концов равнины, покрытой легионами, подымался крик:

— Слава! Слава! Слава!

Горы, земля, воздух, лес дрогнули от голоса толпы.

— Смотрите, смотрите, наклоняют Лабарум, — ужасались христиане.

— Что это? Что это?

Древнюю военную хоругвь, одну из тех, которые были освящены Константином Великим, — склонили к ногам императора.

Из лесу вышел солдат-кузнец, с походной жаровней,

закоптелыми щипцами и котелком, в котором носили олово; все это, с неизвестной целью, приготовлено было заранее.

Император, бледный, несмотря на отблеск пурпура и солнца, сорвал с древка Лабарума золотой крест и монограмму Христа из драгоценных каменьев. Войско замерло. Жемчужины, изумруды, рубины рассыпались, и тонкий крест, вдавленный в сырую землю, погнулся под сандалией римского Кесаря.

Максим вынул из великолепного ковчежца обернутое в шелковые голубые пелены маленькое серебряное изваяние бога Солнца, Митры-Гелиоса.

Кузнец подошел, в несколько мгновений искусно выправил щипцами погнувшиеся крючки на древке Лабарума и припаял оловом изваяние Митры.

Прежде чем войска опомнились от ужаса, Священная хоругвь Константина зашелестела и взвилась над головой императора, увенчанная кумиром Аполлона.

Старый воин, набожный христианин, отвернулся и закрыл глаза рукою, чтобы не видеть этой мерзости.

— Кощунство! — пролепетал он, бледнея.

— Горе! — шепнул третий на ухо товарищу. — Император отступил от церкви Христовой.

Юлиан стал на колени перед знаменем и, простирая руки к серебряному изваянию, воскликнул:

— Слава непобедимому Солнцу, владыке богов! Ныне поклоняется август вечному Гелиосу, Богу света. Богу разума. Богу веселия и красоты олимпийской!

Последние лучи солнца отразились на беспощадном лике Дельфийского идола; голова его окружена была серебряными острыми лучами; он улыбался.

Легионы безмолвствовали. Наступила такая тишина, что слышно было, как в лесу, шелестя, один за другим, падают мертвые листья.

И в кровавом отблеске вечера, и в багрянице последнего жреца, и в пурпуре увядшего леса — во всем была зловещая, похоронная пышность, великолепие смерти.

Кто-то из солдат, в передних рядах, произнес так явственно, что Юлиан услышал и вздрогнул:

— Антихрист!

ЧАСТЬ ВТОРАЯ

I

Рядом с конюшнями, в ипподроме Константинополя находилось помещение, вроде уборной, для конюхов, наездниц, мимов и кучеров. Здесь, даже днем, коптели подвешенные к сводам лампады. Удушливый воздух, пропитанный запахом навоза, веял теплотой конюшен.

Когда завеса на дверях откидывалась, врывался ослепительный свет утра. В солнечной дали виднелись пустые скамьи для зрителей, величественная лестница, соединявшая императорскую ложу с внутренними покоями Константинова дворца, каменные стрелы египетских обелисков и, посреди желтого, гладкого песка, исполинский жертвенник из трех перевившихся медных змей: плоские головы их поддерживали дельфийский треножник великолепной работы.

Иногда с арены доносилось хлопанье бича, крики наездников, фырканье разгоряченных коней и шуршание колес по мягкому песку, подобное шуршанию крыльев.

Это была не скачка, а только подготовительное упражнение к настоящим играм, назначенным на ипподроме через несколько дней.

В одном углу конюшни голый атлет, натертый маслом, покрытый гимнастической пылью, с кожаным поясом по бедрам, подымал и опускал железные гири; закидывая курчавую голову, он так выгибал спину, что кости в суставах трещали, лицо синело, и бычачьи жилы напрягались на толстой шее.

Сопутствуемая рабынями, подошла к нему молодая женщина в нарядной утренней столе, натянутой на голову, опущенной складками на тонкое родовитое и уже отцветавшее лицо. Это была усердная христианка,-любимая всеми клириками и монахами за щедрые вклады в монастыри, за обильные милостыни, — приезжая из Александрии вдова римского сенатора. Сперва скрывала она свои похождения, но скоро увидела, что соединять любовь к церкви с любовью к цирку считается новым светским изяществом. Все знали, что Стратоника ненавидит константинопольских щеголей, завитых и нарумяненных, изнеженных, прихотливых, как она сама. Такова была ее природа: она соединяла драгоценнейшие аравийские духи с раздражающей теплотой конюшни и цирка; после горячих слез раскаяния, после потрясающей исповеди искусных духовников, этой маленькой женщине, хрупкой, как вещица, выточенная из слоновой кости, нужны были грубые ласки прославленного конюха.

Стратоника смотрела на упражнения атлета с видом тонкой ценительницы. Сохраняя тупоумную важность на бычачьем лице, гимнаст не обращал на нее внимания. Она что-то шептала рабыне на ухо и с простодушным удивлением, заглядевшись на могучую голую спину атлета, любовалась тем, как страшные геркулесовские мускулы двигаются под жесткой красно-коричневой кожей на огромных плечах, когда, разгибаясь и медленно вбирая воздух в легкие, как в кузнечные мехи, подымал он железные гири над звероподобной, бессмысленно красивой головой.

Занавеска откинулась, толпа зрителей отхлынула, и две молодые каппадокийские кобылы, белая и черная, впорхнули в конюшню, вместе с молодой наездницей, которая ловко, с особенным гортанным криком, перепрыгивала с одной лошади на другую. В последний раз перевернулась она в воздухе и соскочила на землю-такая же крепкая, гладкая, веселая, как ее кобылицы; на голом теле виднелись маленькие капли пота. К ней подскочил с любезностью молодой щегольски одетый иподиакон из базилики св. Апостолов, Зефирин, большой любитель цирка, знаток лошадей и завсегдатай скачек, ставивший огромные заклады за партию «голубых» против «зеленых». У него были сафьянные скрипучие полусапожки на красных каблуках.

С подведенными глазами, набеленный и тщательно завитой, Зефирин более походил на молодую девушку, чем на церковнослужителя. За ним стоял раб, нагруженный всевозможными свертками, узелками, ящиками тканей — покупками из модных лавок.

— Крокала, вот те самые духи, которые ты третьего дня просила.

С вежливым поклоном подал иподиакон наезднице изящную баночку, запечатанную голубым воском.

— Целое утро бегал по лавкам. Едва нашел. Чистейший нард! Вчера привезли из Апамеи.

— А это что за покупки?-полюбопытствовала Крокала.

— Шелк с модным рисунком — разные дамские безделушки.

— Все для твоей?..

— Да, да, все для моей благочестивой сестры, для набожной матроны Блезиллы. Надо же помогать ближним.

Она полагается на мой вкус при выборе тканей. С рассвета бегаю по ее поручениям. Совсем с ног сбился. Но не ропщу, — нет, нет, не ропщу. Блезилла такая, право, добрая, такая, можно сказать, святая женщина!..

— Да, но, к сожалению, старая, — засмеялась Крокала.-Эй, мальчик, вытри поскорее пот с вороной кобылы свежими фиговыми листьями.

— И у старости есть свои преимущества, — возразил иподиакон, самодовольно потирая белые холеные руки с драгоценными перстнями; 'потом спросил ее шепотом, на ухо:

— Сегодня вечером?..

— Не знаю, право. Может быть... А ты мне хочешь что-нибудь принести?

— Не бойся, Крокала: не приду с пустыми руками.

Есть кусочек тирского лилового пурпура. Что за узор, если бы ты знала!

Он зажмурился, поднес к губам два пальца, поцеловал их и причмокнул:

— Ну, просто загляденье!

— Где взял?

— Конечно, в лавке Сирмика у Констанциевых Бань — за кого ты меня принимаешь? -Можно бы сделать из этого длинный тарантинидион. Ты только представь себе, что вышито на подоле! Ну, как ты думаешь, что?

— Почем я знаю. Цветы, звери?..

— Не цветы и не звери, а золотом с разноцветными шелками — вся история циника Диогена, нищего мудреца, жившего в бочке.

— Ах, должно быть, красиво!-воскликнула наездница. — Приходи, приходи непременно. Буду ждать.

Зефирин взглянул на водяные часы — клепсидру, стоявшую в углублении стены, и заторопился.

— Опоздал! Еще забежать к ростовщику по делу матроны, к ювелиру, к патриарху, в церковь, на службу.Прощай, Крокала!

— Смотри же, не обмани, — закричала она ему вслед и погрозила пальцем:— шалун!

Иподиакон, со своим рабом, нагруженным покупками, исчез, поскрипывая сафьянными полусапожками.

Вбежала толпа конюхов, наездников, танцовщиц, гимнастов, кулачных бойцов, укротителей хищных зверей.

С железной сеткой на лице, гладиатор Мирмиллон накаливал на жаровне толстый железный прут для укрощения только что полученного африканского льва; из-за стены слышалось рыканье зверя.

— Доведешь ты меня до гроба, внучка, и себя до вечной погибели. — О-хо-хо, поясница болит! Мочи нет!

— Это ты, дедушка Гнифон? Чего ты все хнычешь? — промолвила Крокала с досадою.

Гнифон был старичок, с хитрыми слезящимися глазками, сверкавшими из-под седых бровей, которые шевелились, как две белые мыши, — с носом темно-сизым, как спелая слива; на ногах у него пестрели заплатанные лидийские штаны; на голове болталась фригийская войлочная шапка, в виде колпака, с перегнутой наперед остроконечной верхушкой и двумя лопастями для ушей.

— За деньгами приплелся? — сердилась Крокала.Опять пьян!

— Грех тебе так говорить, внучка. Ты за мою душу ответ Богу дашь. Подумай только, до чего ты меня довела! Живу я теперь в предместье Смоковниц, нанимаю подвальчик у делателя идолов. Каждый день вижу, как из мрамора высекает он, прости Господи, образины окаянные. Думаешь, легко это для доброго христианина? А?

Утром глаз не продерешь,-уж слышишь: тук, тук, тук,колотит хозяин молотком по камню — и выходят, одни за другими, гнусные белые черти, проклятые боги — точно смеются надо мной, корчат бесстыдные хари! Как же тут не согрешить, с горя в кабак не зайти да не выпить?

О-хо-хо! Господи, помилуй нас грешных! Валяюсь я в скверне языческой, как свинья во гноище. И ведь знаю, все с нас взыщется, все до последнего кадранта. А кто, спрашивается, виноват? Ты! У тебя, внучка, куры денег не клюют, а ты для бедного старика...

— Врешь, Гнифон, — возразила девушка, — вовсе ты не беден, скряга! У тебя под кроватью кубышка...

Гнифон в ужасе замахал руками:

— Молчи, молчи!

— Знаешь ли, куда я иду?-прибавил он, чтобы переменить разговор.

— Должно быть, опять в кабак...

— А вот и не в кабак, кое-куда похуже, — в капище самого Диониса! Храм, со времени блаженного Константина, завален мусором. А завтра, по августейшему повелению кесаря Юлиана, открывается вновь. Я и нанялся чистить. Знаю, что душу погублю и ввержен буду в геену.

А все-таки соблазнился. Потому наг семь и нищ, и гладей.

Поддержки от собственной внучки не имею. Вот до чего дожил!

— Отстань, Гнифон, надоел, вот на-и убирайся.

Не смей больше приходить ко мне пьяным!

Она бросила ему несколько мелких монет, потом вскочила на рыжего полудикого иллирийского жеребца и, стоя на спине его, хлопая длинным бичом, снова полетела на ипподром.

Гнифон, указывая на нее и прищелкивая языком от удовольствия, воскликнул гордо:

— Сам своими руками вспоил и вскормил!

Крепкое голое тело наездницы сверкало на утреннем солнце, и развевающиеся длинные волосы были такого же цвета, как шерсть жеребца.

— Эй, Зотик, — крикнул Гнифон старому рабу, подбиравшему навоз в плетеную корзину, — пойдем-ка со мной чистить храм Диониса. Ты в этом деле мастер. Три обола дам.

— Пожалуй, пойдем, — отвечал Зотик, — только вот сейчас я лампадку богине заправлю.

Это была Гиппона, богиня конюхов, конюшен и навоза.

Грубо высеченная из дерева, закоптелая, безобразная, похожая на обрубок, стояла она в сыром темном углублении стены. Раб Зотик, выросший среди лошадей, чтил ее свято, молился ей со слезами, украшал ее грубые черные ноги свежими фиалками, верил, что она исцеляет все его недуги, сохранит его в жизни и смерти.

Гнифон и Зотик вышли на площадь — Форум Константина, круглый, с двойными рядами столбов и триумфальными воротами. Посреди площади, на мраморном подножии, возвышался исполинский порфировый столб; на вершине его, на высоте более чем сто двадцать локтей, сверкало бронзовое изваяние Аполлона, произведение Фидия, похищенное из одного города Фригии. Голова древнего бога Солнца была отбитая, с варварским безвкусием, к туловищу эллинского идола приставили голову христианского императора Константина Равноапостольного; чело его окружал венец из золотых лучей; в правой руке Аполлон-Константин держал скипетр, в левой — державу.

У подножия колосса виднелась маленькая христианская часовня, вроде Палладиума. Еще недавно, при Констанции, совершалось в ней богослужение. Христиане оправдывались тем, что в бронзовом туловище Аполлона, в самой груди солнечного бога, заключен талисман, кусок Честнейшего Креста Господня, привезенного св. Еленой из Иерусалима. Император Юлиан закрыл эту часовню.

Зотик и Гнифон вступили в узкую длинную улицу, которая вела прямо к Халкедонским Лестницам, недалеко от гавани. Многие здания еще строились, другие перестраивались, потому что были воздвигнуты, из угоды Константину, строителю города, с такой поспешностью, что обвалились. Внизу сновали прохожие, толпились у лавок покупатели, рабы, носильщики; гремели колесницы.

А вверху, на деревянных плотничьих лесах, стучали молотки, скрипели блоки, визжали острые пилы по твердому белому камню; рабочие на веревках подымали огромные бревна или четырехугольяые глыбы проконезского, блистающего в лазури, мрамора; пахло сыростью новых домов, невысохшей известкой; на головы сыпалась мелкая белая пыль; и кое-где, среди ослепительно ярких, залитых солнцем, только что выбеленных сТен, искрились вдали, в глубине переулков, воздушно-голубые смеющиеся волны Пропонтиды, с парусами, подобными крыльям чаек.

Гнифон услышал мимоходом отрывок из разговора двух рабочих, с ног до головы запачканных алебастровой замазкой, которую месили они в большом чане.

— Зачем ты принял веру галилеян? -спрашивал один.

— Сам посуди, — ответил товарищ, — у христиан не вдвое, а впятеро больше праздников. Никто себе не враг.

И тебе советую. С христианами— куда вольнее!

На перекрестке толпа народа прижала Гнифона и Зотика к стене. Посредине улицы столпились колесницы, и не было ни проезда, ни прохода; слышались брань, крики, хлопание бичей, понукание погонщиков. Двадцать пар сильных волов, сгибая головы под ярмом, тащили на огромной повозке с тяжелыми каменными колесами, похожими на жернова, яшмовую колонну. От грохота земля гудела.

— Куда везете? — спросил Гнифон.

— Из базилики св. Павла во храм богини Геры. Христиане похитили эту колонну; теперь возвращают ее на старое место.

Гнифон оглянулся на грязную стену, у которой стоял; уличные мальчишки из язычников нарисовали на ней углем кощунственную карикатуру на христиан: человека с ослиной головой, распятого на кресте.

Гнифон с негодованием плюнул.

Близ одного многолюдного рынка заметили они на стене изображение Юлиана, со всеми знаками кесарской власти; из облаков спускался к нему крылатый бог Гермес с кадуцеем; картина была новая — краски еще не высохли.

По римскому закону, каждый, кто проходил мимо священного изображения Августа, должен был почтить его склонением головы.

Рыночный надзиратель, агораном, задержал старушку с корзиной свеклы и капусты.

— Я богам не кланяюсь, — плакала старушка. — Еще отец и мать мои были христианами...

— Ты должна была поклониться не богу, а кесарю,возражал надзиратель.

— Да ведь кесарь вместе с богом. Как же я ему поклонюсь отдельно?

— А мне какое дело! Сказано — кланяйся. И богу поклонишься, — голова не отвалится.

Гнифон потащил Зотика скорее прочь.

— Бесовская хитрость!-ворчал старик.-Либо окаянному Гермесу поклоняйся, либо повинным будь в оскорблении величества. Ни туда, ни сюда. О-хо-хо, антихристовы времена! Воздвигает дьявол бурю гонения лютого. Того и гляди, согрешишь... Смотрю я на тебя, Зотик, — и зависть берет: живешь ты со своей навозной богиней Гиппоной, и горя тебе мало.

Они подошли к Дионисову храму. Рядом с капищем находилась обитель христианских монахов, у которой окна и ворота заперты были наглухо замками и железными засовами, как будто перед нашествием врагов; язычники обвиняли монахов в разграблении и осквернении храма.

Гнифон и Зотик, когда вступили в него, — увидели слесарей, плотников, каменщиков, занятых очисткой и поправкой поврежденных частей здания.

Ломали полусгнившие доски, которыми заколочено было четырехугольное отверстие в крыше. Солнечный луч упал в темный воздух.

— Паутины, смотрите, паутины-то сколько!

Между коринфскими венцами мраморных столбов висели целые сети прозрачной пыльно-серой ткани. Насадили метлы на длинные шесты и начали сметать паутину.

Потревоженная летучая мышь выпорхнула из щели и заметалась, не зная, куда спрятаться от света, тыкаясь во все углы, шурша голыми крыльями.

Зотик разгребал на полу кучи мусора и выносил его в плетеной корзине.

— Вишь ты, проклятые, какой пакости навалили! — ворчал старик себе под нос, браня христиан, осквернителей храма.

Принесли связку тяжелых заржавленных ключей и отперли сокровищницу. Все ценное разграбили монахи; дорогие камни с жертвенных чаш были вынуты; золотые и пурпурные нашивки сорваны с оДЬжд. Когда развернули одну великолепную жреческую ризу, туча золотисто-соломенной моли вылетела из складок. На дне железной курильницы увидел Гнифон горсть пепла — остаток мирры, сожженной, до победы Галилеянина, последним жрецом, во время последнего жертвоприношения. От всей этой священной рухляди — бедных тряпок и сломанных сосудов — веяло запахом смерти, вековою плесенью и еще каким-то нежным, грустным благоуханием — фимиамом обесчещенных богов. Сладкое уныние проникло в сердце Гнифона: он что-то вспомнил и улыбнулся; может быть, вспомнил детство, вкусные ячменные лепешки с медом и тмином, белые полевые маргаритки и желтые одуванчики, которые приносил со своей матерью на скромный алтарь деревенской богини; вспомнил лепетание детских молитв не далекому небесному Богу, а маленьким, земным, лоснящимся от прикосновения рук человеческих, выточенным из простого букового дерева, домашним, родимым Пенатам.

И жаль ему стало умерших богов: он тяжело вздохнул.

Но тотчас опомнился и прошептал крестясь: «наваждение бесовское!» Рабочие принесли тяжелую мраморную плиту, древний барельеф, похищенный много лет назад и найденный в соседней лачуге еврейского сапожника. Барельеф, вставленный среди кирпичей, послужил сапожнику для поправки полуразвалившейся кухонной печи. Старая Филумена, жена соседнего суконщика, набожная христианка, ненавидела жену сапожника: проклятая жидовка то и дело пускала осла своего в капустный огород суконщицы. Много лет продолжалась война между соседками. Наконец, христианка победила: по ее указанию, рабочие ворвались в дом сапожника и, чтобы вынуть барельеф из кухонного очага, должны были сломать печь. Это был жестокий удар для сапожницы. Бедная стряпуха, потрясая ухватом, призывала мщение Иеговы на нечестивых, рвала себе жидкие седые волосы и жалобно выла над опрокинутыми кастрюлями и разрушенным очагом. Жиденята пищали, как птенцы в разоренном гнезде. Но барельеф перенесли все-таки на прежнее место.

Филумена мыла его; он весь почернел от зловонной копоти; жирные струи еврейских похлебок оскверняли белый пентеликонский мрамор. Суконщица усердно терла мокрой тряпкой нежный камень-и мало-помалу, из-под смрадной кухонной сажи, выступали строгие божественные лики древнего изваяния: Дионис, юный, нагой, девственный, полулежа, опустил руку с чашей, как будто утомленный пиршеством; пантера лизала остатки вина; и бог, дарующий всему живому веселье, с благосклонной и мудрой улыбкой, взирал, как силу дикого зверя укрощает святая сила вина.

Каменщики подымали на веревках плиту, чтобы укрепить ее на прежнем месте.

Перед самым кумиром Диониса, на складной деревянной лестнице, стоял золотых дел мастер и в темные глазные впадины на лице бога вставлял два прозрачно-голубых сапфира: то были глаза Диониса.

— Что это? — спросил Гнифон с робким любопытством.

— Разве не видишь? Глаза.

— Так, так… А откуда же эти камешки?

— Из монастыря.

— Да как же монахи позволили?

— Еще бы не позволить! Сам блаженный Август Юлиан повелел. Светлые очи бога служили украшением одежде Распятого. То-то и есть: толкуют о милосердии, о справедливости, а сами же — первые разбойники.Смотри-ка, камешки точь-в-точь пришлись на старое место!

Прозревший бог взглянул на Гнифона блестящими сапфирными очами. Старик отошел и перекрестился, охваченный ужасом. Раскаяние мучило его. Сметая пыль, по старой привычке, разговаривал он сам с собой:

— Гнифон, Гнифон, жалкий ты человечишка, пес непотребный! Ну что ты с собою сделал на старости лет?

За что себя погубил? Попутал Лукавый, соблазнил окаянною модою. И пойдешь ты в огонь вечный, и нет тебе больше спасения. Осквернил ты свое тело и душу, Гнифон, идольскою мерзостью. Лучше бы тебе и света Божьего не видеть!..

— Чего ты ворчишь, дедушка? — спросила его суконщица Филумена.

— Скорбит мое сердце, ох, скорбит!

— Христианин, что ли?

— Какой христианин, хуже всякого жида, — не христианин я, а христопродавец!

Но он все-таки продолжал с усердием сметать пыль.

— А хочешь, я с тебя грех сниму, и не будет на тебе никакой скверны? Я ведь и сама христианка,-а вот не боюсь. Разве пошла бы на такое дело, если бы не знала, как очиститься?

Гнифон посмотрел на нее с недоверием.

Суконщица оглянулась и, убедившись, что их никто не услышит, прошептала с таинственным видом:

— Есть такое средство! Да. Надо тебе сказать, что некий старец святой подарил мне кусочек египетского древа, именуемого персис; растет сие древо в Гермополисе Фиваидском. Когда младенец Иисус с Пресвятою Девою на ослице въезжали в городские ворота, древо персис склонилось перед ними до земли, и с тех пор стало оно чудотворным — исцеляет болящих. От оного древа есть у меня малая щепочка, и от щепочки той отделю я тебе порошинку. Такая в нем благодать, такая благодать, что как положишь на ночь самый маленький кусочек в большой чан воды, — к утру вся вода освятится, и будет в ней сила чудодейственная. Той водицею вымоешься с ног до головы, и мерзости идольской на тебе как не бывало; во всех суставах почувствуешь легкость и чистоту. — И в Писании сказано: очистишься банею водною и убедишься паче снега.

— Благодетельница!-возопил Гнифон.-Спаси меня,

окаянного, дай ты мне этого древа!

— Только оно дорогое. Ну, да уж куда ни шло, уступлю тебе за драхму.

— Что ты, мать моя, помилосердствуй! У меня отроду не водилось драхмы. Хочешь за пять оболов?

— Эх ты, скряга!-с негодованием плюнула суконщица. — Драхмы пожалел. Неужели душа твоя драхмы не стоит?

— Да полно, очищусь ли? — усумнился Гнифон.Может быть, скверна так прилипла, что уже не отстанет?

— Очистишься!-возразила старуха с несокрушимой уверенностью. — Теперь ты как смрадный пес. А брызнешь на себя святою водицею, — струпья с души твоей спадут, и просияет она чистотою голубиною.

II

Юлиан устроил в Константинополе вакхическое шествие. Он сидел на колеснице, запряженной белыми конями; в одной руке его был золотой тирс, увенчанный кедровою шишкой, символом плодородия, в другой — чаша, обвитая плющом; солнечные лучи, падая на хрустальное дно, отражались ослепительно, и казалось, что чаша до краев полна, как вином, солнечным светом. Рядом с колесницей шли ручные пантеры, присланные ему с острова Серендиба. Вакханки пели, ударяя в тимпаны, потрясая зажженными факелами; сквозь облако дыма видно было, как юноши с приставленными ко лбу козлиными рогами фавнов наливали в чаши вино из кувшинов; они толкали друг друга, смеясь; и часто алая струя, падая мимо кубка на голое круглое плечо вакханки, разлеталась брызгами. На осле ехал толстобрюхий старик, придворный казначей, большой плут и взяточник, изображавший Силена.

Вакханки пели, указывая на молодого императора:

Вакх, ты сидишь окруженный
Облаком вечно блестящим.

Тысячи голосов подхватывали песнь хора из «Антигоны»:

К нам, о, чадо Зевеса! к нам, о, бог-предводитель Пламенеющих хоров Полуночных светил] С шумом, песнями, криком И с безумной толпою Дев, объятых восторгом, Вакха славящих пляской,К нам, о радостный бог.

Вдруг Юлиан услышал смех, женский визг и дребезжащий старческий голос.

— Ах ты, цыпочка моя!..

Это жрец, шаловливый старичок, ущипнул хорошенькую вакханку за голый белый локоть. Юлиан нахмурился и подозвал к себе старого шута. Тот подбежал к нему, подплясывая и прихрамывая.

— Друг мой, — шепнул Юлиан ему на ухо, — сохраняй пристойную важность, как возрасту и сану твоему приличествует.

Но жрец посмотрел на него с таким удивленным выражением, что Юлиан невольно умолк.

— Я человек простой, неученый, — осмелюсь доложить твоему величеству, философию мало разумею. Но богов чту. Спроси, кого угодно. Во дни лютых гонений христианских остался я верен богам. Ну, уж зато, хэ, хэ, хэ! как увижу хорошенькую девочку,-не могу, вся кровь взыграет! -Я ведь старый козел...

Видя недовольное лицо императора, он вдруг остановился, принял важный вид и сделался еще глупее.

— Кто эта девушка?-спросил Юлиан.

— Та, что несет корзину со священными сосудами на голове?

— Да.

— Гетера из Халкедонского предместья.

— Как? Ужели допустил ты, чtобы блудница касалась нечистыми руками священнейших сосудов бога?

— Но ведь ты же сам, благочестивый Август, повелел устроить шествие. Кого было взять? Все знатные женщины — галилеянки. И ни одна из них не согласилась бы идти полуголой на такое игрище.

— Так, значит, — все они?..

— Нет, нет, как можно! Здесь есть и плясуньи, и комедиантки, и наездницы из ипподрома. Посмотри, какие веселые, — и не стыдятся! Народ это любит. Уж ты мне поверь, старику! Им только этого и нужно... А вот и знатная.

Это была христианка, старая дева, искавшая женихов.

На голове ее возвышался парик, в виде шлема галерион, из знаменитых в то время германских волос, пересыпанных золотою пудрою; вся, как идол, увешанная драгоценными каменьями, натягивала она тигровую шкуру на свою иссохшую старушечью грудь, бесстыдно набеленную, и улыбалась жеманно.

Юлиан с отвращением всматривался в лица.

Канатные плясуны, пьяные легионеры, продажные женщины, конюхи из цирка, акробаты, кулачные бойцы, мимы — бесновались вокруг него.

Шествие вступило в переулок. Одна из вакханок забежала по дороге в грязную харчевню; оттуда пахнуло тяжелым запахом рыбы, жареной на прогорклом масле. Вакханка вынесла из харчевни на три обола жирных лепешек и начала их есть с жадностью, облизываясь; потом, окончив, вытерла руки о пурпурный шелк одежды, выданной для празднества из придворной сокровищницы.

Хор Софокла надоел. Хриплые голоса затянули площадную песню.

Юлиану все это казалось гадким и глупым сном.

Пьяный кельт споткнулся и упал; товарищи стали его подымать. В толпе изловили двух карманных воришек, которые отлично разыгрывали роль фавнов; воришки защищались; началась драка. Лучше всех вели себя пантеры, и они были красивее всех.

Наконец шествие приблизилось к храму. Юлиан сошел с колесницы.

«Неужели, — подумал он, — предстану я перед жертвенник бога со всей этой сволочью?» Холод отвращения пробегал по его телу. Он смотрел на зверские лица, одичалые, истощенные развратом, казавшиеся мертвыми сквозь белила и румяна, на жалкую наготу человеческих тел, обезображенных малокровием, золотухой, постами, ужасом христианского ада; воздух лупанаров и кабаков окружал его; в лицо ему веяло, сквозь аромат курений, дыхание черни, пропитанное запахом вяленой рыбы и кислого вина. Просители со всех сторон протягивали к нему папирусные свитки.

— Обещали место конюха, — я отрекся от Христа и не получил!

— Не покидай нас, блаженный кесарь, защити, помилуй! Мы отступили от веры отцов, чтобы тебе угодить.

Если покинешь, куда пойдем?

— Попали к черту в лапы!-завопил кто-то в отчаянии.

— Молчи, дурак, чего глотку дерешь!

А хор снова запел:

С шумом, песнями, криком,
И с безумной толпою
Дев, объятых восторгом,
Вакха славящих пляской,
К нам, о радостный бог!

Юлиан вошел в храм и взглянул на мраморное изваяние Диониса: глаза его отдохнули от человеческого уродства на чистом облике божественного тела.

Он уже не замечал толпы; ему казалось, что он один, как человек, попавший в стадо зверей.

Император приступил к жертвоприношению. Народ смотрел с удивлением, как римский кесарь. Великий Первосвященник, Pontifex Maximus, из усердия делал то, что должны делать слуги и рабы: колол дрова, носил вязанки хвороста на плечах, черпал воду в роднике, чистил жертвенник, выгребал золу, раздувал огонь.

Канатный плясун заметил шепотом на ухо соседу:

— Смотри, как суетится. Любит своих богов!

— Еще бы, — заметил кулачный боец, переодетый в сатира, поправляя козлиные рога на лбу, — иной отца с матерью так не любит, как он — богов.

— Видите, раздувает огонь, щеки надул, — тихонько смеялся другой. — Дуй, дуй, голубчик, ничего не выйдет.

Поздно: твой дядюшка Константин потушил!

Пламя вспыхнуло и озарило лицо императора. Обмакнув священное кропило из конских волос в серебряную плоскую чашу, брызнул он в толпу жертвенной водою.

Многие поморщились, иные вздрогнули, почувствовав на лице холодные капли.

Когда все обряды были кончены, он вспомнил, что приготовил для народа философскую проповедь.

— Люди!-начал он.-Бог Дионис-великое начало свободы в наших сердцах. Дионис расторгает все цепи земные, смеется над сильными, освобождает рабов.

Но он увидел на лицах такое недоумение, такую скуку, что слова замерли на губах его; в сердце подымалась смертельная тошнота и отвращение.

Он подал знак, чтобы копьеносцы окружили его. Толпа расходилась, недовольная.

— Пойду прямо в церковь и покаюсь! Может быть, простят, — говорил один из фавнов, срывая со злостью приклеенную бороду и рога.

— Не за что было и душу губить!-заметила блудница с негодованием.

— Кому-то душа твоя нужна, — трех оболов за нее не Дадут.

— Обманули!-завопил какой-то пьяница.-Только по губам помазали. У, черти окаянные!

В сокровищнице храма император умыл лицо, руки, сбросил великолепный наряд Диониса и оделся в простую свежую белую, как снег, тунику пифагорейцев.

Солнце заходило. Он ожидал, когда стемнеет, чтобы незамеченным вернуться во дворец.

Из задних дверей храма Юлиан вошел в заповедную рощу Диониса. Здесь царствовала тишина; жужжали только пчелы, звенела тонкая струйка ключа.

Послышались шаги. Юлиан обернулся. То был Друг его, один из любимых учеников Максима, молодой александрийский врач Орибазий. Они пошли вместе по заросшей тропинке. Солнце пронизывало широкие золотистые листья винограда.

— Посмотри, — сказал Юлиан с улыбкой, — здесь еще жив великий Пан.

Потом он прибавил тише, опуская голову:

— Орибазий, ты видел?..

— Да, — ответил врач, — но, может быть, ты сам виноват, Юлиан? Чего ты хотел?

Император молчал.

Они подошли к обвитой плющом развалине: это был маленький, разрушенный христианами, храм Силена. Обломки валялись в густой траве. Уцелела лишь одна неопрокинутая колонна, с нежной капителью, похожей на белую лилию. Отблеск заходящего солнца потухал на ней.

Они сели на плиты. Благоухали мята, полынь и тмин.

Юлиан раздвинул травы и указал на древний сломанный барельеф:

— Орибазий, вот чего я хотел!..

На барельефе была изображена древняя эллинская феория — священное праздничное шествие афинян.

— Вот чего я хотел-этой красоты! Почему, день ото дня, люди становятся все безобразнее? Где они, где эти богоподобные старцы, суровые мужи, гордые отроки, чистые жены в белых развевающихся одеяниях? Где эта сила и радость? Галилеяне! Галилеяне! Что вы сделали?..

Глазами, полными бесконечной грусти и любви, он смотрел на барельеф, раздвинув густые травы.

— Юлиан, — спросил Орибазий тихо, — ты веришь Максиму?

— Верю.

— Во всем?

— Что ты хочешь сказать?

Юлиан поднял на него удивленные глаза.

— Я всегда думал, Юлиан, что ты страдаешь той же самой болезнью, как и враги твои, христиане.

— Какою?

— Верою в чудеса.

Юлиан покачал головой:

— Если нет ни чудес, ни богов, вся моя жизнь безумие. — Но не будем говорить об этом. А за мою любовь к обрядам и гаданиям древности не суди меня слишком строго. Как тебе это объяснить, не знаю. Старые, глупые песни трогают меня до слез. Я люблю вечер больше утра, осень — больше весны. Я люблю все уходящее. Я люблю благоухание умирающих цветов. Что же делать, друг мой?

Таким меня создали боги. Мне нужна эта сладкая грусть, этот золотистый и волшебный сумрак. Там, в далекой древности, есть что-то несказанно прекрасное и милое, чего я больше нигде не нахожу. Там-сияние вечернего солнца на пожелтевшем от старости мраморе. Не отнимай у меня этой безумной любви к тому, чего нет! То, что было, прекраснее всего, что есть. Над моею душою воспоминание имеет большую власть, чем надежда.

Он умолк и задумчиво, с нежной улыбкой, смотрел вдаль, опираясь головой на уцелевшую колонну с нежной капителью, похожей на сломанную белую лилию; на ней уже потух последний луч.

— Ты говоришь, как художник, — ответил Орибазий.Но грезы поэта опасны, когда судьбы мира в руках его.

Тот, кто царствует над людьми, не должен ли быть больше, чем поэт?

— Что может быть больше?

— Создатель новой жизни.

— Новое, новое! — воскликнул Юлиан. — Право, я иногда

боюсь вашего нового! Оно кажется мне холодным' и жестоким, как смерть. Я говорю тебе, в старом — мое сердце! Галилеяне тоже ищут нового, попирая древние святыни. Верь мне — новое только в старом, но не стареющем, в умершем, но бессмертном, в поруганном — в прекрасном!

Он поднялся во весь рост, с бледным и гордым лицом, с горящими глазами:

— Они думают-Эллада умерла! Вот, со всех концов света, черные монахи, как вороны, слетаются на белое мраморное тело Эллады и жадно клюют его, как падаль, и веселятся, и каркают:-"Эллада умерла!"-Но Эллада не может умереть. Эллада — здесь, в наших сердцах. Эллада — богоподобная красота человека на земле. Она проснется-и горе тогда галилейским воронам!

— Юлиан, — проговорил Орибазий, — мне страшно за тебя: ты хочешь совершить невозможное. Живого тела вороны не клюют, а мертвые не воскресают. Кесарь, что, если чудо не совершится?

— Я ничего не боюсь: гибель моя будет торжеством моим, — воскликнул император с такою радостью, что Орибазий невольно содрогнулся, как будто чудо готово быЛо совершиться. — Слава отверженным, слава побежденным!

— Но перед тем, чтобы погибнуть, — прибавил он с высокомерной улыбкой,-мы еще поборемся! Я хотел бы, чтобы враги мои были достойны моей ненависти, а не презрения. Воистину люблю я врагов моих за то, что могу побеждать их. В сердце моем Дионисова радость. Ныне восстает древний титан и разрывает цепи, и еще раз Прометеев огонь зажигается на земле. Титан — против Галилеянина. Вот я иду, чтобы дать людям такую свободу, такое веселие, о каких они и мечтать не дерзали. Галилеянин, царство твое исчезает, как тень. Радуйтесь, племена и народы земные. Я-вестник жизни, я-освободитель, я — Антихрист!

III

В соседнем монастыре, с наглухо запертыми ставнями и воротами, раздавались моления иноков; издали доносился гул вакхического веселья: чтобы заглушить его, монахи соединяли голоса в жалобный вопль.

«Векую, Боже, отринул еси до конца, разгневася ярость Твоя

на овцы пажити Твоея».

«Положил еси нас в пререкание и поношение соседом нашим, в притчу во языцех, в поругание всем человеком».

Новый, неожиданный смысл принимали древние слова пророка Даниила: «Предал еси нас Господь царю отступнику, лукавейшему паче всея земли».

Поздно ночью, когда на улице все утихло, иноки разошлись по кельям.

Брат Парфений не мог уснуть. У него было бледное, ласковое лицо; когда он говорил с людьми, — в больших чистых, как у молодой девушки, глазах его выражалось печальное недоумение; он, впрочем, говорил мало, невнятно, как будто с тяжелым усилием, и притом почти всегда такое детское, неожиданное, что его не могли слушать без улыбки; порой беспричинно смеялся, и когда суровые монахи спрашивали: — «чего зубы скалишь, дьявола тешишь?»-объяснял им робко, что смеется «собственным мыслям»;-это еще более убеждало всех, что он юродивый.

Но брат Парфений обладал великим искусством — расписывал заглавные буквы книг хитрыми узорами. Искусство его доставляло не только деньги, но почет и славу монастырю, даже в отдаленных землях. Сам он этого не знал, и если бы даже мог понять, что значит людская слава, то скорее испугался бы, чем обрадовался.

Живопись, которая иногда стоила ему тяжелого труда, так как мельчайшие подробности доводил он до последних пределов совершенства,-считал не работой, а отдыхом;

Не говорил: — «я пойду работать», — а всегда просил настоятеля Памфила, старика, нежно его любившего: «отче, благослови отдохнуть».

Окончив какую-нибудь подробность, тончайший завиток рисунка, хлопал в ладоши и хвалил себя. Так любил уединение и тишину ночи, что научился работать даже при огне; краски выходили странные, но это не вредило сказочным узорам, В маленькой келейке с нависшими сводами Парфений зажег глиняную лампадку и поставил ее на полку, рядом с баночками, тонкими кистями, ящиками для красок, для киновари, для жидкого серебра и золота. Перекрестился, осторожно обмакнул кисть и начал выводить хвосты двух павлинов на челе заглавного листа; золотые павлины на изумрудном поле пили из бирюзового ключа; они подняли клювы и вытянули шеи, как делают птицы, когда пьют.

Кругом лежали другие пергаментные свитки с недоконченными узорами.

Это был целый мир сверхъестественный: вокруг исписанных страниц обвивались воздушные, волшебные строения, деревья, лозы, животные. Парфений ни о чем не думал, когда создавал их, но ясность и веселие сходили на бледное лицо его. Эллада, Ассирия, Персия, Индия и Византия, и смутные веяния будущих миров — все народы и века простодушно соединялись в монашеском раю, блиставшем переливами драгоценных камней вокруг заглавных букв Священного Писания.

Иоанн Креститель лил воду на голову Христа; а рядом языческий бог Иордан, с наклоненной амфорой, струящей воду, любезно, как древний хозяин этих мест, держал полотенце наготове, дабы предложить его Спасителю после крещения.

Брат Парфений, в простоте сердца, не боялся древних богов; они увеселяли его, казались давно обращенными в христианство. На вершине холмов помещал он горного бога в виде нагого юноши; когда же писал переход иудеев через Черное море, женщина с веслом в руке изображала Море, а голый мужчина P^^og — мужского рода по гречески — должен был означать Бездну, поглощающую Фараона; на берегу сидела Пустыня, в виде печальной женщины в тунике желто-песочного цвета.

Кое-где — в изогнутой шее коня, в складке длинной одежды, в том, как простодушный горный бог, лежа, опирался на локоть, или бог Иордан подавал Христу полотенце, — сквозило эллинское изящество, красота обнаженного тела.

В ту ночь «игра» не забавляла художника.

Всегда неутомимые пальцы дрожали; на губах не было обычной улыбки. — Он прислушался, открыл ящик в кипарисовом поставце, вынул острое шило для переплетных работ, перекрестился и, заслоняя рукою пламя лампады, тихонько вышел из кельи.

В проходе было тихо и душно; слышалось жужжание мухи. попавшей в паутину.

Парфений спустился в церковь. Единственная лампада мерцала, перед старинным двустворчатым образом из слоновой кости. Два крупных продолговатых сапфира в ореоле младенца Иисуса на руках Божьей Матери вынуты были язычниками и возвращены на прежнее место в храм Диониса.

Черные безобразные впадины в слоновой кости, которая от древности слегка тронута была желтизной, казались Парфению язвами в живом теле, и эти кощунственные язвы возмущали сердце художника.-"Господи, помоги!"-прошептал он, касаясь руки младенца Иисуса.

В углу церкви отыскал веревочную лестницу: иноки употребляли ее для зажигания лампад в куполе храма. Он взял эту лестницу и направился в узкий темный проход, кончавшийся наружной дверью. На соломе храпел краснощекий толстый брат-келарь, Хориций. — — — Парфений проскользнул мимо него, как тень. Замок на двери отомкнулся с певучим звоном. Хориций приподнялся, захлопал глазами и опять повалился на солому.

Парфений перелез через невысокую ограду. Улица глухого предместья была пустынной. На небе сиял полный месяц. Море шумело.

Он подошел к той стороне храма Диониса, где была тень, и закинул вверх веревочную лестницу так, чтобы один конец зацепился за медную акротеру на углу храма.

Лестница повисла на поднятой когтистой лапе сфинкса.

Монах взлез на крышу.

Где-то очень далеко запели ранние петухи, залаяла собака. Потом опять настала тишина; только море шумело. Он перекинул лестницу и спустился во внутренность храма.

Здесь царствовало безмолвие. Зрачки бога, два прозрачно голубых продолговатых сапфира, сияли страшною жизнью при месячном блеске, прямо устремленные на монаха.

Парфений вздрогнул и перекрестился.

Он взлез на жертвенник. Недавно верховный жрец, Юлиан, раздувал на нем огонь. Ступни Парфения почувствовали теплоту непростывшего пепла. Он вынул из-за пазухи шило. Очи бога сверкали близко, у самого лица его. Художник увидел беспечную улыбку Диониса, все его мраморное тело, облитое лунным сиянием, и залюбовался на древнего бога.

Потом начал работу, стараясь острием шила вынуть сапфиры. Часто рука его, против воли, щадила нежный мрамор.

Наконец, работа была кончена. Ослепленный Дионис грозно и жалобно взглянул на него черными впадинами глаз. Ужас охватил Парфения: ему показалось, что кто-то подсматривает. Он соскочил с жертвенника, подбежал к веревочной лестнице, вскарабкался, свесил ее на другую сторону, даже не закрепив, как следует, так что, слезая с нижних ступенек, сорвался и упал. Бледный, растрепанный, в запачканной одежде, но все-таки крепко сжимая сапфиры в руке, бросился он, как вор, через улицу к монастырю.

Привратник не просыпался. Парфений, приотворив дверь, проскользнул и вошел в церковь. Взглянув на образ, он успокоился. Попробовал вложить сапфировые очи Диониса в темные впадины: они пришлись как нельзя лучше на старое место и опять затеплились кротко в сиянии младенца Иисуса.

Парфений вернулся в келью, потушил огонь и лег в постель. Вдруг, в темноте, весь съежившись и закрывая лицо руками, засмеялся беззвучным смехом, как нашалившие дети, которые и радуются шалости, и боятся, чтобы старшие не узнали. Он заснул с этим смехом в душе.

Утренние волны Пропонтиды сверкали сквозь решетки маленького окна, когда Парфений проснулся. Голуби на подоконнике, воркуя, хлопали сизыми крыльями. Смех еще оставался в душе его.

Он подошел к рабочему столу и с радостью взглянул на недоконченную маленькую картину в заглавной букве.

Это был Рай Божий: Адам и Ева сидели на лугу.

Луч восходящего солнца упал сквозь окно прямо на картину, и она заблестела райской славой — золотом, пурпуром, лазурью.

Парфений, работая, не замечал, что он придает голому телу Адама древнюю олимпийскую прелесть бога Диониса.

IV

Знаменитый софист, придворный учитель красноречия, Гэкеболий начал с низких ступеней восхождение свое по лестнице государственных чинов. Он был служакой при гиеропольском храме Астарты. Шестнадцати лет, украв несколько драгоценных вещей, бежал из храма в Константинополь, прошел через все мытарства, шлялся по большим дорогам, и с благочестивыми странниками, и с разбойничьей шайкой оскопленных жрецов Диндимены, многогрудой богини, любимицы черни, развозимой по деревням на осле.

Наконец, попал в школу ритора Проэрезия и скоро сам сделался учителем красноречия.

В последние годы Константина Великого, когда христианская вера стала придворной модой, Гэкеболий принял христианство. Люди духовного звания питали к нему особенную склонность; он платил им тем же.

Часто, и всегда вовремя, менял Гэкеболий исповедание веры, смотря по тому, откуда дует ветер: то из арианства переходил в православие, то опять из православия в арианство; и каждый раз такой переход был новой ступенью в лестнице чинов государственных. Лица духовного звания тихонько подталкивали его, и он в свою очередь помогал им карабкаться.

Голова его умащалась сединами; дородность делалась все более приятной; умные речи — все более вкрадчивыми и уветливыми, а щеки украшались старческой свежестью.

Глаза были ласковые; но изредка вспыхивала в них злая, пронзительная насмешливость, ум дерзкий и холодный; тогда поспешно опускал он ресницы — и вспыхнувшая искра потухала. Вся наружность знаменитого софиста приобрела оттенок церковного благолепия.

Он был строгим постником и вместе с тем тонким гастрономом: лакомые постные блюда стола его были изысканнее самых роскошных скоромных, так же как монашеские шутки Гэкеболия были острее самых откровенных языческих. На стол подавали у него прохладительное питье из свекловичного сока с пряностями: многие уверяли, что оно вкуснее вина; вместо обыкновенного пшеничного хлеба изобрел он особые постные лепешки из пустынных семян, которыми, по преданию, Св. Пахомий питался в Египте.

Злые языки утверждали, что Гэкеболий — женолюбец.

Рассказывали, будто бы однажды молодая женщина призналась на исповеди, что изменила мужу. — «Великий грех! А с кем же, дочь моя?»-спросил ее духовник."С Гэкеболием, отец". Лицо священника просветлело:

«С Гэкеболием! Ну, это-муж святой и к церкви усердный. Покайся, дочь моя. Господь тебя простит».

При императоре Констанции получил он место придворного ритора с прекрасным жалованьем, сенаторский латиклав и почетную голубую перевязь через плечо — отличие высших чиновников.

Но как раз в то мгновение, когда приготовлялся он сделать последний шаг, разразился неожиданный удар:

Констанций умер; на престол вступил Юлиан, ненавистник церкви. Гэкеболий не потерял присутствия духа; он сделал то, что делали другие, но умнее других и главное вовремя — не слишком поздно, не слишком рано.

Однажды Юлиан, еще в первые дни власти, устроил богословское состязание во дворце. Молодой философ и врач, человек, всеми чтимый за свою прямоту и благородство, Цезарий Каппадокийский, брат знаменитого учителя церкви, Василия Великого, выступил защитником христианской веры против императора. Юлиан допускал в таких ученых спорах свободу, любил, чтобы ему самому возражали, забывая придворную чинность.

Спор был жаркий; собрание софистов, риторов, священников, церковных учителей — многолюдное.

Спорящий поддавался, обыкновенно, если не доводам эллинского философа, то величию римского кесаря, Юлиана, — и уступал.

На этот раз дело произошло иначе: Цезарий не уступал. Это был юноша с девичьей прелестью в движениях, с шелковистыми кудрями, с невозмутимой ясностью Невинных глаз. Философию Платона называл «хитросплетенною мудростью Змия» и противопоставлял ей небесную мудрость Евангелия. Юлиан хмурил брови, отворачивался, кусал губы и едва сдерживался.

Спор, как все искренние споры, кончился ничем.

Император вышел из собрания, с философскою шуткою, приняв ласковый вид, как бы с легким оттенком всепрощающей грусти, — на самом деле, с жалом в сердце.

В это мгновение подошел к нему придворный ритор, Гэкеболий; Юлиан считал его врагом.

Гэкеболий упал на колени и начал покаянную исповедь: давно уже колебался он, но доводы императора убедили его окончательно; он проклял мрачное галилейское суеверие; сердце его вернулось к воспоминаниям детства, к светлым олимпийским богам.

Император поднял старика, не мог от волнения говорить, только изо всей силы прижал его к своей груди и поцеловал в бритые мягкие щеки, в сочные красные губы.

Он искал глазами Цезария, чтобы насладиться победой.

В продолжение нескольких дней Юлиан не отпускал от себя Гэкеболия, рассказывал кстати и некстати о чудесном обращении, гордился им, как жрец праздничной жертвой, как дитя новой игрушкой.

Он хотел дать ему почетное место при дворе, но Гэкеболий отказался, считая себя недостойным такой почести и намереваясь приготовить душу свою к эллинским добродетелям долгим искусом и покаянием, очистить сердце от нечестия галилейского служением кому-нибудь из древних богов. Юлиан назначил его верховным жрецом Вифинии и Пафлагонии. Лица, носившие этот сан, назывались у язычников «архиереями».

Архиерей Гэкеболий управлял двумя многолюдными азиатскими провинциями и шел по новому пути с таким же успехом, как по старому. Содействовал обращению многих галилеян в эллинскую веру.

Он сделался главным жрецом знаменитого храма финикийской богини Астарты-Атагартис, той самой, которой служил в детстве. Храм был расположен на половине пути между Халкедоном и Никомедией, на высоком уступе, вдающемся в волны Пропонтиды; место называлось Гаргария. Сюда стекались богомольцы со всех концов света, почитатели Афродиты-Астарты, богини смерти и сладострастия.

V

В одной из обширных зал Константинопольского дворца Юлиан занимался государственными делами.

Между порфировых столбов крытого хода сияло бледно-голубое море. Он сидел перед круглым мраморным столом, заваленным папирусными и пергаментными свитками.

Скорописцы, наклонив головы, поскрипывали египетскими тростниками — перьями. Лица у чиновников были заспанные; они не привыкли вставать так рано. Немного поодаль, новый архиерей Гэкеболий и чиновник Юний Маврик, придворный щеголь с желчным, сухим и умным лицом, с брезгливыми складками вокруг тонких губ, — разговаривали шепотом.

Юний Маврик, среди всеобщего суеверия, был одним из последних поклонников Лукиана, великого насмешника Самозатского, творца язвительных диалогов, который издевался надо всеми святынями Олимпа и Голгофы, над всеми преданиями Эллады и Рима.

Ровным голосом диктовал Юлиан послание верховному жрецу Галатии, Арказию:

"Не дозволяй жрецам посещать зрелища, пить в кабаках, заниматься унизительными промыслами; послушных награждай, непослушных наказывай. В каждом городе учреди странноприимные дома, где пользовались бы нашими щедротами не только эллины, но и христиане, и иудеи, и варвары. Для ежегодной раздачи бедным в Галатии назначаем тридцать тысяч мер пшеницы, шестьдесят тысяч ксэстов вина; пятую часть раздавай бедным, живущим при храмах, остальное-странникам и нищим: стыдно лишать эллинов пособий, когда у иудеев нет вовсе нищих, а безбожные галилеяне кормят и своих, и наших, хотя поступают, как люди, обманывающие детей лакомствами: начинают с гостеприимства, с милосердия, с приглашений на вечери любви, называемые у них Тайнами, и, мало-помалу, вовлекая верующих в богопротивное нечестие, кончают постами, бичеваниями, истязаниями плоти, ужасом ада, безумием и лютою см'ертью; таков обычный путь этих человеконенавистников, именующих себя братолюбцами.

Победи их милосердием во имя вечных богов. Объяви по всем городам и селам, что такова моя воля; объясни гражданам, что я готов прийти к ним на помощь во всяком деле, во всякий час. Но если хотят они стяжать особую милость мою, — да преклонят умы и сердца единодушно перед Матерью богов, Диндименою Пессинунтскою, — да воздадут ей честь и славу во веки веков".

Последние слова приписал он собственной рукой.

Между тем подали завтрак — простой пшеничный хлеб, свежие оливки, легкое белое вино. Юлиан пил и ел, не отрываясь от работы; он вдруг обернулся и, указывая на золотую тарелку с оливками, спросил старого любимого раба своего, привезенного из Галлии, который всегда прислуживал ему за столом:

— Зачем золото? Где прежняя, глиняная?

— Прости, государь, — разбилась...

— Вдребезги?

— Нет, только самый край.

— Принеси же.

Раб побежал и принес глиняную тарелку с отбитым краем.

— Ничего, еще долго прослужит,-сказал Юлиан и улыбнулся доброй улыбкой.

— Я заметил, друзья мои, что сломанные вещи служат дольше и лучше новых. Признаюсь, это слабость моя: я привыкаю к старым вещам, в них есть для меня особая прелесть, как в старых друзьях. Я боюсь новизны, ненавижу перемены; старого всегда жаль, даже плохого; старое — уютно и любезно...

Он рассмеялся собственным словам:

— Видите, какие размышления приходят иногда по поводу разбитой глиняной посуды!

Юний Маврик дернул Гэкеболия за край одежды:

— Слышал? Тут вся природа его: одинаково бережет и свои разбитые тарелки, и своих полумертвых богов. Вот что решает судьбы мира!..

Юлиан увлекся; от эдиктов и законов перешел он к замыслам будущего: во всех городах Империи предполагал завести училища, кафедры, чтения, толкования эллинских догматов, установленные образцы молитв, эпитимьи, философские проповеди, убежища для любителей целомудрия, для посвятивших себя размышлениям.

— Каково? -.прошептал Маврик на ухо Гэкеболию:- монастыри в честь Афродиты и Аполлона. Час от часу не легче!..

— Да, все это, друзья мои, исполним мы с помощью богов, — заключил император. — Галилеяне желают уверить мир, что им одним принадлежит милосердие; но милосердие принадлежит всем философам, каких бы богов ни чтили они. Я пришел, чтобы проповедовать миру новую любовь, не рабскую и суеверную, а вольную и радостную, как небо олимпийцев!..

Он обвел всех испытующим взглядом. На лицах чиновников не было того, чего он искал.

В залу вошли выборные от христианских учителей риторики и философии. Недавно был объявлен эдикт, воспрещавший галилейским учителям преподавание эллинского красноречия; христианские риторы должны были или отречься от Христа, или покинуть школы.

Со свитком в руках подошел к Августу один из выборных — худенький, растерянный человек, похожий на старого облезлого попугая, в сопровождении двух неуклюжих и краснощеких школьников.

— Помилосердствуй, боголюбивейший!

— Как тебя зовут?

— Папириан, римский гражданин.

— Ну вот, видишь ли, Папириан любезный, я не желаю вам зла. Напротив. Оставайтесь галилеянами.

Старик упал на колени и обнял ноги императора:

— Сорок лет учу грамматике. Не хуже других знаю Гомера и Гесиода...

— О чем ты просишь? — произнес Август, нахмурившись.

— Шесть человек детей, государь, — мал-мала меньше.

Не отнимай последнего куска. Ученики любят меня. Расспроси их... Разве я чему-нибудь дурному?..

Папириан не мог продолжать от волнения; он указывал на двух учеников, которые не знали, куда спрятать руки, и стояли, выпучив глаза, сильно и густо краснея.

— Нет, друзья мои! — перебил император тихо и твердо. — Закон справедлив. Я считаю нелепым, чтобы христианские учителя риторики, объясняя Гомера, отвергали тех самых богов, которых чтил Гомер. Если думаете, что наши мудрецы сплетали только басни — ступайте лучше в церкви объяснять Матфея и Луку! Заметьте, галилеяне, — я делаю это для вашего же собственного блага...

В толпе риторов кто-то проворчал себе под нос:

— Для собственного блага поколеем с голоду!

— Вы боитесь осквернить себя жертвенным мясом или жертвенною водою, учители христианские,-продолжал император невозмутимо, — как же не боитесь вы осквернить себя тем, что опаснее всякого мяса и воды, — ложной мудростью? Вы говорите: «блаженны нищие духом». Будьте же нищими духом. Или вы думаете, я не знаю вашего учения? О, знаю лучше, чем кто-либо из вас! Я вижу в галилейских заповедях такие глубины, какие вам не снились. Но каждому свое: оставьте нам нашу суетную мудрость, нашу бедную эллинскую ученость. На что вам эти зараженные источники?

У вас есть мудрость высшая.

У нас царство земное, у вас — небесное. Подумайте: царство небесное — это не мало для таких смиренных и нестяжательных людей, как вы. Диалектика возбуждает только охоту к вольнодумным ересям. Право!.. Будьте просты, как дети. Не выше ли всех платоновых диалогов благодатное невежество капернаумских рыбаков? Вся мудрость галилеян состоит в одном: веруй! Если бы вы были настоящими христианами, то благословили бы мой закон.

Ныне же возмущается в вас не дух, а плоть, для коей грех сладок. Вот все, что я имел вам сказать, и надеюсь, вы извините меня и согласитесь, что римский император больше заботится о спасении ваших душ, чем вы сами.

Он прошел через толпу риторов, спокойный и довольный своею речью.

Папириан по-прежнему, стоя на коленях, рвал свои жидкие седые кудри.

— За что? Матерь Небесная, за что такое попущение?

Оба ученика, видя горе наставника, вытирали выпученные глаза неуклюжими красными кулаками.

VI

Кесарь помнил бесконечные распри православных и ариан, которые происходили на Миланском соборе при Констанции. Он задумал воспользоваться этой враждою для своих целей и решил созвать, подобно своим христианским предшественникам, Константину Великому и Констанцию, церковный собор.

Однажды, в откровенной беседе, объявил удивленным друзьям, что, вместо всяких насилий и гонений, хочет дать галилеянам свободу исповедания, возвратить из ссылки донатистов, семириан, маркионитов, монтанистов, цецилиан и других еретиков, изгнанных постановлениями соборов при Константине и Констанции. Он был уверен, что нет лучшего средства погубить христиан. «Увидите, друзья мои, — говорил император, — когда все они вернутся на свои места, — такая распря возгорится между братолюбцами, что они растерзают друг друга, как хищные звери, и предадут бесславию имя Учителя своего скорее, чем я мог бы этого достигнуть самыми лютыми казнями!» Во все концы Римской империи разослал он указы и письма, разрешая изгнанным клирикам возвратиться безбоязненно, Объявлялась свобода вероисповедания. Вместе с тем мудрейшие учителя галилейские приглашались ко двору в Константинополь для некоторого совещания по делам церковным. Большая часть приглашенных не ведала в точности ни цели, ни состава, ни полномочий собрания, так как все это было означено в письмах с преднамеренной неясностью. Многие, угадывая хитрость Богоотступника, под предлогом болезни или дальнего расстояния, вовсе не явились на зов.

Утреннее голубое небо казалось темным по сравнению с ослепительно белым мрамором двойного ряда столбов, окружавшего большой двор — Константинов атриум. Белые голуби, с радостным шелковым шелестом крыльев, исчезали в небе, как хлопья снега. Посередине двора, в светлых брызгах фонтана, виднелась Афродита Каллипига; влажный мрамор серебрился, как живое тело. Монахи, проходя мимо нее, отвертывались и старались не видеть; но она была среди них, лукавая и нежная.

Не без тайного намерения выбрал Юлиан такое странное место для церковного собора. Темные одежды иноков казались здесь еще темнее, истощенные лишениями, озлобленные лица еретиков-изгнанников — еще более скорбными; как черные безобразные тени, скользили они по солнечному мрамору.

Всем было неловко; каждый старался принять вид равнодушный, даже самонадеянный, притворяясь, что не узнает соседа — врага, которому он, или который ему испортил жизнь, а между тем украдкой кидали они друг на друга злые, пытливые взоры.

— Пречистая Матерь Божия1 Что же это такое? Куда мы попали? — волновался престарелый дородный епископ себастийский, Евстафий.-Пустите, пустите меня!..

— Тише, друг мой, — уговаривал его начальник придворных копьеносцев, варвар Дагалаиф, вежливо отстраняя от двери.

— Не участник я в соборе еретическом. Пустите!

— По воле всемилостивейшего кесаря, все пришедшие на собор...— возражал Дагалаиф, удерживая епископа с непреклонною лаской.

— Не собор, а вертеп разбойничий!-негодовал Евстафий.

Среди христиан нашлись веселые люди, которые

подсмеивались над провинциальной наружностью, одышкой и сильным армянским выговором Евстафия. Он совсем оробел, притих и забился в угол, только повторяя с отчаянием:

— Господи! И за что мне сие?..

Евандр Никомедийский тоже раскаивался, что пришел сюда и привел Дидимова послушника, только что приехавшего в Константинополь, брата Ювентина.

Евандр был великий догматик, человек ума проницательного и глубокого; над книгами потерял здоровье, преждевременно состарился; зрение его ослабело; в близоруких добрых глазах было постоянное выражение усталости. Бесчисленные ереси осаждали ум его, не давали ему покоя, мучили наяву, грезились во сне, но, вместе с тем, привлекали соблазнительными тонкостями и ухищрениями. Он собирал их, в продолжение многих лет, в громадную рукопись под заглавием Против еретиков так же усердно, как некоторые любители собирают чудовищные редкости. Отыскивал с жадностью новые, изобретал несуществующие, и, чем яростнее опровергал, тем более путался в них. Иногда с отчаянием молил у Бога простой веры, но Бог не давал ему простоты. В повседневной жизни был он жалок, доверчив и беспомощен, как дитя. Злым людям ничего не стоило обмануть Евандра: об его рассеянности ходило множество смешных рассказов.

По рассеянности пришел он и в это нелепое собрание, привлекаемый отчасти и надеждою узнать новую ересь.

Теперь епископ Евандр все время с досадой морщился и заслонял ладонью слабые глаза от слишком яркого солнца и мрамора. Ему было не по себе; скорее хотелось назад, в полутемную келью, к своим книгам и рукописям.

Ювентина не отпускал он от себя и, осмеивая различные ереси, предостерегал от соблазна.

Посередине залы проходил коренастый старик, с широкими скулами, с венцом седых пушистых волос, семидесятилетний епископ Пурпурий, африканец-донатист, возвращенный Юлианом из ссылки.

Ни Константину, ни Констанцию не удалось подавить ересь донатистов. Реки крови проливались из-за того, что пятьдесят лет назад, в Африке рукоположен был неправильно Донат вместо Цецилиана или, наоборот, Цецилиан вместо

Доната, — этого хорошенько разобрать никто не мог; но донатисты и цецилиане избивали друг друга, и не предвиделось конца братоубийственной войне, возникшей даже не из-за двух мнений, а из-за двух имен.

Ювентин заметил, как, проходя мимо Пурпурия, один цецилианский епископ задел краем фелони одежду донатиста. Тот отшатнулся и, подняв брезгливо, двумя пальцами, так, чтобы все видели, несколько раз отряхнул в воздухе ткань, оскверненную прикосновением еретика.

Евандр рассказал Ювентину, что когда случайно цецилианин заходит в церковь донатистов, они выгоняют его и потом тщательно соленой водой обмывают плиты, на которых он стоял.

За Пурпурием следовал по пятам, как пес, верный телохранитель, полудикий, огромного роста африканец, черный, страшный, с расплюснутым носом, толстыми губами, с дубиною в жилистых руках, дьякон Леона, принадлежавший к секте самоистязателей. Это были жители гетулийских селений; их называли циркумцеллионами. Бегая с оружием в руках, предлагали они деньги встречным на больших дорогах и грозили: «Убейте нас, или мы вас убьем!» Циркумцеллионы резали, жгли себя, бросались в воду, во имя Христа; но не вешались, потому что Иуда Искариот повесился. Порой целые толпы их с пением псалмов кидались в пропасти; они утверждали, что самоубийство, во славу Божью, очищает душу от всех грехов.

Народ чтил их, как мучеников. Перед смертью предавались наслаждениям — ели, пили, насиловали женщин. Многие не употребляли меча, потому что Христос запретил употреблять меч, зато огромными дубинами, со спокойною совестью, «по Писанию», избивали еретиков и язычников; проливая кровь, возглашали: «Господу хвала!» Этого священного крика мирные жители африканских городов и сел боялись больше, чем трубы врагов и рыканья львиного.

Донатисты считали циркумцеллионов своими воинами и стражами; а так как поселяне гетулийские плохо разумели церковные споры, то богословы-донатисты указывали им, кого именно следует избивать «по Писанию».

Евандр обратил внимание Ювентина на красивого юношу, с лицом неясным и невинным, как у молодой девушки: это был каинит.

«Благословенны, — проповедовали каиниты, — гордые, непокорившиеся братья наши: Каин, Хам, жители Содома и Гоморры — семья Верховной Софии, Сокровенной Мудрости! Придите к нам, все гонимые, все восставшие, все побежденные! Благословен Иуда! Он один из апостолов был причастен Высшему Знанию — Гнозису. Он предал Христа, дабы Христос умер и воскрес, потому что Иуда знал, что смерть Христа спасет мир. Посвященный в нашу мудрость должен преступить все пределы, на все дерзнуть, должен презреть вещество, поправ самый страх к нему, и, отдавшись всем грехам, всем наслаждениям плоти, достигнуть благодатного отвращения к плоти — последней чистоты духовной».

— Смотри, Ювентин, вот человек, который считает себя несравненно выше серафимов и архангелов,-указал Евандр на стройного молодого египтянина, стоявшего в стороне от всех, одетого по последней византийской моде, со множеством драгоценных перстней на холеных, белых руках, с лукавой улыбкой на тонких губах, подкрашенных, как у блудницы; это был Кассиодор валентинианин.

— У православных, — утверждал Кассиодор, — есть душа как у прочих животных, но духа нет. Одни мы, посвященные в тайны Плэрона и Гнозиса, достойны называться людьми; все остальные — свиньи и псы.

Кассиодор внушал ученикам своим:

— Вы должны знать всех, вас не должен знать никто.

Перед непосвященными отрекайтесь от Гнозиса, молчите, презирайте доказательства, презирайте исповедание веры и мученичество. Любите безмолвие и тайну. Будьте неуловимы и невидимы для врагов, как силы бесплотные. Обыкновенным христианам нужны добрые дела для спасения.

Тем, у кого есть высшее Знание Бога — Гнозис, добрых дел не нужно. Мы сыны света. Они сыны мрака. Мы уже не боимся греха, ибо знаем: телу-телесное, духу-духовное. Мы на такой высоте, что не можем пасть, как бы ни грешили: сердце наше остается чистым во грехе, как золото в грязи.

Подозрительный, косоглазый старичок, с лицом сладострастного фавна, адамит Продик, утверждал, будто бы учение его возрождает в людях первобытную невинность Адама: голые адамиты совершали таинства в церквах, жарко натопленных, как бани, называвшихся Эдемами; подобно прародителям до грехопадения, не стыдились они наготы своей, уверяя, что все мужчины и женщины отличаются у них высшим целомудрием; но чистота этих райских собраний была сомнительна.

На полу, рядом с адамитом Предиком, сидела бледная седовласая женщина, в епископском одеянии, с прекрасным суровым лицом, с веками, полузакрытыми от усталости,пророчица монтанистов. Желтолицые, изнуренные скопцы благоговейно ухаживали за ней, смотрели на нее томными, влюбленными глазами и называли ее Небесною Голубицею. Изнывая долгие годы от восторгов неосуществимой любви, проповедовали они, что род человеческий должен быть прекращен целомудренным воздержанием. На сожженных равнинах Фригии, близ разрушенного города Пепузы, сидели эти бескровные мечтатели, целыми толпами, неподвижно устремив глаза на черту горизонта, где должен был явиться Спаситель; в туманные вечера, над серой равниной, между тучами, в полосах раскаленного золота, видели славу Господню, Новый Сион, сходящий на землю; годы проходили за годами, и они умирали с надеждою, что Царствие Божие сойдет, наконец, на сожженные развалины Пепузы.

Иногда, приподымая усталые веки, устремляя мутные взоры вдаль, пророчица бормотала по-сирийски:

— Маран ата. Маран ата!-Господь идет. Господь идет!

И бледные скопцы наклонялись к ней, внимая.

Ювентин слушал объяснения Евандра и думал , что все это похоже на бред; сердце его сжималось от горькой жалости.

Наступила тишина. Взоры устремились по одному направлению. На другом конце атриума, на мраморное возвышение взошел кесарь Юлиан. Простая белая хламида древних философов облекала его; лицо было самоуверенно; он хотел придать ему выражение бесстрастное, но в глазах невольно вспыхивала искрф злобного веселья.

— Старцы и учители!-обратился он к собранию,за благо сочли мы оказывать подданным нашим, исповедующим учение Галилеянина Распятого, всевозможное снисхождение и милосердие: должно питать более сострадания, чем ненависти к заблуждающимся, увещаниями приводить к истине упрямых, а отнюдь не ударами, обидами и язвами телесными. Итак, желая восстановить мир всего мира, столь долго нарушаемый распрями церковными, призвал я вас, мудрецы галилейские. Под нашим покровительством и защитой вы явите, надеемся, пример тех высоких добродетелей, кои приличествуют вашему духовному сану, вашей вере и мудрости...

Он говорил заранее приготовленную речь, с плавными движениями, как опытный ритор перед народным собранием. Но в словах, полных благоволения, скрыты были ядовитые жала: между прочим, указал он на то, что еще не забыл о нелепых и унизительных распрях галилеян, которые произошли на знаменитом соборе Миланском, при Констанции; упомянул также с недоброй усмешкой о некоторых дерзких бунтовщиках, которые, жалея, что нельзя более преследовать, мучить и умерщвлять братьев по вере, возмущают народ глупыми баснями, подливают масло в огонь вражды и братоубийственною яростью наполняют мир: сии суть враги рода человеческого, виновники худшего из бедствий — безначалия. И кесарь кончил вдруг свою речь почти явною насмешкою.

— Братьев ваших, изгнанных соборами при Константине и Констанции, возвратили мы из ссылки, желая даровать свободу всем гражданам Римской империи. Живите в мире, галилеяне, по завету вашего Учителя. Для полного же прекращения раздоров поручаем вам, мудрейшие наставники, забыв всякую вражду и воссоединившись в братской любви, прийти к некоторому церковному соглашению, дабы уставить единое и общее для всех исповедание веры.

С тем и призвали мы вас сюда, в наш дом, по примеру предшественников наших, Константина и Констанция; судите и решайте властью, данною вам от церкви. Мы же удаляемся, предоставив вам свободу и ожидая вашего решения.

И прежде чем в собрании кто-нибудь успел опомниться или возразить, Юлиан, окруженный друзьями-философами, вышел из атриума.

Все безмолвствовали; кто-то тяжко вздохнул; в тишине слышен был только радостный шелковый шелест голубиных крыльев в небе и плеск фонтана о мрамор.

Вдруг, на высоких плитах, служивших кесарю трибуной, появился тот самый добродушный старик с провинциальною наружностью, с армянским говором, над которым все недавно смеялись; лицо его было красно; глаза горели. Речь императора оскорбила старого себастийского епископа. Пылая духовной ревностью, выступил Евстафий перед собранием.

— Отцы и братья!-воскликнул он, и в голосе его была такая сила, что никто уже не думал смеяться. — Разойдемся в мире. Кто призвал нас сюда для поругания и соблазна, тот не ведает ни церковных канонов, ни постановлений соборных, — ненавидит самое имя Христово. Не будем же веселить врагов наших, воздержимся от гневного слова.

Заклинаю именем Бога Всевышнего, разойдемся, братья, в безмолвии!

Он говорил громким голосом, подняв глаза к хорам, защищенным от солнца алыми завесами: там, в глубине, между колоннами, появился император со своими друзьями-философами. Шепот удивления и ужаса послышался в толпе. Юлиан смотрел прямо в лицо Евстафию. Старик выдержал взор его и не потупился. Император побледнел.

В то же мгновение донатист Пурпурий грубо оттолкнул епископа и занял его место на трибуне.

— Не слушайте! — закричал Пурпурий. — Не расходитесь, да не преступите воли кесаревой. Цецилиане злобствуют за то, что он, избавитель наш...

— Нет, братья!..-порывался Евстафий с мольбою.

— Не братья мы вам, — отыдите, окаянные! Мы — чистая пшеница Божья, вы — сухая солома, назначенная Господом в огонь!

И, указывая на императора-богоотступника, продолжал Пурпурий торжественным певучим голосом, как будто возглашая ему славословие церковное:

— Слава, слава преблагому, премудрому Августу! На аспида и василиска наступиши и попереши льва и змия, яко ангелам своим заповесть ранити тя во всех путях твоих. Слава!

Собрание заволновалось; одни утверждали, что должно последовать совету Евстафия и разойтись, другие требовали слова, не желая потерять единственного в жизни случая высказать свои мысли перед каким бы то ни было собранием. Лица разгорались, голоса становились оглушительными.

— Пусть заглянет теперь в церкви наши кто-нибудь из цецилианских епископов-торжествовал Пурпурий,возложим мы ему руки на голову, но не для того, чтобы избрать пастырем, а чтобы раздробить череп!

Многие совсем забыли цель собрания, вступая в тонкие богословские споры; зазывали к себе, отбивали друг у друга слушателей, старались обольстить неопытных.

Базилидианин Трифон, приехавший из Египта, окруженный толпою любопытных, показывал амулет из прозрачного хризолита с таинственной надписью: Абракса.

— Тот, кто разумеет слово Абракса, — соблазнял Трифон, — получит высшую свободу, сделается бессмертным и, вкушая от всех сладостей греха, будет безгрешен. Абракса выражает буквами число горных небес — 365. Над тремястами шестьюдесятью пятью сферами, над иерархиями вонов, ангелов и архангелов, есть некий Мрак Безыменный, прекраснее всякого света, неподвижный, нерождаемый...

— Мрак безыменный в скудоумной голове твоей! — крикнул арианский епископ, сжимая кулаки и подступая к Трифону.

Гностик тотчас умолк, сложив губы в презрительную усмешку, полузакрыв глаза и подняв указательный палец:

— Премудрость! Премудрость! — произнес он чуть слышно и отошел, точно выскользнул из рук арианина.

Пророчица Пепузская, поддерживаемая влюбленными скопцами, поднявшись во весь рост, страшная, бледная, с растрепанными волосами, с мутными, полоумными взорами, вдохновенно завывала, ничего не видя и не слыша:

— Маран ата! Маран ата!-Господь идет! Господь идет!

Ученики отрока Епифания, не то языческого полубога, не то христианского мученика, обоготворяемого в молельнях Кефалонии, возглашали:

— Братство и равенство! Других законов нет. Разрушайте, разрушайте все! Да будут общими у людей имущество и жены, как трава, как вода, как воздух и солнце!

Офиты, змеепоклонники, подымали медный крест, обвитый прирученной нильскою змейкою:

— Мудрость Змия,-говорили они,-дает людям знание добра и зла. Вот — Спаситель, Офиоморфос — Змеевидный. Не бойтесь,-послушайте его: он не солгал; вкусите от плода запретного — и станете, как боги!

С проворной ловкостью фокусника, высоко подымая прозрачную стеклянную чашу, наполненную водой, маркозианин, надушенный и подвитой щеголь, соблазнитель женщин, приглашал любопытных.

— Смотрите, смотрите! Чудо! Вода закипит и сделается кровью.

Коларбазиане быстро считали по пальцам и доказывали, что все пифагорейские числа, все тайны неба и земли, заключаются в буквах греческого алфавита:

— Альфа, Омега, начало и конец. А между ними — Троица,- бета, гамма, дельта,-Сын, Отец, Дух. Видите, как просто.

Фабиониты, карпократиане-обжоры, барбелониты-развратники проповедовали такие мерзости, что благочестивые люди только отплевывались и затыкали уши. Многие действовали на своих слушателей тою непонятною притягательною силою, которою обладает над умами людей чудовищное и безумное.

Каждый был убежден в своей правоте. И все были против всех.

Даже ничтожная церковь, затерянная в отдаленнейших пустынях Африки, — рогациане, и те уверяли, будто бы Христос, придя на землю, найдет истинное, понимание Евангелия только у них, в нескольких селениях Мавритании Кесарийской, — и более нигде в мире.

Евандр Никомедийский, забыв Ювентина, едва успевал записывать в свои восковые дощечки новые незамеченные ереси, увлекаясь, как собиратель редкостей.

А между тем, с верхней мраморной галереи, глазами, полными жадной и утоленной ненависти, смотрел вниз на этих обезумевших людей молодой император, окруженный мудрецами в древних белых одеждах. Здесь были все друзья его: пифагореец Прокл, Нимфидиан, Евгений Приск, Эдезий, престарелый учитель Ямвлик Божественный, благообразный Гэкеболий, архиерей Диндимены; они не смеялись, не шутили и сохраняли совершенное спокойствие, как пристойно мудрецам; лишь изредка на строго сжатых губах выступала улыбка тихой жалости. Это был пир эллинской мудрости. Они смотрели вниз на собор, как смотрят боги на враждующих людей, любители цирка — на арену, где звери пожирают друг друга. В тени пурпурных завес им было свежо и отрадно.

А внизу галилеяне, обливаясь потом, анафематствовали и проповедовали.

Среди смятения, юный женоподобный каинит, с прекрасным, нежным лицом, с печальными, детски-ясными глазами, успел вскочить на трибуну и воскликнуть таким вдохновенным голосом, что все обернулись и онемели:

— Благословенны непокорившиеся Богу! Благословенны Каин, Хам и Иуда, жители Содома и Гоморры! Благословен отец их, Ангел Бездны и Мрака!

Неистовый африканец Пурпурий, которому уже целый час не давали сказать слова, желая облегчить свое сердце, ринулся на каинита и поднял волосатую жилистую руку, чтобы «заградить уста нечестивому».

Его удержали, стараясь образумить:

— Отче, непристойно!

— Пустите! Пустите!-кричал Пурпурий, вырываясь из рук державших его. — Не потерплю сей мерзости! Вот же тебе. Каиново отродье!

И донатист плюнул в лицо каиниту.

Все смешалось. Началась бы драка, если бы не прибежали копьеносцы. Разнимая христиан, римские воины увещевали их:

— Тише, тише! Во дворце не место. Или мало вам церквей, чтобы драться?

Пурпурия подняли на руки и хотели увлечь.

Он вопил:

— Леона! Дьякон Леона!

Телохранитель растолкал воинов, двух повалил на землю, освободил Пурпурия, и в воздухе, над головами ересиархов, закрутилась и засвистела страшная дубина циркумцеллиона.

— Господу хвала! — ревел африканец, избирая жертву глазами.

Вдруг, в ослабевших руках его, беспомощно опустилась дубина. Все окаменели. В тишине раздался пронзительный крик одного из полоумных скопцов пророчицы Пепузской.

Он упал на колени и, с лицом, искаженным ужасом, указывал на трибуну:

— Дьявол, дьявол, дьявол!

На мраморном возвышении, над толпой галилеян, скрестив руки на груди, спокойно и величественно, в древней белой одежде философа, стоял император Юлиан; глаза его горели грозным веселием. Многим в эту минуту казался он подобным дьяволу.

— Вот как исполняете вы закон любви, галилеяне! — произнес он среди собрания, пораженного ужасом.-Вижу теперь, что значит ваша любовь. Воистину, хищные звери милосерднее, чем вы, братолюбцы. Скажу словами вашего Учителя: «горе вам, законники, что взяли вы ключ разумения: сами не вошли и входящим воспрепятствовали. Горе вам, книжники и фарисеи!» Насладившись их томительным молчанием, прибавил он спокойно и медленно:

— Ежели не умеете вы сами управлять собою — то вот я говорю вам, остерегая от худших зол: слушайтесь меня, галилеяне, и покоряйтесь!

VII

Когда Юлиан спускался из Константинова атриума по ступеням широкой лестницы, направляясь для жертвоприношения в маленький, находившийся по соседству с дворцом, храм богини Счастья, Тихо подошел к нему седовласый, сгорбленный халкедонский епископ, Марис. Глаза у Мариса вытекли от старости; мальчик-поводырь вел слепца за руку.

Лестница выходила на площадь Августейон; внизу собралась толпа. Властным движением руки остановив императора, заговорил епископ старческим голосом, твердым и ясным:

— Внимайте, народы, племена, языки, люди всякого возраста, все, сколько есть теперь и гколько будет на земле! Внимайте мне. Высшие Силы, ангелы, которыми скоро совершено будет истребление Мучителя! Не царь Амморейский низложится, не Ог, царь Васанский, но Змий, Отступник, Великий Ум, мятежный Ассириянин, общий враг и противник, на земле творивший много неистовств, и в высоту говоривший. Слыши небо и внуши земле!

И ты внимай пророчеству моему, кесарь, ибо сам Бог говорит тебе ныне устами моими. Слово Господне сжигает сердце мое — и не могу молчать. Дни твои сочтены. Вот еще немного — и погибнешь, исчезнешь, как прах, взметаемый вихрем, как роса, как свист пущенной стрелы, как удар грома, как быстролетная молния. Источник Кастальский умолкнет навеки, — пройдут и посмеются над ним.

Аполлон станет опять безгласным идолом, Дафной — деревом, оплакиваемым в басне, — и порастут могильною травой низвергнутые храмы. О, мерзость Сеннахеримова! Так вещаем мы, галилеяне, люди презренные, поклоняющиеся Распятому, ученики рыбаков капернаумских и сами —

невежды; мы, изнуренные постами, полумертвые, напрасно бодрствующие и пустословящие.во время всеночных бдений, и однако же, низлагающие вас: «Где суть книжники, где суть совопросники века сего?» Заимствую сию победную песнь от одного из наших немудрых. Подай сюда свои царские и софистические речи, свои неотразимые силлогизмы и энтимемы! Посмотрим, как и у нас говорят неученые рыбари. Да воспоет со дерзновением Давид, который таинственными камнями низЛожил надменного Голиафа, победил многих кротостью и духовным сладкозвучием исцелял Саула, мучимого злым духом. Благодарим тебя. Господи! Ныне очищается церковь Твоя гонением.

Се, грядет Жених! Мудрые девы, возжгите светильники!

Иерея облеките в великий и нескверный хитон, — за1 Христа, наше одеяние брачное!

Последние слова он произнес нараспев, как слова богослужения. Потрясенная толпа ответила ему гулом одобрения. Кто-то воскликнул.

— Аминь!

Император выслушал до конца длинную речь с невозмутимым хладнокровием, как будто дело шло вовсе не о нем; только в углах губ выступала иногда усмешка.

— Ты кончил, старик?-спросил он спокойно.

— Вот мои руки, мучители! Вяжите! Ведите на смерть!

Господи! приемлю венец!

Епископ поднял тусклые слепые глаза к небу.

— Не думаешь ли ты, добрый человек, что я поведу тебя на смерть?-произнес Юлиан.-Ошибаешься. Я отпУЩУ тебя с миром. В душе моей нет злобы против тебя.

— Что это? Что это? О чем он говорит? -спрашивали в толпе.

— Не соблазняй! Не отступлю от Христа! Отыди, враг человеческий!-Палачи, ведите на смерть! Вот я!

— Здесь нет палачей, друг мой. Здесь все такие же добрые люди, как ты. Успокойся! Жизнь скучнее и обыкновеннее, чем ты думаешь. Я слушал тебя с любопытством, как поклонник всякого красноречия, даже галилейского. И чего тут только не было — мерзость Сеннахеримова, и царь Амморейский, и камни Давида, и Голиаф!

Нет у вас простоты в речах. Почитайте нашего Демосфена, Платона и в особенности Гомера. Они, в самом деле, просты, как дети, мудры, как боги. Да, поучитесь у них великому спокойствию, галилеяне! Бог-не в бурях, а в тишине. Вот и весь мой урок, вот и вся моя месть — так как ты сам требовал мести.

— Да поразит тебя Господь, богохульник!..-начал было опять Марис.

— Господь не сделает меня слепым во гневе, а тебя зрячим, — возразил Август.

— Благодарю Бога моего за слепоту, — воскликнул старик; — не дает она очам моим видеть окаянное лицо Отступника!

— Сколько злобы, сколько злобы в таком дряхлом теле! Говорите вы все о смирении, о любви, галилеяне,а какая ненависть в каждом вашем слове! — Я только что вышел из собрания, где братья, во имя Бога, готовы были растерзать друг друга, как звери, и вот теперь ты — со своею необузданной речью. За что такая ненависть?

Разве и я не брат ваш? О, если бы ты знал, как в это мгновение безмятежно и благосклонно мое сердце! Я желаю тебе всего доброго и молю олимпийцев, да смягчат они твою жестокую, темную и страдающую душу, слепец.

Иди же с миром и помни, что не одни галилеяне умеют прощать.

— Не верьте ему, братья! Это хитрость, обольщение Змия! Видел еси. Господи, как Отступник поносит Тебя, Бога Израилева, — да не премолчиши!

Не обращая более внимания на проклятия старика, Юлиан прошел среди народа в своей простой белой одежде, озаренной солнцем, спокойный— и мудрый, как один из древних мужей.

VIII

Была бурная ночь. Изредка сияние луны проникало сквозь быстро несущиеся тучи и странно смешивалось с мерцанием молнии. Теплый ветер, пропитанный соленым запахом гнилых водорослей, хлестал иглами косого дождя.

К одинокой развалине на берегу Босфора подъехал всадник. Во времена незапамятные, когда жили здесь троянцы, это укрепление служило сторожевою башнею; теперь остались от нее только груды камней, поросших бурьяном, и полуразрушенные стены. Внизу была маленькая хижина, убежище от ненастья для заблудившихся пастухов и бродяг.

Привязав коня под защитой полуобвалившегося свода и раздвинув колючий репейник, всадник постучался в низенькую дверь:

— Это — я. мэроэ, отопри!

Египтянка отворила дверь и впустила его во внутренность башни.

Всадник подошел к тускло горевшему факелу. Свет упал ему в лицо. То был император Юлиан.

Они вышли. Старуха, хорошо знавшая это место, вела его за руку.

Раздвигая жесткие стебли мертвого чертополоха, отыскала низкий вход в расщелине, между скалами. Они спустились по ступеням. Море было близко; грохот прибоя потрясал землю; но каменные стены защищали от ветра.

Египтянка выбила огонь.

— Вот, господин мой, лампаду и ключ. Поверни его в замке два раза. Дверь в монастырь открыта. Если встретишь привратника — не бойся, Я подкупила. Только смотри, не ошибись: в верхнем проходе тринадцатая келья налево.

Юлиан отпер дверь и долго спускался по крутому наклону с широкими ступенями из древнего плитняка. Скоро подземелье превратилось в такую узкую щель, что два человека, встретившись, не могли бы разойтись. Потайной ход соединял некогда сторожевую башню с укреплением на противоположном берегу залива, а теперь-покинутую развалину с новым христианским монастырем.

Юлиан вышел из подземелья высоко над клокочущим морем, между острыми скалами, изъеденными прибоем, и начал взбираться по узким ступеням, высеченным в скале. Дойдя до самого верха, увидел кирпичную ограду.

Она была сложена неровно — многие кирпичи выдавались.

Опираясь на них ногой, хватаясь руками, можно было перелезть в крошечный монастырский садик.

Он вступил в опрятный двор. Здесь все дышало спокойствием. Стены были затканы чайными розами. В бурном теплом воздухе цветы пахли сильно и тревожно.

Ставни на одном из нижних окон изнутри не были заперты. Юлиан тихонько отворил их и влез в окно.

В лицо ему дохнул спертый воздух монастыря. Пахло сыростью, ладаном, мышами, лекарственными травами и свежими яблоками, которые запасливые монахини хранили в кладовых.

Император ступил в длинный проход; по обеим сторонам был ряд дверей.

Он сосчитал тринадцатую налево и открыл тихонько.

Келья была тускло освещена алебастровым ночником. Повеяло сонной теплотой. Он притаил дыхание.

На низком ложе, с белоснежными покровами, лежала девушка в монашеской темной тунике. Она, должно быть, уснула во время молитвы, не успев раздеться; тень ресниц падала на бледные щеки; брови сжаты были сурово и величественно, как у мертвых.

Он узнал Арсиною.

Она очень изменилась. Только волосы остались те же: у корней темно-золотистые, на концах — бледно-желтые, как медь в луче солнца.

Ресницы ее дрогнули. Она вздохнула.

Перед глазами его сверкнуло гордое тело амазонки, облитое солнечным светом, ослепительное, как золотистый мрамор Парфенона. И протягивая руки к монахине, спавшей под сенью черного креста, Юлиан прошептал:

— Арсиноя!

Девушка открыла глаза, взглянула на него спокойно, без удивления и страха, как будто знала, что он придет.

Но опомнившись, вздрогнула и провела рукой по лицу.

Он подошел к ней:

— Не бойся. Скажи слово — я уйду.

— Зачем ты пришел?

— Я хотел знать, правда ли...

— Юлиан, все равно... Мы не поймем друг друга.

— Правда ли, что ты веришь в Него, Арсиноя?

Она не ответила.

— Помнишь ту ночь в Афинах,-продолжал император, — помнишь, как ты искушала меня, галилейского монаха, так же, как я теперь искушаю тебя? Прежняя гордость и сила в лице твоем, Арсиноя, а не рабское смирение галилеян! Зачем ты лжешь? Сердце так не изменяется. Скажи мне правду.

— Я хочу власти, — проговорила она тихо.

— Власти? Ты еще помнить союз наш!-воскликнул он радостно.

Она с грустной улыбкой покачала головой:

— О, нет!.. Над людьми-не стоит. Ты сам это знаешь. Я хочу власти над собою.

— И для этого идешь в пустыню?

— Да. И еще — для свободы...

— Арсиноя, ты по-прежнему любишь себя, только себя!

— Я хотела бы любить себя и других, как Он велел.

Но не могу: я ненавижу и себя, и других.

— Лучше совсем не жить!-воскликнул Юлиан.

— Надо преодолеть себя, — проговорила она медленно, — надо победить в себе не только отвращение к смерти, но и отвращение к жизни — это гораздо труднее, потому что жизнь страшнее смерти. Но зато, если победишь себя до конца, жизнь и смерть будут равны — и тогда свобода!

Тонкие брови ее сжимались с упрямством неодолимой воли.

Юлиан смотрел на нее с отчаянием.

— Что они сделали с тобой! — произнес он тихо.Все вы — мучители или мученикц. Зачем вы терзаете себя? Разве ты не видишь-в душе твоей нет ничего, кроме злобы и отчаяния...

Она взглянула на него с ненавистью:

— Зачем ты пришел сюда? Я не звала тебя. Уйди.

Какое мне дело до того, что ты думаешь? Довольно мне моих собственных мыслей и мук!.. Между нами бездна, которой живые не переступают. Ты говоришь: я не верю.

Да, не верю, но хочу верить, слышишь?-хочу и буду.

Истерзаю плоть свою, иссушу ее голодом и жаждой, сделаю бесчувственнее мертвых камней. Но главное — разум!

Надо умертвить его, потому что он — дьявол. Он соблазнительнее всех желаний: я укрощу его. Это будет последняя победа, величайшая! И тогда свобода. Тогда посмотрим, возмутится ли что-нибудь во мне, скажет ли: не верю.

Она сложила ладони рук и протянула их к небу с безнадежной мольбой:

— Господи, помилуй меня! Где же ты. Господи! Услышь меня и помилуй!

Юлиан бросился перед ней на колени, обвил стан ее руками, насильно привлек к себе на грудь, и глаза его сверкнули победой:

— О, девушка, теперь я вижу — ты не могла уйти от нас, хотела и не могла! Пойдем сейчас, пойдем со мною — и завтра ты будешь супругой римского императора, владычицей мира.

Я вошел сюда, как вор, выйду, как царь, со своею добычей. Какая победа над галилеянами!

Лицо Арсинои сделалось печальным и спокойным. Она взглянула на Юлиана с жалостью, не отталкивая его:

— Бедный, бедный, такой же, как я! Сам не знаешь, куда зовешь. И на кого надеешься? Боги твои-мертвецы.

От этой заразы, от страшного запаха тлена бегу я в пустыню. Оставь меня. Я не могу тебе ничем помочь. Уйди!

Глаза его вспыхнули гневом и страстью.

Но она произнесла еще спокойнее, с еще большей жалостью, так что сердце его дрогнуло и похолодело, как от смертельной обиды:

— И зачем Ты обманываешь себя? Разве ты не такой же неверующий-, погибающий, как все мы? Подумай, что значит твое милосердие, странноприимные дома, проповеди эллинских жрецов. Все это — подражание галилеянам, все это-новое, неизвестное древним мужам, героям Эллады.

Юлиан, Юлиан, разве боги твои — прежние олимпийцы, лучезарные, беспощадные — страшные дети небесной лазури, веселящиеся кровью жертв и страданиями смертных?

Кровь и страдания людей — нектар и амброзия богов.

А твои — соблазненные верой капернаумских рыбаков, слабые, кроткие, больные, умирающие от жалости к людям, — потому что, видишь ли, жалость к людям для богов смертельна!..

Буря утихла. В окно было видно, как между разорванных туч бездонно-глубокое небо сияло зеленой печальною зарею, в которой умирала звезда Афродиты. Император чувствовал тяжелое утомление. Лицо его покрылось мертвенной бледностью. Он делал страшные усилия, чтобы казаться спокойным, но каждое слово Арсинои проникало до самой глубины его сердца и ранило.

— Да, — продолжала она неумолимо, — вы больные, вы слишком слабые для собственной мудрости. Вот ваше проклятие, запоздалые эллины! Нет у вас силы ни в добре, ни во зле. Вы — ни день, ни ночь, ни жизнь, ни смерть. Сердце ваше-и здесь, и там; отплыли от одного берега, не пристали к другому. Верите и не верите, вечно изменяете, вечно колеблетесь, хотите и не можете, потому что не умеете желать. Сильны только те, кто, видя одну истину, слепы для другой. Они вас победят — двойственных, мудрых и слабых...

Юлиан поднял голову с усилием, как будто преодолевая неимоверную тяжесть, и произнес:

— Ты неправа, Арсиноя. Душа моя не знает страха, воля моя непреклонна. Силы рока ведут меня. Если суждено мне умереть слишком рано, я знаю, смерть моя пред лицом богов будет прекрасной. Прощай! Видишь — я ухожу без гнева, печальный и спокойный, потому что теперь ты для меня, как мертвая.

IX

Над воротами главного здания больницы Аполлона Дальномечущего, для нищих, странников и калек, на мраморном челе ворот вырезана была надпись по-гречески, стих из Гомера:

Все мы от Зевса — Странники бедные. Мало даю, но с любовью даянье.

Юлиан вступил во внутренние портики; ряд стройных ионических столбов окружал двор; здание было некогда палестрой.

Вечер стоял тихий, безмятежно радостный. Солнце еще не заходило. Но из больничных портиков, из внутренних покоев веяло тяжелым смрадом.

Здесь, в одной куче, валялись дети и старики, христиане и язычники, больные и здоровые, калеки, уроды, расслабленные, хромоногие, покрытые гнойными струпьями. распухшие от водянки, исхудалые от сухотки, — люди с печатью всех пороков и всех страданий на лицах.

Полуголая старуха, в отрепьях, с темным цветом кожи, подобным цвету сухих листьев, чесала себе спину, покрытую язвами, о нежный мрамор ионической колонны.

Посредине двора возвышалось изваяние Аполлона Пифийского с луком в руках и колчаном за спиною.

У самого подножья кумира сидел сморщенный урод, не то дитя, не то старик; обняв колени руками, положив на них подбородок, медленно раскачивался он из стороны в сторону и с тупоумным выражением лица напевал жалобную песенку:

— Иисусе Христе, Сыне Божий, помилуй нас окаянных!

Явился главный смотритель больницы, Марк Авзоний, бледный и дрожащий.

— Мудрейший и милостивый кесарь, не угодно ли тебе будет

пожаловать в мой дом?-Здесь воздух нехороший. И зараза недалеко: отделение прокаженных.

— Ты главный смотритель?

Авзоний, стараясь не дышать, чтобы не заразиться, низко поклонился.

— Раздается ли ежедневно хлеб и вино?

— Все, как повелел блаженный Август.

— Какая грязь!

— Это-галилеяне. Мыться считают грехом: никакими силами не загонишь в баню...

— Вели принести счетные книги, — проговорил Юлиан.

Смотритель упал на колени и пролепетал:

— Государь, все в исправности, но случилось несчастье: книги сгорели...

Император нахмурился.

В это мгновение раздались крики в толпе больных:

— Чудо, чудо! Расслабленный встает!

Юлиан обернулся и увидел, как человек высокого роста, с обезумевшим от радости лицом, с протянутыми к нему руками, с детскою верою в глазах, вставал с гнилой соломенной подстилки.

— Верую, верую, — проговорил расслабленный. — Ты бог, сошедший на землю!' Вот лицо твое, как лицо бога!

Прикоснись ко мне, исцели меня, кесарь!

— Чудо, чудо! — торжествовали больные. — Слава императору, слава Аполлону-Исцелителю!

— И ко мне, и ко мне!-взывали другие.-Скажи слово — исцелюсь!

Заходящее солнце проникло в открытые ворота и нежным светом озарило мраморное лицо Аполлона Дальномечущего. Император взглянул на него, и вдруг все, что делалось в больнице, показалось ему кощунством: очи бога не должны были видеть такого уродства. И Юлиану захотелось очистить древнюю палестру, где некогда упражнялись эллины в вольных играх, — от всей этой галилейской и языческой сволочи, от всего этого смрадного человеческого тлена. О, если бы древний бог воскрес, — как засверкали бы очи его, как засвистели бы стрелы, разя этих калек и расслабленных, очищая душный воздух!

Поспешно и молча вышел он из больницы Аполлона, забыв о счетных книгах Авзония. Догадался, что донос верен, что главный смотритель — взяточник, но такая усталость и отвращение овладели сердцем его, что не хватило духу исследовать обман и проверять.

Когда вернулся во дворец, было поздно. Велел никого не принимать и удалился на свое любимое место, высокую площадку между колоннами, над заливом Босфора.

Весь день прошел в скучных мелких делах, в чиновничьих дрязгах, в проверке счетов. Открывалось множество взяток. Император видел, что лучшие друзья обманывают его. Все эти эллинские ученые, поэты, риторы, которым он отдал управление миром, не меньше грабили казну, чем христианские евнухи и епископы во времена Констанция. Странноприимные дома, убежища философов, вроде монастырей, больницы Аполлона и Афродиты были предлогом для наживы ловких людей, тем более что не одним галилеянам, но и язычникам казались они смешной и кощунственной прихотью кесаря.

Он чувствовал, что все тело его ноет от тяжелой, бесплодной усталости. Потушив лампаду, прилег на походное ложе.

— Надо обдумать в тишине, в спокойствии, — говорил он себе, смотря на вечернее небо.

Но думать не хотелось.

Огромная звезда сияла в темнеющем бездонно-глубоком эфире. Юлиан смежил веки, и сквозь ресницы луч ее мерцал, проникая в сердце, как холодная ласка.

Он очнулся и вздрогнул, почувствовав, что кто-то вошел в комнату. Лунный свет падал между колоннами. Высокий старик с длинной, белой, как лунь, бородой, с глубокими темными морщинами, в которых выражалось не страдание, а усилие воли и мысли, стоял над ложем его.

Юлиан приподнялся и прошептал:

— Учитель! Это ты?..

— Да, Юлиан, я пришел говорить с тобой наедине.

— Я слушаю.

— Сын мой, ты погибнешь, потому что изменил себе.

— И ты, Максим, и ты против меня!..

— Помни, Юлиан: плоды золотых Гесперид вечно зелены и жестки. Милосердие-мягкость и сладость перезрелых, гниющих плодов. Ты постник, ты целомудрен, ты скорбен, ты милосерд, ты называешь себя врагом христиан, но ты сам — христианин. Скажи мне, чем ты хочешь победить Распятого?

— Силой богов — красотой и весельем.

— Есть ли у тебя сила?

— Есть.

— Такая, чтобы вынести полную истину?

— Да.

— Так знай же — их нет.

Юлиан в ужасе заглянул в спокойные, мудрые глаза учителя.

— Про кого ты говоришь: «их нет»? — спросил он дрогнувшим голосом, бледнея.

— Я говорю: нет богов. Ты — один.

Ученик Максима ничего не ответил и опустил голову на грудь.

Глубокая нежность затеплилась в глазах учителя. Он положил руку свою на плечо Юлиану:

— Утешься. Или ты не понял? Я хотел испытать тебя. Боги есть. Видишь, как ты слаб. Ты не можешь быть один. Боги есть-они любят тебя. Только помни: не ты соединишь правду Скованного Титана с правдой Галилеянина Распятого. Хочешь, я скажу тебе, каков будет Он, не пришедший, Неведомый, Примиритель двух миров.

Юлиан молчал, все еще испуганный и бледный.

— Вот Он явится, — продолжал Максим, — как молния из тучи, смертоносный и всеозаряющий. Он будет страшен и бесстрашен. В нем сольются добро и зло, смирение и гордость, как свет и тень сливаются в утренних сумерках.

И люди благословят его не только за милосердие, но и за беспощадность: в ней будет сила и красота богоподобная.

— Учитель, — воскликнул император, — вот, я вижу все это в глазах твоих. Скажи, что ты — Неведомый, и я благословлю тебя и пойду за тобой.

— Нет, сын мой! Я свет от света его, дух от духа его.

Но я еще не он. Я надежда, я предвестник.

— Зачем же скрываешься ты от людей? Явись им, чтобы они узнали тебя...

— Время мое не настало, — ответил Максим. — Уже не раз приходил я в мир и еще приду не раз. Люди боятся меня, называют то великим мудрецом, то соблазнителем, то волшебником — Орфеем, Пифагором, Максимом Эфесским. Но я-Безыменный. Я прохожу мимо толпы с немыми устами, с закрытым лицом. Ибо что могу я сказать толпе? Не поймут они и первого слова моего. Тайна любви и свободы моей для них страшнее смерти. Они так далеки от меня, что даже не распинают меня и не побивают каменьями, как своих пророков, а только не узнают.

Я живу в гробах и беседую с мертвыми, ухожу на горные вершины и беседую со звездами, ухожу в пустыни и прислушиваюсь, как трава растет, как стонут волны моря, как бьется сердце земли, — подстерегаю, не пришло ли время.

Но время еще не пришло, — и я опять ухожу, как тень, с немыми устами и закрытым лицом.

— Не уходи, учитель, не покидай меня!

— Не бойся, Юлиан: я не покину тебя до конца.

Я люблю тебя, потому что ты должен погибнуть из-за меня, возлюбленный сын мой,-и нет тебе спасения.-Прежде чем приду я в мир и откроюсь людям, много еще погибнет великих, отверженных, возмутившихся против Бога, с глубоким и двойственным сердцем, соблазненных мудростью моею, отступников, подобных тебе. Люди проклянут тебя, но никогда не забудут, потому что на тебе моя печать, ты создание мое, ты дитя моей мудрости. Люди поздних грядущих веков узнают в тебе меня, в твоем отчаянии мои надежды, и сквозь позор твой мое величие, как солнце сквозь туман.

— О, божественный, — воскликнул Юлиан, — если слова твои ложь, дай мне умереть за эту ложь, потому что она прекраснее истины!

— Некогда я благословил тебя на жизнь и на царство, император Юлиан; ныне благословляю тебя на смерть и бессмертие. Иди, погибни за Неведомого, за Грядущего, за Антихриста.

С торжественной и тихой улыбкой, как отец, благословляющий сына, старик возложил руки на голову Юлиана, поцеловал его в лоб и сказал:

— Вот опять скрываюсь я в подземный мрак, и никто не узнает меня. Да будет дух мой на тебе!

X

В Великой Антиохии, столице Сирии, в переулке, недалеко от главной улицы Сингон, находились термы, теплые бани. Бани были модные, дорогие. Многие приходили сюда, чтобы услышать последние городские новости.

Между раздевальней и холодильней роскошная зала, вымощенная цветными мраморами и мозаикой, назначена была для потения.

Из соседних зал слышалось непрерывное журчание струй в звонкие купальни, в огромные водоемы, плеск и смех купающихся. Смуглые рабы, голые банщики бегали, суетились, откупоривали сосуды с благовониями. В Антиохии баня была главною радостью жизни — высоким и разнообразным искусством: недаром славилась столица Сирии обилием, вкусом и чистотою воды, такой прозрачной, что наполненная купальня или ведро казались пустыми.

Сквозь млечно-белые пары, подымавшиеся из мраморных отдушин, в зале для потения виднелись красные голые тела. Иные полулежали, другие сидели; некоторых банщики натирали маслом. Все разговаривали и потели, с важным видом. Красота древних изваяний, расставленных по стенам в углублениях, Антиноев и Адонисов, усиливала новое уродство живых человеческих тел.

Из горячей купальни вышел жирный старик, величественной и безобразной наружности, купец Бузирис, державший в руках своих всю торговлю антиохийского хлебного рынка. Стройный молодой человек почтительно поддерживал его под руку. Хотя оба они были голы, но можно было тотчас видеть, кто господин, кто клиент.

— Поддай жару! -проговорил Бузирис повелительным, хрипким голосом: по густоте этого звука легко было заключить, какими миллионами ворочает хлебник.

Открыли два медных крана: горячий пар с шипением вырвался из отдушины и окружил старика белым облаком. Как чудовищный бог в апофеозе, стоял он в этом Облаке, СОПеЛ. кряхтел от наслаждения и похлопывал жирными ладонями по красному мясистому брюху, звучавшему как барабан.

Бывший смотритель странноприимных домов и больниц Аполлона, чиновник квестуры Марк Авзоний, сидел на корточках; крохотный, худенький, рядом с жирной громадой купца, казался он ощипанным и замороженным цыпленком.

Насмешник Юний Маврик никак не мог вызвать пота на своем жилистом, сухом как палка, костлявом теле, пропитанном желчью.

Гаргилиан лежал, растянувшись на мозаичном полу,

дебелый, дряблый, мягкий как студень, огромный как туша борова: пафлагонский раб, задыхаясь от натуги, тер ему пухлую спину мокрой суконкой.

Разбогатевший стихотворец Публий Порфирий Оптатиан с грустной задумчивостью смотрел на свои ноги, изуродованные подагрой.

— Знаете ли, друзья мои, письмо белых быков римскому императору? -спросил поэт.

— Не знаем. Говори.

— Всего одна строчка: «Если ты победишь персов,мы погибли».

— И все?

— Чего же больше?

Белая туша Гаргилиана затряслась от хохота:

— Клянусь Палладою, коротко, но верно! Если только он вернется победителем из Персии, то принесет в жертву богам такое множество белых быков, что эти животные сделаются большею редкостью, чем египетский Апис. Раб, поясницу! Сильнее!

И туша, медленно перевернувшись на другой бок, шлепнулась с таким звуком, как будто бросили на пол кучу мокрого белья.

— Хэ-хэ-хэ! — засмеялся Юний тоненьким, желчным смехом.-Из Индии, с острова Тапробана, привезли, говорят, несметное множество белых редкостных птиц. А откуда-то из ледяной Скифии — огромных диких лебедей. Все для богов. Откармливает олимпийцев. Отощали, бедненькие, со времен Константина!

— Боги объедаются, а мы постимся. Вот уже три дня, как на рынке ни одного колхидского фазана, ни одной порядочной рыбы, — воскликнул Гаргилиан.

— Молокосос!-заметил хлебный купец отрывисто.

Все обернулись, почтительно умолкнув.

— Молокосос!-повторил Бузирис еще более важным и сиплым голосом. — Если бы вашему римскому кесарю, говорю я, прищемить губки или носик, молоко из них потекло бы, как у сосунка двухнедельного. Хотел сбить цену на хлеб, запретил продавать по той, которую сами назначили, 400 000 мер египетской пшеницы выписал...

— И что же? Сбил?

— А вот, слушайте. Подговорил я купцов; заперли житницы;

лучше, думаем, пшеницу сгноим, а не покоримся. Египетский хлеб съели, нашего не даем. Сам заварил, сам расхлебывай!

Бузирис с торжеством хлопнул себя по брюху ладонями.

— Довольно пару. Лей! — приказал купец, и молодой красивый раб, с длинными кудрями, похожий на Антиноя, откупорил над его головой тонкую амфору с драгоценной аравийской кассией. Ароматы полились обильными струями по красному потному телу, и Бузирис растирал густые капли с наслаждением. Потом, умастившись, с важностью вытер толстые пальцы, как о полотенце, о золотистые кудри раба, наклонившего голову.

— Совершенно верно изволила заметить твоя милость, — вставил с поклоном угодливый прихлебателькклиент, — император Юлиан не что иное, как молокосос.

Недавно выпустил он пасквиль на граждан Антиохии под названием Ненавистник бороды, в коем на ругань черни ответствует еще более наглой руганью, прямо объявляя:

"вы смеетесь над моею грубостью, над моею бородой?

Смейтесь сколько угодно! Сам я буду смеяться над собою.

Не надо мне ни суда, ни доносов, ни тюрем, ни казней". — Но, спрашивается, достойно ли сие римского кесаря?

— Блаженной памяти император Констанций, — наставительно заметил Бузирис, — не чета был Юлиану: сразу, по одежде, по осанке видно было — кесарь. А этот, прости Господи, выкидыш богов, коротконогая обезьяна, медведь косолапый, шляется по улицам, неумытый, небритый, нечесаный, с чернильными пятнами на пальцах. Смотреть тошно. Книжки, ученость, философия!-Подожди, проучим мы тебя за вольнодумство. С этим шутить нельзя.

Народ надо держать вот как! Распустишь, — не соберешь.

Марк Авзоний, до тех пор молчавший, проговорил задумчиво:

— Все можно бы простить, но зачем отнимает он у нас последнюю радость жизни — цирк, сражения гладиаторов? Друзья мои, вид крови дает людям блаженство.

Это святая радость. Без крови нет веселья, нет величия на земле. Запах крови — запах Рима...

На лице последнего потомка Авзониев вспыхнуло слабое странное чувство. Он вопросительно обвел слушателей простодушными, не то старческими, не то детскими глазами.

Огромная туша Гаргилиана зашевелилась на полу; подняв

голову, он уставился на Авзония.

— А ведь хорошо сказано: запах крови — запах Рима! Продолжай, продолжай, Марк, ты сегодня в ударе.

— Я говорю, что чувствую, друзья. Кровь так сладостна людям, что даже христиане не могли без нее обойтись: кровью думают они очистить мир. Юлиан делает ошибку: отнимая у народа цирк, отнимает он веселие крови. Чернь простила бы все, но этого не простит...

Последние слова Марк произнес вдохновенным голосом.

Вдруг провел рукой по телу, и лицо его просияло.

— Потеешь?-спросил Гаргилиан с глубоким участием.

— Кажется, потею,— отвечал Авзоний с тихой, восторженной улыбкой. — Три, три скорее спину, пока не простыл,-три!

Он лег. Банщик начал растирать жалкие, бескровные члены его, подернутые синеватой бледностью, как у мертвеца.

Из порфировых углублений, сквозь млечное облако пара, древние эллинские изваяния смотрели на безобразные тела новых людей.

А между тем, в переулке, у входа в термы, собиралась толпа.

Ночью Антиохия блистала огнями, особенно главная улица Сингон, прямая, пересекавшая город, на протяжении 36 стадий, с портиками и двойными колоннадами во всю длину, с роскошными лавками. Перед лестницей бань, озаряя пеструю толпу, пылали уличные светильники, раздуваемые ветром. Смолистая копоть расстилалась клубами с железных подсвечников.

В толпе слышались насмешки над императором. Уличные мальчишки шныряли, выкрикивая насмешливые песенки. Старая поденщица, схватив одного из них и задрав ему рубашонку на голову, ударяла по голому заду звонкой подошвой сандалии, приговаривая:

— Вот тебе, вот тебе! Будешь, чертенок, петь срамные песни!

Смуглолицый мальчик кричал пронзительно.

Другой, вскарабкавшись на спину товарищу, углем чертил карикатуру на белой стене — длиннобородого козла в императорской диадеме. Мальчик постарше, должно быть, школьник, с милым, бойким и плутоватым лицом, выводил под рисунком надпись крупными буквами: «се нечестивый Юлиан».

Стараясь сделать свой голос грубым и страшным,

переваливаясь с ноги на ногу, как медведь, он рычал:

Мясник идет,
Мясник идет,
Острый нож несет,
Бородой трясет,
С шерстью черною,
С шерстью длинною,
Бородой своей козлиною.

Прохожий, старый человек, в темных одеждах, должно быть, церковник, остановился, послушал мальчика, покачал головой, поднял глаза к небу и обратился к рабу-носильщику:

— Из уст младенца правда исходит. Не лучше ли нам жилось при Каппе и Хи?

— Что это значит: Каппа и Хи?

— Не разумеешь? Греческой буквой Каппа начинается имя Констанций, а Хи первая буква в слове Христос. Ни Констанций, ни Христос, говорю я, не сделали жителям Антиохии никакого зла — не то, что разные проходимцыфилософы.

— Что верно, то верно, при Каппе и Хи нам лучше жилось!

Пьяный оборванец, подслушав эту остроту, с торжествующим видом помчался разносить ее по улицам.

— При Каппе и Хи недурно жилось!-кричал он.Да здравствуют Каппа и Хи!

Шутка облетела всю Антиохию, понравившись черни бессмысленной неопровержимостью.

Еще большее веселье царствовало в кабаке, против бань, принадлежавшем каппадокийскому армянину Сираксу: давно уже перенес он торговлю из окрестностей Цезареи близ Мацеллума в Антиохию.

Из козьих мехов, из огромных глиняных амфор щедро цедилось вино в оловянные кубки. Говорили, как и везде, об императоре. Особенным красноречием отличался маленький сириец-солдат, Стромбик, тот самый, который участвовал в походе цезаря Юлиана против севердых варваров Галлии. Рядом с ним был его неизменный спутник и Друг, исполинского роста сармат Арагарий.

Стромбик чувствовал себя, как рыба в воде. Больше всего в мире любил он всевозможные бунты и возмущения.

Он собирался произнести речь.

Старуха тряпичница сообщила новость:

— Погибли, погибли мы все до единого. Покарал Господь! Соседка такое сказывала, что сперва не поверили.

— Что же, старушка?.. Расскажи!..

— В Газе, милые, в городе Газе случилось. Напали язычники на женскую обитель. Выволокли монахинь, раздели, привязали к столбам на площади, рассекли тела их, и, обсыпав ячменем трепещущие внутренности, кинули свиньям!

— Я сам видел, — добавил молодой прядильщик с бледным упрямым лицом, — в Гелиополисе Лаванском язычник пожирал сырую печень убитого дьякона.

— Мерзость! -проговорил медник, нахмурившись.

Многие перекрестились.

При помощи Арагария Стромбик вскарабкался на липкий стол с лужей вина и, подражая ораторам, с величественным видом обратился к толпе. Арагарий одобрительно кивал головой и указывал на него с гордостью.

— Граждане! — начал Стромбик, — доколе будем терпеть? Знаете ли вы, что Юлиан поклялся, вернувшись из Персии победителем, собрать святых мужей и бросить их на съедение зверям? Притворы базилик обратит в сеновалы, алтари в конюшни...

В двери кабака вкатился кубарем горбатый старичок, бледный от страха, муж тряпичницы, стекольщик. Он остановился, в отчаянии ударил себя обеими руками по ляжкам, обвел всех глазами и пролепетал:

— Слышали? Вот так штука! Двести мертвых тел в колодцах и водосточных трубах!

— Когда? Где? Каких мертвых тел? Что такое?

— Тише, тише' — замахал руками стекольщик и продолжал таинственным шепотом:-Говорят, Отступник давно уже гадает по внутренностям живых людей о войне с персами...

И он прибавил, задыхаясь от наслаждения:

— В подвалах антиохийского дворца отыскали ящики с костями. Кости-то человечьи! А в городе Каррах, недалеко от Эдессы, нашли в подземном капище труп беременной женщины, подвешенной за волосы — живот распорот, младенец вынут из чрева! Юлиан гадал по печени неродившегося о будущем — все о проклятой войне с персами, о победе над христианами...

— Эй, Глутурин, правда ли, что в выгребных ямах находят человечьи кости? Ты должен знать,-спросил сапожник.

Глутурин, чистильщик клоак, стоял у дверей, не смея войти, потому что от него дурно пахло. Когда ему предложили вопрос, он, по обыкновению, начал застенчиво улыбаться и моргать воспаленными веками:

— Нет, почтенные, — отвечал он кротко. — Младенцев находили. Еще ослиные и верблюжьи остовы. А человечьих как будто не видать...

Когда Стромбик снова заговорил, чистильщик клоак смотрел на оратора благоговейно и, почесывая голую ногу о косяк двери, слушал с неизъяснимым наслаждением.

— Мужи-братья, отомстим!-восклицал оратор пламенно. — Умрем за свободу, как древние римляне!..

— Чего глотку дерешь?-рассердился вдруг сапожник. — Как до дела, небось, первый улизнешь, а других на смерть посылаешь...

— Трусы вы, трусы!-вмешалась в разговор нарумяненная и набеленная женщина в пестром бедном наряде, уличная блудница, называемая поклонниками попросту Волчихой.

— Знаете ли вы, — продолжала она с негодованием,что сказали палачам святые мученики Македоний, Феодул и Татиан?

— Не знаем. Говори, Волчиха!

— Сама слышала. В Мирре Фригийской три юноши, Македоний, Феодул и Татиан, ночью вошли в эллинский храм и сокрушили идолов во славу Божью. Проконсул Амахий схватил исповедников и, положив на железные сковороды, велел развести огонь. Они же говорили: «Если ты, Амахий, хочешь испробовать жареного мяса, повороти нас на другой бок, чтобы мы на твой вкус не показались недопеченными». И все трое засмеялись и плюнули ему в лицо. И многие видели, как ангел слетел с тремя венцами.-Небось, вы бы так не ответили? Только за свою шкуру трястись умеете. Смотреть тошно!

Волчиха отвернулась с презрением.

С улицы долетели крики.

— Уж не идолов ли бьют? -обрадовался стекольщик.

— Граждане, за мною!-размахивал руками Стромбик. Он хотел соскочить со стола, но, поскользнувшись, грохнулся бы на пол, если бы верный Арагарий не принял его с нежностью в свои объятья.

Все кинулись к дверям. С главной улицы Сингон двигалась огромная толпа и, запрудив тесный переулок, остановилась перед банями.

— Старец Памва, старец Памва! -сообщали друг другу с радостью. — Из пустыни пришел народ обличить, великих низвергнуть, малых спасти!

XI

У старца было грубое, широкоскулое лицо; весь он оброс волосами; вместо туники, облекал его холщовый заплатанный мешок, вместо хламиды — пыльный бараний мех, с куколем для головы; на ходу позвякивал он длинной палкой с острым наконечником. Двадцать лет не мылся Памва, потому что считал опрятность тела греховной, веря, что есть особый дьявол чистоты телесной. В страшной пустыне, Берее Халибонской, на восток от Антиохии, где змеи и скорпионы гнездились на дне выжженных колодцев, жил он в одном из таких колодцев, питаясь в день пятью стеблями особого тростника, мучнистого и сладкого. Едва не умер от изнурения. Тогда ученики стали ему спускать пищу. Он разрешил себе в день половину секстария чечевицы, смоченной водою. Зрение его ослабело, кожа покрылась шелудями. Он прибавил немного масла, но стал обвинять себя в чревоугодии.

Памва узнал от учеников, что овец Христовых гонит лютый волк-Антихрист, император Юлиан, покинул пустыню и пришел в Антиохию укрепить ослабевших в вере.

— Слушайте, слушайте, — старец говорит!

Памва взошел на лестницу перед банями, остановился на мраморной площадке, у подножия светильников, и обвел вокруг себя рукою, указывая народу на языческие храмы, термы, лавки, дворцы, судилища, памятники.

— Не останется камня на камне! Все пройдет, все погибнет. Вспыхнет огонь и пожрет мир. Небеса с шумом совьются, как обугленный свиток. Се-страшный суд Христов, необъятное зрелище! Куда обращу мои взоры?

Чем полюбуюсь? Не тем ли, как Афродита, богиня любви, с маленьким сыном Эросом, трепещет в наготе своей перед лицом Распятого? Как Зевс, с потухшими громами, и все олимпийские боги бегут от громов Всевышнего?

Торжествуйте, мученики! Веселитесь, гонимые! Где ваши судьи — римские начальники, проконсулы? Вот охвачены они пламенем сильнее того, на котором жгли христиан.

Философы, гордившиеся суетной мудростью, покраснеют от стыда перед учениками своими, пылая в геенне, и уже не помогут им ни силлогизмы Аристотеля, ни доказательства Платона! Завопят трагические актеры, как не вопили ни в одной трагедии Софокла и Эсхила! Запрыгают канатные плясуны на адском огне, с проворством невиданным! Тогда мы, люди грубые и невежественные, содрогнемся от радости и скажем сильным, разумным и гордым: вот, смотрите. Осмеянный, вот Распятый, Сын плотника и поденщицы, вот Царь Иудеи, покрытый багряницей, венчанный терновым! Вот Нарушители Субботы, Самаритянин, Одержимый бесом! Вот Кого связали вы в претории. Кому плевали в лицо. Кого напоили желчью и уксусом!

И услышим мы в ответ вопль и скрежет зубовный, и посмеемся, и насытим сердце наше веселием. Ей, гряди, Господи Иисусе!

Глутурин, чистильщик клоак, упал на колени и, моргая воспаленными веками, как бы видя Христа грядущего, простирал к нему руки. Медник, крепко сжав кулаки, замер, как бык, готовый сделать страшный прыжок. Бледнолицый долговязый прядильщик, дрожа всеми членами, бессмысленно улыбался и бормотал: «Господи, Господи, помилуй!» На грубых лицах бродяг и чернорабочих выражалось злорадное торжество слабых над сильными, рабов над господами. Блудница Волчиха, оскалив зубы, тихонько смеялась, и неукротимая жажда мести сверкала в ее глазах, пьяных и грозных.

Вдруг послышалось бряцание оружия, стройный, тяжкий топот. Из-за угла появились римские воины — ночная стража. Впереди шел префект Востока, Саллюстий Секунд.

У него была чиновничья римская голова, четырехугольная, с горбатым орлины.м носом, с широким голым черепом, с умным, спокойным и добрым взглядом; простая сенаторская латиклава облекла его; в осанке не было никакой важности, но простота и благородство древнего патриция.

Из-за круглой далекой крыши Пантеона, воздвигнутого

Антиохом Селевком, медленно выплывала громадная тускло-багровая луна; зловещие отблески задрожали на медных римских щитах, шлемах и панцирях.

— Разойдитесь, граждане, — обратился Саллюстий к толпе. — Повелением блаженного августа воспрещены ночные собрания на улицах.

Чернь загудела и заволновалась. Ребятишки подняли свист; визгливый дерзкий голосок затянул песенку:

Ку-ку-ре-ку!
Горе бедным петушкам,
Горе беленьким бычкам,
Перебьет их император
В жертву мерзостным богам!

Раздался быстрый грозный лязг железа: римские легионеры, все сразу, вынули мечи из ножен, готовые кинуться в толпу.

Старец Памва застучал железным острием клюки о мраморные плиты и закричал:

— Здравствуй, храброе сатанинское воинство, здравствуй, премудрый начальник римский! Вспомнили, должно быть, старину, когда вы нас жгли, древней философии учили, а мы за вас Богу молились. Ну, что же — добро пожаловать!..

Легионеры подняли мечи. Префект остановил их движением руки.

Он видел, что толпа в его власти.

— Чем вы грозите нам, глупые? — продолжал Памва, обращаясь к Саллюстию. — Что вы можете? Довольно нам одной темной ночи и двух-трех факелов, чтобы отомстить.

Вы боитесь аламанов и персов; мы-страшнее аламанов и персов! Мы-всюду, мы-среди вас, бесчисленные, неуловимые! Нет у нас границ, нет отечества; мы признаем одну республику-вселенную! Мы-вчерашние, и уже наполняем мир — наши города, крепости, острова, муниципии, советы, лагери, трибы, декурии, дворцы, сенат, форум,-только храмы еще оставляем вам. О, как истребили бы мы вас, если бы только не наше смирение, не наше милосердие, если бы не хотели мы лучше быть убиваемы, чем убивать! Не надо нам ни меча, ни огня: так много нас, что стоит лишь всем сразу удалиться — и вы погибли, города ваши опустеют, вы ужаснетесь своему одиночеству-молчанию мира; остановится всякая жизнь, пораженная смертью. Помните же: Римская империя сохраняется только нашим христианским терпением!

Все взоры обращены были на Памву: никто не заметил, как человек, в грубой старой хламиде странствующего философа, с желтым исхудалым лицом, с косматыми волосами и длинной черной бородой, окруженный несколькими спутниками, быстро прошел среди римских воинов, почтительно перед ним расступившихся. Он наклонился к префекту Саллюстию и шепнул ему на ухо:

— Зачем медлишь?

— Если подождать, — отвечал Саллюстий, — сами разойдутся. И без того у галилеян слишком много мучеников, чтобы делать новых: они летят на смерть, как пчелы на мед.

Человек в одежде философа, выступив вперед, произнес громким, твердым голосом, как военачальник, привыкший повелевать:

— Разогнать толпу! Схватить мятежников!

Все сразу обернулись. Раздался крик ужаса:

— Август, август Юлиан!

Воины бросились в толпу с обнаженными мечами; повалили старушку тряпичницу. В ногах легионеров барахталась она и визжала. Некоторые, бежали. Прежде всех скрылся маленький Стромбик. Произошла свалка. Полетели камни. Медник, защищая Памву, бросил камень в легионера, но попал в стоявшую рядом Волчиху. Она слабо вскрикнула и упала, обливаясь кровью, думая, что умирает мученицей.

Воин схватил Глутурина. Но чистильщик клоак отдался с такой готовностью-доля страдальца, всеми почитаемого, казалась ему раем в сравнении с его обыкновенной жизнью впроголодь, — и от его отрепьев так дурно пахло, что легионер тотчас же с отвращением выпустил пленника.

В середину толпы, с ослом, нагруженным свежей капустой, нечаянно затесался погонщик. Все время, с разинутым ртом, слушал он старца. Заметив опасность, хотел убежать, но осел заупрямился. Напрасно погонщик сзади колотил его палкой и понукал; упершись в землю передними ногами, пригнув уши и подняв хвост, животное издавало оглушительный рев.

И долго этот ослиный рев звучал над толпой, заглушая стоны умирающих, брань солдат, молитвы христиан.

Врач Орибазий, бывший среди спутников Юлиана, подошел к

нему:

— Юлиан, что ты делаешь? Достойно ли твоей мудрости?..

Август посмотрел на него так, что он запнулся и умолк.

Юлиан не только изменился, но и постарел в последнее время: на осунувшемся лице его было то жалкое, страшное выражение, которое бывает у людей, одержимых медленной, неисцелимой болезнью или одной всепоглощающей мыслью, близкой к сумасшествию.

В сильных руках он рвал и комкал, сам того не замечая, случайно попавший в них папирусный свиток — свой собственный указ. Наконец, заглянув прямо в глаза Орибазию, произнес глухим сдавленным шепотом:

— Поди прочь от меня, и все вы подите прочь с вашими советами, глупцы! Я знаю, что делаю. С негодяями, не верующими в богов, нельзя говорить, как с людьми,надо истреблять их, как хищных зверей… И, наконец, что за беда, если десяток-другой галилеян будут убиты рукой одного эллина?

У Орибазия мелькнула мысль: «Как он похож теперь на своего двоюродного брата Констанция в минуты ярости».

Юлиан закричал толпе голосом, который ему самому казался чужим и страшным:

— Пока еще, милостью богов, я — император, слушайтесь меня, галилеяне! Вы можете смеяться над бородой и одеждой моей, но не над римским законом. Помните: я казню вас не за веру, а за бунт. — В цепи негодяя!

Он указал на Памву дрожащей рукой. Старца схватили два белокурых голубоглазых варвара.

— Лжешь, богохульник! — вопил торжествующий Памва.-За веру Христову казнишь! Зачем же ты не милуешь меня, как некогда Мариса, слепца халкедонского? Зачем, по обычаю своему, не прикрываешь насилие ласкою, уду приманкою? Где твоя философия? Или времена уж не те?

Слишком далеко зашел? Братья, убоимся не кесаря римского, а Бога Небесного!..

Теперь никто уж не думал бежать. Страдальцы заражали друг друга бесстрашием. Батавы и кельты ужасались этой готовности умереть, смеющимся, кротким и безумным лицам. Под удары мечей и копий кидались даже дети.

Юлиан хотел остановить побоище, но было поздно: «пчелы летели на мед». Он мог только воскликнуть, с отчаянием и презрением:

— Несчастные! Если жизнь вам надоела, разве трудно найти веревки и пропасти!..

А Памва, связанный, поднятый на воздух, кричал еще радостнее:

— Избивайте, избивайте нас, римляне, — да преумножимся! Цепи — наша свобода, слабость — наша сила, победа наша — смерть!

XII

Вниз по течению Оронта, в сорока стадиях от Антиохии, была знаменитая роща Дафны, посвященная богу Аполлону.

Однажды девственная нимфа, — рассказывали поэты,бежала от преследований Аполлона с берегов Пинея и остановилась на берегах Оронта, изнеможенная, настигаемая богом. Она обратилась с мольбою к матери своей, Латоне, и та, чтобы избавить ее от объятий Солнца, превратила в лавровое дерево — Дафну. С тех пор Аполлон больше всех деревьев любит Дафну, и гордой зеленью лавра, непроницаемой для лучей солнца и все-таки вечно ими ласкаемой, обвивает лиру и кудри свои; Феб посещает место превращения Дафны, густую рощу лавров в долине Оронта, и грустит и вдыхает благовоние темной листвы, согретой, но не побежденной солнцем, таинственной и печальной даже в самый яркий день. Здесь люди воздвигли ему храм и ежегодно празднуют священные торжества — панегирии, в честь бога Солнца.

Юлиан выехал из Антиохии рано поутру, нарочно никого не предупредив: ему хотелось узнать, помнят ли антиохийцы священное празднество Аполлона. По дороге мечтал он о празднестве, ожидая увидеть толпы богомольцев, хоры в честь бога Солнца, возлияния, дым курений, отроков и дев, восходящих по ступеням храма, в белой одежде — символе непорочной юности.

Дорога была трудная. С каменистых равнин Бореи Халибенской дул порывами знойный ветер. Воздух пропитан был едкой гарью лесного пожара, синеватой мглою, расстилавшейся из дремучих теснин горы Казия. Пыль раздражала глаза и горло, хрустела на зубах. Сквозь дымную воспаленную мглу солнечный свет казался мутно-красным, болезненным.

Но только что император вступил в заповедную рощу Аполлона Дафнийского, благоуханная свежесть охватила его. Трудно было поверить, что этот рай находится в нескольких шагах от знойной дороги. Роща имела в окружности восемьдесят стадий. Здесь, под непроницаемыми сводами исполинских лавров, разраставшихся в течение многих столетий, царили вечные сумерки.

Император удивлен был пустынностью: ни богомольцев, ни жертв, ни фимиама — никаких приготовлений к празднику. Он подумал, что народ близ храма, и пошел дальше.

Но с каждым шагом роща становилась пустыннее.

Странная тишина не нарушалась ни одним звуком, как на покинутых кладбищах. Даже птицы не пели; они залетали сюда редко; тень лавров была слишком мрачной. Цикада начала было стрекотать в траве, но тотчас умолкла, как будто испугавшись своего голоса. Только в узкой солнечной полоске полуденные насекомые жужжали слабо и сонно, не смея вылететь из луча в окрестную тень.

Юлиан выходил иногда на более широкие аллеи, между двумя бархатистыми титаническими стенами вековых кипарисов, кидавших черную как уголь, почти ночную тень.

Сладким и зловещим ароматом веяло от них.

Кое-где скрытые подземные воды питали мягкий мох.

Всюду струились ключи, холодные, как только что растаявший снег, но беззвучные, онемевшие от грусти, как все в этом очарованном лесу.

В одном месте из щели камня, обросшего мхом, медленно сочились светлые капли и падали одна за другой. Но глубокие мхи заглушали их падение. капли были безмолвны, как слезы немой любви.

Попадались целые луга дикорастущих нарциссов, маргариток, лилий. Здесь было много бабочек, но не пестрых, а черных. Луч полуденного солнца с трудом пронизывал лавровую и кипарисовую чащу, делался бледным, почти лунным, траурным и нежным, как будто проникал сквозь черную ткань или дым похоронного факела.

Казалось, Феб навеки побледнел от неутешной скорби о Дафне, которая под самыми жгучими лобзаниями бога, оставалась все такою же темною и непроницаемою, все так же хранила под ветвями своими ночную прохладу и тень.

И всюду в роще царили запустение, тишина, сладкая грусть

влюбленного бога.

Уже мраморные, величавые ступени и столпы Дафнийского храма, воздвигнутого во времен Диадохов, сверкнули, ослепительно белые среди кипарисов, — а Юлиан все еще не встречал никого.

Наконец, увидел он мальчика лет десяти, который шел по дорожке, густо заросшей гиацинтами. Это было слабое, должно быть, больное, дитя; странно выделялись черные глаза, с голубым сиянием, на бледном лице древней, чисто эллинской прелести; золотые волосы падали мягкими кольцами на тонкую шею, и на висках виднелись голубоватые жилки, как на слишком прозрачных лепестках, выросших в темноте цветов.

— Не знаешь ли, дитя мое, где жрецы и народ? — спросил Юлиан.

Ребенок ничего не ответил, как будто не слышал.

— Послушай, мальчик, не можешь ли провести меня к верховному жрецу Аполлона?

Он тихо покачал головой и улыбнулся.

— Что с тобою? Отчего не отвечаешь?

Тогда маленький красавец указал на свои губы, потом на оба уха и еще раз, уже не улыбаясь, покачал головой.

Юлиан подумал: «Должно быть, глухонемой от рождения».

Мальчик, приложив палец к бледным губам, смотрел на императора исподлобья— Дурное предзнаменование! — прошептал Юлиан.

И ему сделалось почти страшно, в тишине, запустении и сумраке Аполлоновой рощи, с этим глухонемым ребенком, пристально и загадочно смотревшим ему в глаза, прекрасным, как маленький бог.

Наконец, мальчик указал императору на старичка, выходившего из-за деревьев, в заплатанной и запачканной одежде, по которой Юлиан узнал жреца. Сгорбленный, дряхлые, слегка пошатываясь, как человек, сильно выпивший, старичок смеялся и что-то бормотал на ходу. У него был красный нос и гладкая круглая плешь во всю голову, обрамленная мелкими седыми кудерками, такими легкими и пушистыми, что они, почти стоя, окружали его лысину; в подслеповатых, слезящихся глазах светилось лукавство и добродушие. Он нес довольно большую лозниковую корзину.

— Жрец Аполлона? — спросил Юлиан.

— Я самый и есть! Имя мое Горгий. А чего тебе здесь нужно, добрый человек?

— Не можешь ли мне указать, где верховный жрец храма и богомольцы?

Горгий сперва ничего не ответил, только поставил корзину на землю; потом начал усердно растирать себе ладонью голую маковку; наконец, подпер бока обеими руками, склонил голову набок и не без плутовства прищурил левый глаз.

— А почему бы мне самому не быть верховным жрецом Аполлона? -произнес он с расстановкой.-И о каких это богомольцах говоришь ты, сын мой, — да помилуют тебя олимпийцы!

От него разило вином. Юлиан, которому этот верховный жрец казался непристойным, уже собирался сделать строгий выговор.

— Ты, должно быть, пьян, старик!..

Горгий ничуть не смутился, только начал еще усерднее растирать голую маковку и с еще большим плутовством прищурил глаз.

— Пьян— не пьян. Ну, а кубков пять хватил для праздника!.. И то сказать, не с радости, а с горя пьешь.

Так-то, сын мой,-да помилуют тебя олимпийцы!.. Ну, а кто же ты сам? Судя по одежде, странствующий философ, или школьный учитель из Антиохии?

Император улыбнулся и кивнул головой. Ему хотелось выспросить жреца.

— Ты угадал. Я учитель.

— Христианин?

— Нет, эллин.

— Ну то-то же, а то много их здесь шляется, безбожников...

— Ты все еще не сказал мне, старик, где народ? Много ли прислано жертв из Антиохии? Готовы ли хоры?

— Жертв? вон чего захотел!-засмеялся старичок и так клюнул носом, что едва не упал. — Ну, брат, этого мы давно уже не видали -со времен Константина!..

Горгий с безнадежностью махнул рукой и свистнул:

— Конечно! Люди забыли богов... Не то что жертв, иногда не бывает у нас и горсти жертвенной муки — лепешку богу испечь — ни зернышка ладана, ни капли масла для лампад: ложись да помирай!-Вот что, сын мой,-да помилуют тебя олимпийцы! Все монахи оттягали. А еще дерутся, с жиру бесятся... Песенка наша спета! Плохие времена... А ты говоришь — не пей. Нельзя с горя не выпить, почтенный. Если бы я не пил, так уж давно бы повесился!..

— Неужели никто из эллинов не пришел к великому празднику? — спросил Юлиан.

— Никто, кроме тебя, сын мой! Я-жрец, ты-народ.

Вот и принесем вместе жертву.

— Ты только что сказал, что у тебя нет жертвы.

Горгий с удовольствием поласкал себя по голой маковке.

— Нет чужой, есть своя. Сам позаботился! Три дня мы с Эвфорионом, — он указал на глухонемого мальчика,голодали, чтобы скопить деньги на жертву Аполлону.

Гляди!

Он приподнял лозниковую крышку корзины; связанный гусь высунул голову и загоготал, стараясь вырваться.

— Хэ-хэ-хэ! Чем не жертвочка?-усмехнулся старик с гордостью. — Гусь, хотя не молодой и не жирный, а все-таки птица добрая, священная. Дымок от жареного будет вкусный. Бог и этому должен быть рад, по нынешним временам!.. До гусей боги лакомы,-прибавил он, сощурив глаз, с лукавым и проницательным видом.

— Давно ли ты жрецом? — спросил Юлиан.

— Давненько. Лет сорок, — может быть, и больше.

— Твой сын?-указал император на Эвфориона, который смотрел все время пристально и задумчиво, как будто желая угадать, о чем они говорят.

— Нет, не сын. Я один — ни детей, ни родных. Эвфорион помощник мой при богослужении.

— Кто же родители?

— Отца не знаю, да и едва ли кто-нибудь знает.

А мать — великая сивилла Диотима, много лет жившая при этом храме. Она не говорила ни с кем, не поднимала покрова с лица перед мужами и была целомудренна, как весталка. Когда у нее родился ребенок, мы удивились и не знали, что подумать. Но один мудрый столетний иерофант сказал нам...

При этом Горгий с таинственным видом заслонил ладонью рот и прошептал на ухо Юлиану, как будто мальчик мог услышать:

— Иерофант сказал, что ребенок не сын человека, а бога,

сошедшего тайно ночью в объятия сивиллы, когда она спала внутри храма. — Видишь, как он прекрасен?

— Глухонемой-сын бога?-проговорил император с удивлением.

— Что же? — возразил Горгий. — Если бы в такие времена, как наши, сын бога и пророчицы не был глухонемым, он должен бы умереть от скорби. И то видишь, как он худ и бледен...

— Кто знает? — прошептал Юлиан с грустной улыбкой, — может быть, ты прав, старик: в наши дни пророку лучше быть глухонемым...

Вдруг мальчик подошел к Юлиану, быстро схватил его руку и, заглянув ему в глаза глубоким, странным взором, поцеловал ее.

Юлиан вздрогнул.

— Сын мой!-произнес старичок с торжественной и радостной улыбкой,-да помилуют тебя олимпийцы!ты, должно быть, добрый человек. Мальчик мой никогда не ласкается к злым и нечестивым. От монахов же бегает, как от чумы. Мне кажется, он видит и слышит больше нас с тобой, только не может сказать. Случалось, что я заставал его одного в храме; сидит по целым часам перед изваянием Аполлона и смотрит, как будто беседует с богом...

Лицо Эвфориона омрачилось; он тихонько отошел от них.

Горгий ударил себя по голой маковке с досадой, встряхнулся и проговорил:

— Что это, как я с тобой заболтался! Солнце высоко.

Пора жертву приносить. Пойдем.

— Подожди, старик, — молвил император, — я хотел спросить тебя еще об одном: слышал ли ты, что август Юлиан задумал восстановить почитание древних богов?

— Как не слышать! -жрец покачал головой и махнул рукой. — Куда ему, бедняжке!.. Ничего не выйдет. Пустое.

Я говорю тебе: кончено!

— Ты веришь в богов, — возразил Юлиан: — разве могут олимпийцы покинуть людей навсегда?

Старик тяжело вздохнул и опустил голову.

— Сын мой,-проговорил он, наконец,-ты молод, хотя уже ранняя седина сверкает в волосах твоих и на лбу морщины; но в те дни, когда мои белые волосы были черными и молодые девушки засматривались на меня, помню, однажды плыли мы на корабле недалеко от Фессалоник и увидели с моря гору Олимп; подошва и середина горы были в тумане, а снежные вершины висели в воздухе и реяли, во славе неба и моря, недосягаемые, лучезарные.

И я подумал: вот где живут боги! — и умилился душою.

Но на том же корабле был некий старец, злой шутник, который называл себя эпикурейцем. Он указал на гору и молвил: «Друзья, много лет прошло с тех пор, как путешественники взошли на вершину Олимпа. Они увидели, что это самая обыкновенная гора, точь-в-точь такая же, как другие: там нет ничего, кроме снега, льда и камня».

Так он молвил, и слово его глубоко запало мне в сердце, и я вспоминаю его всю жизнь...

Император улыбнулся:

— Старик, вера твоя детская. Если нет богов на Олимпе, почему бы не быть им выше, в царстве вечных Идей, в царстве духовного Света?

Горгий еще ниже опустил голову и безнадежно почесал себе маковку.

— Так-то оно так... А все же-кончено. Опустел Олимп!

Юлиан посмотрел на него молча, с удивлением.

— Видишь ли, — продолжал Горгий, — ныне земля рождает людей столь же слабых, как и жестоких; боги, даже гневаясь, могут только смеяться над ними, — истреблять их не стоит: сами погибнут от болезней, пороков и печалей. Богам стало скучно с людьми-и боги ушли...

— Ты думаешь, Горгий, что род человеческий должен погибнуть?

Жрец покачал головой:

— О-хо-хо, сын мой,-да спасут тебя олимпийцы!все пошло на убыль, все — на ущерб. Земля стареет. Реки текут медленнее. Цветы весной уже не так благоухают.

Недавно рассказывал мне старый корабельщик, что, подъезжая к Сицилии, теперь нельзя уже видеть Этну с моря на таком расстоянии, как прежде: воздух сделался гуще, темнее; солнце потускнело... Кончина мира приближается...

— Скажи мне, Горгий, на твоей памяти были лучшие времена?

Старик оживился, и глаза его загорелись огнем воспоминаний:

— Как приехал я сюда, в первые годы Константина кесаря,-

проговорил он радостно,-еще великие панегирии совершались ежегодно в честь Аполлона. Сколько влюбленных юношей и дев собиралось в эту рощу! И как луна сияла, как пахли кипарисы, как пели соловьи! Когда их песни замирали, воздух трепетал от ночных поцелуев и вздохов любви, как от шелеста невидимых крыльев...

Вот какие это были времена!

Он умолк в печальном раздумьи.

В это мгновение из-за деревьев явственно донеслись унылые звуки церковного пения.

— Что это? — произнес Юлиан.

— Монахи: каждый день молятся над костями мертвого галилеянина...

— Как, мертвый галилеянин-здесь, в заповедной роще Аполлона?

— Да. Они называют его мучеником Вавилою. Тому уже лет десять, брат императора Юлиана, цезарь Галл, перенес из Антиохии мертвые кости Вавилы в Дафнийскую рощу и построил пышную гробницу. С тех пор умолкли пророчества: храм осквернен, и бог удалился...

— Кощунство! — воскликнул император.

— В этот самый год, — продолжал старик, — у девственной сивиллы Диотимы родился глухонемой сын, что было недобрым знамением. Воды Кастальского источника, заваленные камнем, оскудели и потеряли силу пророческую. Не иссякает один лишь священный родник, называется он Слезы Солнца, видишь там, где теперь сидит мой мальчик. Капля за каплей струится из мшистого камня.

Говорят, что Гелиос плачет о нимфе, превращенной в лавр... Эвфорион проводит здесь целые дни.

Юлиан оглянулся. Перед мшистым камнем мальчик сидел неподвижно и, подставив ладонь, собирал в нее падавшие капли. Луч солнца проник сквозь лавры, и медленные слезы сверкали в нем, чистые, тихие. Тени странно шевелились; и Юлиану вдруг почудилось, что два прозрачных крыла трепещут за спиной мальчика, прекрасного, как бог; он был так бледен, так печален и прекрасен, что император подумал: «это — сам Эрос, маленький, древний бог любви, больной и умирающий в наш век галилейского уныния. Он собирает последние слезы любви, слезы бога о Дафне, погибшей красоте».

Глухонемой сидел неподвижно; большая черная бабочка, нежная и погребальная, опустилась ему на голову. Он ее не почувствовал, не шевельнулся. Зловещей тенью трепетала она над его склоненной головой. А золотые Слезы Солнца, одна за другой, медленно падали в ладонь Эвфориона, и над ним кружились звуки церковного пения, похоронные, безнадежные, раздаваясь все громче и громче.

Вдруг из-за кипарисов послышались другие голоса, вблизи:

— Август здесь!..

— Зачем пойдет он один в Дафну?

— Как же? сегодня великие панегирии Аполлона.Смотрите, вот он! Юлиан, мы ищем тебя с раннего утра!

Это были греческие софисты, ученые, риторы — обычные спутники Юлиана: и постник неопифагореец Приск из Эпира, и желчный скептик Юний Маврик, и мудрый Саллюстий Секунд, и тщеславнейший из людей, знаменитый антиохийский ритор Либани.

Август не обратил на них внимания и даже не поздоровался.

— Что с ним? — шепнул Юний на ухо Приску.

— Должно быть, сердится, что к празднику не сделано приготовлений. Забыли мы! Ни одной жертвы...

Юлиан обратился к бывшему христианскому ритору, ныне верховному жрецу Астарты, Гекэболию:

— Пойди в соседнюю часовню и скажи галилеянам, совершающим служение над мертвыми костями, чтобы пришли сюда.

Гекэболий направился к часовне, скрытой деревьями, откуда доносилось пение.

Горгий, держа в руках корзину с гусем, стоял, не двигаясь, с раскрытым ртом, с выпученными глазами. Иногда, в отчаянной решимости, принимался он растирать свою плешь. Ему казалось, что он выпил много вина и все это видит во сне. Холодный пот выступил у него на лбу, когда он вспомнил, что наговорил этому «учителю» об августе Юлиане и о богах. Ноги подкосились от ужаса. Он упал на колени.

— Помилуй, кесарь! Забудь мои дерзкие речи: я не знал...

Один из услужливых философов хотел оттолкнуть старика:

— Убирайся, дурак! Чего лезешь?

Юлиан запретил ему:

— Не оскорбляй жреца! Встань, Горгий! Вот рука моя. Не бойся. Пока я жив, никто ни тебе, ни твоему мальчику не сделает зла. Оба мы пришли на панегирии, оба любим старых богов — будем же друзьями и встретим праздник Солнца радостным сердцем!

Церковное пение умолкло. В кипарисовой аллее показались бледные, испуганные монахи, дьяконы и сам иерей, не успевший снять облачения. Их вел Гекэболий. Пресвитер — толстый человек, с лоснящимся медно-красным лицом, переваливался, пыхтел, отдувался и вытирал пот со лба. Остановившись перед августом, поклонился низко, достав рукою до земли, и сказал, точно пропел, густым приятным голосом, за который его особенно любили прихожане:

— Да помилует человеколюбивейший август недостойных рабов своих!

Поклонился еще ниже, и когда, кряхтя, подымался, два молодых проворных послушника, очень похожих друг на друга, долговязых, с желтыми, как воск, вытянутыми лицами, подсобляли ему с обеих сторон, поддерживая за руки.

Один из них забыл положить кадило, и тонкая струйка дыма подымалась с углей. Эвфорион, увидев издали монахов, бросился стремительно бежать. Юлиан сказал:

— Галилеяне! Повелеваю вам очистить священную рощу Аполлона от костей мертвеца — до завтрашней ночи.

Насилия делать мы не желаем, но если воля наша не будет исполнена, то мы сами позаботимся о том, чтобы Гелиос избавлен был от кощунственной близости галилейского праха: я пришлю сюда моих воинов, они выроют кости, сожгут и развеют пепел по ветру. Такова наша воля, граждане!

Пресвитер кашлянул тихонько, закрыв рукою рот, и, наконец, смиреннейшим голосом пропел:

— Всемилостивейший кесарь, сие для нас прискорбно, ибо давно уже св. Мощи покоятся здесь по воле цезаря Галла. Но да будет воля твоя: доложу епископу.

В толпе послышался ропот. Мальчишка, спрятавшись в лавровую чащу, затянул было песенку:

Мясник идет,
Мясник идет,
Острый нож несет,
Бородой трясет,
С шерстью черною,
С шерстью длинною,

Бородой своей козлиною,
Из нее веревки вей!

Но шалуну дали такого подзатыльника, что он убежал с ревом.

Пресвитер, полагая, что следует для благопристойности заступиться за Мощи, опять смиренно кашлянул в руку и начал:

— Ежели мудрости твоей благоугодно утвердить сие по причине идола...

Он поскорее поправился:

— Эллинского бога Гелиоса...

Глаза императора сверкнули:

— Идола! — вот ваше слово. Какими глупцами считаете вы нас, утверждая, что мы боготворим самое вещество кумиров-медь, камень, дерево! Все ваши проповедники желают в этом и других, и нас, и самих себя уверить. Но это-ложь! Мы чтим не мертвый камень, медь или дерево, а дух, живой дух красоты в наших кумирах, образцах чистейшей божеской прелести. Не мы идолопоклонники, а вы, грызущиеся, как звери, из-за «омоузиос» и «омойузиос», из-за одной йоты, — вы, лобызающие гнилые кости преступников, казненных за нарушение римских законов, вы, именующие братоубийцу Констанция «вечностью», «святостью»!

Обоготворять прекрасное изваяние Фидия не разумнее ли, чем преклоняться перед двумя деревянными перекладинами, положенными крест-накрест, — позорным орудием пытки? Краснеть ли за вас, или жалеть вас, или ненавидеть? Это — предел безумия и бесславия, что потомки эллинов, читавшие Платона и Гомера, стремятся... куда же?-о мерзость!-к отверженному племени, почти истребленному Веспасианом и Титом, — чтобы обожествить мертвого Иудея!.. И вы еще смеете обвинять нас в идолопоклонстве!

Невозмутимо, то расправляя всей пятерНей черно-серебристую мягкую бороду, то вытирая крупные капли пота с широкого лоснящегося лба, пресвитер посматривал на Юлиана искоса, с утомлением и скукой.

Тогда император сказал философу Приску:

— Друг мой, ты знаешь древние обряды эллинов: соверши Делосские таинства, необходимые для очищения храма от кощунственной близости мертвых костей. Вели также поднять камень с Кастальского источника, да возвратится бог в свое жилище, да возобновятся древние пророчества.

Пресвитер заключил беседу нижайшим поклоном, со смирением, в котором чувствовалось неодолимое упрямство.

— Да будет воля твоя, могущественный август! Мыдети, ты — отец. В Писании сказано: всякая душа властем предержащим да повинуется: несть бо власть, аще не от Бога...

— Лицемеры!-воскликнул император.-Знаю, знаю ваше смирение и послушание. Восстаньте же на меня и боритесь, как люди! Ваше смирение-ваше змеиное жало. Вы уязвляете им тех, перед кем пресмыкаетесь. Хорошо сказал про вас собственный Учитель ваш. Галилеянин: горе вам, книжники и фарисеи, лицемеры, что уподобляетесь выбеленным гробам, которые снаружи кажутся красивыми, а внутри полны костей мертвых и всякой нечистоты. — Воистину наполнили вы мир гробами выбеленными и нечистотой! Вы припадаете к мертвым костям и ждете от них спасения; как черви гробовые, питаетесь тленом. Тому ли учил Иисус?

Повелел ли ненавидеть братьев, которых называете вы еретиками за то, что они верят не так, как вы? -Да обратится же на вас из уст моих слово Распятого: горе вам, книжники и фарисеи, лицемеры! Змии, порождения ехидны, как убежите вы от осуждения в геенну?

Он повернулся, чтобы уйти, как вдруг из толпы вышли старичок со старушкой и повалились ему в ноги. Оба в опрятных бедных одеждах, благообразные, удивительно похожие друг на друга, с хорошенькими свежими лицами, в которых было что-то детски-жалобное, с лучистыми добрыми морщинками вокруг подслеповатых глаз, напоминали они Филемона и Бавкиду.

— Защити, кесарь праведный!-заторопился, зашамкал старичок. — Домик есть у нас в предместьи у подошвы Ставрина. Жили мы в нем двадцать лет, людей не обижали. Бога чтили. Вдруг намедни приходят декурионы...

Старичок всплеснул руками в отчаяньи, и старушка всплеснула: она подражала ему невольно каждым движением.

— Декурионы приходят и говорят: домик не ваш.Как не наш? Господь с вами! Двадцать лет живем.-Живете, да не по закону: земля принадлежит богу Эскулапу, и основание дома сложено из камней храма. Землю вашу отберут и возвратят богу.-Что же это? Смилуйся, отец!..

Старички стояли перед ним на коленях, чистые, кроткие, милые, как дети, и целовали ноги его со слезами.

Юлиан заметил на шее старушки янтарный крестик.

— Христиане?

— Да.

— Мне хотелось бы исполнить просьбу вашу. Но что же делать? Земля принадлежит богу. Я, впрочем, велю заплатить вам цену имения.

— Не надо, не надо!-взмолились старички.-Мы не о деньгах: мы к месту привыкли. Там все наше, каждую травку знаем!..

— Там все наше, — как эхо, вторила старушка,свой виноградник, свои маслины, курочки и коровка, и свинка, — все свое. Там и приступочка, на которой двадцать лет сидим по вечерам, старые кости греем на солнце...

Император, не слушая, обратился к стоявшей поодаль испуганной толпе:

— В последнее время осаждают меня галилеяне просьбами о возвращении церковных земель. Так, валентиане из города Эдессы Озроэнской жалуются на ариан, которые будто бы отняли у них церковные владения. Чтобы прекратить раздор, отдали мы одну часть спорного имущества нашим галльским ветеранам, другую казне. Так поступать намерены и впредь. Вы спросите: по какому праву? Но не говорите ли вы сами, что легче верблюду войти в игольное ушко, чем богатому в царствие Божие. Вот видите ли, а я решил помочь вам исполнить столь трудную заповедь. Как всему миру известно, превозносите вы бедность, галилеяне.

За что же ропщете на меня? Отнимая имущество, похищенное вами у собственных братьев, еретиков, или у эллинских святилищ, я только возвращаю вас на путь спасительной бедности, прямо ведущий в царствие небесное...

Недобрая усмешка искривила губы его.

— Беззаконно терпим обиду! — вопили старички.

— Ну, что же, и потерпите! — отвечал Юлиан. — Вы должны радоваться обидам и гонениям, как тому учил Иисус.

Что значат эти временные страдания в сравнении с вечным блаженством?..

Старичок не приготовлен был к такому доводу; он растерялся и пролепетал с последней надеждой:

— Мы верные рабы твои, август! Сын мой служит помощником стратега в дальней крепости на римской границе, и начальники довольны им...

— Тоже галилеянин? -перебил Юлиан.

— Да.

— Ну вот, хорошо, что ты сам предупредил: отныне галилеяне, явные враги наши, не должны занимать высших должностей в Империи, особенно военных. Опять и в этом, как во многом другом, более согласен я с вашим Учителем, чем сами вы. Справедливо ли, чтобы суд римским законам творили ученики Того, Кто сказал: «не судите, да не судимы будете», или, чтобы христиане принимали от нас меч для охраны Империи, когда Учитель предостерегает: «взявший меч — от меча погибнет», а в другом месте столь же ясно: «не противься злому насилием!» Вот почему, заботясь о спасении душ галилейских, отнимаем мы у них и римский суд, и римский меч, да вступят они, с тем большею легкостью, беззащитные и безоружные, чуждые всего земного, в царствие небесное!..

С немым внутренним смехом, который теперь один только утолял его ненависть, повернулся он и быстрыми шагами пошел к Аполлонову храму.

Старички всхлипывали, протягивая руки:

— Кесарь, помилуй! Мы не знали... Возьми наш домик, землю, все, что есть у нас,-только сына помилуй!..

Философы хотели войти вместе с императором в двери храма; но он отстранил их движением руки:

— Я пришел на праздник один: один и жертву богу принесу.

— Войдем, — обратился он к жрецу. — Запри двери, чтобы не вошел никто. Procul este profani! Да изыдут неверные!

Перед самым носом друзей-философов двери захлопнулись.

— Неверные! Как вам это нравится?-проговорил Гаргилиан, озадаченный.

Либаний молча пожал плечами и надулся.

Юний Маврик, с таинственным видом, отвел собеседников в угол портика и что-то прошептал, указывая на лоб:

— Понимаете?..

Все удивились.

— Неужели?

Он стал считать по пальцам:

— Бледное лицо, горящие глаза, растрепанные волосы,

неровные шаги, бессвязная речь. Далее — чрезмерная раздражительность, жестокосердие. И наконец, эта нелепая война с персами, — клянусь Палладою, да ведь это уже явное безумие!..

Друзья сошлись еще теснее и зашептали, засплетничали радостно.

Саллюстий, стоя поодаль, смотрел на них с брезгливой усмещкой.

Юлиан нашел Эвфориона внутри храма. Мальчик обрадовался ему и часто, во время богослужения, заглядывая императору в глаза, улыбался доверчиво, как будто у них была общая тайна.

Озаренное солнцем, исполинское изваяние Аполлона Дафнийского возвышалось посередине храма: тело-слоновая кость, одежда — золото, как у Фидиева в Олимпии.

Бог, слегка наклоняясь, творил из чаши возлияние Матери Земле с мольбой о том, чтобы она возвратила ему Дафну.

Налетела легкая тучка, тени задрожали на золотистой от старости слоновой кости, и Юлиану показалось, что бог наклоняется к ним с благосклонной улыбкой, принимая последнюю жертву последних поклонников — дряхлого жреца, императора-богоотступника и глухонемого сына пророчицы.

— Вот моя награда, — молился Юлиан, с детскою радостью,- и не хочу я иной, Аполлон! Благодарю тебя за то, что я проклят и отвержен, как ты; за то, что один я живу и один умираю, как ты. Там, где молится чернь,бога нет. Ты — здесь, в поруганном храме. О, бог, осмеянный людьми, теперь ты прекраснее чем в те времена, когда люди поклонялись тебе! В день, и мне назначенный Паркою, дай соединиться с тобою, о, радостный, дай умереть в тебе, о, Солнце. — как на алтаре огонь последней жертвы умирает в сиянии твоем.

Так молился император, и тихие слезы струились по щекам его, тихие капли жертвенной крови падали, как слезы, на потухающие угли алтаря.

XIII

В Дафнийской роще было темно. Знойный ветер гнал тучи. Ни одной капли дождя не падало на землю, сожженную засухой. Лавры трепетали судорожно черными ветками, протянутыми к небу, как молящие руки. Титанические стены кипарисов шумели, и шум этот был похож на говор гневных стариков.

Два человека осторожно пробирались в темноте, вблизи Аполлонова храма. Низенький, — глаза у него были кошачьи зеленоватые, видевшие ночью, — вел за руку высокого.

— Ой, ой, ой, племянничек! Сломим мы себе шею гденибудь в овраге...

— Да тут и оврагов нет. Чего трусишь? Совсем бабой стал с тех пор, как крестился!

— Бабой! Сердце мое билось ровно, когда в Гирканийском лесу хаживал я на медведя с рогатиной. Здесь не то!

Болтаться нам с тобой бок о бок на одной виселице, племянничек!..

— Ну, ну, молчи, дурак!

Низенький снова потащил высокого, у которого была огромная вязанка соломы за плечами и заступ в руке.

Они подкрались к задней стороне храма.

— Вот здесь! Сначала заступом. А внутреннюю деревянную обшивку руби топором, — прошептал низенький, ощупывая в кустах пролом стены, небрежно заделанный кирпичами.

Удары заступа заглушались шумом ветра в деревьях.

Вдруг раздался крик, подобный плачу больного ребенка.

Высокий вздрогнул и остановился.

— Что это?

— Сила нечистая! — воскликнул низенький, выпучив от ужаса зеленые кошачьи глаза и вцепившись в одежду товарища. — Ой, ой, не покидай меня, дядюшка!..

— Да это филин. Эк перетрусили!

Огромная ночная птица вспорхнула, шурша крыльями, и понеслась вдаль с долгим плачем.

— Бросим, — сказал высокий. — Все равно не загорится, — Как может не загореться? Дерево гнилое, сухое, — с червоточиной; тронь-рассыплется. От одной искры вспыхнет. Ну, ну, почтенный, руби-не зевай!

И с нетерпением низенький подталкивал высокого.

— Теперь солому в дыру. Вот так, еще, еще! Во славу Отца и Сына и Духа Святого!..

— Да чего ты юлишь, вьешься, как угорь? Чего зубы скалишь? -огрызнулся высокий.

— Хэ, хэ, хэ,-как же не смеяться, дяденька? Теперь и ангелы

ликуют в небесах. Только помни, брат: ежели попадемся,-не отрекаться! Мое дело сторона... Веселенький запалим огонечек. Вот огниво — выбивай.

— Убирайся ты к дьяволу! — попробовал оттолкнуть его высокий. — Не обольстишь меня, окаянный змееныш, тьфу! Поджигай сам...

— Эге, на попятный двор?.. Шалишь, брат!

Низенький затрясся от бешенства и вцепился в рыжую бороду гиганта.

— Я первый на тебя донесу! Мне поверят...

— Ну, ну, отстань, чертенок!.. Давай огниво! Делать нечего, надо кончать.

Посыпались искры. Низенький для удобства лег на живот и сделался еще более похожим на змееныша. Огненные струйки побежали по соломе, облитой дегтем. Дым заклубился. Затрещала смола. Вспыхнуло пламя и озарило багровым блеском испуганное лицо исполина Арагария и хитрую обезьяныо рожицу маленького Стромбика. Он похож был на уродливого бесенка; хлопал в ладоши, подпрыгивал, смеялся, как пьяный или сумасшедший.

— Все разрушим, все разрушим, во славу Отца и Сына и Духа Святого! Хэ, хэ, хэ! Змейки, змейки-то, как бегают! А?.. Веселенький огонек, дядюшка?

В сладострастном смехе его было вечное зверство людей — восторг разрушения.

Арагарий, указывая в темноту, произнес:

— Слышишь?..

Роща была по-прежнему безлюдной; но в завывании ветра, в шелесте листьев чудился им человеческий шепот и говор. Арагарий вдруг вскочил и бросился бежать.

Стромбик уцепился за край его туники и завизжал пронзительно:

— Дяденька! Дяденька! Возьми меня к себе на плечи.

У тебя ноги длинные. А не то, если попадусь — донесу на тебя!..

Арагарий остановился на мгновение.

Стромбик вспрыгнул, как белка, на плечи сармата, и они помчались. Маленький сириец крепко стискивал ему бока дрожащими коленями, обвивал шею руками, чтобы не свалиться. Несмотря на ужас, неудержимо смеялся он безумным смехом, тихонько взвизгивая от шаловливой резвости.

Поджигатели миновали рощу и выбежали в поле, где пыльные тощие колосья приникли к сожженной земле. Между тучами, на краю черного неба, светлела полоса заходящей луны. Ветер свистал пронзительно. Скорчившись на плечах гиганта, маленький Стромбик со своими кошачьими зеленоватыми зрачками походил на злого духа или оборотня, оседлавшего жертву. Суеверный ужас овладел Арагарием: ему вдруг почудилось, что не Стромбик, а сам дьявол, в образе огромной кошки, сидит у него за плечами и царапает ему лицо, и визжит, и хохочет, и гонит его в бездну.

Гигант делал отчаянные прыжки, отбиваясь от цепкой ноши; волосы встали у него дыбом, и он завыл от ужаса.

Чернея двойною огромною тенью на бледной полосе горизонта, мчались они так, по мертвому полю, с пыльными колосьями, приникшими к сожженной и окаменелой земле.

В это время, в опочивальне антиохийского дворца, Юлиан вел тайную беседу с префектом Востока, Саллюстием Секундом.

— Откуда же, милостивый кесарь, достанем мы хлеба для такого войска?

— Я разослал триремы в Сицилию, Египет, Апулию — всюду, где урожай, — ответил император. — Говорю тебе, хлеб будет.

— А деньги?-продолжал Саллюстий.-Не благоразумнее ли отложить до будущего года, подождать?..

Юлиан все время ходил по комнате большими шагами; вдруг остановился перед стариком.

— Подождать! -гневно воскликнул он.-Все вы точно сговорились. Подождать! Как будто я могу теперь ждать, и взвешивать, и колебаться. Разве галилеяне ждут? Пойми же, старик; я должен совершить невозможное, я должен возвратиться из Персии страшным и великим, или совсем не возвращаться. Примиренья больше нет. Середины нет.

Что вы говорите мне о благоразумии? Или ты думаешь, Александр Македонский благоразумием победил мир? Разве таким умеренным людям, как ты, не казался сумасшедшим этот безбородый юноша, выступивший с горстью македонцев против владыки Азии? Кто же даровал ему победу?..

— Не знаю,-отвечал префект уклончиво, с легкой усмешкой. — Мне кажется, сам герой...

— Не сам, а боги!-воскликнул Юлиан.-Слышишь, Саллюстий,

боги могут и мне даровать победу, еще большую, чем Александру! Я начал в Галлии, кончу в Индии, Я пройду весь мир от заката до восхода солнечного, как великий Македонец, как бог Дионис. Посмотрим, что скажут тогда галилеяне; посмотрим, как ныне издевающиеся над простой одеждой мудреца посмеются над мечом римского кесаря, когда вернется он победителем Азии!..

Глаза его загорелись лихорадочным блеском. Саллюстий хотел что-то сказать, но промолчал. Когда же Юлиан снова принялся ходить по комнате большими беспокойными шагами, префект покачал головой, и жалость засветилась в мудрых глазах старика.

— Войско должно быть готово к походу, — продолжал Юлиан.-Я так хочу, слышишь? Никаких отговорок, никаких промедлений. Тридцать тысяч человек. Армянский царь Арзакий обещал нам союз. Хлеб есть. Чего же больше? Мне нужно знать, что каждое мгновение могу я выступить против персов. От этого зависит не только моя слава, спасение Римской империи, но и победа вечных богов над Галилеянином!..

Широкое окно было открыто. Пыльный жаркий ветер, врываясь в комнату, колебал три тонких огненных языка в лампаде с тремя светильнями. Прорезая мрак неба, падучая звезда сверкнула и потухла. Юлиан вздрогнул: это было зловещее предзнаменование.

Постучали в дверь; послышались голоса.

— Кто там? Войдите, — сказал император.

То были друзья-философы. Впереди шел Либаний; он казался более напыщенным и надутым, чем когда-либо.

— Зачем пришли? — спросил Юлиан холодно.

Либаний стал на колени, сохраняя надменный вид.

— Отпусти меня, август! Долее не могу жить при дворе. Каждый день терплю обиды...

Он долго говорил о каких-то подарках, денежных наградах, которыми его обошли, о неблагодарности, о своих заслугах, о великолепных панегириках, которыми он прославил римского кесаря.

Юлиан, не слушая, смотрел с брезгливою скукою на знаменитого оратора и думал: «Неужели это тот самый Либаний, речами которого я так зачитывался в юности? Какая мелочность! Какое тщеславие!» Потом все они заговорили сразу: спорили, кричали, обвиняли Друг Друга в безбожии, в лихоимстве, в разврате. пускали в ход глупейшие сплетни;-это была постыдная домашняя война не мудрецов, а прихлебателей, взбесившихся от жиру, готовых растерзать друг друга от тщеславия, злобы и скуки.

Наконец, император произнес тихим голосом слово, которое заставило их опомниться:

— Учители!

Все сразу умолкли, как испуганное стадо болтливых сорок.

— Учители,-повторил он с горькой усмешкой,-я слушал вас довольно; позвольте и мне рассказать басню.У одного египетского царя были ручные обезьяны, умевшие плясать военную пиррийскую пляску; их наряжали в шлемы, маски, прятали хвосты под царственный пурпур, и когда они плясали, трудно было поверить, что это не люди. Зрелище нравилось долго. Но однажды кто-то из зрителей бросил на сцену пригоршню орехов. И что же?

Актеры разодрали пурпур и маски, обнажили хвосты, стали на четвереньки, завизжали и начали грызться из-за орехов. — Так некоторые люди с важностью исполняют пиррийскую пляску мудрости — до первой подачки. Но стоит бросить пригоршню орехов— и мудрецы превращаются в обезьян: обнажают хвосты, визжат и грызутся. Как вам нравится эта басенка, учители?

Все безмолвствовали.

Вдруг Саллюстий тихонько взял императора за руку и указал в открытое окно.

По черным складкам туч медленно расползалось колеблемое сильным ветром багровое зарево.

— Пожар! Пожар! -заговорили все.

— За рекой,-соображали одни.

— Не за рекой, а в предместье Гарандама!-поправляли другие.

— Нет, нет,-в Гезире, у жидов!

— Не в Гезире и не в Гарандама, — воскликнул кто-то с тем неудержимым весельем, которое овладевает толпою при виде пожара,-а в роще Дафнийской!

— Храм Аполлона!-прошептал император, и вдруг вся кровь прихлынула к сердцу его.

— ГалИлеяне! — закричал он страшным голосом и кинулся к двери, потом на лестницу.

— Рабы! Скорее! Коня и пятьдесят легионеров!

Через несколько мгновений все было готово. На двор вывели черного жеребца, дрожавшего всем телом, опасного, сердито косившего зрачок, налитый кровью.

Юлиан помчался по улицам Антиохии, в сопровождении пятидесяти легионеров. Толпа в ужасе рассыпалась перед ними. Кого-то сшибли с ног, кого-то задавили. Крики были заглушены громом копыт, бряцанием оружия.

Выехали за город. Больше двух часов длилась скачка.

Трое легионеров отстали: кони подохли.

Зарево становилось все ярче. Пахло дымом. Поля с пыльными колосьями озарялись багровым отсветом. Любопытные стремились отовсюду, как ночные бабочки на огонь; то были жители окрестных деревень и антиохийских предместий. Юлиан заметил радость в голосах и лицах, словно люди эти бежали на праздник.

Огненные языки засверкали, наконец, в клубах густого дыма над черными зубчатыми вершинами Дафнийской рощи.

Император въехал в священную ограду. Здесь бушевала толпа. Многие перекидывались шутками и смеялись. Тихие аллеи, столько лет покинутые всеми, кишели народом.

Чернь оскверняла рощу, ломала ветви древних лавров, мутила родники, топтала нежные, сонные цветы. Нарциссы и лилии, умирая, тщетно боролись последней свежестью с удушливым зноем пожара, с дыханием черни.

— Божье чудо! Божье чудо!..-носился над толпою радостный говор.

— Я видел собственными глазами, как молния ударила и зажгла крышу!..

— А вот и не молния, — врешь: утроба земная разверзлась, изрыгнув пламя, внутри капища, под самым кумиром!..

— Еще бы! Какую учинили мерзость! Мощи потревожили! Думали, даром пройдет. Как бы не так! -Вот тебе и храм Аполлона, вот тебе и прорицания вод Кастальских! — Поделом, поделом!..

Юлиан увидел в толпе женщину, полуодетую, растрепанную, должно быть, только что вскочившую с постели.

Она тоже любовалась огнем, с радостной и бессмысленной улыбкой, баюкая грудного младенца; слезинки сверкали на его ресницах; он плакал, но затих и с жадностью сосал смуглую, толстую грудь, причмокивая, упершись в нее одной ручкой, протянув другую, пухленькую, с ямочками, к огню, как будто желая достать блестящую, веселую игрушку.

Император остановил коня: дальше нельзя было сделать ни шагу; в лицо веял жар, как из печи. Легионеры ждали приказаний. Но приказывать было нечего: он понял, что храм погиб.

Это было великолепное зрелище. Здание пылало сверху донизу. Внутренняя обшивка, гнилые стены, высохшие балки, сваи, бревна, стропила — все превратилось в раскаленные головни; с треском падали они, и огненными вихрями искры взлетали до неба, которое опускалось все ниже и ниже, зловещее, кровавое; пламя лизало тучи длинными языками, билось по ветру и грохотало, как тяжкая завеса.

Листья лавров корчились от жара, как от боли, и свертывались. Верхушки кипарисов загорались ярким смоляным огнем, как исполинские факелы; белый дым их казался дымом жертвенных курений; капли смолы струились обильно, словно вековые деревья, современники храма, плакали о боге золотыми слезами.

Юлиан смотрел неподвижным взором на огонь. Он хотел что-то приказать легионерам, но только вырвал меч из ножен, вздернул коня на дыбы и прошептал, стиснув зубы в бессильной ярости:

— Мерзавцы, мерзавцы!..

Вдали послышался рев толпы. Он вспомнил, что позади храма — сокровищница с богослужебной утварью, и у него мелькнула мысль, что галилеяне грабят святыню. Он сделал знак и бросился с воинами в ту сторону. На пути их остановило печальное шествие.

Несколько римских стражей, должно быть, только что подоспевших из ближайшего селения Дафнэ, несли на руках носилки.

— Что это? — спросил Юлиан.

— Галилеяне побили камнями жреца Горгия,-отвечали римляне.

— А сокровищница?

— Цела. Жрец заслонил дверь, стоя на пороге, и не дал осквернить святыню. Не сдвинулся с места, пока не свалился, пораженный в голову камнем. Потом убили мальчика. Галилейская чернь, растоптав их, вломилась бы в дверь, но мы пришли и разогнали толпу.

— Жив? — спросил Юлиан.

— Едва дышит.

Император соскочил с коня. Носилки тихонько опустили. Он подошел, наклонился и осторожно откинул край знакомой, запачканной хламиды жреца, покрывавшей оба тела.

На подстилке из свежих лавровых ветвей лежал старик: глаза были закрыты; грудь подымалась медленно. В сердце Юлиана проникла жалость, когда он взглянул на этот красный нос пьяницы, который казался ему недавно таким непристойным, — когда вспомнил тощего гуся в лозниковой корзине, последнюю жертву Аполлону. На пушистых, белых как снег, волосах выступили капли крови, и острые черные листья лавра сплелись венцом над головой жреца.

Рядом, на тех же носилках, покоилось маленькое тело Эвфориона. Лицо, покрытое мертвенной бледностью, было еще прекраснее, чем живое; на спутанных золотистых волосах алели кровавые капли; прислонившись щекою к руке, он как будто дремал легким сном. Юлиан подумал:

«Таким и должен быть Эрос, сын богини любви, побитый камнями галилеян».

И римский император благоговейно опустился на колени перед мучеником олимпийских богов. Несмотря на гибель храма, несмотря на бессмысленное торжество черни, Юлиан чувствовал присутствие Бога в той смерти. Сердце его смягчилось, даже ненависть исчезла. Со слезами умиления наклонился он и поцеловал руку святого старика.

Умирающий открыл глаза:

— Где мальчик? — спросил он тихо.

Юлиан осторожно положил руку его на золотые кудри Эвфориона.

— Здесь — рядом с тобою.

— Жив? — спрашивал Горгий, прикасаясь к волосам ребенка с последнею лаской.

Он был так слаб, что не мог повернуть к нему голову.

Юлиан не имел духа открыть истину умирающему. Жрец обратил к императору взор, полный мольбы.

— Кесарь — тебе поручаю его. Не покидай…

— Будь спокоен, я сделаю все, что могу, для твоего мальчика.

Так принял Юлиан на свое попечение того, кому и римский кесарь не мог больше сделать ни добра, ни зла.

Горгий не подымал своей коченеющей руки с кудрей

Эвфориона. Вдруг лицо его оживилось, он хотел что-то сказать, но пролепетал бессвязно:

— Вот они! вот они... Я так и знал... Радуйтесь!..

Он взглянул перед собой широко открытыми глазами, вздохнул, остановился на половине вздоха — и взор его померк.

Юлиан закрыл лицо усопшему.

Вдруг торжественные звуки церковного пения грянули.

Император оглянулся и увидел: по главной кипарисовой аллее тянулось шествие, несметная толпа — старцы-иереи в золототканых облачениях, усыпанных дорогими камнями, важные дьяконы, с брящающими кадилами, черные монахи, с восковыми свечами, девы и отроки в одеждах, дети с пальмовыми ветвями; в высоте, над толпою, на великолепной колеснице, сияла рака св. Вавилы; пламя пожара дробилось в ее бледном серебре. Это были Мощи, изгоняемые повелением кесаря из Дафнэ в Антиохию. Изгнание превратилось в победоносное шествие.

«Облако и мрак окрест Его», — заглушая свист ветра, гул пожара, летела торжествующая песнь галилеян к небу, освещенному заревом. — «Облако и мрак окрест Его».

«Пред Ним идет огонь и вокруг попаляет врагов Его».

«Горы, как воск, тают от лица Господа, от лица Господа всей земли».

И Юлиан побледнел, услышав, какая дерзость и ликование звучали в последнем возгласе:

«Да постыдятся служащие истуканам, хвалящиеся идолами. Поклонитесь пред Ним все боги!» Он вскочил на коня, обнажил меч и воскликнул:

— Солдаты, за мной!

Хотел броситься в середину толпы, разогнать чернь, опрокинуть раку с мощами и разметать мертвые кости. Но чья-то рука схватила коня его за повод.

— Прочь!-закричал он в ярости и уже поднял меч, чтобы ударить, но в то же мгновение рука его опустилась: пред ним был мудрый старик, с печальным и спокойным лицом, Саллюстий Секунд, вовремя подоспевший из Антиохии.

— Кесарь] Не нападай на безоружных. Опомнись!..

Юлиан вложил меч в ножны.

Медный шлем давил и жег ему голову, как раскаленный. Сорвав его и бросив на землю, он вытер крупные капли пота.

Потом один, без воинов, с обнаженной головой, подъехал к толпе и остановил шествие мановением рук.

Все узнали его. Пение умолкло.

— Антиохийцы! — произнес Юлиан почти спокойно, сдерживая себя страшным усилием воли.-Знайте: мятежники и поджигатели Аполлонова храма будут наказаны без пощады. Вы смеетесь над моим милосердием — посмотрим, как посмеетесь вы над моим гневом. Римский август мог бы стереть с лица земли город ваш так, чтобы люди забыли о Великой Антиохии. Но вот, я только ухожу от вас.

Я выступаю в поход против персов. Если боги судили мне вернуться победителем, — горе вам, мятежники! Горе Тебе, плотников Сын, Назареянин!..

Он простер меч над толпой.

Вдруг показалось ему, что странный, как будто нечеловеческий, голос проговорил за ним явственно:

— Гроб тебе готовит Назареянин, плотников Сын.

Юлиан вздрогнул, обернулся, но никого не увидел. Он провел рукой по лицу.

— Что это? Или мне почудилось?-сказал он чуть слышно и рассеянно.

В это мгновение, внутри пылавшего храма, раздался оглушительный треск — часть деревянной крыши рухнула прямо на исполинское изваяние Аполлона. Кумир упал с подножья; золотая чаша, которой он творил вечное возлияние Матери-Земле, жалобно зазвенела. Искры огненным снопом взлетели к тучам. Стройная колонна в портике пошатнулась, и коринфская капитель, с нежною прелестью в самом разрушении, как белая лилия с надломленного стебля, склонилась и упала на землю. Юлиану казалось, что весь пылающий храм, обрушившись, задавит его.

А древний псалом Давида, во славу Бога Израилева, возносился к ночному небу торжественно, заглушая рев пожара и падение кумира:

«Да постыдятся служащие истуканам, хвалящиеся идолами. Поклонитесь пред Ним все боги»!

XIV

Юлиан провел зиму в поспешных приготовлениях к походу. В

начале весны, 5 марта, выступил он из Антиохии с войском в 65 тысяч человек.

Снег на горах таял. В садах миндальные деревья, голые, лишенные листьев, уже покрылись сквозившим на солнце белым и розовым цветом. Солдаты шли на войну весело, как на праздник.

На Самозатских верфях построен был из громадных Кедров, сосен и дубов, срубленных в ущельях Тавра, флот в 1200 кораблей и спущен по Евфрату до города Калликикэ.

Юлиан быстрыми переходами направился через Гиерополь в Карры и дальше на юг, по самому берегу Евфрата, к персидской границе. На север отправлено было другое, тридцатитысячное войско, под начальством комесов, Прокопия и Себастиана. Соединившись с армянским царем Арзакием, они должны были опустошить Анадиабену, Хилиоком и, пройдя Кордуену, встретиться с главным войском на берегах Тигра, под стенами Ктезифона.

Все до последней мелочи было предусмотрено, взвешено и обдумано императором с любовью. Те, кто понимали этот военный замысел, удивлялись мудрости, величию и простоте его.

В самом начале апреля пришли в Цирцезиум, последнюю римскую крепость, построенную Диоклетианом на границе Месопотамии, при слиянии реки Абора с Евфратом. Навели плавучий мост из барок. Юлиан отдал повеление переступить границу на следующее утро.

Поздно вечером, когда все уже было готово, вернулся он в шатер, усталый и веселый, зажег лампаду и хотел приняться за любимую работу, которой ежедневно уделял часть ночного отдыха-обширное философское сочинение:

Против христиан. Он писал его урывками, под звуки военных труб, лагерных песен и сторожевых перекличек. Юлиана радовала мысль, что он борется с Галилеянином всем, чем только можно бороться: на поле битвы и в книге, римским мечом и эллинской мудростью. Никогда не разлучался он с творениями Святых Отцвв, с церковными канонами и символами соборов. На полях очень старых истрепанных свитков Нового Завета, который изучал он с не меньшим усердием, чем Платона и Гомера, рукой императора начертаны были язвительные заметки. император снял пыльные доспехи, умылся, сел за походный столик и обмакнул остроконечный тростник в чернильницу, приготовляясь писать. Но уединение его было нарушено: два вестника прибыли в лагерь — один из Италии, другой из Иерусалима. Юлиан выслушал обоих.

Вести были не радостные: землетрясение только что разрушило великолепный город Малой Азии, Никомидию; подземные удары привели в ужас население Константинополя; книги сибилл запрещали переступать римскую границу в течение года.

Вестник из Иерусалима привез письмо от сановника Алипия Антиохийского, которому Юлиан поручил восстановление храма Соломонова. По старинному противоречию, поклонник многобожного Олимпа решил возобновить уничтоженный римлянами храм единому Богу Израиля, дабы пред лицом всех народов и всех веков опровергнуть истину евангельского пророчества: «не останется здесь камня на камне; все будет разрушено». Иудеи с восторгом откликнулись на призыв Юлиана. Отовсюду стекались пожертвования. Замысел постройки был величественный. За работы принялись с поспешностью. Общий надзор поручил Юлиан другу своему, комесу Алипию Антиохийскому, бывшему наместнику Британии.

— Что случилось?-спросил император с тревогой, глядя исподлобья на мрачное лицо вестника и не распечатывая письма.

— Великое несчастье. Август блаженный!

— Говори. Не бойся.

— Пока строители расчищали мусор и сносило древние развалины стен Соломонова храма,-все шло хорошо; но только что приступили к закладке нового здания, — пламя, в виде летающих огненных шаров, вырвалось из подвалов, разбросало камни и опалило рабочих. На следующий день, по повелению благородного Алипия, опять приступили к работам. Чудо повторилось. И еще в третий раз. Христиане торжествуют, эллины в страхе, и ни один рабочий не соглашается сойти в подземелье. От постройки не осталось камня на камне, — все разрушено…

— Лжешь, негодяй! Ты сам, должно быть, галилеянин!..-воскликнул император в ярости, занося руку, чтобы ударить коленопреклоненного вестника. — Глупые бабьи сплетни! Неужели комес Алипий не мог выбрать более разумного вестника?

Поспешно сорвал он печать, развернул и прочел письмо.

Вестник был прав: Алипий подтверждал его слова. Юлиан не верил глазам своим: внимательно перечел, приблизил письмо к лампаде. Вдруг лицо его покраснело. Закусив губы до крови, скомкал он и бросил папирус стоявшему рядом врачу Орибазию:

— Прочти, — ты ведь не веришь в чудеса. Или комес Алипий сошел с ума, или... нет-этого быть не может!..

Молодой александрийский ученый поднял и прочел письмо с той спокойной, как будто безучастной, неторопливостью, с которой делал все.

— Никакого чуда нет,-молвил он и обратил на Юлиана ясный взгляд. — Давно уже ученые описали это явление: в подвалах древних зданий, темных и лишенных притока воздуха в продолжение многих столетий, собираются иногда густые, легко воспламеняющиеся испарения.

Довольно спуститься в такое подземелье с горящим факелом, чтобы произошел взрыв; внезапно вспыхнувший огонь убивает неосторожных. Людям невежественным это кажется чудом; но и здесь, как везде, свет знания рассеивает тьму суеверия и дает разуму человеческому свободу.Все прекрасно, потому что все естественно и согласно с волей природы.

Он спокойно положил письмо на стол, и на тонких, упрямых губах его промелькнула самодовольная улыбка.

— Да, да, конечно, — произнес Юлиан с горькой усмешкой, — надо же чем-нибудь утешаться! Все понятно, все естественно: и землетрясение в Никомидии, и землетрясение в Константинополе, и пророчества книг сибилловых, и засуха в Антиохии, и пожары в Риме, и наводнения в Египте. Все естествено, только странно, что все против меня, — и земля, и небо, и вода, и огоянь, и, кажется, сами боги!..

В палатку вошел Саллюстий Секунд.

— Великий август, этрусские гадатели, которых ты велел опросить о воле богов, умоляют тебя помедлить, не переступать границы завтра: вещие куры аруопициев, несмотря ни на какие молитвы, отворачиваются от пищи, сидят нахохлившись и не клюют ячменных зерен — зловещая примета!

Юлиан сдвинул брови гневно. Но вдруг глаза его сверкнули

веселостью, и он засмеялся таким неожиданным смехом, что все молча, с удивлением, обратили на него взоры:

— Так вот как! Не клюют? А? Что же нам делать с этими глупыми птицами? Уж не послушать ли их, не вернуться ли назад в Антиохию, на радость и потеху галилеянам?-Знаешь ли что, друг мой, ступай к этрусским гадателям и объяви им волю нашу: бросить в реку всех священных кур,-пусть сперва напьются, может быть, потом и есть захотят!..

— Милостивый август, так ли я понял тебя: неизменно ли твое решение переступить границу завтра утром?

— Да! — и клянусь будущими победами нашими, клянусь величием нашей Империи, — никакие вещие птицы не испугают меня, — ни вода, ни огонь, ни земля, ни небо, ни боги! Поздно. Жребий брошен. Друзья мои, во всей природе есть ли что-нибудь божественнее воли человеческой? Во всех книгах сивилловых есть ли что-нибудь сильнее этих трех слов: я так хочу? Больше, чем когда-либо, чувствую тайну судьбы моей. Прежде знамения опутывали меня, как сети, и порабощали; теперь -мне больше нечего терять. Если боги покинут меня, то и я...

Он вдруг оборвал и умолк со странной усмешкой. Потом, когда приближенные удалились, подошел к маленькому серебряному изваянию Меркурия с походным алтарем, намереваясь, по обыкновению, сотворить вечернюю молитву и бросить несколько зерен фимиама; но вдруг отвернулся, все с той же странной усмешкой, отошел, лег на львиную шкуру, которая служила ему постелью, и, погасив лампаду, заснул спокойным, крепким сном, каким люди спят иногда перед большими несчастиями.

Заря чуть брезжила, когда проснулся он, радостный.

В лагере слышался шум пробуждения, звучали трубы.

Юлиан сел на коня и помчался к берегу Абора.

Раннее апрельское утро было свежо и почти бездыханно.

Сонный ветерок приносил ночную прохладу с великой азиатской реки. По всему широкому весеннему разливу Евфрата, от башен Цирцезиума до римского лагеря, на десять стадий тянулись ряды военных кораблей. Со времен Ксеркса не видано было такого грозного флота.

Солнце первыми лучами брызнуло из-за надгробной пирамиды кесаря Гордиана, победителя персов, умерщвленного некогда на этом самом берегу Филиппом

Аравитянином. Край солнца зарделся над тихой пустыней, как раскаленный уголь, и сразу все верхушки корабельных мачт сквозь утреннюю мглу порозовели.

Император подал знак, и восемь пятитысячных человеческих громад мерным шагом, от которого земля дрожала и гудела, сдвинулись. Римское войско стало переходить через мост — границу Персии.

Конь вынес Юлиана на противоположный берег, на высокий песчаный холм — землю врагов.

Во главе Палатинской когорты ехал центурион щитоносцев, Анатолий, поклонник Арсинои.

Анатолий взглянул на императора. В наружности Юлиана произошла перемена: месяц, проведенный на свежем воздухе, в лагерных трудах, был ему полезен: в мужественном воине, с загорелыми щеками, с молодым взором, блиставшим веселостью, трудно было узнать школьного философа с осунувшимся, желтым лицом, с ученой угрюмостью в глазах, с растрепанными волосами и бородой, с растерянной торопливостью в движегиях, с чернильными пятнами на пальцах и на цинической тоге, — ритора Юлиана, над которым издевались уличные мальчишки Антиохии.

— Слушайте, слушайте: кесарь говорит.

Все стихло; раздавалось только слабое бряца"ие оружия, шелест воды под кораблями и шуршание шелковых знамен.

— Воины храбрейшие!-начал Юлиан громким голосом. — Вижу на лицах ваших такую отвагу и мужество, что не могу удержаться от радостного приветствия. Помните, товарищи: судьбы мира в наших руках, мы восстановляем древнее величие Римской империи. Закалите же сердца ваши, будьте готовы на все: нам нет возврата!

Я буду во главе, в рядах ваших, конный, пеший, участвуя во всех трудах и опасностях, наравне с последним из вас, потому что с этого дня вы уже не солдаты, не рабы, а друзья мои, дети мои! Если же изменчивый рок судил мне пасть в борьбе, я счастлив буду тем, что умру за Рим, подобно великим мужам — Сцеволам, Курциям и светлейшим отпрыскам Дециев. Мужайтесь же, товарищи, и помните: побеждают сильные!

Он вынул из ножен и протянул меч, указывая войску на далекий край пустыни.

Солдаты, подняв и сдвинув щиты, воскликнули:

— Слава кесарю победителю!

Боевые корабли рассекли волны реки, римские орлы полетели над когортами, и белый конь понес императора навстречу восходящему солнцу.

Но холодная, синяя тень от пирамиды Гордиана падала на золотистый гладкий песок; скоро Юлиан должен был въехать из утреннего солнца в эту длинную зловещую тень одинокой гробницы.

XV

Войско шло по левому берегу Евфрата.

Равнина широкая, гладкая, как море, была покрыта серебристой полынью. Деревьев не было видно. Кусты и травы имели ароматический запах. Изредка стадо диких ослов, вздымая пыль, появлялось на краю неба. Пробегали страусы. Жирное, лакомое мясо степной дрофы дымилось за ужином на солдатских кострах. Шутки и песни не умолкали до поздней ночи. Поход казался прогулкой. С воздушной легкостью, почти не касаясь земли, проносились тонконогие газели. у них были грустные, нежные глаза, как у красивых женщин. Воинов, искавших славы, добычи и крови, пустыня встречала безмолвной лаской, звездными ночами, тихими зорями, благовонной мглой, пропитанной запахом горькой полыни.

Они шли все дальше и дальше, не находя врагов.

Но только что проходили, — тишина опять смыкалась над равниной, как вода над утонувшим кораблем, и стебли трав, притоптанные ногами воинов, тихо подымались.

Вдруг пустыня сделалась грозной. Тучи покрыли небо.

Хлынул дождь. Молния убила солдата, водившего коней на водопой.

В конце апреля начались жаркие дни. Товарищи завидовали тому из воинов, кто шел в тени, падавшей от верблюда или от натруженной телеги с полотняным навесом.

Люди далекого севера, галлы и скифы, замирали от солнечных ударов. Равнина становилась печальной, голой, коегде покрытой только бледными пучками выжженной травы.

Ноги утопали в песке.

Налетали внезапные вихри с такой силой, что срывали знамена, палатки; люди и кони валились с ног. Потом опять наступала мертвая тишина, которая напуганному солдату казалась страшнее всякой бури. Шутки и песни умолкли. Но воины шли все дальше и дальше, не находя врагов.

В начале мая вступили в пальмовые рощи Ассирии.

У Мацепракта, где сохранились развалины огромной стены, построенной древнеассирийскими царями, в первый раз увидели врага. Но персы отступили с неожиданной легкостью.

Под тучей стрел римляне перешли через глубокий канал, выложенный вавилонскими кирпичами, называвшийся Нагар-Малка, Река Царей, соединявший Тигр с Евфратом и прорезывавший всю Месопотамию поперек с геометрической правильностью.

Вдруг персы исчезли. Уровень Нагар-Малки начал повышаться; потом, выступив из берегов, вода хлынула на окрестные поля: персы устроили наводнение, отперев запруды и плотины каналов, орошавших сложной сетью рыхлую землю ассирийских полей.

Пехотинцы шли по колено в воде; ноги вязли в липкой глине; целые отряды проваливались в невидимые канавы и ямы; исчезали даже всадники и нагруженные верблюды; надо было ощупывать дорогу шестами.

Поля превратились в озера, пальмовые рощи в острова.

— Куда идем?-роптали малодушные,-на что глядя? Какого еще рожна! Отчего бы сейчас не вернуться к реке, не сесть на корабли? Мы не лягушки, чтобы плавать в лужах.

Юлиан шел пешком, даже в самых трудных местах; собственными руками помогал вытаскивать тяжелые телеги, увязшие в тине, и шутил, показывая солдатам свой императорский пурпур, мокрый, запачканный темно-зеленым илом.

Из пальмовых стволов устроили гати; перекинули плавучие мосты на пузырях.

С наступлением ночи удалось выбраться на сухое место.

Измученные солдаты уснули тревожным сном.

Утром увидели крепость Перизабор. Персы издевались над врагами с высоты неприступных башен и стен, увешанных толстыми шершавыми покровами из козьего меха для защиты от ударов осадных машин. Целый день обменивались метательными снарядами и ругательствами.

В темноте безлунной ночи римляне, сохраняя глубокую

тишину, сняли с кораблей и придвинули к стенам катапульты. Рвы наполнили землею. посредством одной маллеолы — огненной стрелы, громадной, веретенообразной, начиненной горючим составом из дегтя, серы, масла и горной смолы, удалось поджечь один из этих волосяных щитов на стене крепости. Персы бросились гасить пожар. Пользуясь минутой смятения, император велел подкатить осадную машину — таран: это был ствол сосны, подвешенный на железных цепях к бревенчатой пирамиде; ствол кончался медной бараньей головой. Сотни воинов, с дружным, певучим криком — «раз, два, три», напрягая мускулы на голых смуглых плечах, тянули за толстые веревки из туго скрученных воловьих жил и медленно раскачивали громадную сосну.

Раздался первый удар, подобный удару грома; земля загудела, стены содрогнулись; потом еще и еще; бревно раскачивалось, удары сыпались все чаще; баран как будто свирепел и с упрямою злостью колотил медным лбом об стену. Вдруг послышался треск: целый угол стены обвалился.

Персы бежали с криком.

Юлиан, сверкая шлемом, в облаке пыли, веселый и страшный, как бог войны, устремился в завоеванный город.

Войско пошло дальше. Два дня отдохнуло в тенистых свежих рощах, наслаждаясь кислым прохладительным напитком, вроде вина — из пальмового сока, и ароматными вавилонскими финиками, желтыми и прозрачными, как янтарь.

Потом вышли опять на голую, только уже не песчаную, а каменистую равнину; зной становился все тягостнее; животные и люди умирали; воздух в полдень трепетал и струился над скалами волнообразными раскаленными слоями; по серой пепельной пустыне Тигр извивался лениво, сверкая чешуйчатым серебром, как змея, которая нежится на солнечном припеке.

Наконец, увидели громадную скалу над Тигром, отвесную, розовую, голую, с изломанными колючими остриями: это была вторая крепость, охранявшая Ктезифон, южную столицу Персии, — Маогамалки, еще более неприступная, чем Перизабор, настоящее орлиное гнездо под облаками; шестнадцать башен и двойная стена Маогамалки, как все древние ассирийские постройки, не боящиеся тысячелетий, сложены были из знаменитых вавилонских кирпичей, высушенных на солнце, скрепленных горной смолою.

Началась осада. Опять утомительно заскрипели деревянные неуклюжие члены баллист, завизжали колеса, рычаги и блоки скорпионов, засвистели огненные маллеолы.

Был час, когда ящерицы спят в расщелинах скал; лучи солнца падали на спины и головы солдат, как подавляющая тяжесть: их блеск был страшен; воины в отчаянии, не слушая начальников, несмотря на опасность, срывали с себя накалившиеся латы и шлемы, предпочитая раны зною.

Над темно-бурыми кирпичными башнями и бойницами Маогамалки, из которых сыпались ядовитые стрелы, копья, камни, свинцовые и глиняные ядра, пылающие персидские фаларики, отравлявшие воздух зловонием серы и нефти, — повисло пыльное небо с едва уловимым оттенком лазури, ослепительное, неумолимое, ужасное, как смерть.

И небо победило, наконец, вражду людей: осаждающие и осажденные, изнемогая от усталости, прекратили битву.

Наступила тишина, странная в этот яркий полдень, более мертвая, чем в самую глухую ночь.

Римляне не пали духом: после взятия Перизабора они поверили в непобедимость императора Юлиана; сравнивали его с Александром Великим и ждали чудес, В продолжение нескольких дней, к восточной стороне Маогамалки, где скалы спускались более отлого к равнине, солдаты рыли подкоп; проходя под стенами крепости, оканчивался он внутри города; ширина подземелья в три локтя позволяла двум воинам идти рядом; толстые деревянные подпорки, расставленные на некотором расстоянии одна от другой, поддерживали свод. Землекопы работали весело: после солнца им приятна была подземная сырость и темнота.

— Были мы лягушками, стали кротами, — смеялись они.

Три когорты -маттиарии, лацпинарии, викторы — тысяча пятьсот храбрейших воинов, соблюдая тишину, вступили в подземный ход и нетерпеливо ожидали приказания полководцев, чтобы ворваться в город.

На рассвете приступ направлен был нарочно с двух противоположных сторон, дабы рассеять внимание персов.

Юлиан вел солдат по узкой тропинке над крутизной, под градом стрел и камней. «Посмотрим, — думал он, наслаждаясь опасностью,-охранят ли меня боги, будет ли чудо, спасусь ли я и теперь от смерти?» Неудержимое любопытство, жажда Сверхъестественного заставляла его подвергать жизнь опасности, — с вызывающей улыбкой искушать судьбу; и не смерти боялся он, а только проигрыша в этой игре с судыбою.

Солдаты шли за ним, как очарованные, зараженные его безумием.

Персы, смеясь над усилиями осаждающих и воспевая хвалу Сыну Солнца, царю Сапору, кричали римлянам с подоблачных твердынь Маотамалки:

— Юлиан проникнет скорее в чертоги Ормузда, чем в нашу крепость].

В разгаре приступа император шепотом передал приказание полководцам.

Солдаты, притаившиеся в подкопе, вышли внутри города, в подвале одного дома, где старая персиянка булочница месила тесто. Она закричала пронзительно, увидев римских легионеров. Ее убили.

Подкравшись незаметно, кинулись на осажденных с тыла. Персы побросали оружие и рассыпались по улицам Маогамалки. Римляне изнутри отперли ворота, и город был захвачен с двух сторон.

Теперь уже никто не сомневался, что Юлиан, подобно Александру Македонскому, завоюет всю персидскую монархию до Инда.

Войско приближалось к южной столице Персии, Ктезифону. Корабли оставались на Евфрате. Все с той же лихорадочной, почти волшебною, быстротою, которая не давала врагам опомниться, Юлиан возобновил древнее римское сооружение — соединительный канал, прорытый Траяном и Септимием Севером, из предосторожности заваленный персами. Через этот канал флот переведен был в Тигр, немного выше стен Ктезифона. Победитель проник в самое сердце азиатской монархии.

На следующий день вечером Юлиан, собрав военный совет, объявил, что ночью переправит войска на тот берег, к стенам Ктезифона. Дагалаиф, Гормизда, Секундин, Виктор, Саллюстий — все опытные военачальники — пришли в ужас и долго возражали императору, умоляя отказаться от слишком смелого предприятия; указывали на усталость войска, на широту реки, на быстроту течения, на крутизну противоположного берега, на близость Ктезифона и несметного войска царя Сапора, на неизбежность вылазки персов во время переправы. Юлиан ничего не слушал.

— Сколько бы мы ни ждали, — воскликнул он, наконец, с нетерпением,-река не сделается менее широкой, берега менее крутыми; а войско персов с каждым днем увеличивается новыми подкреплениями. Если бы я слушался ваших советов, до сих пор мы сидели бы в Антиохии!

Полководцы вышли от него в смятении.

— Не выдержит, — со вздохом проговорил опытный и хитрый Дагалаиф, варвар, поседевший на римской службе,- помяните мое слово, не выдержит!.. Весел-то-весел, и все-таки в лице у него что-то неладное. Такое выражение видал я у людей, близких к отчаянию, уставших до смерти...

Туманные знойные сумерки слетали на гладь великой реки. Подан был знак; пять военных галер с четырьмястами воинов отчалили; долго слышались взмахи весел; потом все утихло; мгла сделалась непроницаемой. Юлиан с берега смотрел пристально. Он скрывал свое волнение улыбкой. Полководцы перешептывались. Вдруг в темноте блеснул огонь. Все притаили дыхание и обратили взоры на императора. Он понял, что значит этот огонь. Персам удалось поджечь римские корабли огненными снарядами, ловко пущенными с крутого берега.

Он побледнел, но тотчас же оправился и, не давая солдатам времени опомниться, кинулся на первый попавшийся корабль, стоявший у самого берега, и громко закричал, с торжествующим видом обращаясь к войску:

— Победа, победа! Видите-огонь. Они причалили, овладели берегом. Я велел посланной когорте зажечь костры в знак победы. За мной, товарищи!

— Что ты делаешь?-шепнул ему на ухо осторожный Саллюстий.-Мы погибли: ведь это-пожар!..

— Кесарь с ума сошел! — в ужасе молвил на ухо Дагалаифу Гормизда.

Хитрый варвар пожимал плечами в недоумении.

Войско неудержимо стремилось к реке. С восторженным криком: «Победа! победа!», толкая друг друга, обгоняя, падая в воду и вылезая с веселой руганью, все кинулись на корабли. Несколько мелких барок едва не утопили. Недоставало места на галерах.

Многие всадники кинулись вплавь, разрезая грудью коней

быстрое течение. Кельты и батавы, на своих огромных кожаных щитах, вогнутых наподобие маленьких челноков, устремились в темную реку; бесстрашные, плыли они в тумане, и щиты их быстро крутились в водоворотах; но, не замечая опасности, солдаты радостно кричали:

«Победа! победа!» Сила течения была укрощена кораблями, запрудившими реку. Пожар на пяти передовых галерах потушили без труда.

Тогда только поняли отважную, почти безумную хитрость императора. Но солдатам сделалось еще веселее: теперь, когда такую опасность преодолели шутя, — все казалось возможным.

Незадолго перед рассветом овладели римляне высотами противоположного берега, едва успели освежиться кратким сном, не снимая оружия, как на заре увидели огромное войско, выступившее из стен Ктезифона на равнину перед городом.

Двенадцать часов длилось сражение. Персы дрались с яростью. Войско Юлиана впервые увидело громадных боевых слонов, которые могли растоптать целую когорту, как поле с колосьями.

Победа была такая, какой римляне не одерживали со времен великих императоров — Траяна, Веспасиана, Тита.

Юлиан приносил на солнечном восходе благодарственную жертву богу войны Арею, состоявшую из десяти белых быков совершенной красоты, напоминавших изображения священных тельцов на древних эллинских мраморах.

Все были веселы. Только этрусские авгуры, как всегда, сохраняли упрямую и зловещую угрюмость; с каждой победой Юлиана становились они все мрачнее, все безмолвнее. — Подвели первого быка к пылавшему жертвеннику, обвитому лаврами. Бык шел лениво и покорно; вдруг оступился, упал на колени, с жалобным мычанием, похожим на человеческий голос, от которого у всех мороз пробежал по телу, уткнул морду в пыль и, прежде чем двуострая секира виктимария коснулась его широкого лба, — затрепетал, издыхая. Подвели другого. Он тоже пал мертвым. Потом третий, четвертый. Все подходили к жертвеннику, вялые, слабые, едва державшиеся на ногах, как будто пораженные смертельной болезнью,и с унылым мычанием издыхали. Ропот ужаса послышался в войске. Это было страшное знаменье, Некоторые уверяли, будто бы этрусские жрецы нарочно отравили жертвенных быков, чтобы отомстить императору за его презрение к их пророчествам.

Девять быков пало. Десятый вырвался, разорвал путы и с ревом помчался, распространяя смятение в лагере. Он выбежал из ворот, и его не могли поймать.

Жертвоприношение прекратилось. Авгуры злорадствовали.

Когда же попробовали рассечь мертвых быков, Юлиан опытным глазом гадателя увидел во внутренностях несомненные и ужасающие предзнаменования. Он отвернулся.

Лицо его покрылось бледностью. Хотел улыбнуться и не мог. Вдруг подошел к пылавшему алтарю и изо всей силы толкнул его ногой. Жертвенник покачнулся, но не упал.

Толпа тяжело вздохнула, как один человек. Префект Саллюстий кинулся к императору и шепнул ему на ухо:

— Солдаты смотрят... Лучше прекратить богослужение...

Юлиан отстранил его и еще сильнее ударил ногою алтарь; жертвенник опрокинулся; угли рассыпались; огонь потух, но благовонный дым еще обильнее заклубился.

— Горе, горе! Жертвенник оскверняют! — раздался голос в толпе.

— Говорю тебе, он с ума сошел! — в ужасе пролепетал Гормизда, хватая за руку Дагалаифа.

Этрусские авгуры стояли, по-прежнему тихие, важные, с бесстрастными, точно каменными лицами.

Юлиан поднял руки к небу и воскликнул громким голосом:

— Клянусь вечной радостью, заключенной здесь, в моем сердце, я отрекаюсь от вас, как вы от меня отреклись, покидаю вас, как вы меня покинули, блаженные, бессильные! Я один против вас, олимпийские призраки!..

Сгорбленный, девяностолетний авгур, с длинной белой бородой, с жреческим загнутым посохом, подошел к императору и положил еще твердую сильную руку на плечо его.

— Тише, дитя мое, тише! Если ты постиг тайну, — радуйся молча. Не соблазняй толпы. Тебя слушают те, кому не должно слышать...

Ропот негодования усиливался.

— Он болен, — шептал Гормизда Дагалаифу. — Надо увести его в палатку. А то может кончиться бедою...

К Юлиану подошел врач Орибазий, со своим обычным заботливым видом, осторожно взял его за руку и начал уговаривать:

— Тебе нужен отдых, милостивый август. Ты две ночи не спал. В этих краях — опасные лихорадки. Пойдем в палатку: солнце вредно...

Смятение в войске становилось опасным. Ропот и возгласы сливались в негодующий смутный гул. Никто ничего ясно не понимал, но все чуяли, что происходит недоброе. Одни кричали в суеверном страхе:

— Кощунство! Кощунство! Подымите жертвенник!

Чего смотрят жрецы-?

Другие отвечали:

— Жрецы отравили кесаря за то, что он не слушал их советов. Бейте жрецов! Они погубят нас!..

Галилеяне, пользуясь удобным случаем, шныряли, суетились со смиреннейшим видом, пересмеивались и перешептывались, выдумывая сплетни, и, как змеи, проснувшиеся от зимней спячки, только что отогретые солнцем,шипели:

— Разве вы не видите? Это Бог его карает. Страшно впасть в руки Бога живого. Бесы им овладели, бесы помутили ему разум: вот он и восстал на тех самых богов, ради коих отрекся от Единого.

Император, как будто пробуждаясь от сна, обвел всех медленным взором и наконец спросил Орибазия рассеянно:

— Что такое? О чем кричат?.. Да, да,-опрокинутый жертвенник...

Он с грустной усмешкой взглянул на угли фимиама, потухавшие в пыли:

— Знаешь ли, друг мой, ничем нельзя так оскорбить людей, как истиною. Бедные, глупые дети! — Ну что же, пусть покричат, поплачут,-утешатся... Пойдем, Орибазий, пойдем скорее в тень. Ты прав, — должно быть, солнце мне вредно. Глазам больно. Я устал...

Он подошел к своей бедной и жесткой походной постели — львиной шкуре, и упал на нее в изнеможении. Долго лежал так, ничком, стиснув голову ладонями, как бывало в детстве, после тяжкой обиды или горя.

— Тише, тише: кесарь болен, — старались полководцы успокоить солдат.

И солдаты умолкли и замерли.

В лагере, как в комнате больного, наступила тишина, полная ожидания.

Только галилеяне не ждали — суетились, скользили неслышно, всюду проникали, распространяя мрачные слухи и шипели, как змеи, проснувшиеся от зимней спячки, только что отогретые солнцем:

— Разве вы не видите? Это Бог его карает: страшно впасть в руки Бога живого!

XVI

Несколько раз в шатер осторожно заглядывал Орибазий, предлагая больному освежающий напиток. Юлиан отказывался и просил оставить его в покое. Он боялся человеческих лиц, звуков и света. По-прежнему, закрыв глаза, сжимая голову руками, старался ни о чем не думать, забыть, где он и что с ним.

Неестественное напряжение воли, в котором провел он последние три месяца, изменило его, оставив слабым и разбитым, как после долгой болезни.

Он не знал, спит или бодрствует. Картины, повторяясь, цепляясь одна за другую, плыли перед глазами с неудержимой быстротой и мучительной яркостью.

То казалось ему, что он лежит в холодной огромной спальне Мацеллума; дряхлая няня Лабда перекрестила его на ночь, — и фырканье боевых коней, привязанных вблизи палатки, делалось смешным отрывистым храпом старого педагога Мардония; с радостью чувствовал он себя очень маленьким мальчиком, никому неизвестным, далеким от людей, покинутым в горах Каппадокии.

То чудился ему знакомый, тонкий и свежий запах гиацинтов, нежно пригретых мартовским солнцем, в уютном дворике жреца Олимпиодора, милый смех Амариллис под журчание фонтана, звуки медных чашечек игры коттабы и предобеденный крик Диофаны из кухни: «Дети мои, Инбирное печенье готово».

Но все исчезало.

И он только слышал, как первые январские мухи, уже радуясь полуденному припеку, жужжат по-весеннему, в углу, защищенном от ветра, на белой солнечной стене у моря; у ног его умирают светло-зеленые волны без пены; с улыбкой смотрит он на паруса, утопающие в бесконечной нежности моря и зимнего солнца; он знает, что в этой блаженной пустыне он один, никто не придет, и, как эти черные веселые мухи на белой стене, — чувствует только невинную радость жизни, солнце и тишину.

Вдруг, очнувшись, вспомнил Юлиан, что он — в глубине Персии, что он — римский император, что на руках его — шестьдесят тысяч солдат, что богов нет, что он опрокинул жертвенник, кощунствуя. Он вздрагивал; озноб пробегал по телу; ему казалось, что он сорвался, падает в бездну, и не за что ухватиться.

Он не мог бы сказать, пролежал ли он в этой полудремоте час или целые сутки.

Но ясно, уже не во сне, а наяву, раздался голос старого верного слуги, осторожно просунувшего голову в дверь:

— Кесарь! Боюсь потревожить, но ослушаться не смею.

Ты велел доложить, не медля. В лагерь только что приехал полководец Аринфей…

— Аринфей! — воскликнул Юлиан и вскочил на ноги, пробужденный как ударом грома. — Аринфей! Зови, зови сюда!

Это был один из храбрейших полководцев, посланный с небольшим отрядом разведчиком на север, чтобы узнать, не приближается ли тридцатитысячное вспомогательное войско комесов Прокопия и Себастиана, которым приказано было, с войсками римского союзника, Арзакия, царя армянского, присоединиться к императору под стенами Ктезифона. Юлиан давно ожидал этой помощи: от нее зависела участь главного войска.

— Приведи, — воскликнул император, — приведи его!

Скорей! Или нет… Я сам…

Но слабость еще не прошла, несмотря на мгновенное возбуждение; голова закружилась; он закрыл глаза и должен был опереться о полотняную стенку шатра.

— Дай вина, крепкого… с холодной водой.

Старый слуга засуетился, проворно нацедил кубок и подал императору.

Тот выпил медленными глотками все, до последней капли, и вздохнул с облегчением. Потом вышел из палатки.

Был поздний вечер. Далеко, за Евфратом, прошла гроза.

Бурный ветер приносил свежую сырость — запах дождя.

Среди черных туч редкие крупные звезды сильно дрожали, как лампадные огни, задуваемые ветром. Из пустыни слышался лай шакалов. Юлиан обнажил грудь, подставил лицо ветру и с наслаждением почувствовал в волосах своих мужественную ласку уходящей бури.

Он улыбнулся, вспомнив свое малодушие; слабость исчезла. Возвращалось приятное напряжение сил душевных, подобное опьянению. Хотелось приказывать, действовать, не спать всю ночь, идти в сражение, играть жизнью и смертью, побеждая опасность. Только изредка легкий озноб пробегал по телу.

Пришел Аринфей.

Вести были плачевные: не было больше надежды на помощь Прокопия и Себастиана; император покинут был союзниками в неведомой глубине Азии. Носились тревожные слухи об измене, о предательстве хитрого Арзакия.

В это время доложили императору о персидском перебежчике из лагеря Сапора.

Его привели. Перс распростерся перед Юлианом и поцеловал землю; это был урод: бритая голова с отрезанными ушами, с вырванными ноздрями, напоминала мертвый череп; но глаза сверкали умом и решимостью. Он был в драгоценной одежде из огненного согдианского шелка и говорил на ломаном греческом языке; двое рабов сопровождали его.

Перс назвал себя Артабаном, рассказал, что он сатрап, оклеветанный перед Сапором, изуродованный пыткою и бежавший к римлянам, чтобы отомстить царю.

— О, владыка вселенной! — говорил Артабан напыщенно и льстиво, — я отдам тебе Сапора, связанного по рукам и ногам, как жертвенную овцу. Я приведу тебя ночью к лагерю, и ты тихонько, тихонько накроешь царя рукою, возьмешь его, как маленькие дети берут птенцов в ладонь. Только слушай Артабана; Артабан может все;

Артабан знает тайны царя...

— Чего хочешь от меня? — спросил Юлиан.

— Великого мщения. Пойдем со мною!

— Куда?

— На север, через пустыню — триста двадцать пять парасангов; потом через горы, на восток, прямо к Сузам и Экбатане.

Перс указывал на горизонт.

— Туда, туда! -повторял он, не сводя глаз с Юлиана.

— Кесарь, — шептал Гормизда на ухо императору,берегись. У этого человека дурной глаз. Он — колдун, мошенник или — не на ночь будь сказано — что-нибудь еще того похуже. Иногда в здешних краях по ночам творится недоброе... Прогони его, не слушай!..

Император не обратил внимания на слова Гормизды.

Он испытывал странное обаяние молящих, пристальных глаз перса.

— Ты точно знаешь путь к Экбатане?

— О, да, да, да! — залепетал тот, смеясь восторженно.-Знаю, еще бы не знать! Каждую былинку в степи, каждый колодец. Артабан знает, о чем поют птицы, слышит, как растет ковыль, как подземные родники текут.

Древняя Заратустрова мудрость в сердце Артабана, Он побежит, побежит перед твоим войском, нюхая след, указывая путь. Верь мне, через двадцать дней вся Персия в руках твоих — до самой Индии, до знойного океана!..

Сердце императора сильно билось.

«Неужели,-думал он,-это и есть то чудо, которого я ждал? Через двадцать дней Персия в моих руках!..» У него захватывало дух от радости.

— Не гони меня,-шептал урод;-я буду лежать, как собака, у ног твоих. Только что увидел я лицо твое, я полюбил, полюбил тебя, владыка вселенной, больше, чем душу свою, потому что ты — прекрасен! Я хочу, чтобы ты прошел по телу моему и растоптал меня ногами своими, и я буду лизать пыль ног твоих и петь: слава, слава, слава Сыну Солнца, царю Востока и Запада — Юлиану!

Он целовал его ноги; оба раба также упали лицом на землю, повторяя:

— Слава, слава, слава!

— Что же делать с кораблями?-сказал Юлиан задумчиво, как будто про себя.-Покинуть без войска в добычу врагам или остаться при них?..

— Сожги! — шепнул Артабан.

Юлиан вздрогнул и посмотрел ему в лицо пытливо.

— Сжечь? Что ты говоришь?..

Артабан поднял голову и впился глазами в глаза императора:

— Ты боишься-ты?.. Нет, нет, люди боятся, не боги! Сожги, и

ты будешь свободен, как ветер: корабли не достанутся в руки врагам, а войско твое увеличится солдатами, приставленными к флоту. Будь велик и бесстрашен до конца! Сожги,-и через десять дней ты у стен Экбатаны, через двадцать — Персия в руках твоих!

Ты будешь больше, чем сын Филиппа, победитель Дария.

Только сожги корабли и следуй за мной! Или не смеешь?

— А если ты лжешь? Если я читаю в сердце твоем, что ты лжешь?-воскликнул император, одной рукой схватив перса за горло, другой занося над ним короткий меч.

Гормизда вздохнул с облегчением.

Несколько мгновений молча смотрели они друг другу в глаза. Артабан выдержал взгляд императора. Юлиан почувствовал себя еще раз побежденным обаянием этих глаз, умных, дерзких и смиренных.

— Дай мне умереть, дай мне умереть от руки твоей, если не веришь! — повторял перс.

Юлиан вложил меч в ножны.

— Страшно и сладко смотреть в очи твои, — продолжал Артабан. — Вот лицо твое, как лицо бога. Никто еще этого не знает. Я, я один знаю, кто ты... Не отвергай раба твоего, господи!..

— Посмотрим,-проговорил Юлиан задумчиво.Я ведь и сам давно уже хотел идти в глубину пустыни, искать битвы с царем. Но корабли?..

— О, да,-корабли!-встрепенулся Артабан.-Надо скорее выступить, в эту же ночь, до рассвета, пока темно, чтобы враги из Ктезифона не увидели... Сожжешь?

Юлиан ничего не ответил.

— Уведите и не спускайте глаз с него,-приказал император, указывая воинам на перебежчика.

Возвращаясь в палатку, Юлиан на мгновение остановился у двери и поднял глаза:

— Неужели?.. Так просто, так скоро? Воля моя, как воля богов: не успею подумать — и уже исполняется...

Веселье в душе его росло и подымалось, как буря.

С улыбкой приложил он руку к сердцу, так сильно оно билось. Озноб все еще пробегал по спине, и голова немного болела, как будто он весь день провел на слишком ярком солнце.

Призвав к себе в шатер полководца Виктора, старика, слепо

преданного, вручил он ему золотой перстень с императорской печатью.

— К начальникам флота, комесам Константину и Люциллиану, — приказал Юлиан. — До рассвета сжечь корабли, кроме пяти больших с хлебом и двенадцати малых для переправочных мостов. Малые взять на подводы. Остальные сжечь. Кто будет противиться, ответит головой.

Сохранить все втайне. Ступай.

Он дал ему клочок папируса, быстро написав на нем несколько слов — лаконический приказ начальникам флота.

Виктор, по своему обыкновению, ничему не удивляясь и не возражая, молча, с видом бесстрастного послушания, поцеловал край императорской одежды и пошел исполнять приказание.

Юлиан созвал военный совет, несмотря на поздний час.

Полководцы собрались в шатер, мрачные, втайне раздраженные и подозрительные. В кратких словах сообщил он свой план — идти на север, в глубину Персии, по направлению к Экбатане и Сузам, чтобы захватить царя врасплох.

Все восстали, заговорили сразу, почти не скрывая, что замысел этот кажется им безумным. На суровых лицах старых умных вождей, закаленных в опасностях, выражались утомление, досада, недоверие. Многие возражали с резкостью:

— Куда идем? Зачем?-говорил Саллюстий Секунд.Подумай, милостивый кесарь: мы завоевали половину Персии; Сапор предлагает тебе такие условия мира, каких цари Азии не предлагали ни одному из римских победителей — ни Помпею Великому, ни Септимию Северу, ни Траяну. Заключим же славный мир, пока не поздно, и вернемся в отечество...

— Солдаты ропщут, — заметил Дагалаиф, — не доводи их до отчаяния. Они устали. Много раненых, много больных. Если ты поведешь их дальше в неведомую пустыню, нельзя отвечать ни за что. — Сжалься! Да и тебе самому пора отдохнуть: ты устал, может быть, больше всех нас...

— Вернемся!-заключили все.-Далее идти-безумие!

В это мгновение послышался глухой, грозный гул за стеною палатки, подобный рокоту далекого прибоя. Юлиан прислушался и тотчас понял, что это — возмущение...

— Вы знаете волю нашу, — проговорил он холодно, указывая

полководцам на выход,-она неизменна. Через два часа мы выступаем. Смотрите, чтобы все было готово.

— Блаженный август,-произнес Саллюстий спокойно и почтительно, но слегка дрогнувшим голосом, — я не уйду, не сказав тебе того, что должен сказать. Ты говорил с нами, равными тебе не по власти, но по доблести, не как ученик Сократа и Платона. Мы можем извинить слова твои только минутным раздражением, которое омрачает твой божественный ум...

— Ну, что ж, — воскликнул Юлиан, усмехаясь и бледнея от сдержанной злобы, — тем хуже для вас, друзья мои: значит, вы-в руках безумца! Только что приказал я сжечь корабли — и повеление мое исполняется. Я предвидел ваше благоразумие и отрезал последний путь к отступлению. Да, теперь жизнь ваша — в руках моих, и я заставлю вас поверить в чудо!..

Все онемели: только Саллюстий бросился к Юлиану и схватил его за руку.

— Этого не будет, кесарь, ты не мог!.. Или в самом деле?..

Он не докончил и выпустил руку императора. Все вскочили, прислушиваясь.

Крики воинов за полотняною стеною палатки становились все громче и громче; мятежный гул их приближался, как будто летела буря по верхушкам леса.

— Пусть покричат,-произнес Юлиан спокойно.Бедные, глупые дети! Куда они хотят уйти от меня? Слышите? Вот зачем я сжег корабли — надежду трусов, убежище ленивых. Теперь нам уже нет возврата. Свершилось.

Нам нечего ждать, кроме чуда! Теперь вы связаны со мной на жизнь и смерть. Через двадцать дней Азия — в руках моих. Я окружил вас ужасом и гибелью для того, чтобы вы победили все и сделались подобными мне.

Радуйтесь! Я поведу вас, как бог Дионис, через весь мир, — вы победите людей и богов, и сами будете, как боги!..

Едва он произнес последние слова, как по всему войску раздался крик ужаса:

— Горят! Горят!

Полководцы бросились вон из шатра. За ними — Юлиан. Они увидели зарево. Виктор в точности исполнил приказание владыки. Флот охвачен был пламенем. Император любовался им с тихой и странной улыбкой.

— Кесарь! Да помилуют нас боги,-он убежал!..

С этими словами один из центурионов бросился к ногам Юлиана, бледный и дрожащий.

— Убежал? Кто? Что ты говоришь?..

— Артабан, Артабан! Горе нам!.. Он обманул тебя, кесарь!..

— Не может быть!.. А слуги его? — пролепетал император чуть слышно.

— Только что в пытках признались, что Артабан не сатрап, а сборщик податей в Ктезифоне, — продолжал центурион. — Он придумал эту хитрость, чтобы спасти город и предать тебя в руки персов, заманив в пустыню; он знал, что ты сожжешь корабли. И еще сказали они, что Сапор идет с несметным войском...

Император бросился к берегу реки навстречу полководцу Виктору:

— Гасите, гасите, гасите! Скорее!

Но голос его замер, и, взглянув на пылающий флот, он понял, что уже никакие человеческие силы не могут остановить огня, раздуваемого сильным ветром.

В ужасе схватился он за голову и, хотя ни веры, ни молитвы уже не было в сердце, поднял глаза к небу, как будто все искал в нем чего-то.

Там бледные звезды мерцали сквозь зарево.

Войско все грознее волновалось и гудело.

— Персы подожгли) — вопили одни, простирая руки к пылавшим кораблям в своей последней надежде.

— Не персы, а сами полководцы, чтобы заманить нас в пустыню и покинуть! — безумствовали другие.

— Бейте, бейте жрецов!-повторяли третьи.-Жрецы опоили кесаря и лишили его разума!

— Слава августу Юлиану Победителю! — восклицали верные галлы и кельты. — Молчите, изменники! Пока он жив, нам нечего бояться!

Малодушные плакали:

— На родину, на родину! Мй не хотим идти дальше, не хотим в пустыню. Мы не сделаем больше ни шагу, упадем на дороге. Лучше убейте нас!

— Не видать вам родины, как ушей своих! Погибли мы, попали к персам в ловушку!

— Да разве вы не видите? — торжествовали галилеяне.-Бесы им овладели! Нечестивый Юлиан продал им душу свою, и они влекут его на погибель. Куда может привести нас безумец, одержимый бесами?..

А в это время кесарь, ничего не видя и не слыша, как в бреду, шептал про себя с бледной, блуждающей и рассеянной улыбкой:

— Все равно, все равно... Чудо совершится! Не теперь, так потом. — Я верю в чудо!..

XVII

Это был первый ночлег отступления на шестнадцатые календы июня.

Войско отказалось идти дальше. Ни мольбы, ни увещания, ни угрозы императора не помогали. Кельты, скифы, римляне, христиане и язычники, трусливые и храбрые — все отвечали одним криком: «Назад, назад!» Военачальники тайно злорадствовали; этрусские авгуры явно торжествовали. После сожжения кораблей восстали все. Теперь не только галилеяне, но и поклонники олимпийцев были уверены, что над головой императора тяготеет проклятие, что Евмениды преследуют его. Когда он проходил по лагерю, разговоры умолкали — все боязливо сторонились.

Книги сибилл и Апокалипсис, этрусские авгуры и христианские прозорливцы, боги и ангелы соединились, чтобы погубить Отступника.

. Тогда император объявил, что он поведет их на родину через провинцию Кордуэну, по направлению к плодородному Хилиокому. При таком отступлении сохранялась, по крайней мере, надежда соединиться с войсками Прокопия и Себастиана. Юлиан утешал себя мыслью, что он еще не выходит из пределов Персии и, следовательно, может встретиться с главными силами царя Сапора и одержать такую победу, которая все поправит.

Персы более не появлялись. Желая перед решительным нападением истощить римское войско, они подожгли богатые нивы с желтевшим, спелым ячменем и пшеницей, все житницы и сеновалы в селениях.

Солдаты шли по мертвой пустыне, дымившейся от недавнего пожара. Начался голод.

Чтобы увеличить бедствие, персы разрушили плотины каналов и затопили выжженные поля. Им помогали потоки и ручьи, выходившие из берегов вследствие краткого, но сильного летнего таяния снегов на горных вершинах Армении.

Вода быстро высыхала под знойным июньским солнцем.

На земле, не простывшей от пожара, оставались лужи с теплою и липкою черною грязью. По вечерам от мокрого угля отделялись удушливые испарения, слащавый запах гнилой гари, который пропитывал все — воздух, воду, даже платье и пищу солдат. Из тлеющих болот подымались тучи насекомых — москитов, ядовитых шершней, оводов и мух. Они носились над вьючными животными, прилипали к пыльной потной коже легионеров. Днем и ночью раздавалось усыпительное жужжание. Лошади бесились, быки вырывались из-под ярма и опрокидывали повозки. После трудного перехода солдаты не могли отдыхать: спасения от насекомых не было даже в палатках; они проникали сквозь щели; надо было закутаться в душное одеяло с головой, чтобы уснуть. От укуса крошечных прозрачных мух навозного грязно-желтого цвета делались опухоли, волдыри, которые сперва чесались, потом болели и, наконец, превращались в страшные гнойные язвы.

В последние дни солнце не выглядывало. Небо покрыто было ровной пеленой белых знойных облаков; но для глаз их неподвижный свет был еще томительнее солнца; небо казалось низким, плотным, удушливым, как в жаркой бане нависший потолок.

Так шли они, исхудалые, слабые, вялым шагом, понуря головы, между небом, беспощадно низким, белым, как известь, — и обугленной черной землей, Им казалось, что сам Антихрист, человек отверженный Богом, завел их нарочно в это проклятое место, чтобы погубить. Иные роптали, поносили вождей, но бессвязно, точно в бреду. Другие тихонько молились и плакали, как больные дети, прося товарищей о куске хлеба, о глотке вина. Некоторые падали на дороге от слабости.

Император велел раздать голодным последние съестные припасы, которые сберегали для него и для его приближенных.

Сам он довольствовался жидкой мучной похлебкой с маленьким куском сала — такой пищей, от которой отвернулся бы неприхотливый солдат.

Благодаря крайнему воздержанию, чувствовал он все время возбуждение и, вместе с тем, странную легкость в теле, как бы окрыленность: она поддерживала и удесятеряла силы. Старался не думать о том, что будет. Возвратиться в Антиохию или в Tape побежденным, на позор и насмешки галилеян — одна мысль об этом казалась ему невыносимою.

В ту ночь солдаты отдыхали. Северный ветер разогнал насекомых. Масло, мука и вино, выданные из последних запасов императора, немного утолили голод. Пробуждалась надежда на возвращение. Лагерь уснул глубоким сном.

Юлиан удалился в палатку.

В последнее время он спал как можно меньше, забываясь только перед утром легкой дремотой; если же засыпал совсем, то пробуждался с ужасом в душе, с холодным потом на теле: ему нужна была вся власть сознания, чтобы подавлять этот ужас.

Войдя в шатер, снял он железными щипцами нагар со светильни медной лампады, подвешенной посередине палатки. Кругом были разбросаны пергаментные свитки из походной библиотеки — среди них Евангелие. Он приготовился писать: это была его любимая ночная работа, философское сочинение Против галилеян, начатое два с половиной месяца назад, при выступлении в поход.

Он перечитывал рукопись, сидя спиною к двери палатки, — как вдруг услышал шелест. Обернулся, вскрикнул и вскочил на ноги: ему казалось, что он увидел призрак.

В дверях стоял отрок в темной бедной тунике из верблюжьего волоса, с пыльным овечьим мехом, перекинутым через плечо, — милостью египетских отшельников, с босыми нежными ногами в пальмовых сандалиях.

Император смотрел и ждал, не в силах произнести ни одного слова. Царствовала тишина, какая бывает только в самый глухой час после полуночи.

— Помнишь, — произнес знакомый голос, — помнишь, Юлиан, как ты приходил ко мне в монастырь? Тогда я тебя оттолкнула, но не могла забыть, потому что мы с тобой навеки близки...

Отрок откинул темный монашеский покров с головы.

Юлиан увидел золотые кудри и узнал Арсиною.

— Откуда? Как ты пришла сюДа? Почему так одета?." Он все еще боялся — не призрак ли это, не исчезнет ли она так же внезапно, как явилась.

Арсиноя рассказала ему в немногих словах, что с нею происходило во время их разлуки.-Покинув опекуна Гортензия и раздав почти все имение бедным, жила она долгое время среди галилейских отшельников, к югу от озера Марэотида, между бесплодных гор Ливийских, в страшных пустынях Нитрии и Скетии. Ее сопровождал отрок Ювентин, ученик слепого старца Дидима. Они посетили великих подвижников.

— И что же?-спросил Юлиан, не без тайной боязни, — что же, девушка? Нашла ты у них, чего искала?..

Она покачала головой и молвила с грустью:

— Нет. Только — проблески, только намеки и предзнаменования...

— Говори, говори все! — торопил ее император, и глаза его загорелись надеждою.

— Сумею ли сказать?-начала она медленно.-Видишь ли, друг мой: я искала у них свободы, но и там ее нет...

— Да, да! Не правда ли? — все больше торжествовал Юлиан.-Ведь я же тебе говорил, Арсиноя. Помнишь?..

Она опустилась на походный стул, покрытый леопардовой кожей, и продолжала спокойно, с прежней грустной улыбкой. Он ловил каждое ее слово с восторгом и жадностью.

— Скажи, как ты ушла от этих несчастных? — спросил Юлиан.

— У меня тоже было искушение, — ответила она.Однажды в пустыне, среди камней, я нашла осколок белого, чистого мрамора; подняла его и долго любовалась, как он искрится на солнце, и вдруг вспомнила Афины, свою молодость, искусство, тебя, как будто проснулась — и тогда же решила вернуться в мир, чтобы жить и умереть тем, чем Бог меня создал-художником, о это время старцу Дидиму приснился вещий сон, будто бы я примирила тебя с Галилеянином...

— С Галилеянином?-тихо повторил Юлиан и его лицо сразу омрачилось, глаза потухли, смех замер на губах.

— Я хотела увидеть тебя, — продолжала Арсиноя,хотела знать, достиг ли ты истины на пути своем, и куда пришел. Я облеклась в мужскую одежду иноков; мы спустились с братом Ювентином до Александрии по Нилу, на корабле в Селевкию Антиохийскую, с большим сирийским караваном, через Апамею, Эпифанию, Эдессу — до границы: среди многих трудов и опасностей прошли через пустыни Месопотамии, покинутые персами; недалеко от селения Абузата, после победы при Ктезифоне, увидели мы твой лагерь. И вот я здесь. — Ну, а как же ты, Юлиан?..

Он вздохнул, опустил голову на грудь и ничего не ответил.

Потом, взглянув на нее исподлобья быстрым, умоляющим и подозрительным взглядом, спросил:

— Теперь и ты ненавидишь Его, Арсиноя?..

— Нет. За что?-ответила она тихо и просто.-Разве мудрецы Эллады не приближались к тому, о чем говорит Он? Те, кто в пустыне терзают плоть и душу свою,те далеки от кроткого Сына Марии. Он любил детей, и свободу, и веселие пиршеств, и белые лилии. Он любил жизнь, Юлиан. Только мы ушли от Него, запутались и омрачились духом. Все они называют тебя Отступником.

Но сами они -отступники...

Император стоял перед ней на коленях, подняв глаза, полные мольбою; слезы блестели в них и медленно текли по щекам:

— Не надо, не надо, — шептал он, — не говори... Зачем?.. Оставь мне то, что было... Не будь же врагом моим снова!..

— Нет! — воскликнула она с неудержимой силой.Я должна сказать тебе все. Слушай. Я знаю, ты любишь Его. Молчи,-это так, в этом проклятье твое. На кого ты восстал? Какой ты враг Ему? Когда уста твои проклинают Распятого, сердце твое жаждет Его. Когда ты борешься против имени Его, — ты ближе к духу Его, чем те, кто мертвыми устами повторяет: Господи, Господи! Вот кто враги твои, а не Он. Зачем же ты терзаешь себя больше, чем монахи галилейские?..

Юлиан вскочил— бледный; лицо его исказилось, глаза загорелись злобою; он прошептал, задыхаясь:

— Поди прочь, поди прочь от меня! Знаю все ваши хитрости галилейские!..

Арсиноя посмотрела на него с ужасом, как на безумного.

— Юлиан, Юлиан! Что с тобой? Неужели из-за одного имени?..

Но он уже овладел собой; глаза померкли, лицо сделалось равнодушным, почти презрительным.

— Уйди, Арсиноя. Забудь все, что я сказал. Ты видишь, мы чужие. Тень Распятого — между нами. Ты не отреклась от него. Кто не враг Ему, не может быть другом моим.

Она упала перед ним на колени:

— Зачем? Зачем? Что ты делаешь? Сжалься над собой, пока не поздно! Вернись, — или ты...

Она не кончила, но он договорил за нее с высокомерной улыбкой:

— Или погибну? Пусть. Я дойду по пути моему до конца, — куда бы ни привел он меня. Если же, как ты говоришь, я был несправедлив к учению галилеян, — вспомни, что я вынес от них! — как бесчисленны, как презренны были враги мои. Однажды воины римские нашли при мне в болотах Месопотамии льва, которого преследовали ядовитые мухи; они лезли ему в пасть, в уши, в ноздри, не давали дышать, облепили очи, и медленно побеждали уколами жал своих львиную силу. Такова моя гибель; такова победа галилеян над римским кесарем!

Девушка все еще протягивала к нему руки, без слов, без надежды, как друг к умершему другу. Но между ними была бездна, которую живые не переступают...

В двадцатых числах июля римское войско, после долгого перехода по выжженной степи, нашло в глубокой долине речки Дурус немного травы, уцелевшей от пожара.

Легионеры несказанно обрадовались ей, ложились на землю, вдыхали пахучую сырость и к пыльным лицам, к воспаленным векам прижимали влажные стебли трав.

Рядом было поле спелой пшеницы. Воины собрали хлеб. Три дня продолжался отдых в уютной долине. На утро четвертого, с окрестных холмов, римские стражи заметили облако не то дыма, не то пыли. Одни думали, что это дикие ослы, имеющие обыкновение собираться в стада, чтобы предохранить себя от нападения львов; другие, что это сарацины, привлеченные слухами об осаде Ктезифона, третьи выражали опасение, не есть ли это главное войско самого царя Сапора.

Император велел трубить сбор.

Когорты в оборонительном порядке, наподобие большого правильного круга, под охраной щитов, сдвинутых и образовавших как бы ряд медных стен, расположились лагерем на берегу ручья.

Завеса дыма или пыли оставалась на краю неба до вечера, и никто не догадывался, что она за собой скрывает.

Ночь была темная, тихая; ни одна звезда не сияла на небе.

Римляне не спали; они стояли вокруг пылающих костров и с

молчаливой тревогой ждали утра.

XVIII

На восходе солнца увидели персов. Враги приближались медленно. По словам опытных воинов, их было не менее двухсот тысяч; из-за холмов появлялись непрерывно новые и новые отряды.

Сверкание лат так ослепляло, что даже сквозь густую пыль глаза с трудом выдерживали.

Римляне молча выходили из долины и строились в боевой порядок. Лица были суровы, но не печальны. Опасность заглушила вражду. Взоры обратились опять на императора. Галилеяне и язычники одинаково по выражению лица его угадывали, можно ли надеяться. Лицо кесаря сияло радостью. Он ждал встречи с персами, как чуда, зная, что победа поправит все, даст ему такую славу и силу, что галилеяне признают себя пораженными.

Душное, пыльное утро 22 июля предвещало знойный день. Император не хотел облечься в медную броню. Он остался в легкой шелковой тунике. Полководец Виктор подошел к нему, держа в руках панцирь:

— Кесарь, я видел дурной сон. Не искушай судьбы, одень латы...

Юлиан молча отстранил их рукою.

Старик опустился на колени, подымая легкую броню.

— Одень! Сжалься над рабом твоим! Битва будет опасной.

Юлиан взял круглый щит, перекинул вьющийся пурпур хламиды через плечо и вскочил на коня:

— Оставь меня, старик! Не надо.

И помчался, ссеркая на солнце сеотиыским шлемом с высоким золоченым гребнем.

Виктор, тревожно качая головой, посмотрел ему вслед.

Персы приближались. Надо было спешить.

Юлиан расположил войско в особом порядке, в виде изогнутого лунного серпа. Громадный полукруг должен был врезаться двумя остриями в персидское полчище и захватить его с обеих сторон. На правом крыле начальствовал Дагалаиф, на левом Гормизда, в середине Юлиан И Виктор.

Трубы грянули.

Земля заколебалась, загудела под мягкими тяжкими

ступнями бегущих персидских слонов; страусовые перья колебались у них на широких лбах; ременными подпругами привязаны были к спинам кожаные башни; из каждой четыре стрелка метали фаларики — снаряды с горящей смолой и паклей.

Римская конница не выдержала первого натиска. С оглушительным ревом, вздернув хоботы, слоны разевали мясистые влажно-розовые пасти, так что воины чувствовали на лицах дыхание чудовищ, рассвирепевших от смеси чистого вина, перца и ладана — особого напитка, которым варвары опьяняли их перед битвами; клыки, выкрашенные киноварью, удлиненные стальными наконечниками, распарывали брюхо коням; хоботы, обвив всадников, подымали их на воздух и ударяли о землю.

В полдневном зное от этих серых колеблющихся туш, с шлепающими складками кожи, отделялся пронзительно едкий запах пота. Лошади трепетали, бились и хрипели, почуяв запах слонов.

Уже одна когорта обратилась в бег тво. То были христиане. Юлиан кинулся остановить бегущих и, ударив главного декуриона рукой по лицу, закричал в ярости:

— Трусы! Умеете только молиться!..

Фракийские легковооруженные стрелки и пафлагонские пращники выступили против слонов. За ними шли искусные иллирийские метатели дротиков, налитых свинцом,мартиобарбулы.

Юлиан приказал направить в ноги чудовищ стрелы, камни из пращей, свинцовые дротики. Одна стрела попала в глаз огромному индийскому слону. Он завыл и поднялся на дыбы; подпруги лопнули; седло с кожаной башней сползло, опрокинулось; персидские стрелки выпали, как птенцы из гнезда. Во всем отряде слонов произошло смятение. Раненые в ноги валились, и скоро вокруг них образовалась целая подвижная гора из нагроможденных туш.

Поднятые вверх ступни, окровавленные хоботы, сломанные клыки, опрокинутые башни, полураздавленные кони, раненые, мертвые, персы, римляне-все смешалось.

Наконец, слоны обратились в бегство, ринулись на персов и начали их топтать.

Эта опасность предусмотрена была военной наукой варваров: пример сражения при Низибе показал, что войско может быть истреблено отрядом собственных слонов.

Тогда вожатые длинными серповидными ножами, привязанными к правой руке, изо всей силы стали ударять чудовищ между двумя позвонками спинного хребта, ближайшими к черепу; довольно было одного такого удара, чтобы самое большое и сильное из них пало мертвым.

Когорты мартиобарбулов кинулись вперед, перелезая через туши раненых, преследуя бегущих.

В это время император уже летел на помощь к левому крылу. Здесь наступали персидские клибанарии — знаменитый отряд всадников, связанных, спаянных друг с другом звеньями громадной цепи, покрытых с головы до ног гибкой стальной чешуей, неуязвимых, почти бессмертных в бою, подобных изваяниям, вылитым из металла; ранить их можно было только сквозь узкие щели в забралах, оставленные для рта и глаз.

Против клибанариев направил он когорты старых верных друзей своих, батавов и кельтов: они умирали за одну улыбку кесаря, глядя на него восторженными детскими глазами.

На правом крыле в римские когорты врезались колесницы персов, запряженные полосатыми тонконогими зебрами; остроотточенные косы, прикрепленные к осям и к спицам колес, вращались с ужасающей быстротой, одним взмахом отсекая ноги лошадям, головы солдатам, разрезая тела с такой же легкостью, как серп жнеца — тонкие стебли колосьев.

После полудня клибанарии ослабели: латы накалились и жгли.

Юлиан направил на них все силы.

Они дрогнули и пришли в смятение. У императора вырвался крик торжества. Он кинулся вперед, преследуя бегущих, и не заметил, как войско отстало. Кесаря сопровождали немногие телохранители, в том числе полководец Виктор. Старик, раненный в руку, не чувствовал боли; ни на мгновение не покидал он императора и спасал его от смертельной опасности, заслоняя длинным, книзу заостренным, щитом своим. Опытный полководец знал, что приближаться к бегущему войску так же неблагоразумно, как подходить к падающему зданию.

— Что ты делаешь, кесарь,-кричал он Юлиану.Берегись! Возьми мои латы…

Юлиан, не слушая летел вперед, с поднятыми руками, с открытой грудью, — как будто один, без войска, ужасом лица своего и мановением рук гнал несметных врагов.

На губах его играла улыбка веселья, сквозь тучу пыли, поднятую вихрем, сверкал беотийский шлем, и складки хламиды, развевавшейся по ветру, походили на два исполинских красивых крыла, которые уносили его все дальше и дальше.

Впереди мчался отряд сарацин. Один из наездников обернулся, узнал Юлиана по одежде и указал товарищам с отрывистым гортанным криком, подобным орлиному клекоту:

— Малэк! Малэк!-что по-арабски значит: Царь!

Царь!

Все обернулись и, не останавливая коней, вскочили на ноги, в своих белых, длинных одеждах, с поднятыми над головами копьями.

Император увидел разбойничье смуглое лицо. Это был почти мальчик. Он скакал во весь опор, на горбу громадного бактрианского верблюда с комками сухой прилипшей грязи, болтавшимися на косматой шерсти под брюхом.

Виктор щитом отразил два сарацинских копья, направленных на императора.

Тогда мальчик на верблюде прицелился и, сверкая хищным взором, от резвости оскалил белые зубы, с радостным криком:

— Малэк! Малэк!

— Как весело ему, — подумал Юлиан, — а мне еще...

Он не успел кончить мысли.

Копье свистнуло, задело ему правую руку, слегка оцарапало кожу, скользнуло по ребрам и вонзилось ниже печени.

Он подумал, что рана не тяжелая и, ухватился за двуострый наконечник, чтобы вырвать его, но порезал пальцы. Хлынула кровь.

Юлиан громко вскрикнул, закинув голову, взглянул широко открытыми глазами в бледное, пылающее небо и упал с коня на руки телохранителей.

Виктор поддерживал его. Губы старика дрожали, и помутившимися глазами смотрел он на закрытые очи кесаря.

Отставшие когорты собирались.

XIX

Юлиана перенесли в шатер и положили на походную постель. Он не приходил в себя, только изредка стонал.

Врач Орибазий извлек острие копья из глубокой раны, осмотрел, обмыл ее и сделал перевязку. Виктор взглядом спросил, есть ли надежда. Орибазий грустно покачал головой.

После перевязки Юлиан глубоко вздохнул и открыл глаза.

— Где я?..-с удивлением посмотрел он кругом, как будто пробуждаясь от крепкого сна.

Издалека доносился шум битвы. Вдруг вспомнил он все и с усилием привстал на постели.

— Где конь? Скорее, Виктор!..

Лицо его исказилось от боли. Все кинулись, чтобы поддержать кесаря. Он оттолкнул Виктора и Орибазия.

— Оставьте!.. Я должен быть там, с ними до конца!..

И он медленно встал на ноги. На бледных губах была улыбка, глаза горели:

— Видите-я еще могу... Скорее щит, меч! Коня!..

Душа его боролась с кончиной. Виктор подал ему щит и меч.

Юлиан взял их и, шатаясь, как дети, не научившиеся ходить, сделал два шага.

Рана открылась. Он уронил оружие, упал на руки Орибазия и Виктора и, подняв глаза к небу, воскликнул:

— Кончено... Ты победил. Галилеянин!

И, не сопротивляясь больше, отдался в руки приближенным; его уложили в постель.

— Да, кончено, друзья мои, — повторил он тихо,я умираю...

Орибазий наклонился, стараясь утешить его, уверяя, что такие раны вылечивают.

— Не обманывай,-возразил Юлиан кротко,-зачем?

Я не боюсь...

И прибавил торжественно:

— Я умру смертью мудрых.

К вечеру впал в забытье. Часы проходили за часами.

Солнце зашло. Сражение утихло. В палатке зажгли лампаду. Наступала ночь. Он не приходил в себя. Дыхание ослабело. Думали, что он умирает. Наконец, глаза медленно открылись. Пристальный недвижный взор устремлен был в угол палатки; из губ вырывался быстрый, слабый шепот; он бредил;

— Ты?.. Здесь?.. Зачем?.. Все равно — кончено. Поди прочь!

Ты ненавидел! Вот чего мы не простим...

Потом пришел в себя ненадолго и спросил Орибазия:

— Который час? Увижу ли солнце?..

И подумав, прибавил, с грустной улыбкой:

— Орибазий, ужели разум так бессилен?.. Знаю-это слабость тела. Кровь, переполняющая мозг, порождает видения. Надо, чтобы разум...

Мысли снова путались, взор становился неподвижным.

— Я не хочу!.. Слышишь? Уйди, Соблазнитель! Не верю... Сократ умер, как бог... Надо, чтобы разум... Виктор! О, Виктор... Что тебе до меня. Галилеянин? Любовь твоя — страшнее смерти. Бремя твое — тягчайшее бремя...

Зачем Ты так смотришь?.. Как я любил Тебя, Пастырь Добрый, Тебя одного... Нет, нет! Пронзенные руки и ноги? Кровь? Тьма? Я хочу солнца, солнца!.. Зачем Ты застилаешь солнце?..

Наступил самый тихий и темный час ночи.

Легионы вернулись в лагерь. Победа не радовала их.

Несмотря на усталость, почти никто не спал. Ждали известий из императорской палатки. Многие, стоя у потухающих костров и опираясь одной рукой на длинные копья, дремали в изнеможении. Слышно было, как стреноженные лошади, тяжело вздыхая, жуют овес.

Между темными шатрами выступили на краю неба беловатые полосы. Звезды сделались дальше и холоднее.

Повеяло сыростью. Сталь копий и медь щитов потускнели от серого, как паутина, налета росы. Пропели петухи этрусских гадателей, вещие птицы, которых жрецы не утопили, несмотря на повеление августа. Тихая грусть была на земле и на небе. Все казалось призрачным — близкое далеким, далекое близким.

У входа в палатку кесаря толпились друзья, военачальники, приближенные; в сумерках казались они друг другу бледными тенями.

В шатре царствовало еще более торжественное безмолвие. С однообразным звоном врач Орибазий толок в медной ступе лекарственные травы для освежающего напитка.

Больной успокоился; бред затих.

На рассвете в последний раз пришел он в себя и спросил с нетерпением:

— Когда же солнце?..

— Через час, — ответил Орибазий, взглянув на уровень воды в стеклянных стенках водяных часов.

— Позовите военачальников, — приказал Юлиан.Я должен говорить.

— Милостивый кесарь, тебе нужен покой, — заметил врач.

— Все равно. До восхода не умру.-Виктор, выше голову... Так. Хорошо.

Ему рассказали о победе над персами, о бегстве предводителя вражеской конницы, Мерана, с двумя сыновьями царя, о гибели пятидесяти сатрапов. Он не удивился, не обрадовался; лицо его осталось безучастным.

Вошли приближенные: Дагалаиф, Гормизда, Невитта, Аринфей, Люциллиан, префект Востока-Саллюстий; впереди шел комес Иовиан. Многие, делая предположения о будущем, высказывали желание видеть на престоле этого слабого боязливого человека, никому не опасного. При нем надеялись отдохнуть от тревог слишком бурного царствования. Иовиан обладал искусством угождать всем. Он был высок и благообразен, с лицом незначительным, исчезающим в толпе. Он имел сердце добродетельное и ничтожное.

Здесь же, среди приближенных, находился молодой центурион придворных щитоносцев, будущий историк Аммиан Марцеллин. Все знали, что он ведет дневник похода.

Войдя в палатку, Аммиан вынул навощенные дощечки и медный стилос. Он приготовился записывать предсмертную речь императора.

— Подымите завесу, — приказал Юлиан.

Покров на дверях откинули. Все расступились. Утренний холод повеял в лицо умирающему. Дверь выходила на восток. Недалеко был обрыв; ничто не заслоняло неба.

Юлиан увидел светлые облака, еще холодные, прозрачные, как лед. Он вздохнул и сказал:

— Так. Хорошо. Погасите лампаду...

Огонь потушили; палатку наполнил сумрак.

Все ждали молча.

— Слушайте, друзья мои, — начал кесарь предсмертную речь; он говорил тихо, но внятно; лицо было спокойно. і Аммиан Марцеллин записывал.

— Слушайте, друзья,-мой час пришел, быть может, слишком ранний: но видите,-я радуюсь, как верный должник, возвращая природе жизнь, — и нет в душе моей ни скорби, ни страха; в ней только тихое веселие мудрых, предчувствие вечного отдыха. Я исполнил долг и, вспоминая прошлое, не раскаиваюсь. В те дни, когда, всеми гонимый, ожидал я смерти в пустыне Каппадокии, в Мацеллуме, и потом, на вершине величия, под пу\ римского кесаря, — сохранил я душу мою незапятнанной, стремясь к высоким целям. Если же не исполнил всего, что хотел, — не забывайте, люди, что делами земными управляют силы рока. — Ныне благословляю Вечного за то, что дал Он мне умереть не от медленной болезни, не от руки палача или злодея, а на поле битвы, в цвете юности, среди недоконченных подвигов...

Расскажите, возлюбленные, врагам и друзьям моим, как умирают эллины, укрепляемые древнею мудростью.

Он умолк. Все опустились на колени. Многие плакали.

— О чем вы, бедные? — спросил Юлиан с улыбкой.Непристойно плакать о том, кто возвращается на родину...

Виктор, утешься!..

Старик хотел ответить, но не мог, закрыл лицо руками и зарыдал еще сильнее.

— Тише, тише, — произнес Юлиан, обращая взор на далекое небо.-Вот оно!..

Облака загорелись. Сумрак в палатке сделался янтарным, теплым. Блеснул первый луч солнца. Умирающий обратил к нему лицо свое.

Тогда префект Востока, Саллюстий Секунд, приблизившись, поцеловал руку Юлиана:

— Блаженный август, кого назначаешь наследником?

— Все равно, — отвечал император. — Судьба решит.

Не должно противиться. Пусть галилеяне торжествуют.

Мы победим — потом, и — с нами солнце! — Смотрите, вот оно, вот оно!..

Слабый трепет пробежал по всему телу его, и с последним усилием поднял он руки, как будто хотел устремиться навстречу солнцу. Черная кровь хлынула из раны; жилы, напрягаясь, выступили на висках и на шее.

— Пить, пить! — прошептал он, задыхаясь.

Виктор поднес к его губам глубокую чашу, золотую, сиявшую, наполненную до краев чистой родниковой водой.

Юлиан смотрел на солнце и медленно, жадными глотками пил воду, прозрачную, холодную, как лед.

Потом голова его откинулась. Из полуоткрытых губ вырвался последний вздох, последний шепот:

— Радуйтесь!.. Смерть-солнце... Я-как ты, о, Гелиос!..

Взор его потух. Виктор закрыл ему глаза.

Лицо императора, в сиянии солнца, было похоже на, Лицо уснувшего бога.

XX

Прошло три месяца после заключения императором Иовианом мира с персами.

В начале октября римское войско, истощенное голодом и бесконечными переходами по знойной Месопотамии, вернулось в Антиохию.

Во время пути, трибун щитоносцев, Анатолий подружился с молодым историком Аммианом Марцеллином.

Друзья решили ехать в Италию, в уединенную виллу около Бай, куда приглашала их Арсиноя, чтобы отдохнуть от трудного похода и полечиться от ран в серных источниках.

Проездом остановились они на несколько дней в Антиохии.

Ожидались великолепные торжества в честь вступления на престол Иовиана и возвращения войска. Мир, заключенный с царем Сапором, был позорным для Империи: пять богатых римских провинций по ту сторону Тигра, в том числе Кордуэна и Регимэна, пятнадцать пограничных крепостей, города Сингара, Кастра-Мауророрум и неприступная древняя твердыня Низиб, выдержавшая три осады, переходили в руки Сапора.

Но галилеяне мало думали о поражении Рима. Когда в Антиохию пришло известие о смерти Юлиана Отступника, запуганные граждане сперва не поверили, боясь, что это сатанинская хитрость, новая сеть для уловления праведных; но поверив, обезумели от радости.

Ранним утром шум праздника, крики народа ворвались сквозь плотно запертые ставни в полутемную спальню Анатолия. Он решил целый день просидеть дома. Ликование черни было ему противно. Старался опять уснуть, но не мог. Странное любопытство овладело им. Он быстро оделся, ничего не сказал Аммиану и вышел на улицу.

Был свежий, но не холодный, солнечный осенний день.

Большие круглые облака на темно-голубом небе сливались с

белым мрамором бесконечных антиохийских колоннад и портиков. На углах, рынках и форумах шумели фонтаны.

В солнечно-пыльной дали улиц видно было, как широкие струи городских водопроводов скрещиваются подвижными хрустальными нитями. Голуби, воркуя, клевали рассыпанный ячмень. Пахло цветами, ладаном из открытых настежь церквей, мокрой пылью. Смуглые девушки, пересмеиваясь, окропляли из прозрачных водоемов корзины бледных октябрьских роз и потом, с радостным пением псалмов, обвивали гирляндами столбы христианских базилик.

Толпа с немолчным гулом и говором наполняла улицы; медленным рядом двигались по великолепной антиохийской мостовой — гордости городского совета декурионов — колесницы и носилки.

Слышались восторженные крики:

— Да здравствует Иовиан август, блаженный, великий!

Иные прибавляли: «победитель», но неуверенно, потому что слово «победитель» слишком отзывалось насмешкой.

Тот самый уличный мальчик, который некогда марал углем на стенах карикатуры Юлиана, хлопал в ладоши, свистел, подпрыгивал, валялся в пыли, как воробей, и выкрикивал пронзительно:

— Погиб, погиб сей дикий вепрь, опустошитель вертограда Божьего!

Он повторял эти слова за старшими.

Сгорбленная старуха в отрепьях, ютившаяся в грязном предместьи, в сырой щели, как мокрица, тоже выползла на солнце, радуясь празднику. Она махала и вопила дребезжащим голосом:

— Погиб Юлиан, погиб злодей!

Веселие праздника отражалось и в широко открытых удивленных глазах грудного ребенка, которого держала на руках смуглая исхудалая поденщица с фабрики пурпура; мать дала ему медовый пирожок; видя пестрые одежды на солнце, он махал с восторгом ручками и вдруг, быстро отвертывая свое пухлое грязное личико, обмазанное медом, плутовато посмеивался, как будто все отлично понимал, только не хотел сказать. А мать думала с гордостью, что умный мальчик разделяет веселие праведных о смерти Отверженного.

Бесконечная грусть была в сердце Анатолия.

Но он шел дальше, увлекаемый все тем же странным

любопытством.

По улице Сингон приблизился он к соборной базилике.

На паперти, залитой ярким солнцем, была еще большая давка. Он увидел знакомое лицо чиновника квестуры, Марка Авзония, выходившего из базилики в сопровождении двух рабов, которые локтями прочищали путь в толпе,

«Что это?-удивился Анатолий.-Как попал в церковь этот ненавистник галилеян?» Кресты, шитые золотом, виднелись на лиловой хламиде Авзония и даже на передках кожаных пунцовых туфель.

Юний Маврик, другой знакомый Анатолия, подошел к Авзонию:

— Как поживаешь, достопочтенный? — спросил Маврик, с притворным насмешливым удивлением, осматривая новый христианский наряд чиновника.

Юний был человек свободный, довольно богатый, и переход в христианство не представлял для него особенной выгоды. Внезапному обращению своих друзей-чиновников ничуть не удивлялся он, но ему нравилось при каждой встрече дразнить их расспросами, принимая вид человека оскорбленного, скрывающего свое негодование под личиной насмешки.

Толпа входила в двери церкви. Паперть опустела.

Друзья могли беседовать свободно. Анатолий, стоя за колонной, слышал разговор.

— Зачем же не достоял ты до конца службы? — спросил Маврик.

— Сердцебиение. Душно. Что же делать, — не привык...

И прибавил задумчиво:

— Странный слог у этого нового проповедника: гиперболы слишком действуют на меня — точно железом проводит по стеклу... странный слог!

— Это, право, трогательно, — злорадствовал Маврик.Всему изменил, ото всего отрекся, а хороший слог...

— Нет, нет, я, может быть, еще просто во вкус не вошел— перебил его, спохватившись, Авзоний. — Ты не думай, пожалуйста, Маврик, я ведь искренне...

Из глубоких носилок медленно вылезла, кряхтя и охая, жирная туша квестора Гаргилиана:

— Кажется, опоздал?.. Ничего,-в притворе постою.

Бог есть Дух, обитающий...

— Чудеса!-смеялся Маврик.-Св. Писание в устах Гаргилиана!..

— Христос да помилует тебя, сын мой! — обратился к нему Гаргилиан невозмутимо, — чего это ты все язвишь, все ехидничаешь?

— Опомниться не могу. Столько обращений, столько превращений! Я, например, всегда полагал, что уж твои верования...

— Какой вздор, милый мой! У меня одно верование, что галилейские повара нисколько не хуже эллинских.

А постные блюда — объедение. Приходи ужинать, философ! Я тебя СКОРО обращу в свою веру. Пальчики оближешь.-Не все ли равно, друзья мои, съесть хороший обед в честь бога Меркурия или в честь святого Меркурия.

Предрассудки! Чем, спрашивается, мешает вот эта хорошенькая вещица?

И он указал на скромный янтарный крестик, болтавшийся среди надушенных складок драгоценного аметистового пурпура на его величественном брюхе.

— Смотрите, смотрите: Гекеболий, великий жрец богини Астарты Диндимены — кающийся иерофант в темных галилейских одеждах. О, зачем тебя здесь нет, певец метаморфоз?!-торжествовал Маврик, указывая на благообразного старика, умащенного сединами, с тихой важностью на приятном розовом лице, сидевшего в полузакрытых носилках.

— Что он читает?

— Уж конечно не правила Пессинунтской Богини!

— Смирение-то, святость! Похудел от поста. Смотрите, возводит очи, вздыхает.

— А слышали, как обратился?-спросил квестор с веселой улыбкой.

— Должно быть, пошел к императору Иовиану, как некогда к Юлиану, и покаялся?

— О, нет, все было сделано по-новому. Неожиданно.

Покаяние всенародное. Лег на землю в дверях одной базилики, из которой выходил Иовиан, среди толпы народа и закричал громким голосом: «топчите меня, гнусного, топчите соль непотребную!» И со слезами целовал ноги проходящим.

— Да, это по-новому! Ну, и что же, понравилось?

— Еще бы! Говорят, было свидание с императором наедине. О, такие люди не горят, не тонут. Все им в пользу. Скинет старую шкуру — помолодеет. Учитесь, дети мои!

— Ну, а что бы такое он мог сказать императору?

— Мало ли что! — вздохнул Гаргилиан, не без тайной зависти.-Он мог шепнуть: крепче держись христианства, да не останется в мире ни одного язычника: правая вера есть утверждение престола твоего. Теперь перед ним дорога прямая. Куда лучше, чем при Юлиане. Не угонишься.

Премудрость!

— Ой, ой, ой, благодетели, заступитесь, помилуйте!

Исторгните смиреннейшего раба Цикумбрика из пасти львиной!

— Что с тобой? — спросил Гаргилиан кривоногого чахоточного сапожника с добрым, растерянным лицом, с неуклюже торчавшими клоками седых волос. Его вели два тюремных римских копьеносца.

— В темницу влекут!

— За что?

— За разграбление церкви.

— Как? Неужели ты?..

— Нет, нет, я только в толпе, может быть, раза два крикнул: бей! Это было еще при августе Юлиане. Тогда говорили: кесарю угодно, чтобы мы разрушали галилейские церкви. Мы и разрушали. А теперь донесли, будто я серебряную рипиду из алтаря под полою унес.

Я и в церкви-то не был; только с улицы два раза крикнул; бей! Я человек смирный. Лавчонка у меня дрянная, да на людном месте, — если драка, непременно затащат.

Разве я для себя? Мне что?.. Я думал, приказано. Ой, защитите, отцы, помилуйте!..

— Да ты кто, христианин или язычник?-спросил Юний.

— Не знаю, благодетели, сам не знаю! До императора Константина приносил я жертвы богам. Потом крестили.

При Констанции сделался арианином. Потом эллины вошли в силу. Я — к эллинам. А теперь опять, видно, постарому. Хочу покаяться, в церковь арианскую вернуться.

Да боюсь, как бы не промахнуться. Разрушал я капища идольские, потом восстановлял и вновь разрушал. Все перепуталось! Сам не разберу, что я и что со мной. Покорен властям, а ведь вот никак в истинную веру попасть не могу. Все мимо! Либо рано, либо поздно. Только вижу, нет мне покоя, — или так уж на роду написано? Бьют за Христа, бьют за богов. Деток жаль!.. Ой, защитите, благодетели, освободите Цикумбрика, раба смиреннейшего!

— Не бойся, любезный, — произнес Гаргилиан с улыбкой,- мы тебя освободим. Похлопочем. Ты еще мне такие славные полусапожки сшил, со скрипом.

Цикумбрик упал на колени, простирая с надеждой руки, отягченные цепями.

Немного успокоившись, он взглянул на покровителей робко, исподлобья, и спросил:

— Ну, а как же теперь насчет веры, благодетели?..

Покаяться и уж твердо стоять до конца? Значит, перемены не будет? А то боюсь, что снова...

— Нет, нет, успокойся, — засмеялся Гаргилиан, — теперь уж кончено: перемены не будет!

Анатолий, не замеченный друзьями, вошел в церковь.

Ему хотелось послушать знаменитого молодого проповедника Феодорита.

На колеблющихся волнах фимиама голубоватыми снопами дрожали косые лучи солнца, проникая сквозь узкие верхние окна огромного купола, подобного золотому небу, символу миродержавной Церкви Вселенной.

Один луч упал на огненную рыжую бороду проповедника, стоявшего на высоком амвоне. Он поднял исхудалые бледные руки, почти сквозившие, как воск, на солнце; глаза горели радостью; голос гремел.

— Я хочу начертать на позорном столбе повесть о Юлиане злодее, богоотступнике! Да прочтут мою "надпись все века и все народы, да ужаснутся справедливости гнева Господня! Поди сюда, поди, мучитель, змий великомудрый! Ныне надругаемся мы над тобою! Соединимся духом, братья, и возликуем, и ударим в тимпаны воспоем победную песнь Мариам во Израиле о потоплении египтян в Черном море! Да веселится пустыня и да цветет, яко крин, да веселится Церковь, которая вчера и за день, по-видимому, вдовствовала и сиротствовала!..

Видите: от удовольствия делаюсь, как пьяный, как безумный!.. Какой голос, какой дар слова будет соразмерен чуду сему?.. Где твои жертвы, обряды и таинства, император?

Где заклинания и знамения чревовещателей? Где искусство гадать по рассеченным внутренностям живых людей?

Где слава Вавилона? Где персы и мидяне? Где боги, тебя

сопровождающие, тобой сопровождаемые, твои защитники, Юлиан? Все исчезло, обмануло, рассеялось!

— Ах, душечка, какая борода! — заметила шепотом на ухо подруге престарелая нарумяненная матрона, стоявшая рядом с Анатолием. — Смотри, смотри, золотом отливает!..

— Да, но зубы?.. — усомнилась подруга.

— Ну, что же, зубы? При такой бороде...

— Ах, нет, нет. Вероника, как можно, не говори этого!

Зубы тоже что-нибудь да значат. Можно ли сравнить брата Феофания?..

Феодорит гремел:

— Сокрушил Господь мышцы беззаконного! Вотще Юлиан возрастил в себе нечестие, 'подобно тому, как самые злые из пресмыкающихся и зверей собирают яд в своем теле. Бог ожидал, пока выйдет наружу вся злоба его, подобно некоему злокачественному вереду...

— Как бы в цирк не опоздать, — шептал другой сосед Анатолия, ремесленник, на ухо товарищу. — Говорят — медведицы. Из Британии.

— Ну, что ты? Неужели — медведицы?

— Как же! Одну зовут Золотая Искорка, другую Невинность. Человечьим мясом кормят. И еще ведь гладиаторы!..

— Господи Иисусе! Еще гладиаторы! Только бы не прозевать. Все равно, не дождемся конца. Улизнем, брат, поскорее, а то места займут.

Теперь Феодорит прославлял Юлианова предшественника, Констанция, за христианские добродетели, за чистоту нравов, за любовь к родным.

Анатолию сделалось душно в толпе. Он вышел из церкви и с удовольствием вдохнул свежий воздух, не пахнувший ладаном и гарью лампад, взглянул на чистое небо, не заслоненное золоченым куполом.

В притворах разговаривали громко, не стесняясь.

В толпе распространилась важная весть: сейчас повезут по улицам в железной клетке двух медведиц в амфитеатр.

Услышавшие новость выбегали из церкви стремительно, с озабоченными лицами.

— Что? Как? Не опоздали? Неужели правда-Золотая Искорка больна?

— Вздор! Это у Невинности было ночью расстройство желудка. Объелась. Теперь прошло. Здоровехоньки обе.

— Слава богу, слава богу!

Как ни сладостно было красноречие Феодорита, оно не могло победить соблазна гладиаторских игр и британских медведиц.

Церковь пустела. Анатолий увидел, как со всех концов города, из всех покинутых базилик, по улицам, переулкам и площадям бежали запыхавшиеся люди по направлению к цирку; сшибали друг друга с ног, ругались, давили детей, перескакивали через упавших женщин, роняли сандалии и неслись дальше; на потных красных лицах был такой страх опоздать, как будто дело шло о спасении жизни.

И два нежных имени порхали из уст в уста, как сладкие обещания неведомых радостей: — Золотая Искорка! Невинность! Анатолий вошел за толпою в амфитеатр. По римскому обычаю, велариум, окропленный духами, защищал народ от солнца, распространяя свежие алые сумерки. Многоголовая толпа уже волновалась по нисходящим круглым ступеням.

Перед началом игр в императорскую ложу высшие антиохийские сановники внесли бронзовую статую Иовиана, чтобы народ мог насладиться лицезрением нового кесаря. В правой руке держал он шар земной, увенчанный крестом.

Ослепительный луч солнца проник между пурпурными полотнищами велариума и упал на чело императора; оно засверкало, и толпа увидела на бронзовом плоском лице самодовольную улыбку. Чиновники целовали ноги кумира. Чернь ревела от восторга:

— Слава, слава спасителю отечества, АВгусту Иовиану! Погиб Юлиан, наказан дикий вепрь, опустошитель вертограда Божьего!

Бесчисленные руки махали в воздухе разноцветными платками и поясами.

Чернь приветствовала в Иовиане свое отражение, свой дух, свой образ, воцарившийся в мире.

Издеваясь над усопшим императором, толпа обращалась к нему, как будто он присутствовал в амфитеатре и мог слышать:

— Ну, что, философ? Не помогла тебе мудрость Платона и Хризиппа, не защитили тебя ни Громовержец, ни Феб Дальномечущий! Попал дьяволам в когти,-да растерзают они богохульника! Где твои предсказания, глупый Максим? —

Победил Христос и Бог его! Победили мы, смиренные!

Все были уверены, что Юлиан пал от руки христианина, благодарили Бога за «спасительный удар» и прославляли цареубийцу.

Когда же увидели смуглое тело гладиаторов под когтями Золотой Искорки и Невинности, — толпой овладела ярость. Глаза расширялись и не могли насытиться видом крови. На рев звериный народ ответил еще более диким человеческим ревом. Христиане пели хвалу Богу, как будто теперь только увидели торжество своей веры:

— Слава императору, благочестивому Иовиану! Христос победил, Христос победил!..

Анатолий с отвращением чувствовал зловонное дыхание черни — запах людского стада. Зажмурив глаза, стараясь не дышать, выбежал на улицу, вернулся домой, запер двери, плотно закрыл ставни, бросился на постель и так пролежал, не двигаясь, до позднего вечера. Но от черни не было спасения.

Только что стемнело, вся Антиохия озарилась огнями. На углах базилик и высоких крышах государственных зданий дымились громадные светочи, раздуваемые ветром; на улицах коптили плошки. И в комнату Анатолия сквозь щели ставен проникло зарево огней, зловоние горящего дегтя и сала. Из соседних кабаков слышались пьяные пес ни солдат и матросов, хохот, визг, брань уличных блудниц, и надо всем, подобно шуму вод, носилось немолчное славословие Иовиану Спасителю, анафема Юлиану Отступнику.

Анатолий, с горькой усмешкой, подымая руки к небу, воскликнул: -Воистину, Ты победил. Галилеянин!

XXI

Это была большая торговая трирема с азиатскими коврами и амфорами оливковогй масла, совершавшая плавание от Селевкии Антиохийскои к берегам Италии. Между островами Эгейского архипелага направлялась она к острову Криту, где должна была взять груз шерсти и высадить нескольких монахов в уединенную обитель на морском берегу. Старцы, находившиеся на передней части палубы, проводили дни в благочестивых беседах, молитвах и обычной монастырской работе — плетении корзин из пальмовых ветвей.

На противоположной стороне, у кормы, украшенной дубовым изваянием Афины Тритониды, под легким навесом из фиолетовой ткани для защиты от солнца, приютились другие путешественники, с которыми монахи не имели общения, как с язычниками: то были Анатолий, Аммиан Марцеллин и Арсиноя.

Был тихий вечер. Гребцы, александрийские невольники, с бритыми головами, мерно опускали и подымали длинные гибкие весла, распевая унылую песню. Солнце заходило за тучи.

Анатолий смотрел на волны и припоминал слова Эсхила о «многосмеющемся море». После суеты, пыли и зноя антиохийских улиц, после зловонного дыхания черни и копоти праздничных плошек, отдыхал он, повторяя: — Многосмеющееся, прими и очисти душу мою!.. Калимнос, Аморгос, Астифалея, Фера — как видения, один за другим, выплывали перед ними острова, то подымаясь над морем, то вновь исчезая, как будто вокруг горизонта сестры-океаниды плясали свою вечную пляску. Анатолию казалось, что здесь еще не прошли времена Одиссеи.

Спутники не нарушали молчаливых грез его. Каждый был погружен в свое дело. Аммиан приводил в порядок записки о персидском походе, о жизни императора Юлиана, а по вечерам, для отдыха, читал знаменитое творение афистианского учителя, Климента Александрийского, — Стромата, Пестрый ковер.

Арсиноя лепила из воска маленькие изваяния, подготовительные опыты для большого, мраморного.

Это было обнаженное тело олимпийского бога, с лицом, полным неземной печали;-Анатолий хотел и все не решался спросить ее: кто это, Дионис или Христос?

Арсиноя давно покинула монашеские одежды. Благочестивые люди отворачивались от нее с презрением, называли Отступницей. Но от преследований избавляло ее славное имя предков и память о щедрых вкладах, которыми некогда почтила она многие христианские обители. Из прежнего богатства ее оставалась небольшая часть, но и этого было довольно, чтобы жить безбедно.

На берегу Неаполитанского залива, недалеко от Бай, сохранилось у нее маленькое поместье с той самой виллой, в которой Мирра провела последние дни свои. Здесь Арсиноя,

Анатолий и Марцеллин согласились отдохнуть от последних тревожных годов своей жизни, в сельской тишине и в служении музам.

Бывшая монахиня носила теперь почти такую же одежду, как и до пострижения: простые складки пеплума делали ее снова похожей на древнюю афинскую девушку; но цвет ткани был темный, и бледное золото кудрей только слабо мерцало сквозь такую же темную дымку, накинутую на голову; в тускло-черных, никогда не смеявшихся глазах было строгое, почти суровое спокойствие; только руки, обнаженные по самые плечи, из-под складок пеплума сверкали белизной, когда художница работала, нетерпеливо, точно со злобою, мяла и комкала воск. Анатолий чувствовал смелость и силу в этих белых, как будто злых, руках.

В тот тихий вечер корабль проходил мимо маленького острова.

Никто не знал его имени; издали казался он голым утесом. Чтобы избегнуть подводных камней, корабль должен был пройти очень близко от берега. Здесь, вокруг обрывистого мыса, море было так прозрачно, что можно было видеть на дне серебристо-белый песок с черными пятнами мхов.

Из-за темных скал выступили тихие зеленые лужайки. Там паслись козы и овцы. Посередине мыса рос платан. Анатолий заметил на мшистых корнях его отрока и девушку; то были, должно быть, дети бедных пастухов. За ними, в кирарксогой роще, белел мраморный Пан с девятиствольною флейтою.

Анатолий обернулся к Арсиное, указывая на этот мирный уголок Эллады. Но слова замерли на губах его: пристально, с улыбкой странного веселья, смотрела художница на вылепленное ею из воска маленькое изваяние -двусмысленный и соблазнительный образ, с прекрасным олимпийским телом, с неземной грустью в лице.

Сердце Анатолия сжалось. Он спросил ее отрывисто, почти злобно, указывая на изваяние:

— Кто это?

Медленно, как будто с усилием, подняла она глаза свои -"такие глаза должны быть у Сибиллы", — подумал он.

— Ты надеешься, Арсиноя, — продолжал Анатолий, — что люди поймут тебя?

— Не все ли равно? — проговорила она тихо, с печальной улыбкой.

И помолчав, — еще тише, как будто про себя: — Он должен быть неумолим и страшен, как МитраДионис в славе и силе своей, милосерд и кроток как Иисус Галилеянин...

— Что ты говоришь? Разве это может быть вместе? Солнце опускалось все ниже. Под ним, на краю неба лежала туча. Последние лучи, с грустью и нежностью, озаряли остров. Теперь отрок с девушкой подошли к жертвеннику Пана, чтобы совершить возлияние вечернее.

— Ты думаешь, Арсиноя, — сказал Анатолий, — неведомые братья снова подымут упавшую нить нашей жизни и пойдут по ней дальше? Ты думаешь, не все погибнет в этой варварской тьме, сходящей на Рим и Элладу? О, если бы так, если бы знать, что будущее...

— Да, — воскликнула Арсиноя, и суровые темные глаза ее загорелись вещим огнем. — Будущее в нас — в нашей скорби! Юлиан был прав: в бесславии, в безмолвии, чуждые всем, одинокие, должны мы терпеть до конца; должны спрятать в пепел последнюю искру, чтобы грядущим поколениям было чем зажечь новые светочи. С того, чем мы кончаем, начнут они. Когда-нибудь люди откопают святые кости Эллады, обломки божественного мрамора и снова будут молиться и плакать над ними; отыщут в могилах истлевшие страницы наших книг, и снова будут, как дети, разбирать по складам древние сказания Гомера, мудрость Платона. Тогда воскреснет Эллада — и с нею мы!

— И вместе с нами — наша скорбь! — воскликнул Анатолий.- Зачем? Кто победит в этой борьбе? Когда она кончится? Отвечай, сивилла, если можешь!

Арсиноя молчала, потупив глаза; наконец, взглянула на Аммиана и указала на него Анатолию:

— Вот кто лучше меня ответит тебе. Он так же страдает, как мы. А между тем не утратил ясности духа. Видишь, как спокойно и разумно он слушает.

Аммиан Марцеллин, отложив творения Климента, прислушивался к разговору их молча.

— В самом деле, — обратился к нему Анатолий, со своей обычной, немного легкомысленной улыбкой, — вот уже более четырех месяцев, как мы с тобой друзья, а между тем я до сих пор не знаю, кто ты — христианин или эллин?

— Я и сам не знаю, — ответил Аммиан просто. — Но как же хочешь ты писать свою Летопись Римской Империи?-

допрашивал Анатолий.-Какая-нибудь чаша весов — христианская или эллинская — должна перевесить. Или оставишь ты потомков в недоумении о твоих верованиях?

— Им этого ненужно знать, — ответил историк. Быть справедливым к тем и другим — вот моя цель. Я любил императора Юлиана; но не опустится и для него в руках моих чаша весов. Пусть в грядущем никто не решит, кем я был,-как я сам не решаю.

Анатолий имел уже случай видеть изящную вежливость Аммиана, его нетщеславную ч неподдельную храбрость на войне, спокойную верность в дружбе; теперь он любовался в нем новой чертой — глубокой ясностью ума.

— Да, ты рожден историком, Аммиан, бесстрастным судиею нашего страстного века. Ты примиришь две враждующих мудрости, — проговорила Арсиноя. — Не я первый, — возразил Аммиан.

Он встал, указывая на пергаментные свитки великого христианского учителя:

— Здесь все это есть, и еще многое, лучшее,-чего я не сумею сказать; это Стромата Климента Александрийского. Он доказывает, что вся сила Рима, вся мудрость Эллады только путь к учению Христа; только предзнаменования, предчувствия, намеки; широкие ступени. Пропилеи, ведущие с Царствие Божие, Платон — предтеча Иисуса Галилеянина.

Эти последние слова об учении Климента, сказанные Аммианом так просто, поразили Анатолия: как будто вдруг вспомнил он, что вое это уже когда-то было, все до последней мелочи: и остров, озаренный вечерним солнцем, и крепкий, приятный запах корабельной смолы, и неожиданные простые слова о Платоне — предтече Иисуса. Ему почудилась широкая лестница, мраморная, белая, залитая солнцем, многоколонная, как Пропилеи в Афинах, ведущая прямо в голубое небо.

Между тем трирема медленно огибала мыс. Кипарисовая роща почти скрылась за утесами. Анатолий кинул последний взгляд на юношу, стоявшего рядом с девушкой перед изваянием Пана; она склонила над жертвенником простую деревянную чашу, принося вечерний дар богу — козье молоко, смешанное с медом; пастух приготовился играть на флейте. Трирема въезжала в открытое море. Все исчезло за выступом берега. Только струйки жертвенного дыма подымались прямо над рощей. На небе, на земле и на море наступила тишина. И в тишине вдруг послышались медленные звуки церковного пения: это старцы-отшельники, на передней части корабля, пели хором вечернюю молитву.

В это же мгновение по недвижимой поверхности моря пронеслись иные звуки: мальчик-пастух играл на флейте вечерний гимн богу Пану. Сердце Анатолия дрогнуло от изумления и радости.

— Да будет воля Твоя на земле, как на небе, — пели монахи.

И высоко под самое небо возносились чистые звуки пастушьей свирели, смешиваясь со словами молитвы Господней.

Последний луч солнца потух на камнях блаженного острова. Теперь снова казался он мертвой скалой среди моря. Оба гимна умолкли вместе.

Ветер шумел в снастях. Подымались волны. Гальциона жалобно стонала.

Побежали тени от Запада, и море потемнело. Туча росла. Доносились глухо первые раскаты грома. Надвигались ночь и буря.

Но в сердце Анатолия, Аммиана и Арсинои, как незаходящее солнце, уже было великое веселие Возрождения.

Also available from JiaHu Books:

Chekhov – Short Stories to 1880

English - 9781784351373

Russian - 9781784351212

Dual - 9781784351380

Chekhov – Short Stories of 1881

English - 9781784351489

Лучшие русские рассказы — 9781784351229

Дядя Ваня — А. П. Чехов — 9781784350000

Три сестры — А. П. Чехов — 9781784350017

Вишнёвый сад — А. П. Чехов - 9781909669819

Чайка — А. П. Чехов — 9781909669642

Дуэль — А. П. Чехов — 9781784350024

Иванов — А. П. Чехов — 9781784350093

Шутки - А. П. Чехов — 9781784350109

Остров Сахалин - А. П. Чехов — 9781784351120

Русланъ и Людмила — А. С. Пушкин - 9781909669000

Евгеній Онѣгинъ — А. С. Пушкин — 9781909669017

Пиковая дама, Медный всадник, Цыганы — А. С. Пушкин — 9781784350116

Капитанская дочка — А. С. Пушкин — 9781784350260

Борис Годунов — А. С. Пушкин — 9781784350291

Стихотворения: 1813-1820 — А. С. Пушкин — 9781784350864

Анна Каренина — Л. Н. Толстой — 9781909669154

Детство — Л. Н. Толстой — 9781784350949

Отрочество — Л. Н. Толстой — 9781784350956

Юность — Л. Н. Толстой — 9781784350963

Смерть Ивана Ильича — Л. Н. Толстой — 9781784350970

Крейцерова соната — Л. Н. Толстой — 9781784350987

Так что же нам делать? — Л. Н. Толстой — 9781784350994

Хаджи-Мурат — Л. Н. Толстой — 9781784351007

Царство божие внутри вас... — Л. Н. Толстой — 9781784351113

Записки из подполья — Ф. Достоевский — 9781784350472

Бедные люди — Ф. Достоевский — 9781784350895

Повести и рассказі — Ф. Достоевский — 9781784350901

Двойник — Ф. Достоевский — 9781784350932

Вечера на хуторе близ Диканьки - Николай Гоголь - 9781784351755

Рудин — И. С. Тургенев — 9781784350222

Записки охотника - И. С. Тургенев — 9781784350390

Нахлебник - И. С. Тургенев — 9781784350246

Отцы и дети — И. С. Тургенев - 978178435123

Ася — И. С. Тургенев — 9781784350079

Первая любовь — И. С. Тургенев — 9781784350086

Вешние воды — И. С. Тургенев — 9781784350253

Накануне — И. С. Тургенев — 9781784350512

Мать — Максим Горький — 9781909669628

Человек-амфибия — А. Беляев - 9781784350369

Рассказ о семи повешенных и другие повести — Л. Н. Андреев — 9781909669659

Жизнь Василия Фивейского — Л. Н. Андреев — 9781784351182

Соборяне — Н. С. Лесков - 9781784351939

Леди Макбет Мценского уезда и Запечатленный ангел - Н. С. Лесков - 9781909669666

Очарованный странник — Н. С. Лесков — 9781909669727

Некуда — Н. С. Лесков -9781909669673

Мы - Евгений Замятин- 9781909669758

Уездное, На куличках, Островитяне – Е. Замятин — 9781784352043

Огни св. Доминика – Е. Замятин — 9781784352080

Мамай, Пещера, Большим детям сказки, Рассказ о самом главном – Е. Замятин — 9781784352073

Алатырь, Север, Ловец человеков, Бич божий – Е. Замятин — 9781784352097

Апрель, Непутёвый, Три дня и другие – Е. Замятин — 9781784352103

Санин — М. П. Арцыбашев — 9781909669949

Двенадцать стульев — Ильф и Петров - 9781784350239

Золотой теленок — Ильф и Петров - 9781784350468

Мастер и Маргарита — М.А. Булгаков - 9781909669895

Собачье сердце — М.А. Булгаков — 9781909669536

Записки юного врача — М.А. Булгаков — 9781909669680

Роковые яйца — М.А. Булгаков — 9781909669840

Горе от ума — А. С. Грибоедов - 9781784350376

Рассказы для детей - Д. Хармс - 9781784350529

Евгений Онегин (Либретто) — 9781909669741

Пиковая Дама (Либретто) — 9781909669918

Борис Годунов (Либретто) — 9781909669376

Руслан и Людмила (Либретто) — 9781784350666

Жизнь за царя (Либретто) — 9781784351250

Как закалялась сталь - Николай Островский - 9781784351946

Левша — Николай Лесков — 9781784351953

Тяжелие сны — Федор Сологуб — 9781784351977

Творимая легенда — Федор Сологуб — 9781784351991; 9781784352004; 9781784352011

Победа смерти — Федор Сологуб — 9781784352028

Рассказы — Федор Сологуб - 9781784352035

www.ingramcontent.com/pod-product-compliance
Lightning Source LLC
LaVergne TN
LVHW091028080826
845145LV00002B/397
* 9 7 8 1 7 8 4 3 5 2 1 2 7 *